Kristina Moninger

Das Leben ist auch nur eine Wolke

TINTE & FEDER

Das Buch

Eine bewegende Geschichte über Freundschaft, Liebe und den Mut zum Leben von Bestsellerautorin Kristina Moninger.

Dalia weiß, dass Glück nur geborgt ist. Deshalb hält sie gut fest, was das Leben ihr gelassen hat. Als sich ihr Freund von ihr trennt, steht sie vor den Scherben ihres sorgsam zusammengekitteten Lebensgerüsts. Gut, dass es Max gibt, eine flüchtige Bekanntschaft, der nun vor ihrer Tür steht und sich als Mitbewohner bewirbt. Aus der Zweckgemeinschaft der beiden wird Freundschaft … und mehr. Doch während sich Dalia mit Max' Hilfe von ihren Ängsten löst und ihn viel zu tief in ihr Herz lässt, hütet er ein folgenschweres Geheimnis.

Die Autorin

Kristina Moninger wurde 1985 in Würzburg geboren und hat eine sehr glückliche Kindheit auf dem Land verbracht. Nach einer kaufmännischen Ausbildung hat sie ein Studium zur Übersetzerin absolviert. Sie lebt mit ihrem Mann und ihren vierjährigen Zwillingen mitten im Grünen. Wenn sie nicht schreibt, liest oder mit ihren Kindern unterwegs ist, dann übersetzt sie Romane vom Englischen ins Deutsche.

KRISTINA MONINGER

Das Leben ist auch nur eine Wolke

ROMAN

TINTE & FEDER

Deutsche Erstveröffentlichung bei
Tinte & Feder, Amazon Media EU S.à r.l.
38, avenue John F. Kennedy, L-1855 Luxembourg
November 2019

Umschlaggestaltung: semper smile, München, www.sempersmile.de
Umschlagmotiv: © Vizerskaya / Getty; © Melissa King / Shutterstock;
© arigato / Shutterstock
1. Lektorat: Ute Köhler
2. Lektorat: Rainer Schöttle
Korrektorat: Traudl Kupfer/DRSVS
Gedruckt durch:
Amazon Distribution GmbH, Amazonstraße 1, 04347 Leipzig /
Canon Deutschland Business Services GmbH, Ferdinand-Jühlke-Straße 7,
99095 Erfurt /
CPI books GmbH, Birkstraße 10, 25917 Leck

ISBN 978-2-91980-943-1

www.tinte-feder.de

Für T. und M. und alle, die jemanden vermissen.
Ganz egal, ob es sie oder ihn je gegeben hat.

1. Kapitel

Wenn etwas Neues beginnt, dann am besten mit einem Knall. Das hat sie immer gesagt. Genau deshalb gäbe es schließlich Silvesterfeuerwerke. Alles, was neu ist und einem Glück bringen soll, muss laut sein. Nicht nur Neujahrsraketen, auch das Klirren von Porzellan auf Teer bei einem Polterabend, der Schrei eines Säuglings bei seiner Geburt oder der laute Schlag einer Kirchturmuhr um sechs Uhr morgens, der den Anbruch des neuen Tages verkündet.

Immer wenn etwas Neues beginnt, möchte ich mir dagegen am liebsten Augen und Ohren zuhalten. Und obwohl ich nicht dabei sein will, wenn das neue Jahr mit Getöse beginnt, sitze ich jetzt trotz aller sorgfältigen Vorkehrungen an diesem Flughafen fest und erlebe zwangsläufig mit, was ich unbedingt vermeiden wollte.

»Wer fliegt denn an Silvester abends um acht Uhr von New York aus nach Hause?«, hat Moritz gefragt. Dabei kennt er mich schon lange genug.

»Es war der einzige freie Flug«, habe ich gelogen und doch sofort gewusst, dass er mich durchschaut hat.

Ich sehe mich um; den anderen Möchtegernpassagieren in der Abflughalle scheint es nicht so viel auszumachen wie mir, dass ein Vulkan mit einem unaussprechlichen Namen im isländischen Niemandsland dafür sorgt, dass zum zweiten Mal nach 2010 der Flugverkehr lahmgelegt wird. Ein Hurrikan wäre etwas berechenbarer gewesen, aber dieser Feuerspucker, fürchte ich, wird mich dazu zwingen, Mitternacht in New York zu erleben. Dabei wollte ich dann längst über den Wolken sein.

»Ich hoffe, man sieht das Feuerwerk nicht«, murmele ich und beobachte eine Familie, die sich nebeneinander die Nasen am Fensterglas platt drückt. Als könnte man von Terminal vier aus direkt über Queens und Brooklyn hinweg auf den Times Square sehen.

Schöne kleine Familie. Der Gedanke hallt laut durch meinen Kopf und stößt mich schmerzhaft von innen an. Von ganz innen. Mutter, Vater, Sohn. Ich denke an Mama. Dann an meinen Bruder Tim und dann muss ich wegsehen.

»Hast du was gegen Feuerwerke?«, fragt jemand leise auf Deutsch.

Erst fühle ich mich gar nicht angesprochen, dann fällt mir auf, dass ich das mit dem Feuerwerk laut gesagt habe. Ich drehe mich um, vorsichtig, sodass ich niemanden mit meinem Rucksack anrempele.

Hinter mir steht ein Typ mit Wollmütze auf dem Kopf, darunter schaut ein recht freundliches Gesicht hervor, das mich angrinst. Brauner Bart mit roten Sprenkeln, blaue Augen darüber und ein paar große Schneidezähne, die unwirklich weiß glänzen.

»Ich hab nichts gegen Feuerwerke, ich schaue sie mir nur nicht so gern an«, brumme ich. Blaugraue Augen, korrigiere ich mich.

»Aha. Und daher willst du jetzt rechtzeitig aus New York flüchten?« Er wirkt amüsiert.

Ich drehe mich ruckartig wieder um und kehre ihm den Rücken zu. Was geht ihn das an? Meint der, nur weil wir

Landsleute sind, habe ich Lust, ihm zu erklären, was ich mir selbst nicht erklären kann?

»Sorry, dass ich dich so blöd von der Seite anquatsche. Hallo erst mal.«

»Schon okay«, murmele ich und drehe mich dann doch wieder zu ihm. Ist besser, als die Rücken der glücklichen Familie vor mir anzustarren und zu viel dabei zu empfinden.

Einen Versuch noch, höre ich mich in Gedanken zu Moritz sagen. *Nein, es reicht,* seine überzeugte Antwort.

Der Fremde mustert mich. Er ist einen halben Kopf größer als ich und steckt von Kopf bis Fuß in dicken Winterklamotten. Grüner, in die Jahre gekommener Parka, beiger Strickpulli darunter und gefütterte Lederboots, schwarze Fäustlinge aus Filz und völlig deplatziert dazu ein glänzender Rollkoffer. Mein Rucksack würde an ihm besser ins Bild passen.

Ich werfe einen Blick auf die Anzeigetafeln hinter ihm. Vier blaue Bildschirme auf Edelstahlstützen, und überall blinkt es.

»Richtig erkannt, ich will eben nicht zu Silvester in New York sein«, erkläre ich und füge, weil das selbst in meinen Ohren seltsam klingt, schnell hinzu: »Viel zu voll.«

»New York ist immer voll. Ich bin übrigens Max.« Er streift die Fäustlinge ab und streckt mir grinsend seine Hand entgegen.

Ich greife zögerlich danach, drücke kurz zu und lasse meine Hand dann schnell wieder in der Jackentasche verschwinden. »Dalia«, antworte ich. Entgegen der Angewohnheit vieler Menschen, meinen ungewöhnlichen Namen sofort zu kommentieren oder gar noch mal danach zu fragen, sagt er nichts, sondern nickt nur.

»Also, Dalia, wieso fliegst du denn wirklich heute schon zurück?«

Ich seufze und deute auf die blinkende Anzeige *Delayed.* »Tue ich ja ganz offensichtlich nicht.« Wie zur Bestätigung dröhnt schwer verständlich eine Stimme durch den Lautsprecher.

»All Flights … Iceland … cancelled … thank you for your understanding.«

»Aber du hattest es vor?«

Hartnäckig, der Typ. Ich zucke mit den Achseln. »Ja, wenn mir dieser blöde Vulkan nicht dazwischengekommen wäre.«

Etwa einen Meter von mir entfernt erhebt sich ein älteres Ehepaar von den Sitzen und ich nutze die Gelegenheit und werfe mich regelrecht auf die Zweierbank. Max folgt mir und setzt sich ungefragt neben mich. Verlegen fuchtele ich an meinem Rucksack herum und schiebe ihn unter den Sitz. Eine der Schnallen verhakt sich mit dem Lochblech. Kein Weiterkommen. Das scheint sinnbildlich für diesen Tag zu sein.

»Also, warum?« Max hat seinen Rollkoffer auf den Tisch zwischen unseren Stühlen gewuchtet und ich bin fast ein wenig dankbar für diese kleine Trennwand.

Ich zucke mit den Achseln und trete meinen Rucksack mit roher Gewalt. Es klirrt kurz, die Schnalle löst sich. Langsam sehe ich hoch, drehe meinen Kopf ein wenig und schaue in seine Augen, die mehr grau als blau sind. Das bringt mich dummerweise so aus dem Konzept, dass ich die Wahrheit sage: »Weil ich Dinge nicht gern fertig mache.«

Er zuckt mit der linken Augenbraue und instinktiv versuche ich, es ihm nachzumachen. Was mir nicht gelingt. »Das ist interessant!«

»Findest du?«, frage ich und muss lächeln.

»Ja! Ich hatte damit gerechnet, dass du sagst, der Flug wäre günstiger gewesen oder dass du Silvester mit deinem Freund zu Hause verbringen willst – obwohl es seltsam ist, dass du allein nach New York fliegst, und ich daher davon ausgehen würde, dass du gar keinen Freund hast.«

Ist das jetzt seine Art herauszufinden, ob ich Single bin? Die plumpe Anmache nervt mich, sehr sogar. »Ziehst du aus allem sofort irgendwelche Schlüsse?«, kontere ich und muss auf einmal grinsen. Vielleicht weil er so unschuldig lächelt und gar nicht aussieht, als hätte er mich angraben wollen.

»Immer! Ich mache Dinge nämlich gern fertig und gründlich«, sagt er und zwinkert.

»Dann bist du bestimmt Buchhalter oder Banker, oder so?« Wie langweilig, alles immer fertig und gründlich zu machen, denke ich. Oder eben auch praktisch. Ich kann wohl kaum behaupten, mein Leben gut im Griff zu haben. *Vielleicht ist es besser so*, höre ich Moritz in Gedanken sagen. Und mein Magen krampft sich sofort schmerzhaft zusammen.

»Banker? Nein!«, ruft er empört. »Sehe ich so aus?«

Ich muss lachen und überlege, was Tim dazu sagen würde. »Ehrlich gesagt, nein. Das war nur meine Spontanreaktion auf Gründlichkeit. Warum lässt du dir Silvester entgehen?«

Ich streiche mir meine glatten, langen braunen Haare aus der Stirn und widerstehe dem Drang, mir an die Nase zu fassen. Dort, wo sich schmerzhaft unter der Haut ein Pickel nach oben drücken will. So intensiv, wie Max mich anschaut, habe ich das Gefühl, er könnte ihn bereits sehen.

»Ich bin nur wegen des Flughafens hier. Nicht wegen der Stadt oder des Feuerwerks«, erklärt er.

Ich verdrehe die Augen. »Sag jetzt nicht, dass du einer von diesen Spinnern bist, die Flughäfen sammeln?«

»Würde das dein Bild von mir zerstören?«

Ich schniefe kurz und ziehe mir meine Jacke enger um die Schultern. »Ehrlich gesagt schon, ja.«

»Aber andere sammeln doch Städte, warum nicht Flughäfen?«

Max lehnt sich zurück und streckt die Beine lang aus. Bei ihm sieht es so aus, als säße er bequem auf einer weich gepolsterten Couch, nicht auf einer harten Bank ohne Kissen. Er mustert mich interessiert.

»Flughäfen sind Orte des Wartens und Warten hat etwas mit Verschwendung zu tun«, verkünde ich. Der Spruch hätte Tim gefallen. Bestimmt hätte er ihn in sein Buch geschrieben. Ich nehme mir vor, meinem Bruder davon zu erzählen.

»Stehst du nicht so drauf, auf Verschwendung?« Max zieht sich die Mütze etwas tiefer in die Stirn. Dabei bin ich neugierig, was sich darunter verbirgt. Lange Haare, Geheimratsecken und graue Strähnen oder gar eine Glatze?

»Nein, wer steht schon auf Verschwendung? Warte, du wahrscheinlich …« Ich schüttele gespielt entrüstet den Kopf.

»Klar!«, gluckst er. »Ich verschwende sehr gern meine Zeit mit dir hier. Und ich verschwende gern Geld für die richtigen Dinge und ich verschwende unheimlich gern gute Laune und …«

»Schon gut, ich hab's verstanden.«

»Ich bin nicht wegen des Flughafens hier, das war ein Scherz. Ich hätte eigentlich schon gestern zu Hause sein müssen. Beruflich. Aber dieser verdammte Vulkan. Na ja, dann hat mich das Reisebüro umgebucht und hier sitze ich jetzt mit dir und warte darauf, dass ich wenigstens heute wegkomme.«

Er wird etwas ernster, richtet sich auf und fragt: »Was wäre dein Flug gewesen?«

»Der Acht-Uhr-Flug mit Singapore Airlines«, erwidere ich. »Nach Frankfurt.«

Er nickt. »Das wäre auch meiner gewesen, mal sehen, ob das noch was wird. Glaube nicht, dass ich meinen Zug in Deutschland noch kriege.«

Ich nicke ebenfalls und frage mich, ob der Gesprächsstoff zwischen uns jetzt erschöpft ist und es Zeit wäre, ein Buch herauszuholen und ihn zu ignorieren. Oder ob ich fragen soll, wo genau er mit dem Zug hinfährt. Ob es auch in Richtung Würzburg geht.

Aber noch bevor ich mich entschieden habe, lehnt er sich nach vorn und sagt: »Wir könnten uns auch einfach ein wenig von der Nacht tragen lassen. Uns zu zweit ein Taxi nehmen und in die Stadt fahren!«

Das ist so ziemlich das Letzte, was ich möchte. Ich ziehe die Stirn kraus.

»Warte erst mal, was ich dir vorschlage!«, fährt er fort. »Jetzt, wo wir beide schon hier sind und erst mal nichts Besseres zu tun haben …«

»Ich glaube nicht, dass es irgendetwas gibt, das mich überzeugen wird! Und: Es ist ein großer Flieger, mit vielen Menschen. Du findest bestimmt jemand Abenteuerlustigeren als mich.«

»Ha!«, ruft er und wirkt auf einmal so aufgeregt wie Tim, wenn er einen großen Fisch an der Angel hat. »Was hältst du davon, ein paar faule Eier auf den Trumptower zu werfen? Oder wir könnten uns den dicken Hintern von Mariah Carey auf dem Times Square anschauen.«

Ich schüttele lächelnd den Kopf.

Aber er gibt nicht auf. »Wir könnten einen kleinen Trip nach Jamaica machen.«

»Ich weiß, dass das in Queens liegt!« Ich lege den Kopf schief und kratze mich dort, wo der Pickel auf seinen Durchbruch wartet.

»Hört sich trotzdem gut an!«, meint er.

»Stimmt«, muss ich ihm recht geben.

»Oder wir bleiben einfach hier. Ich habe ein Tischfeuerwerk dabei!«

»Kein Feuerwerk!«, seufze ich.

»Nicht mal eins mit Papierschnipseln?«

»Knallt es?«

»Ein klitzekleines bisschen«, sagt er und zieht die Schultern unschuldig nach oben. Dann erhellt sich seine Miene und er ruft begeistert: »Pass auf, ich lade dich auf einen Burger ins Shake Shack ein!«

»Shake Shack?«, frage ich zweifelnd.

Er hebt die Hände. »Keine Angst, auch wenn es sich nicht so anhört, es ist nur ein Restaurant. Mit guten Burgern und viel Fleisch.«

»Ich bin Vegetarierin.«

»Autsch«, kommentiert er, als wäre *Vegetarier* ein Ausschlag oder ein Synonym für »kompliziert«.

»Dann vielleicht ein Hummussalat im Blue Smoke on the Road? Du darfst auch Nichtraucherin sein – ich habe keine Ahnung, wie man ein Restaurant so nennen kann.«

»Du kennst dich ja gut aus hier!«, erwidere ich überrascht. Aber irgendwie gar nicht abgeneigt. Es könnte nett sein, sich noch ein wenig zu unterhalten. Und nicht daran zu denken, dass schon wieder ein altes Jahr aufhört und ein neues anfängt. *Ohne sie.*

»Ich war ja gestern schon da und habe in Ermangelung eines so netten Gesprächspartners wie heute«, er macht eine schwungvolle Bewegung, die sowohl die alten Chucks an meinen Füßen als auch meine Jeans und den schwarzen Mantel mit einschließt, »mich durch sämtliche Fressstände dieser Halle gefuttert. Komm schon, ich nehme deinen Rucksack. Und ich verspreche dir auch: Ich bin kein Psychopath, der dann plötzlich im Flieger neben dir sitzt und von dir verlangt, dich an einem Anschlag auf einen hochrangigen Politiker zu beteiligen.«

Ich habe keine Ahnung, wovon er spricht, aber nicke trotzdem. Ehe ich mich versehe, hat Max gut gelaunt meinen Rucksack auf seine Schultern gewuchtet – ohne sich über das ordentliche Gewicht zu beschweren –, schiebt seinen glänzenden Mädchenkoffer neben sich her und führt mich zielstrebig durch die Menschenansammlungen hindurch zu jenem Teil der

Abflughalle, der mit *Shop-Dine-Relax*-Schildern gekennzeichnet ist.

Wir nehmen direkt an der Theke Platz, weil alle anderen Stühle bereits besetzt sind. Das Burgerrestaurant mit dem klingenden Namen befindet sich direkt gegenüber, neben einer Bäckerei. Hier ist es angenehmer, nicht so kalt wie in der Halle, und so ziehe ich meinen Mantel aus. Max behält die Mütze auf dem Kopf.

Neben uns sitzt ein Junge, ein wenig jünger als Tim, mit seiner Mutter.

Er redet mit piepsiger Stimme unablässig auf sie ein. Es sind ebenfalls Deutsche.

»Und weißt du, Mama, siebzehnter Juli sechsundneunzig ist eine Boeing 747-100 explodiert.« Der Junge macht laut »Peng« und wirft die Hände in die Luft. »Und ins Meer gestürzt. Und neunzehnhundertneunzig ist eine Boeing 707 auf dem Weg von Kolumbien hierher abgestürzt.«

Ich muss lächeln. Der Kleine gefällt mir. Seine Mutter nimmt die weiteren bildhaften und von zahlreichen Gesten des Jungen begleiteten Absturzschilderungen stoisch hin. Ganz im Gegensatz zu Max. Der zuckt bei jeder Erwähnung einer Boeing und deren Absturzdatum sichtbar zusammen. Die Mütze ist ihm etwas nach hinten gerutscht und ein Ansatz brauner Haare ist zu sehen. Keine Glatze also.

»Ist doch schon etwas makaber, dass der Flughafen JFK heißt und John F. Kennedy junior tatsächlich bei einem Absturz ums Leben gekommen ist. Da kriege ich Gänsehaut«, kommentiere ich das Gespräch des Jungen leise an Max gewandt, der seine Nase inzwischen tief in die Speisekarte gesteckt hat. So als bestünde das Menü aus Esspapier oder er könnte die Bestellung dadurch beschleunigen.

Max wird blass und beißt sich auf die Unterlippe. Er gibt mir keine Antwort. »Oh«, sage ich, beuge mich ein wenig hinunter und zwinge ihn, mir in die Augen zu sehen. »Hast du etwa Flugangst?«

»Ehrlich gesagt schon«, brummelt er mürrisch. »Ich kann nicht so gut mit Enge.«

»Was machst du dann in New York? Mit dem Flieger?«

»Ich war über Weihnachten bei meiner Familie.«

»Du könntest Schiff fahren.«

Er grummelt nur etwas.

»Okay, Themawechsel.« Ich bin selbst überrascht, wie gut gelaunt ich auf einmal bin. Ich habe seit über einer Viertelstunde nicht mehr an dieses bescheuerte Silvester gedacht. Nicht an das Knallen und auch nicht an meine Mutter. »Was machst du beruflich?«, frage ich.

»Momentan kümmere ich mich um das Restaurant eines Freundes«, murmelt er.

»Heißt es auch Shake Shack?«, necke ich und hoffe, dass er jetzt endlich mal wieder aufschaut.

Er schüttelt sich. »Nein«, sagt er lächelnd. »Was machst du? Da du ja Dinge nicht gern fertig machst, bist du bestimmt so eine Art ewige Studentin?«

Jetzt ist es an mir zusammenzuzucken. »Ich hab mal studiert, ja …«

»Und jetzt?«

»Ich habe neben dem Studium gekellnert.«

Er nickt ermutigend.

»Na ja, die meisten hören mit dem Kellnern auf, wenn sie mit dem Studium fertig sind. Bei mir war es umgekehrt. Ich habe mit dem Studium aufgehört, um zu kellnern.«

Es stimmt nicht ganz, die Geschichte mit der Logopädie unterschlage ich geflissentlich. Geht ihn ja auch gar nichts an.

»Echt jetzt?«, fragt er überrascht.

»Ja, echt jetzt.«

»Wo wohnst du eigentlich? Du hörst dich fränkisch an. So ein kleines bisschen. Das ›R‹ und manche Worte. Nürnberg ist es nicht, aber vielleicht ...«

»Das verrate ich dir nicht«, unterbreche ich gespielt entrüstet. »Ich kenne dich doch überhaupt nicht.« Seine Nase ist ein bisschen zu lang und er hat lustige einzelne Bartstoppeln, die sich in einigen Zentimetern Entfernung zum Rest seiner Gesichtsbehaarung am oberen Rand seiner Wangenknochen befinden. Dinge, die mir auffallen, weil er so nahe ist.

»Du denkst also immer noch, ich bin so wie der Typ aus ›Red Eye‹?«

»Da ich nicht weiß, wer das ist, nein. Aber ...«

Jetzt unterbricht er mich. »Lass mich raten. Du machst gern ein Geheimnis aus dir. Du bist nicht bei Facebook, benutzt WhatsApp nicht, weil du es schrecklich findest, dass du die Rechte an deinen Daten abgibst, stattdessen kommunizierst du noch über SMS, was deine Freunde schrecklich nervt.«

Es stimmt fast alles, was er sagt. Doch statt beleidigt zu sein, muss ich schon wieder grinsen. Er schaut auf meinen roten Pullover und unwillkürlich drücke ich meine nicht besonders üppige Oberweite ein wenig nach vorn. Wie albern, schnell schiebe ich die Schultern wieder nach vorn und schüttele mich. Ich führe mich ja fast so auf, als wäre ich an Max interessiert.

»Ganz so ist es nicht«, widerspreche ich lahm.

Max lächelt und seine Flugangst ist offenbar vergessen.

»Warte, ich bin noch nicht fertig mit meiner Charakterstudie! Als Kneipenbetreiber habe ich eine ziemlich gute Menschenkenntnis. Du beschimpfst die armen Mitarbeiter von Callcenteragenturen, wenn sie den Fehler machen, dich anzurufen, und weißt genau, dass man seine Daten sperren lassen muss, aber nicht löschen lassen darf, damit sie beim nächsten Datenlauf nicht dabei sind. Du hast eher einen Hund als eine Katze und ich tippe auf eine kleine Schwester ...«

»Bruder«, antworte ich knapp und schlucke.

Gut gelaunt schlägt er kurz mit der Hand auf den Tresen, sodass das Wasserglas des Jungen neben uns wackelt. Die Kellner sind so beschäftigt, dass noch keiner unsere Bestellung aufgenommen hat. »Außerdem bist du der Typ Mädchen, der regelmäßig die Batterien an seinem Rauchmelder kontrolliert und austauscht. Ich wette, du hast sogar in der Küche neben dem Herd einen.«

Eben noch habe ich gelächelt, jetzt jedoch gleitet mir das Grinsen aus dem Gesicht, als wäre meine Haut eine Eisfläche und rutschig, wie frisch gebohnerter Marmorboden.

Im Hintergrund hallt es laut »… to Gate twenty-seven.«

Und mir ist auf einmal so eiskalt im Innern, dass ich das Gefühl habe, dieser verdammte Ball, dem hier in New York alle beim Fallen zusehen wollen, hätte sich höchstselbst in meinem Innern gelöst und mir die Eingeweide zerrissen.

»Was ist denn?«

Max sieht mich überrascht an, langsam verschwindet auch sein Grinsen. »Hab ich was Falsches gesagt?«

»Ich muss zu Gate siebenundzwanzig«, antworte ich hastig und springe auf.

»Warte doch!«, sagt er und versucht, mich am Arm festzuhalten. Dann greift er schnell in die Jackentasche seines Parkas und zieht eine Karte hervor, die er mir in die Hand drückt. Ich blinzele und erkenne doch nichts.

»Guten Flug«, sage ich, schwinge schwerfällig meinen Rucksack über meine linke Schulter und stolpere los. Er hält mich sicherlich für total durchgeknallt. Bestimmt weiß er so gut wie ich, dass der Aufruf überhaupt nichts mit dem Flug nach Frankfurt zu tun hat. Aber ich haste dennoch weiterhin Richtung Gate siebenundzwanzig, von dem ich keine Ahnung habe, wo es sein könnte. Und was ich dort überhaupt will.

Die Karte mit Max' Namen und seiner Adresse werfe ich in den nächsten Mülleimer. Bemerke dort, dass ich meinen Mantel im Blue Smoke vergessen habe. Aber ich bringe es nicht über mich, noch einmal zurückzulaufen. Wozu brauche ich einen Max, wenn ich Moritz habe? Unwillkürlich muss ich bei dem dummen Wortspiel lächeln. Nur ganz kurz und angedeutet. Mehr ein Lächeln, das sich selbst auffrisst, bevor es irgendjemandem auffallen könnte.

Denn ich mache Dinge eben nicht gern fertig.

2. Kapitel

Mir ist kalt in der Daunenjacke und ich überlege, ob das daran liegt, dass Daunen nicht nur in Kissen, sondern auch in Jacken verkleben können. Weil es die Luft ist, die einen warm hält? Warum musste überhaupt immer das Unsichtbare das Wichtigste sein? Liebe kann man auch nicht sehen und sie hält einen trotzdem warm. Manche Menschen kann man nicht mehr sehen und sie sind dennoch oft wichtiger als die, die man jeden Tag vor Augen hat. Ich würde Moritz gern fragen, was er davon hält und eigentlich können wir sehr gut über solche Sachen reden und philosophieren. Aber nicht heute. Moritz ist dünnhäutig – auch mit guter Winterjacke –, seit ich aus New York zurück bin. Und ich habe Angst, mit zu vielen Andeutungen dafür zu sorgen, dass wir zu wenig reden werden. Dabei müssen wir so dringend miteinander sprechen. Unbedingt. Es ist höchste Zeit, dass ich den nächsten Termin vereinbare. Aber Moritz will nicht. Das weiß ich. Das hat er mir oft genug gesagt. Er stapft neben mir durch den Schnee. Still und ohne dieses Lächeln, von dem ich immer noch nicht genug bekommen kann. »Wie konntest du den Mantel einfach liegen lassen, Dalia?«

Das fragt er jetzt zum dritten Mal, seit ich ihm gestanden habe, sein teures Weihnachtsgeschenk aus Versehen auf einer Bank in der Abflughalle liegen gelassen zu haben. Na ja, fast stimmt das ja auch. Es geht Moritz gar nicht um den Mantel oder um das Geld. Aber ich bestätige damit wieder einmal, dass ich nicht gut auf etwas aufpassen kann. Nicht, dass Moritz mir das vorwerfen würde, das erledige ich schon selbst.

»Ich weiß es nicht. Ich war so durcheinander wegen der Flugverschiebungen und dann ging alles ganz schnell und ich musste zu diesem Gate … es tut mir leid.«

Ich erinnere mich an die Erleichterung darüber, dass ich Max im Flieger nicht wiederbegegnet bin. Die Eile, mit der ich in Frankfurt mein Gepäck vom Band holte und nach draußen verschwand. Und dann der Schreck im Zug nach Würzburg, als ich einen Moment lang glaubte, ihn im Speisewaggon gesehen zu haben.

»Es ist nicht wegen des Mantels, Dali, ich … ach, vergessen wir es einfach.«

Der Schnee unter meinen Füßen knirscht und die Sonne macht sich rar. Es sieht so aus, als würde sich der Himmel jeden Moment öffnen und eine weitere Ladung dicker Flocken auf uns herunterrieseln lassen. Wir hätten auch mit dem Auto zu Ruth fahren können, aber es gehört zur Tradition, diesen Neujahrsbesuch zu Fuß anzutreten. Moritz ist eigentlich gern bei meiner Ersatzmutter Ruth. Aber heute wirkt er nicht so, als würde er irgendetwas gern machen. Ich frage mich, ob das wirklich an dem verschwundenen Mantel liegt oder an der Kälte oder eben doch an der Tatsache, dass wir bis morgen entschieden haben sollten, ob wir weitermachen oder nicht.

»Nur noch dieser eine Versuch«, flüstere ich.

Moritz bleibt stehen und schließt die Augen.

»Wie oft hast du das schon gesagt, Dalia?«

»Oft«, gebe ich zu. »Aber diesmal …«

»Wird auch nichts anders sein als sonst.«

Resigniert sieht er mich an und ich betrachte ihn nachdenklich. Wenn man so lange zusammen ist wie Moritz und ich, dann fällt einem gar nicht auf, wie viel Jugend man selbst und der Partner jeden Tag einbüßt. Wie sich Falten ins Gesicht schleichen und sich wie Motten ungehindert verbreiten, wie manche Linie genau einer Sorge zugeordnet werden kann. Man verliert den Blick für schleichende Veränderungen, die selbst im Zeitraffer schwer zu erkennen wären. Moritz hat noch immer dieses dichte, glatte Haar, das ihm wie bei einem Igel in die Höhe steht, wenn er es nicht rechtzeitig schneiden lässt. Ein paar ganz kleine graue Strähnen haben sich in seinen Schläfen eingenistet und beschlossen zu bleiben. Aber jetzt, da ich ihn ansehe, fällt mir zum ersten Mal auf, dass die größte Veränderung seine Mundpartie betrifft. Damals, als wir uns in Friederikes Keller auf den zu Sitzflächen umfunktionierten Colakästen das erste Mal geküsst haben, da sind seine Lippen voll gewesen und auf seiner linken Wange hatte es immer eine kleine Einkerbung gegeben, wenn er gelacht hat. Ich habe dieses Minigrübchen schon ewig nicht mehr gesehen. Es ist, als wäre es verschwunden. Nach und nach, mit jedem missglückten Versuch, ein gemeinsames Kind zu bekommen, hat es sich weiter in seine Wange zurückgezogen, bis es vollständig erloschen ist. Nun fehlt nicht nur das Grübchen, auch seine Lippen sind ein schmaler, zusammengepresster Strich. Es macht mich unendlich traurig. Fast so traurig wie die Tatsache, dass Moritz keine Kraft mehr hat und nicht bereit ist, etwas von meiner anzunehmen.

»Wir sind noch jung, ich bin noch nicht einmal dreißig. Noch …«

»Nein, Dalia. Ich will nicht mehr.« Stur schaut er geradeaus.

»Gar nicht mehr?« Ich hole tief Luft und merke, wie die Kälte nadelstichgleich in meine Lunge pikst. Es ist dumm gewesen, das Thema jetzt anzuschneiden. Es sind nur etwa zweihundert Meter bis zu Ruths Reihenendhaus. Dann ist es aus mit der Diskussion, denn Moritz weigert sich, vor Ruth darüber zu sprechen, und danach wird er sich verkrümeln, ins

Fitnessstudio fahren oder an seinem alten Kahn herumschrauben, auch wenn ihm die Kuppen von den Fingern fallen vor Kälte. Aber ich kann und will nicht verstehen, warum er aufgeben möchte. Moritz und ich sind seit neun Jahren ein Paar und seit vier Jahren versuchen wir, Eltern zu werden.

»Ich möchte nicht mehr darüber reden, es ist alles gesagt.«

Klirrend wie das Eis unter meinen Füßen schieben sich die Worte unter meine Haut und verursachen eine Gänsehaut, die nichts mit verklebten Daunen zu tun hat.

Ich sehe in die Ferne, dorthin, wo sich die Häuser erheben und durch die Schneeschicht auf den Dächern verniedlicht werden. Kleine Rauchwölkchen steigen genauso symmetrisch aus den Schornsteinen, wie sich die Wände der Reihenhaussiedlung alle ähneln. Ein einheitlicher Schnitt für so viele verschiedene Familien und Lebensentwürfe. Es ist so kalt, dass sich an den Regenrinnen lange, dicke Eiszapfen gebildet haben. Und selbst wenn hin und wieder ein Auto an uns vorbeifährt, so scheint es, als schluckte der Schnee jedes Geräusch und verliehe der Umgebung eine nachweihnachtliche Heimeligkeit. Wie immer, wenn ich im Leben das Gefühl habe, die Kontrolle zu verlieren, werde ich wütend auf so viel natürliche Perfektion. Am liebsten möchte ich frustriert mit den Füßen in den Schnee stapfen, so viele Fußspuren hinterlassen, dass aus dieser weißen Vollkommenheit braune Matschepampe wird.

»Moritz …«

Er dreht sich zu mir und räuspert sich – ein untrügliches Zeichen dafür, dass er sich stark bemühen muss, ruhig zu bleiben. »Kannst du es nicht einfach mal gut sein lassen?«

»Ich … es geht hier nicht um irgendein Kinkerlitzchen, Moritz. Es geht um unser Kind!«

Er bleibt stehen, der Schnee unter seinen Boots macht ein quietschendes Geräusch. »Es gibt kein Kind.«

Und noch während ich hoffe, bete, inständig flehe, dass er nicht das sagen wird, was ich vermute, holt er zum Tiefschlag aus. »Und es wird auch kein Kind geben.«

Ich spüre, wie mir sofort die Tränen in die Augen schießen. Wie immer, wenn es um dieses Thema geht. Lange habe ich gedacht, meinen verfügbaren Vorrat an Tränen längst geweint zu haben. Wegen Mama. Und um Tims wegen. Und ein wenig auch um meinen Vater. Aber seit ich mich durch all diese Prozesse kämpfe, die mit so harmlosen Abkürzungen wie in einem Fanta-4-Rap daherkommen, heule ich ständig. IUI, IVF, ICSI. MfG Kinderwunsch. Vor Moritz behaupte ich, es läge an den Hormonen. An den Injektionen aus Glasphiolen und Spritzen direkt ins Gewebe, an den ekelhaften Zäpfchen und all dem anderen Kram, der ein Teil meines Lebens und Bankkontos geworden ist. Aber es sind gar nicht die Hormone, es ist die Tatsache, zum zweiten Mal in meinem Leben einer Sache auf Leben und Tod ohnmächtig gegenüberzustehen. Man kann nun einmal nicht mit Gewalt den Tod aufhalten und auch nicht mit Gewalt dafür sorgen, dass ein Leben neu beginnt.

Ich beschleunige meine Schritte und zwinge mich, zwinge mich mit aller Kraft, gegen die Tränen anzublinzeln. Bis Ruths kleiner Wuschelkopf sich aus der Haustür mit der Nummer dreizehn schiebt, die entgegen allen Aberglaubens zu einem Glücksort für mich geworden ist, muss ich mich wieder im Griff haben.

Moritz stapft hinter mir her. Er versucht nicht, zu mir aufzuschließen. Im Gegenteil, es fühlt sich so an, als ginge er absichtlich noch langsamer. Und für einen kurzen Moment habe ich ein seltsames Gefühl. Eine beunruhigende Vorahnung, die ich genauso wegzuschieben versuche wie die Tränen. Es ist wichtig, dass alles so bleibt, wie es ist. Ich brauche das. Aber sonst hat Moritz immer versucht, mit mir Schritt zu halten. Egal wie groß ein Streit gewesen ist, egal wie sehr sich unsere

Meinungen unterschieden haben. Es ist das erste Mal seit sehr vielen Jahren, dass unsere Fußstapfen weiter auseinander gehen, statt sich irgendwann zu überlagern.

Von Weitem sieht Ruth aus wie ein Schulmädchen. Sie ist nur knappe ein Meter fünfzig groß, zart, mit einem, wie sie behauptet, zu großen Schädel und welligem hellem Haar ausgestattet, das sie umgibt wie ein Kranz aus tanzenden Lichtern. Wären da nicht ihre stets knallrot geschminkten Lippen, so müsste man zweimal hinsehen, um zu erkennen, dass sie die fünfzig bereits überschritten hat.

Es macht mein Herz ein wenig ruhiger, sie zu sehen, auch wenn es sich noch immer zentnerschwer anfühlt.

»Dali, Moritz!«, ruft sie und hält die schlichte weiße Haustür einladend auf. »Mir ist der Braten verbrannt!« Sie fährt sich mit den kleinen Händen durch ihr blondes Haar und verteilt den Soßenrest ihrer Finger auf ihrer Stirn.

Ich muss lächeln. »Hallo, Ruthchen! Alles andere hätte mich gewundert! Kriegen wir schon hin, wir schaben für euch einfach die Kruste ab.«

Sie tritt auf mich zu und umarmt mich. Die Arme fest um meine Körpermitte geschlungen. Ich drücke ihr einen Kuss auf die Stirn. »Die Kruste war aber das Beste«, murmelt sie.

Bei Ruth gibt es kein Essen, bei dem alles gelungen ist. Irgendetwas ist immer verbrannt, halb gar oder versalzen. Sie ist keine schlechte Köchin, aber hoffnungslos chaotisch. Sie verwechselt regelmäßig Zucker mit Salz, vergisst über einem Lied im Radio oder einem Zeitungsartikel gern mal einen Kuchen im Ofen und weigert sich standhaft, sich mit technischen Hilfsmitteln oder gar der Befolgung von Rezepten aus der Bredouille helfen zu lassen.

Moritz, inzwischen auch am Haus angekommen, hinter mir ist immer noch verdächtig still.

In der Küche höre ich Teller klappern und eine helle Stimme Weihnachtslieder trällern. Beim Gedanken an Ruths Tochter Nathalie kehrt ein kleines bisschen Leichtigkeit zurück.

»Hallo Ruth«, sagt Moritz schließlich. Seine Stimme klingt dick, schwer und freudlos. Ruth starrt ihn an, starrt mich an. Aus diesen rehbraunen riesigen Augen, in denen eine herzliche Wärme liegt, der sich niemand entziehen kann. Ihre Wangen glänzen rot von innerer Hitze und dem teuren Rouge, von dem sie abhängig ist, wie sie behauptet.

Dann runzelt sie die Stirn und fragt direkt wie immer: »Was ist denn mit euch los? Hängt der Haussegen schief?«

Ich beiße mir leicht innen in die Wange, meine dumme Angewohnheit bei Nervosität, und sage dann halblaut: »Ich habe mein Weihnachtsgeschenk in New York am Flughafen liegen lassen.« Es ist zumindest nicht gelogen.

»Aha. Das ist natürlich ein Grund«, kommentiert Ruth trocken, sodass klar wird, dass sie das überhaupt nicht für einen Grund hält, zu streiten. Dann macht sie Platz, zieht die Tür weit auf, sodass wir in den bunt tapezierten Gang eintreten können. Ich streife meine Schuhe ab und schlupfe in die Wollschlappen, die wie immer an der Tür über dem Mosaik aus mexikanischen Fliesen auf mich warten. Wie Ruth.

Moritz lässt sich von Ruth umarmen, was noch seltsamer aussieht als bei mir, denn Moritz ist noch gute zehn Zentimeter größer als ich. Üblicherweise macht er irgendeinen Scherz über ihre Größe. Nennt sie *Zwerg Nase* oder *Rumpelstilzchen* und drückt ihr dann genau wie ich einen Kuss auf die Stirn. Das alles bleibt heute aus und das beunruhigt mich noch mehr als die Distanz zwischen uns. Gehe ich zu weit mit meinem Kinderwunsch? Mache ich Moritz zu viel Druck? Sollte es wieder mehr um das gehen, was zwischen uns funktioniert, statt darum, was alles nicht klappt?

Ruth versucht, die Stimmung zu retten, indem sie anfängt, das heutige Kochdesaster zu schildern.

»Na ja, und dann sind mir die Entchen in die Badewanne gekullert, du weißt schon, die, die Nathalie als Kind so geliebt hat. Die mit der Sonnenbrille und die andere mit dem Surfboard. Hast du die ihr nicht geschenkt?«

Ich nicke.

»Na ja, auf jeden Fall sind die gelben Entchen im Wasser gelegen. Wie Knödel im Topf, und auf einmal wusste ich, dass ich die Klöße völlig vergessen habe. Aber keine Angst, ich hatte noch Nudeln. Und die sind mir sogar gelungen.«

Wir sind im Wohnzimmer angekommen. Im kleinen grauen Kamin knistert das Feuer und auf dem breiten Eichentisch im angrenzenden Esszimmer steht eine bunte Ansammlung verschieden großer Kerzenstumpen. Nathalies Kurzhaarschnitt, den sie inzwischen platinblond gefärbt hat, taucht hinter der Arbeitsfläche auf. »Hey, ihr Lieben«, grüßt sie und verzieht ihren kleinen Mund zu einem breiten, herzlichen Lachen. Sie hebt die Hände, die in verdreckten grünen Ofenhandschuhen stecken, und winkt uns zu.

»Essen ist gleich fertig – oder, besser gesagt, das, was ich retten konnte!«

»Hi«, grüßt Moritz.

»Hey, Nathalie«, sage ich lächelnd und versuche, einen Blick auf Moritz zu erhaschen, aber er weicht mir aus.

»Erzähl mal was von New York«, fordert mich Ruth auf und bedeutet uns, uns zu setzen. Mir fällt sofort auf, dass ein Gedeck fehlt.

»Du hast nicht für ihn gedeckt?«, frage ich und merke, dass sich mein Herz sofort ein paar Kilo schwerer anfühlt.

»Er isst doch sowieso nichts, Schätzchen«, sagt Ruth sanft und legt die Finger auf die Tischfläche.

»Na und?«, erwidere ich trotzig und höre, wie Moritz scharf die Luft einzieht.

»Also, war New York so, wie du es erwartet hast? So, wie Judith es sich immer vorgestellt hat?« Ruth verhält sich seltsam, wenn es um meinen Bruder geht, aber was meine verstorbene Mutter betrifft, so hat sie nie Hemmungen gehabt, über sie zu sprechen. Die Frau, an deren Stelle als Mutter sie so selbstlos und mit so viel Liebe getreten ist.

»Ich weiß nicht, ich glaube schon.«

»Judith konnte von Orten mit so viel Begeisterung sprechen, als wäre sie dort gewesen. Am meisten hat sie sich auf die Museen gefreut. So viel Kunst, so viel Flair. Warst du im Metropolitan?«

»Klar, auch im Guggenheim.«

»Wolltest du eigentlich nicht mit, Moritz?«, fragt sie.

Sie rackert sich ab für die Stimmung. Aber es ist ähnlich wie mit dem Kochen. Ruth ist zu chaotisch, um feinfühlig zu sein. Moritz hat sich zwei Stühle weiter neben mich gesetzt. Schon wieder zu viel Abstand.

Er zuckt mit den Achseln, dann sieht er mich an und sagt, nicht ohne Vorwurf in der Stimme: »Du weißt doch, dass sie das lieber ohne mich macht.«

»Es sind Mamas Reisen, Moritz. Nicht meine«, antworte ich schnippisch.

»Jetzt lasst uns erst mal was essen!«, schlägt Ruth vor und fährt sich mit der Zunge über ihren kussfesten Lippenstift.

Die Suppe ist zwar lecker, aber sie könnte genauso gut aus reinem Wasser bestehen. Meine Geschmacksnerven haben gar keine Zeit, Genuss zu empfinden. Denn zwischen mir und Moritz klafft ein Loch. Ein leerer Stuhl, und ich kann mich auf nichts anderes konzentrieren. Hier könnte meine Mutter sitzen. Oder Tim. Oder unser Kind. Der Stuhl ist ein Platzhalter für die Unmöglichkeiten des Lebens. Und obwohl in diesem Raum drei Menschen sitzen, die ich liebe und die mich lieben, fühle ich mich mit einem Mal schrecklich einsam. Moritz, der sonst nicht müde wird, mit Ruth über ihre beruflichen Möglichkeiten zu beratschlagen – sie arbeitet bei einer Versicherungsagentur und sie hasst es, schafft es aber nicht, endlich das Handtuch zu werfen –, gibt einsilbige Antworten, Nathalie bemüht sich nach Kräften, das Gespräch nicht abreißen zu lassen, und Ruth wirft mir besorgte Blicke zu. Dieses Haus hier ist seit über zehn Jahren mein Elternhaus. Der Ersatz für ein Haus, das es nicht mehr gibt. Und zum ersten Mal seit jenem Tag, an dem ich mit meinem kleinen Rucksack hier eingezogen bin und Ruths Arme dafür gesorgt haben, dass ich mich nicht völlig verliere, zum ersten Mal fühle ich mich fremd. Nach den Nudeln halte ich es nicht mehr aus. Ich stehe auf, schiebe den Stuhl knarzend und knarrend nach vorn, so heftig, dass mein Glas wackelt, als die Lehne gegen die Tischplatte stößt, und sage hastig: »Ich sehe mal nach Tim. Vielleicht möchte er Nachtisch.«

Moritz reagiert gar nicht. Nichts anderes habe ich erwartet.

Ruth runzelt die Stirn. »Soll ich mitkommen?«

Ich versuche zu lächeln. »Nein, ich möchte gern mit ihm allein reden.«

Ruth nickt langsam.

Ich weiß genau, wo ich ihn finde. Denn auch wenn er Ruths Haus nicht betritt, so ist er an solchen Tagen immer ganz nah. Der Weiher hinter der großen Naturschutzwiese ist sein Lieblingsplatz. Die Kinder- und Jugendwohngruppe hat ihren Sitz direkt gegenüber auf der anderen Mainseite und jetzt, da der Himmel klar ist, kann man von Weitem die bunten kleinen Häuser erkennen, die sich im Halbkreis um den Fußballplatz und die Tartanbahn anordnen. Es ist schon von jeher schwierig gewesen, Tim in ein Gebäude zu sperren – egal wie das Wetter ist, es zieht ihn immer nach draußen. Ich verstehe das gut, denn mir geht es ähnlich. Der Wind hat sich gelegt und so ist es nicht mehr so unangenehm, den kurzen Weg bis hinunter zum Weiher zu gehen. Die Äste der Bäume biegen sich unter der schweren Schneelast, die auf ihnen ruht. Es wirkt, als wollten sie sich verbeugen. Wie ich geahnt habe, muss ich gar nicht nach Tim suchen. Er sitzt auf dem kurzen Steg, von dem aus wir im Sommer immer die dicken Karpfen beobachten und ihnen Brotkrumen in ihre gierigen Mäuler werfen. Tim bemerkt mich nicht, sondern schaut aufs Wasser hinaus.

»Hey, kleiner Bruder!«, grüße ich ihn.

Er sitzt mit dem Rücken zu mir. Die Jacke hat immer noch diesen dunklen Fleck auf Schulterhöhe. Jedes Mal, wenn ich meinen Bruder so von hinten betrachte, kann ich mir gut vorstellen, wie er als Erwachsener aussehen könnte. Ein kräftig gebauter, mittelgroßer Mann mit einem bubenhaften Grinsen. Wenn er sich dann umdreht, ist es fast ein Schock zu sehen, wie jung er ist. Ich bin überzeugt davon, dass es Menschen gibt, deren Geist älter ist als ihr Körper. Bei Tim ist das auf jeden Fall so. Vielleicht nenne ich ihn deswegen gern Struppi, um ein wenig das Kindliche an ihm festzuhalten.

»Hallo.« Er strahlt und seine Mundwinkel ziehen sich von einem Rand der Mütze bis zum anderen. An beiden Seiten lugen die blonden Haarspitzen wie freche Mädchenzöpfe heraus.

Ich laufe vorsichtig auf dem Steg auf ihn zu. Unter dem Schnee hat sich auf dem glatten Holz eine gefährliche Eisschicht gebildet, die bei jedem meiner Schritte knackst und so rutschig ist, dass ich instinktiv die Arme ausbreite.

»Du musst dir unbedingt mal deine Haare schneiden lassen«, sage ich und grinse ihn an.

»Ne, die wachsen dann vielleicht nicht mehr«, entgegnet er und steckt eine Strähne unter die Mütze.

»Wie kommst du denn darauf?« Ich schlucke.

»Das ist bei Männern manchmal so, da hören die Haare auf zu wachsen! Und dann werden sie kahl. Glaubst du, ich will mit zwanzig schon eine Glatze haben?« Er reißt theatralisch die Augen auf.

Wenn er solche Dinge sagt, dann ist er einfach nur ein zehnjähriger Junge. Der mein Herz mehr berührt als alles andere auf dieser Welt.

Ich streiche ihm zärtlich über den Kopf. Und muss bei dem grauen Wollgemisch auf seinem Haupt aus dem Nichts heraus an den Kerl vom Flughafen denken. Max. Daran, wie ich ihn habe stehen lassen. Und wie unangenehm es ist, zu wissen, dass ich es ihm nie werde erklären können. Dabei will ich nicht an den Fremden denken, wenn ich so wichtige, so rare Zeit mit meinem Bruder verbringen kann.

»Es ist zu kalt, hier zu sitzen, Tim!«, rüge ich ihn. Er trägt nur Jeans und diese gefütterten Gummistiefel, die schreckliche Stinkefüße verursachen.

»Mir ist nie kalt!«, erklärt er bockig.

»Wo ist deine Angel?«

»Ich angele heute mit den Händen«, behauptet er und zwinkert mir zu. Niemand würde Tim auf den ersten Blick für meinen Bruder halten. Er ist blond, hat blaue Augen und einen zu großen Mund für sein kleines Gesicht. Seine Stupsnase lässt ihn frecher aussehen, als er ist, und er wirkt jünger, als er ist. Ich dagegen bin ein dunklerer Typ, wie unser Vater. Wie gern wäre ich blond, wie Mutter. Ich habe ein markantes, langes und etwas hervorstehendes Kinn, weshalb ich mein Haar nicht kurz tragen kann, ohne ein wenig männlich zu wirken. Meine Lippen sind voll, aber mein Mund ist klein und meine Augen im Gegensatz zu Tims dunkel. Ich bekomme leicht Schatten unter den Augen, wenn ich müde bin. Selbst als Kind habe ich bereits diese Schatten als Zeichen dunkler Vorahnungen im Gesicht gehabt und unterscheide mich damit wesentlich von Tims völlig unschuldiger und fröhlicher Ausstrahlung.

»Du solltest dich nicht einfach so hier hinsetzen«, versuche ich es erneut. »Es ist eiskalt!«

»*Probleme kann man niemals mit der gleichen Denkweise lösen, durch die sie entstanden sind*«, belehrt mich Tim.

Ich pruste kurz. Ich glaube es nicht. »Wer hat das gesagt?«

»Albert Einstein natürlich! Hast du mein Heft dabei?«

Ich greife in meinen braunen Shopper, den Moritz als die unpraktischste Handtasche der Welt bezeichnet. Keine Innenfächer, kein Reißverschluss, keine Möglichkeit, einen Geldbeutel diebstahlgesichert unterzubringen, und eine riesige Innenfläche, um zu garantieren, dass man eine halbe Ewigkeit nach allem suchen muss. Das rote Schreibheft dagegen finde ich schnell. Ich reiche es meinem Bruder.

Er grinst mich an, rappelt sich auf und presst das Heft an seine Brust. »Danke! Hast du einen neuen Spruch reingeschrieben?«

»Na klar!«

»Erzähl«, fordert er mich auf.

Ich muss lächeln und deute wortlos auf das Buch. Tim schlägt es mit einer so begeisterten Miene auf, wie andere Jungs in seinem Alter sie allenfalls bei der Installation eines neuen Computerspiels an den Tag legen.

Er blättert ein paar Seiten vor und zurück, so, als wüsste er nicht ganz genau, wie weit er das Buch beschrieben hat. Und dann liest er laut vor: »*Viele verlieren den Verstand nur deshalb nicht, weil sie keinen haben.* Baltasar Gracian y Morales.«

Er lächelt und das Lächeln wird so breit, dass es seine Ohren unter der Mütze mit nach oben zieht. »Cool, den kannte ich noch nicht!«

»Gern«, sage ich und will ihn an mich drücken. Dabei weiß ich doch, dass er das nicht sonderlich gern hat. Darin unterscheidet er sich kein bisschen von seinen Altersgenossen.

»Wie war es in New York? Hast du die Freiheitsstatue gesehen?«, will er wissen und lehnt sich brav an das Geländer des kleinen Holzstegs. »Ist sie wirklich so verkackt mit Taubenscheiße?«

»Na ja, keine Ahnung, von Weitem kann man das schlecht sagen«, sage ich ausweichend. Auf Ellis Island habe ich es in der Kürze der Zeit nicht geschafft. Aber wie immer, wenn mir etwas nicht gelungen ist – selbst wenn ich keine Schuld daran trage –, fühle ich mich, als hätte ich versagt. Auf ganzer Linie.

»War es, als wäre Mama dabei gewesen?«, will er dann wissen und wird etwas leiser.

»Ein bisschen«, lüge ich. Denn die Wahrheit ist, auch wenn ich seit Jahren, wann immer es geht, jene Reisen unternehme, die meine Mutter gern gemacht hätte, so habe ich es bisher nicht geschafft, sie einzufangen, sie irgendwie wieder greifbar zu machen. Wir schweigen einen Moment, weil wir das manchmal brauchen. Weil es zwischen mir und Tim Platzhalter geben darf, ohne dass sie wehtun. Schon wieder schiebt sich Max in meine Gedanken, als hätte er irgendetwas mit Tim zu tun, als spielte er irgendeine Rolle in meinem Leben. *Stehst du nicht so drauf, oder? Auf Verschwendung.*

Ich sehe Tim in die Augen. »Hast du schon mal gedacht, dass es eine Verschwendung ist, dazusitzen und auf etwas zu warten?«

Tim schaut mich überrascht an. »Auf einen Fisch, meinst du?«

»Ja, auch. Auf mich, auf irgendetwas. Darauf, dass etwas passiert.«

»Eigentlich will ich nicht, dass was passiert«, sagt er unsicher. »Eigentlich will ich nur hier sitzen.«

»Ich schon. Warten ist blöd«, sage ich und jetzt klinge ich wie das Kind. Mein Bruder lacht. Es mag seltsam sein, seinen kleinen Bruder um Rat zu fragen, aber Tim hat meist bessere Antworten auf Lager als mancher Erwachsene. Ruth mal ausgenommen.

»Sag mal, wenn du jemanden nicht mehr aus dem Kopf bekommst, was würdest du dann machen, Tim?«

»Mich auf den Kopf stellen, vielleicht fällt er dann raus«, antwortet er schlagfertig und grinst.

Ich grinse zurück.

»Warum fragst du das? Wen kriegst du nicht mehr aus dem Kopf?«, bohrt er nach.

»Er heißt Max«, murmele ich.

»Ich dachte Moritz«, sagt Tim mit einem frechen Grinsen.

»Der, der mir nicht aus dem Kopf geht. Komisch, dass er ausgerechnet Max heißt, oder?«

»Warum? Wie sollte er denn sonst heißen?« Tim sieht mich verständnislos an.

»Wegen Max und Moritz, diesen beiden …«

»Kenne ich nicht.« Er zuckt mit den Achseln.

»Bist du dir sicher, dass du ein normales Kind bist? Du zitierst Albert Einstein, aber kennst die Geschichte von Max und Moritz nicht?«

»Na ja, dann hast du mir die Geschichte anscheinend nicht vorgelesen. Das nennt man Vollversagen als große Schwester!«

Er meint es nicht böse, aber seine Worte treffen mich hart. Natürlich habe ich als Schwester versagt. Ich habe nicht gut genug auf ihn aufgepasst, sonst wäre es gar nicht so weit gekommen.

»Ich hab alles falsch gemacht, Struppi. Wenn ich …«

»Du hast gar nichts falsch gemacht«, sagt er und schüttelt den Kopf. »Ich hab dich lieb.«

»Ich dich auch«, antworte ich mit schwerer Stimme. »Sehr lieb.«

Ich beiße mir fest auf die Lippe, um nicht vor ihm zu weinen.

»Oh Mann, zieh nicht so ein Gesicht«, sagt er und rollt mit den Augen. »Sonst mache ich Schneematsch aus dir.« Er steht auf und ich folge ihm ans Ufer.

»Pah!«, knurre ich, bücke mich, nehme eine Handvoll Schnee und versuche, sie zu einem Klumpen zusammenzupressen. Es geht nicht, es ist Pulverschnee. Die kalte Masse zerfällt einfach in meiner Hand.

Aber Tim ist ohnehin schneller. Er stürzt sich mit Gebrüll auf mich und wirft mich in den Schnee.

Ich schließe die Augen und bewege dann die Arme seitlich an meinem Körper auf und ab. »Schneeengel, komm wir machen Schneeengel. Das ist übrigens das einzige Wort, das drei aufeinanderfolgende ›e‹s hat«, rufe ich mit noch immer geschlossenen Augen. Keine Antwort.

»Stimmt nicht, der Seeelefant hat auch drei!« Erschrocken reiße ich die Augen auf. Die Stimme gehört Ruth, nicht Tim. Und mein Bruder hat sich schnell aus dem Staub gemacht. Ich drehe mich, hebe den Kopf und sehe den kleinen Fußspuren auf dem Schnee nach. Aber da sind inzwischen zu viele, Ruths, meine … die Tapsen einer Katze.

»Was ist denn bitte ein Seeelefant?«

»Ein Tier vielleicht«, sagt Ruth und reicht mir die Hand.

Ich lasse mich von ihr hochziehen. »Was machst du hier?«, frage ich und schaue noch einmal, ob ich Tim in der Ferne entdecken kann. Ich sehe etwas Graues zwischen den Bäumen in Richtung Kinderheim, aber das könnte auch irgendetwas anderes als Tims Wollmütze sein.

Ruth seufzt. »Nach dir sehen. Moritz ist gegangen, weißt du …« Sie bricht ab. »Tim ist wohl auch nicht mehr da.« Sie hört sich traurig an.

»Ja, er musste schnell gehen. Sie wartet auf ihn.«

Ruth nickt, aber wirkt nicht überzeugt. »Was ist denn los mit Moritz und dir?«

»Ach nichts«, sage ich ausweichend. »Gar nichts.« Vielleicht wird es wahr, wenn ich es nur oft genug beteuere.

»Und sonst, Dalia? Du sprichst kaum darüber, es ist so lange her, aber ich weiß, wie sehr du sie noch immer vermisst …«

»Das hört nicht auf, oder?«, seufze ich.

»Nein, das hört nicht auf«, bestätigt sie.

»Denkst du noch manchmal an sie?«

»Sehr oft sogar. Immer wenn ich koche, zum Beispiel. Dann sehe ich deine Mutter neben mir stehen und mir ungeduldig den Rührlöffel aus der Hand nehmen. Und Tim, der in die Küche kommt und darum bettelt, die Soße versuchen zu dürfen. Oder neulich, als ich an einem Reisebüro vorbeigegangen bin, da hat es sich angefühlt, als wäre Judith die Frau vor mir, die sich die Nase am Schaufenster platt gedrückt hat.«

»Über mehr als viele Pläne und ein paar Reiseprospekte ist sie nie hinausgekommen«, sage ich traurig. »Ich wünschte so sehr, sie hätte all das auch wirklich sehen können, was sie sich nur auf Fotos angeschaut hat.«

»Und jetzt machst du das für sie.«

»Ja, aber das ist ja nicht das Gleiche. Und manchmal fühlt es sich auch so an, als stünde es mir gar nicht zu. Ich meine, sie ist nicht mehr da und ich, ich hätte es vielleicht verhindern können. Wenn ich nur nicht so stur gewesen wäre, wenn ich nicht einfach bockig … Ich meine, wenn ich nicht …«

»Hör auf«, unterbricht mich Ruth. »Du warst ein Kind. Tim war ein Kind. Du hättest nichts daran ändern können. Nichts. Es ist passiert, Dalia, und wenn du einem die Schuld geben willst, dann nicht dir.«

Sie sagt seinen Namen nicht, das macht sie nie. Denn sie hat ihm ebenso wenig vergeben wie ich. Und trotzdem schwebt er zwischen uns, als hätte er das gleiche Recht dazu wie meine Mutter. Dabei hat er mit diesem Tag vor vielen Jahren jedes Recht verloren. Mein Vater. Den ich nie wiedersehen will.

3. Kapitel

Freundschaften entstehen aus den seltsamsten Situationen heraus. Es braucht oft keinen triftigen Grund dazu, sich anzufreunden. Und meist reicht eine einzige Gemeinsamkeit schon aus, um ein solides Fundament zu bauen. Entweder stimmt dann die Chemie oder sie stimmt eben nicht. Yael und ich, wir sind Freunde aus einem Missverständnis heraus. Unsere erste Gemeinsamkeit beruht einzig und allein auf meinem Vornamen. Hieße ich Sabine, hätten wir niemals festgestellt, dass ein Missverständnis einen stärker aneinander binden kann als die Tatsache, eine gemeinsame Klasse zu besuchen.

Meinen Eltern ist nicht bewusst gewesen, dass sie mir einen jüdischen Namen gegeben haben. Der Klang hat ihnen gefallen, also haben sie mich Dalia genannt. Yael dagegen heißt Yael, weil ihre Großtante väterlicherseits bei einem der Todesmärsche am Ende des Zweiten Weltkriegs gestorben ist. Erfroren, wie mir die damals zehnjährige Yael mitgeteilt hat, während sie auf einem harten Kaubonbon herumgebissen hat. Ein weitaus besserer Grund als pures Gefallen, und Yael nimmt ihre namentliche Verantwortung von jeher sehr ernst. Umso entzückter ist sie bei unserem ersten Zusammentreffen auf dem Waldspielplatz gewesen, als ich ihr meinen Namen genannt habe. Endlich ein jüdisches Mädchen, so dachte sie, mit dem sie all ihre Geschichten und ihre Pläne für die Zukunft (nichts weniger als die Rettung des israelischen Volkes schwebte ihr vor) teilen konnte und die sie verstehen würde. Zunächst klärte ich dieses Missverständnis nicht auf, es war zu schön, auf einmal jemandes beste Freundin zu sein. Zumal Yael nicht nur irgendein Mädchen war. Sie ist besonders gewesen. In jeder Hinsicht. Sie ist es immer noch.

Manchmal, wenn ich sie ansehe, dann erkenne ich das dunkelhaarige, ernste Kind mit der langen Nase sofort wieder, das besser austeilen konnte als so mancher Junge. Yael hat sich regelmäßig mit den Jungs geprügelt, einfach, weil sie es gekonnt hat, und sich damit gewaltigen Respekt verschafft.

Jetzt ist sie vierunddreißig, immer noch sehr groß, schlank und überaus durchsetzungsfähig. Sie hat zwei Söhne im Alter von sechs und vier, die sich ebenso regelmäßig gegenseitig verkloppen, wie Yael es früher mit ihren Brüdern getan hat. Was sie vor Jo und Aaron niemals zugeben würde.

»Findest du es schlimm, wenn mein Weihnachtsgeschenk an dich eigentlich eins für mich ist?«, fragt sie und sieht mir dabei zu, wie ich versuche, ein weiteres Handtuch für unser Wellnesswochenende in meine Tasche zu stopfen.

»Nein, wieso?« Ich schiele zu ihr hoch.

»Weil ich dich benutzt habe …«

»Aha?« Ich zerre am Reißverschluss, beschließe, dass es keinen Sinn ergibt, mich weiter damit abzumühen, und ziehe das Handtuch wieder heraus.

Yael trippelt von einem auf den anderen Fuß.

»Um mal daheim rauszukommen. Ich habe vor Mark behauptet, du und Moritz, ihr hättet gerade Probleme …« Schuldbewusst zupft sie an ihren Pulloverärmeln. »Ich kann den Jungs nicht die ganzen verdammten Ferien dabei zusehen, wie sie sich die Köpfe einschlagen. Letzte Woche hat Aaron Jo Reiskörner ins Bett gestreut und seinen Lieblingsteddy im Klo ertränkt, nur weil er seinen Playmobildrachen nicht mit ihm teilen wollte. Dann sind sie aufeinander los wie die Berserker …« Yael schüttelt den Kopf, wie immer, wenn ihr auffällt, dass sie zu viel über ihre Kinder redet. Dabei stört mich das gar nicht. Ich will ja nicht ihre Jungs, ich will nicht irgendein Kind, ich will *mein* Kind. Es ist also sinnlos, auf sie neidisch zu sein. Und so bin ich es meistens auch nicht.

»Ich musste etwas erfinden und da ist mir nichts Besseres eingefallen. Dämlich, ich weiß. Ausgerechnet ihr beiden … Ich meine, es ist lächerlich, ihr seid unsere Harmoniegaranten. Mark und ich sagen immer, wir alle werden geschieden sein, nur Moritz und Dalia, die sitzen noch mit achtzig zusammen in ihrem Häuschen am Main und haben heißen Sex in der Vorratskammer. Oder so …« Sie bemerkt meinen Blick und hält inne.

Von heißem Sex brauchen wir nicht zu sprechen. Aber Yael kann ja auch nicht wissen, dass ich mich in der trockensten Dürreperiode meines Sexlebens seit Verlust meiner Jungfräulichkeit befinde. Es würde mir derzeit schon genügen, wenn Moritz mich überhaupt beachtete. Er hat seit dem Abend bei Ruth nicht mehr viel gesprochen. Das Nötigste, das sich auf »Guten Morgen«, »Ich gehe nach draußen« und »Was essen wir heute Abend?« beschränkt. Wie vermutet verbringt er die Hälfte der Zeit mit dem ollen Kahn, der vor unserem Haus auf dem Main schaukelt und die besten Jahre längst hinter sich gelassen hat. Er streicht Bretter, hat das Segeltuch zu einem Schneider gebracht und verbringt Stunden mit dem Durchstöbern von Ebay-Kleinanzeigen, um die fehlenden Teile zu finden. Die andere Hälfte seiner freien Zeit knechtet er seinen Körper im Fitnessstudio und abends setzt er sich vor die alte, verstaubte X-Box, die er aus dem Winterschlaf geweckt hat. Es kommt nicht von ungefähr, dass er sich genau mit den drei Dingen beschäftigt, mit denen ich so gar nichts anfangen kann: Boote aller Art, Muckibuden, Gedaddel.

Von daher hat Yael mal wieder unbewusst ins Schwarze getroffen. Man könnte durchaus behaupten, dass wir Probleme haben. »Stimmt ja auch«, murmele ich und versuche, auf einem Bein stehend in meine Stiefel zu kommen.

»Was?«

»Dass wir Probleme haben«, flüstere ich. Dabei ist Moritz gar nicht im Haus, geschweige denn in Hörweite. Aber es tut nicht ganz so weh, es leise auszusprechen.

»Wieso?«, fragt Yael entgeistert.

»Weil … weil er keine Termine mehr machen will. Er hat aufgegeben.«

Ist das eigentlich der einzige Grund? In dieser ganzen schwierigen Zeit des Schwanger-werden-Wollens, die gerade deshalb so aufreibend war und ist, weil es um eine Sache geht, die offenbar alle anderen mühelos zustande bringen, sind wir immer ein Team gewesen. Ich habe stets das Gefühl gehabt, dass uns dieses *Problem* enger zusammengeschweißt hat. Erst seit der letzten glücklosen In-Vitro-Fertilisation ist etwas anders. Seit dem Tag, an dem ich Moritz während des Herbstferienlagers, an dem er als Betreuer teilgenommen hat, angerufen habe und ihm unter Tränen erzählen musste, wieder einmal nicht schwanger geworden zu sein.

»Oh«, sagt Yael. »Das ist scheiße. Richtig scheiße. Und du? Du willst nicht aufgeben?«

»Nein«, antworte ich und spüre, wie mir wieder die Tränen in die Augen steigen. Er ist nicht sofort nach Hause gekommen, wie sonst, wenn ich ihn angerufen habe, weil ich wieder einmal noch vor dem Test meine Tage bekommen habe. Diesmal ist er geblieben.

»Von all den Dingen, die mir das Leben verweigern konnte, ausgerechnet das, Yael!«

Sie nickt und ihre braunen Augen werden wässrig. »Das Leben hätte dir auch Moritz verweigern können, Häschen.«

»Das kann es ja immer noch«, sage ich und merke, dass das wirklich stimmen könnte. Der Gedanke macht mir furchtbare Angst. Nichts ist mir im Leben so wichtig wie Beständigkeit. Und ich liebe Moritz, ich will ihn nicht verlieren. Den letzten Satz habe ich offenbar laut gedacht, denn Yael stürzt auf mich zu.

»Nein, nein, nein«, Yael packt mich bei den Schultern, sieht mir entschlossen in die Augen und rüttelt mich fest.

So wie damals, als ich ihr gestanden habe, den Talmud für eine Hautcreme gehalten zu haben, keine Ahnung vom Sabbat zu haben und den Kerzenständer mit den sieben Fassungen hässlich zu finden.

»Du wirst ihn nicht verlieren.«

Ich habe ein ungutes Gefühl, will ich noch sagen, da Yael mir dabei aber auch nicht helfen kann, streiche ich den Satz. Ich müsste mit Moritz sprechen, aber wie soll ich das tun, wenn er mir gar nicht zuhört? Gestern ist er allein zu Florian gefahren, seinem behinderten Bruder, der in der Wohngruppe lebt, mit der Moritz auch immer zu den Ferienfreizeiten fährt. Nun bin ich mit Yael zum Wellness unterwegs und am Montag muss Moritz wieder ins Büro. Beim Frühstück hat er etwas von »neues Projekt, viel Arbeit« gemurmelt und somit ist mir klar, dass er erst nach Hause kommen wird, wenn ich längst zur Abendschicht aufgebrochen bin. Geht er mir absichtlich aus dem Weg?

»Das wird wieder, ich weiß das«, bestätigt Yael.

Ich weiß, dass sie es gut meint, aber ich glaube solchen Beteuerungen nicht mehr. Denn ich habe sie in den entscheidenden Momenten meines Lebens gehört und nichts ist mehr *wieder geworden*. Was tot ist, ist tot. Was kaputt ist, ist kaputt. Und ich habe auf eine beklemmende Art das Gefühl, dass irgendetwas zwischen Moritz und mich getreten ist, was unüberwindbar ist.

»Ich verabschiede mich noch schnell von Tim!«, seufze ich.

Yael nickt und kneift die Lippen zusammen. »Grüß ihn von mir«, murmelt sie.

Tim sitzt draußen auf der Terrasse im Strandkorb, auf dem Schafsfell, das ich extra für ihn dort hingelegt habe. Er beobachtet Moritz, der mit dem Rücken zu ihm am Mainufer auf die Flanke seines Kahns einhämmert. Wie klein er manchmal aussieht, wie sehr ich mich danach sehne, ihn beschützen zu können.

Ich rufe halblaut: »Tschüss, ich gehe dann jetzt. Wellness … mit Yael«, und hoffe, dass Moritz merkt, dass ich ihn meine. Sein Kopf bewegt sich und mit etwas Fantasie könnte man es für ein Nicken halten.

»Meinst du, er ist böse auf dich?«, will Tim wissen und trommelt mit den Beinen gegen den Fußkasten des Korbes.

»Sieht so aus, oder?«, antworte ich.

»Wegen mir?«

»Nein, mein Schatz.« Ich streiche ihm über die Haare. »Nicht wegen dir.«

»Warum dann?«

»Ich weiß es nicht.«

»Ich habe einen guten Spruch gefunden, zu der Sache, die du mich am Weiher gefragt hast, wegen dem Kopf«, sagt er plötzlich aufgeregt, während ich noch immer auf Moritz' Rücken starre und ihn still beschwöre, sich zu mir umzudrehen.

»Mmh«, murmele ich.

Ob ich runtergehen und ihn einfach in den Arm nehmen sollte?

»*Mancher findet seinen Kopf nicht eher, als dass er sein Herz verliert*«, zitiert Tim.

»Was?«

»Herz verlieren, Kopf finden«, erklärt er in abgehackter Robotersprache.

Ich muss grinsen. »Wer sagt das denn?«

»Nietzsche, schlauer Mann, der muss es wissen. Wusstest du, dass er erst richtig berühmt wurde, als er schon tot war?«

»Nein, wusste ich nicht«, sage ich. »Ich muss los, sei anständig und mach mir keinen Ärger.«

»Ich doch nicht.« Er grinst und fängt wieder an, mit den Füßen aufs Holz zu trommeln. »Du, Dali, meinst du, mir fällt irgendwann mal eine Weisheit ein, die noch viel weiser ist als die von Nietzsche und Einstein?«

Er schaut mich mit diesem unwiderstehlichen Blick an, der die seltsame Mischung aus kindlicher Neugier und früher Reife perfekt vereint.

»Ganz bestimmt«, sage ich und lächle.

»Dann werde ich nach meinem Tod auch weltberühmt«, erklärt er unbekümmert.

Ich schlucke und sage dann betont fröhlich: »Dann müssen wir uns aber einen besseren Künstlernamen für dich überlegen.«

»Wir könnten ein Doktor vorn dran setzen, dann hört es sich gleich besonders gut an«, schlägt er eifrig vor. »Kaufst du mir einen Doktortitel zum Geburtstag? Sind die teuer?«

Ich lache, küsse ihn und versuche, nicht mehr zu Moritz zu sehen, während ich das Haus über die Terrassentür wieder betrete und Yael daran hindere, weiter das dreckige Geschirr zu spülen.

4. Kapitel

Einer der ersten Sprüche, die ich je in Tims Heft geschrieben habe, stammt von Aldous Huxley. *Nichts bewahrt uns so gründlich vor Illusionen wie ein Blick in den Spiegel.*

Man sollte das umtexten in: Nichts bewahrt uns so gründlich vor Illusionen wie der Blick auf eine gepackte Tasche im Hausflur.

Zugegeben, die poetische Note fehlt, dafür ist es umso zutreffender. Als Yael mich am Sonntagmorgen vor der Haustür absetzt und mit einem entspannten Grinsen mitteilt, dass sie jetzt nach zwei Tagen totaler Regungslosigkeit das Gefühl habe, ihre Jungs wieder für mindestens eine Stunde ertragen zu können, ohne auszuflippen, da weiß ich noch nicht, dass meine eigenen, über das Wochenende aufgebauten Illusionen sich mit einem einzigen Schritt in meine Wohnung in Luft auflösen werden.

Yael hat mich ermuntert und ich habe mich selbst ermutigt. Mir das ganze Wochenende über eingeredet, dass Moritz und ich das schaffen werden. Wir haben so vieles gemeinsam überlebt. Nicht nur die Folgen der schlimmsten Familientragödie, die man sich vorstellen kann. Nicht nur Trauer um Tote. Ich habe einmal gelesen, dass Kinderwunschpatienten ähnlich empfinden wie Trauernde, sie beklagen ebenfalls den Verlust eines Lebens. Ein ganzes Leben, das nicht stattfinden wird. All diese schon rein biologisch vorprogrammierten Vorgefühle der uneingeschränkten Vorfreude. Auf eine Schwangerschaft, die es nicht geben wird, auf eine Geburt, die sie nicht erleben werden, auf Meilensteine des Lebens, die fehlen werden. Andere werden Eltern, man selbst bleibt zu zweit. Aus Eltern werden Großeltern und man selbst immer noch zu zweit einsam. Doch wenn einer sich mit Trauer auskennt, dann ich, oder etwa nicht? Ich habe das schon einmal überlebt und diesmal gibt es wenigstens noch einen Funken Hoffnung. Wir werden das schaffen, wir brauchen nur Zeit. Ich darf Moritz nicht mehr so drängen. Warum nicht einfach ein wenig aussetzen, eine Pause machen, reisen – ein paar von Mamas Zielen gemeinsam besuchen? Ich bin in so vielen anderen Dingen gut darin, sie nicht fertigzustellen. Warum richtet sich dieses winzige in mir vorhandene Quäntchen Perfektionismus ausgerechnet auf den Wunsch, eine Mutter zu sein? Weil ich selbst keine mehr habe?

Über all diesen Fragen und einem positiveren Gefühl, das Yael und das ruhige Wochenende mir gegeben haben, stolpere ich über Moritz' große Reisetasche im Flur.

»Was …?«

Ich sehe seinen Schatten hinter der Glastür; als er sie öffnet, schließe ich die Augen.

»Wir müssen reden«, sagt er und steht Sekunden später mit hängenden Armen vor mir, den Blick gesenkt.

Klitzekleine Details fallen mir auf und ich konzentriere mich darauf. Das Handtuch, das nicht mehr in meine Tasche gepasst hat, liegt gefaltet auf der weißen Ikeabank, die wir auch als Schuhablage benutzen. Moritz' sonst immer überall herumliegende Jacken sind verschwunden. Ein altes Paar blau-grüne Laufschuhe mit Loch über dem rechten großen Zeh spitzt unter der Treppe hervor. Auf dem Sideboard steht eine Packung Mandarinen, die oberste sieht so zerschrumpelt aus, wie sich mein Herz gerade anfühlt. Mit den Händen zerquetscht, ausgewrungen, von jeglichem Saft befreit.

»Hast du Mandarinen gekauft?«, frage ich automatisch und starre weiterhin auf die Plastikverpackung mit dem roten Netz darüber. »Ich kaufe nur die, die nicht noch zusätzlich in Plastik gepackt sind.« Das stimmt gar nicht, ich nehme mir das zwar immer vor, aber dann habe ich doch Angst, sie könnten auslaufen und hässliche Flecken auf dem Autositz hinterlassen. Als ob es darum ginge, hier, in diesem Moment, um Mandarinen und die Verschmutzung von Autos oder Weltmeeren.

Moritz sieht mich entgeistert an und ich weiß selbst nicht, wer das ist, der da so einen Stuss erzählt. Wahrscheinlich der Teil von mir, der hinauszögern will, was auf »Wir müssen reden«, zwangsläufig ein in diesem Fall zunächst einseitiges Gespräch, folgt. Die Chancen stehen zu fünfzig Prozent auf: »Wir können doch Freunde bleiben«, zu neunundzwanzig Prozent auf: »Ich glaube, es ist besser, wir trennen uns«, zu zwanzig Prozent auf: »Ich habe wirklich lange darüber nachgedacht, aber es gibt keinen anderen Weg«, und zu einem lächerlichen Restprozentsätzchen auf: »Ich habe spontan Urlaub gebucht, wir fliegen auf die Seychellen.«

Aber dass diese Tasche weder ausschließlich Sportsachen noch südseegeeignete Badekleidung enthält, ist mir eigentlich sofort klar gewesen. Die Ledertasche benutzt Moritz nur, wenn er mit seinem Bruder ins Ferienlager fährt. Und das steht erst wieder im Mai an.

Ich weiß gar nicht mehr, wie ich auf die Couch gekommen bin. Und Moritz auf den Sessel vor mir, die Hände vors Gesicht geschlagen. Ich weiß auch wirklich nicht, wie es mir gelingt, meine Beine so gerade nebeneinander zu halten, während alles in mir zittert und wackelt und bebt vor Angst. Ich *will* das nicht. Aber es geht gar nicht mehr um mich. Und es geht auch nicht um Termine in der Kinderwunschpraxis. Moritz hat sich verliebt.

Nicht in einen alten Kahn, den er überteuert kaufen will, nicht in ein bestimmtes Motorrad, mit dem er seit Jahren liebäugelt. Und auch nicht zum zweiten Mal in mich. Er hat sich in eine andere Frau verliebt.

»Wahrscheinlich wird sie mühelos schwanger. Beim ersten Versuch, oder? *Ach, wer hätte das gedacht, dass ich so fruchtbar bin*«, äffe ich und klinge grauenhaft garstig, giftspritzend fies. Aber ich finde, manchmal darf man sich auch durchaus so anhören, wie man sich fühlt.

»Ist sie etwa schon schwanger?«, frage ich viel leiser. Mein Herz wird brutal nach links gerissen, es fühlt sich jetzt so an, als befände ich mich direkt in einer elektrischen Orangenpresse.

Nach der vierten gescheiterten Insemination, nach der uns die Ärzte zu einer In-Vitro-Fertilisation rieten und uns die Wahrscheinlichkeiten mitteilten, mit dieser Methode zu einem Kind zu kommen, hat Moritz mir eine Postkarte geschenkt, auf der »The odds are against us« stand. Auf die Rückseite hat er geschrieben »Na und? Wir schaffen es trotzdem«.

Sieht so aus, als hätten die Wahrscheinlichkeiten recht gehabt.

»Sie ist nicht schwanger, Dali. Wir haben noch nicht einmal … wir haben noch nicht miteinander geschlafen.«

Er will mich damit trösten, das ist mir klar, aber diese Aussage trifft mich viel mehr, als wenn es anders gewesen wäre. Denn spätestens jetzt ist der Zeitpunkt, an dem ich begreife, dass ich ihn wirklich verliere. Dass er mir aus dem Herzen gleitet und er – auch wenn er noch hier sitzt – längst nicht mehr bei mir ist.

»Du liebst sie also.« Natürlich spucke ich dieses *liebst* mit purer Verachtung in den Raum. Mit der Säure einer ganzen Lkw-Ladung Mandarinen.

Er senkt den Blick. Ein *Ja* wäre nicht eindeutiger gewesen.

Es könnte sein, dass Sie zu den zehn Prozent von zehn Prozent Kinderwunschpatienten gehören, deren Unfruchtbarkeitsursache trotz aller medizinischen Forschung noch unbekannt ist, hat der Arzt damals gesagt. Das Wort *unfruchtbar* hat schon immer etwas von *unfähig* gehabt, finde ich. Am liebsten würde ich aufstehen und Moritz die Karte holen. Als würde ihn das gerichtlich dazu verdonnern, bei mir zu bleiben. Mich weiterhin zu lieben.

Warum hat mir niemand gesagt, dass ich auch zu den zehn Prozent von zehn Prozent gehören könnte, die von ihrem Partner verlassen werden, auch wenn sie das nie für möglich gehalten hätten?

»Warum?« Ich bemühe mich nach Kräften, nicht zu schluchzen, aber die Traurigkeit ist viel zu schwer in Schach zu halten. Mein Stolz hat gar keine Chance. »Und wer überhaupt?«

»Sie heißt Paula …«

»Wie diese Kuh auf dem Joghurt?«, platze ich heraus und bin kurz davor, hysterisch zu lachen.

»Ich kenne sie vom Herbstferienlager. Sie hat auch einen Bruder …«

»Ich habe auch einen Bruder.« Da antwortet wieder dieses andere Wesen in mir. Als ob Tim ein Argument wäre, bei mir zu bleiben.

»Dalia …«

»Du hast angefangen!« Ich verschränke die Arme vor der Brust, um mein Innerstes besser zusammenhalten zu können.

»Ich wollte dir nur erklären …« Er seufzt, als wäre ich zu blöd, um zu verstehen. Wahrscheinlich stehle ich ihm nur seine Zeit. Er will zu ihr.

»Sie war eben auch auf dem Ferienlager, das erste Mal als Betreuerin, und wir haben uns unterhalten und dann hat sie ihre Kontaktlinse verloren und ich habe sie in die Stadt gefahren und so sind wir ins Gespräch gekommen.«

»Du verlässt mich nach über neun Jahren, weil eine Frau mit dem Namen einer Joghurtmarke eine Kontaktlinse verloren hat? Im Ferienlager?«

Er schließt die Augen und seufzt wieder laut. In einem irrwitzigen Moment nehme ich mir vor, mir das Gespräch zu merken – als ob ich es vergessen könnte –, um es Yael haargenau schildern zu können. Ich stelle mir vor, wie sie darüber lachen würde, und möchte selbst auf einmal nur noch weinen.

Hinter einer blinden Mischung aus Traurigkeit und Wut und Angst lauert die Erinnerung an das Gespräch mit diesem Max am Flughafen. Wie er mich charakterisiert hat. Wie recht er damit gehabt hat. Eine meiner wichtigsten Eigenschaften dagegen hat er nicht erkannt: Ich habe panische Angst vor Veränderungen. Ich klammere mich an alles, was das Leben noch für mich übrig hat. Ruth, Moritz, Tim und Yael sind meine vier Pfeiler. Ohne sie stürze ich kilometerweit in die Tiefe. Ich weiß doch so genau, dass Glück nur geborgt ist. Und gerade deshalb halte ich es so krampfhaft fest.

»Ich … ich will das nicht«, bringe ich angestrengt hervor.

»Ich wollte es auch nicht, Dali, wirklich nicht. Aber ich … es tut mir leid. Seit Wochen kämpfe ich damit und … ich hab versucht, sie zu vergessen, ich wollte, dass das mit uns klappt. Aber es geht nicht mehr. Wir haben uns so in diesen Kinderwunsch verrannt, dass wir uns dabei verloren haben.«

Wie seltsam, dass zwei Menschen die gleiche Sache so anders betrachten können. Während ich gedacht habe, wir wären uns nähergekommen durch das gemeinsame Ziel, so empfindet es Moritz genau entgegengesetzt.

Moritz' Handy fängt an zu klingeln. Er hat eine besondere Vorliebe für Bruce Springsteen. Er ändert den Klingelton monatlich, und da Bruce ein ordentliches Repertoire zustande gebracht hat, kommt er damit problemlos schon jahrelang aus, ohne dass sich ein Song je wiederholt hätte. Bruce singt aus seinem Handy: »You can't start a fire without a spark«.

Das gibt mir den Rest. Bislang ging es, es ging wirklich, ohne zu heulen. Aber jetzt, da ich mir wieder einmal viel zu bildlich vorstelle, wie sich dieser erste Funke zwischen ihm und Paula entzündet hat, muss ich weinen. Die Tränen sind so dick und schwer, dass ich sie nicht davonblinzeln kann.

Moritz schaut mich an und will nach meiner Hand greifen.

Doch ich brumme und sehe weg. Da ist Schmerz in seinen Augen. Es fällt ihm auch nicht leicht. Wirklich nicht. »Geh dran«, sage ich mit belegter Stimme.

Als ich mir vor zwei Jahren die ersten Hormonspritzen habe verabreichen müssen, bin ich so aufgeregt gewesen, dass ich gleich zwei der Glasfläschchen mit dem gereinigten Wasser zur Anmischung des teuren Pulvers zerbrochen habe. Moritz hat dann das Spritzen übernehmen müssen, während ich ihn ohne Unterlass angemotzt habe: »Du hältst das nicht steil genug.« – »Pass bloß auf, es darf kein Blut in die Spritze.«

Als er fertig gewesen ist, hat er gesummt: »Now all those Hormons are dancing in the dark«, auf die gleiche Melodie, die jetzt noch immer aus seinem Handy ertönt, weil er sich nicht entscheiden kann, dranzugehen. Ich habe ihn angegrinst – damals – und erklärt: »Und morgen kann ich das dann ganz allein.«

Wie soll ich ein Morgen ohne Moritz überstehen? Wie soll ich ohne ihn weitermachen?

»Geh endlich dran«, sage ich leise, weil ich nichts mehr vom Tanzen in der Dunkelheit hören will. Denn es fühlt sich so an, als hätte die Dunkelheit höchstpersönlich von mir Besitz ergriffen.

Er drückt das Telefonat weg, stützt die Hände auf seinen Oberschenkeln ab und sieht mich traurig an.

»Was wird denn jetzt?«, frage ich verzweifelt. Am liebsten möchte ich ihm um den Hals fallen, ihn bitten, zu bleiben. Ihm sagen, dass ich nicht weiß, wie ich den Verlust ertragen soll.

»Mit der Wohnung?«, fragt er.

Die Wohnung! Daran habe ich gerade am allerwenigsten gedacht. Aber natürlich. Das kommt ja alles dazu. Diese Wohnung, in diesem teuren Haus direkt am Mainufer. Die Wahrheit ist, wir wohnen hier zwar zusammen, aber Moritz hat sie gekauft. Und auch wenn ich damals dagegen gewesen bin, weil es zugegebenermaßen ein ziemliches Luxusobjekt in einem der besten Stadtteile Würzburgs ist, so kann ich mir nicht mehr vorstellen, ohne den Blick aufs Wasser aufzuwachen. Ich kann mir nicht vorstellen, neben Moritz auch noch meine vertrauten vier Wände zu verlieren. Außerdem – ganz praktisch überlegt – die Wohnungspreise sind in den letzten Jahren so in die Höhe geschnellt, dass ich mir mit meinem Kellnergehalt vielleicht gerade mal eine Einzimmerbude auf dem Heuchelhof leisten kann.

»Ich möchte hier nicht weg«, platze ich heraus, obwohl ich mir das verkneifen wollte. Ich will kein Mitleid … bloß kein Mitleid.

»Du kannst ja auch erst mal bleiben.«

Erst mal. Und dann?

»Und …«, schiebt er nach. »Wenn du willst, kannst du mir die Wohnung ja abkaufen.«

Vor einer halben Stunde, als ich hier reingekommen bin, sind wir noch ein Paar gewesen und jetzt stehe ich kurz vor der Obdachlosigkeit. Mein Kopf kann nicht Schritt halten »Abkaufen? Wovon denn?«

»Das Erbe deiner Mutter?«, sagt er so vorsichtig, als liefe er über Glasscherben.

So weit sind seine Pläne also schon. Er will mich und die Wohnung loswerden und dann zieht er mit Paula, der Kuh, auf ein Hausboot und bekommt Drillinge. Und ich kann vom Ufer aus zusehen. Die Wut in meinem Bauch ballt sich zu einer Handgranate zusammen.

»Ich kaufe keine Wohnung von Geld, das ich nur besitze, weil meine Mutter in ihrem Haus gestorben ist!«

»Dalia, sie hätte das sicherlich so gewollt.«

Ich springe auf und hebe den Zeigefinger direkt vor sein Gesicht. »Sag du mir nicht, was meine Mutter gewollt und nicht gewollt hätte. Du nicht! Und jetzt hau ab!«

»Dalia!«

»Hau doch endlich ab, Moritz.«

»Bitte, lass uns …«

»Sag ja nicht *Freunde bleiben* – Hau ab!«

Die Tränen rinnen jetzt ungehindert und ich will einfach nicht, dass er mich so sieht. Weinen, weil wir kein Kind bekommen, ist in Ordnung. Weinen, weil ich ihn nicht verlieren will, nicht.

Moritz steht zögernd auf, sieht mich noch einmal an, aber ich wische ihn mit einer schnellen Handbewegung weg. »Dalia, ich bin trotzdem immer für dich da … Ich gehe jetzt, wenn du das willst, aber lass uns bitte noch einmal vernünftig reden. Ich melde mich in paar Tagen. In Ordnung?«

Ich antworte nicht. Und dann höre ich, wie er den Autoschlüssel vom Haken nimmt und seine Tasche aufhebt. Ich höre das Zögern seiner Schritte und dann die Tür. Klinke nach unten, Klinke wieder rauf.

Die Erleichterung darüber, dass er das Haus verlassen hat, hält nicht lange an. Genau genommen nur bis zum Knacken des Türschlosses.

Was mache ich denn jetzt? Was verdammt noch mal mache ich denn jetzt?

Ruth anrufen? Yael zurückpfeifen? Ruth wird nächtelang nicht schlafen, weil sie sich so sorgt. Wie damals, in den ersten

Nächten, in denen ich nur geweint habe. Ich weiß, dass ich ihr das nie wieder antun möchte. Und Yael? Die hat ihre Jungs so sehr vermisst, dass sie trotz ihres groß angekündigten absoluten Handyverbots während des Wellnesswochenendes ihr Smartphone im Bademantel versteckt und auf der Toilette Nachrichten getippt hat. Sie sitzt jetzt zu Hause, mit ihrem Mark, der ihr vermutlich die Füße massiert und geduldig ihren von wilden Gesten begleiteten Erzählungen lauscht. Aaron und Jo werden vor ihnen auf dem Boden Siku-Autos so lange gegen den steinernen Couchtisch fahren lassen, bis sie Schrott sind. Und ich bin allein. Jetzt bin ich wirklich allein. Zum ersten Mal fühle ich echten Neid. Mein ganzes vorsichtig errichtetes Lebensgerüst ist um einen Pfeiler erleichtert worden und schwankt gewaltig.

5. Kapitel

Als ich noch studiert habe, gab es an der Uni das Angebot, an einem Kurs für Autosuggestion teilzunehmen. Die Vorstellung, sich selbst zu heilen, hatte etwas Verlockendes. Und so trug ich meine verwundete Seele jeden Mittwochmorgen vor den Vorlesungen in einen kleinen Hörsaal und hörte einer noch kleineren, älteren Dame im schicken Kostüm aufmerksam zu. Es brauchte keine Hippiekleider dazu, mich zu überzeugen, und es hatte – entgegen allen Klischees – nichts Esoterisches an sich. Nach einigen Wochen hatte ich das Prinzip nicht nur begriffen, sondern so verinnerlicht, dass es mir besser ging. In diesem Kurs habe ich mehr über mich und über das Leben gelernt als in den fünf verschwendeten Semestern meines Hauptstudiengangs. Doch heute will es nicht funktionieren. Ich kann mir noch so oft vorsagen, dass es seinen Sinn hat, dass Moritz sich von mir getrennt hat. Dass wir beide vielleicht einen Neuanfang brauchen. Oder eine Auszeit. Mein Kopf will mir nicht glauben. Die Selbstbetrugsmasche versagt. Ich kann nichts Gutes daran finden, dass Moritz mich nicht mehr will. Aber auch wirklich gar nichts.

Es ist erst morgens halb acht, aber mein übermüdeter Körper streikt schon beim Gedanken an einen Schneidersitz und die Atemübungen zur Entspannung. Damit ist es dann auch spätestens vorbei, als mein Handy klingelt. Ich haste so schnell zur Couch, wo ich das alte Ding abgelegt habe, dass ich mir dabei schmerzhaft den Zeh am Wohnzimmertisch stoße. Das muss Moritz sein. Dabei hat er seit ein paar Tagen nicht mehr auf meine Anrufe reagiert. Wozu auch? Es ist alles gesagt, oder? Er hat mir angeboten, ihm Miete zu zahlen, bis klar ist, was mit der Wohnung passiert. Mein Kontencheck gestern hat mir den Rest der Zuversicht genommen. Da hat es gestanden und so niedlich ausgesehen, das kleine Minus vor der anklagend roten Zahl. So als wäre es nicht viel, viel mehr als ein blöder Strich. Meine Finanzlage ist so schief, dass sie fast schon auf dem Kopf steht. Keine Ahnung, wie ich ihm Miete zahlen soll.

»Ja!«, keuche ich ins Telefon, ohne darauf zu achten, wer der Anrufer ist. Es muss Moritz sein.

»Hast du gerade Sex oder kommst du aus der Badewanne und bist auf deiner eigenen Wasserspur ausgerutscht oder beobachten dich die Mainkreuzfahrer nackt, während sie an deinem Wohnzimmerfenster vorbeifahren?«

»Ich bin angezogen«, antworte ich und habe absolut keinen Nerv, auf Yaels eigentümlichen Humor zu reagieren. »Und mit Sex ist es sowieso sehr mau gerade. Moritz ist weg, wie du weißt.«

»Entschuldige, Süße, ich wollte dich ein wenig aufheitern.«

»Ist dir nicht gelungen.«

»Sorry.« Sie klingt zerknirscht.

»Warum rufst du so früh an? Um dumme Scherze zu machen?«, maule ich.

»Früh? Keine Ahnung, wie spät oder früh es ist. Jo ist seit gefühlten drei Stunden wach und zwingt mich, diese beschissene Rennbahn aufzubauen, die Mark ihm zu Weihnachten geschenkt hat.«

»Es ist eine Carrera-Bahn, Liebes. Das ist ein Unterschied.«

»Von mir aus. Du hörst dich scheiße an, Dali.«

»Ich fühle mich auch scheiße. Er kommt nicht wieder, oder, Yael?«

»Manyak, Manyak«, murmelt sie dann das hebräische Schimpfwort – das man mit Arschloch gleichsetzen kann – zweimal, um es zu bekräftigen. Yael ist ziemlich schlecht darin, die richtigen Worte zu finden, wenn jemand leidet. Darin ähneln wir uns. Wir haben beide so unsere Probleme mit sozialer Kompetenz.

Ruth hätte bestimmt einen Rat, aber ich kann mich noch nicht überwinden, ihr zu erzählen, dass Moritz mich sitzengelassen hat.

»Yael?«

»Mmmh«, sagt sie und ich höre Geräusche im Hintergrund.

»Hör auf, meine Bauteile rumzukicken, Mama«, schreit Aaron.

»Kann ich kommen? Ich könnte den Jungs helfen mit der Bahn.«

Sie zögert kurz. Das ist ungewöhnlich.

»Klar«, schiebt sie dann schnell nach. »Wir könnten Hilfe brauchen, oder, *Chamudi?* Wir machen ein Tauschgeschäft. Carrera-Bahn gegen Gastfreundschaft inklusive Lebensberatung. Komm vorbei!«

Als ich auflege, sehe ich, dass der Anrufbeantworter blinkt. Wohl noch vom gestrigen Abend. Ich drücke auf den Knopf und starte die erste Aufnahme.

»Hallo«, sagt eine freundliche Damenstimme. »Hier ist die Praxis.«

Die Praxis … so nennen sie sich immer bei Anrufen. Damit nicht gleich auffällt, dass es bei dem Anruf nicht um eine Wurzelbehandlung geht, sondern um das Tabuthema künstliche Befruchtung. »Frau Hessler, Herr Brettschneider, wir wollten Sie höflich daran erinnern, den nächsten Termin auszumachen.

Bitte melden Sie sich, damit Frau Doktor Weinzierl mit Ihnen das weitere Prozedere besprechen kann. Vielen Dank.«

Prozedere. Danach folgt eine Nachricht von Ruth. Fröhlich und ein wenig chaotisch wie immer springt sie von einem Thema zum anderen und bittet um Rückruf wegen eines Rezepts für Rüblikuchen.

Die dritte Nachricht ist tatsächlich von Moritz. Er bittet um Rückruf. Eilig drücke ich auf meinem Handy herum.

»Moritz?«, keuche ich, als er bereits nach dem dritten Klingeln abnimmt.

»Ja.«

»Wo bist du?«, platze ich heraus.

Er antwortet nicht.

»Du wolltest mit mir reden.«

»Ja, aber eigentlich nicht am Telefon«, seufzt er.

»Wann kommst du zurück?« Da, ich habe es schon wieder gesagt.

Schweigen.

»Dalia, ich habe doch versucht, es dir zu erklären. Es geht einfach nicht mehr. Lass uns vernünftig miteinander reden. Persönlich. Dann können wir klären, wie wir weitermachen. – Mit der Wohnung und so, meine ich«, schiebt er schneller nach, als mein Herz sich von Hoffnung wärmen lässt.

Ich sehe es vor mir, wie er während des Telefonierens mit dem Fuß auf dem Boden scharrt, als grübe er in Sand. Und wie er mit dem rechten Zeigefinger gegen die Handyhülle klopft. Tapp, tapp. Ich kenne ihn so unglaublich gut, ich könnte ihn klonen. Seine DNA ist irgendwie auch meine DNA. Man verwächst miteinander nach so langer Zeit. Es kann nicht zu Ende sein.

»Die Klinik hat angerufen«, sage ich und könnte mich selbst ohrfeigen dafür, dass ich ausgerechnet dieses Thema jetzt anschneide.

Er stöhnt leise. »Mich auch.«

Im Hintergrund höre ich Stimmen. Radio, Fernseher. Vielleicht auch Paula. Es schüttelt mich. »Was machen wir denn jetzt?«, rufe ich verzweifelt.

»Ich sage der Klinik ab.«

»Nein!«, schreie ich.

»Wir können uns kein Kind kaufen«, erklärt er leise.

Mir bleibt die Luft weg. Das ist der Tiefstschlag, schlimmer als jeder Hieb in die Magengegend. Es ist einer dieser abgedroschenen Sprüche, die nur von Menschen kommen können, die selbst mühelos das fertigbringen, was die Natur so eingerichtet hat. Es ist ähnlich wie: »Macht euch mal locker, dann wird das schon. Alles eine Frage der Einstellung.«

Es ist okay, wenn andere das sagen. Wenn es von Moritz kommt, zieht es mir den blöden türkischen Läufer, den uns seine Eltern aus dem letzten Sommerurlaub mitgebracht haben, unter den Füßen weg.

»Ich habe verstanden«, antworte ich mechanisch und lege auf. Dann schiebe ich das alte Weinfass, das als Telefontisch dient, mühevoll zur Seite, zerre den hässlichsten Teppich der anatolischen Geschichte darunter hervor, rolle ihn zusammen und schleife ihn zur Terrassentür hinaus. Dort überlasse ich ihn dem Schneematsch und brumme ein befriedigtes »So!«

Zwanzig Minuten später sitze ich mit Jo und Aaron auf dem Fußboden und baue die Carrera-Bahn zusammen. Es erinnert mich so sehr an meine eigene Kindheit, dass sich mein Bauch immer wieder schmerzhaft zusammenzieht. Yael ist irgendwie seltsam. Sie schleicht um mich herum und bietet mir Kekse an, streckt ihre gerunzelte Stirn immer wieder hinter den Pfeiler, der die Küche vom Essbereich trennt, hervor und ermahnt die Jungs, nicht zu stürmisch zu sein. Sie hört mir zu, wie ich ihr davon erzähle, dass Moritz eine andere hat. Und sie schimpft so böse auf Hebräisch, dass ich es zum ersten Mal gut finde, dass sie ihre Kinder nicht zweisprachig erzieht.

Sie macht mir einen aufwendig geschäumten Karamellmacchiato und verzichtet auf Floskeln wie *Das wird schon wieder*. Ich liebe sie dafür und gleichzeitig wünsche ich mir irgendwie genau diese abgedroschenen Sätze.

Mark, Yaels Mann, kommt in Jogginghose mit schläfrigem Blick ins Esszimmer geschlurft und lässt sich auf die Kunstlederbank fallen. Er wuselt sich kurz durch das braune lockige Haar und knurrt dann: »Guten Morgen, Dalia! Wusste gar nicht, dass die Jungs dich neuerdings auch schon aus dem Bett schmeißen. Wie hat Yael dich dazu gebracht, jetzt schon hier aufzuschlagen?«

»Morgen Mark, ich war wach und es war meine Idee. Alles gut.«

»Autsch«, schreit er und schießt wieder in die Höhe.

Er greift nach etwas und hält dann ein Teil der Bahn in die Höhe. Ich stehe auf und nehme es ihm lächelnd aus der Hand.

»Das haben wir schon ewig gesucht«, ruft Aaron.

»Mmpf«, brummt Mark und reibt sich den unteren Rücken. »Und, was sagst du, Dalia?«

»Zur Carrera-Bahn? Ich bin genervt, aber nur, weil ich nicht das Geld habe, Jo und Aaron selbst eine zu schenken.«

»Und sonst?« Er funkelt mich aufgeregt an.

»Na ja, es ist halt ein Spielzeug, ich weiß schon, dass ihr Männer …« Ich sehe zu meiner Freundin, die etwas unentspannt zwischen Küche und Esszimmer steht und ihre kleinen Hände immer wieder nervös zur Nase hebt. Sie neigt den Kopf mit dem kinnlangen braunen Haar, um dessen feine Goldschimmer ich sie schon immer beneidet habe. Als sie den Blick wieder hebt, sehe ich, dass ihr Gesicht knallrot angelaufen ist.

Yael wirft Mark Blicke zu, die sprechen wollen, deren Worte Mark aber nicht versteht.

»Du … redest nicht von der Carrera-Bahn?«, stottere ich.

»Nein! Ich rede von …« Mark kratzt sich müde am Auge.

»Möchtest du einen Kaffee?«, unterbricht Yael ihn. Ihre sonst leicht nasal klingende Stimme ist zu hoch, ein wenig schrill.

Mark stockt und schüttelt dann den Kopf. »Lass mich doch mal ausreden, du hebräisches Plappermaul«, sagt er zärtlich und dann strahlt er mich an. »Ich rede von unserem Baby!«

»Baby?«, keuche ich und sehe verzweifelt zu Jo und Aaron, dabei weiß ich schon ganz genau, dass er nicht die beiden meint. Meine Hände zittern und ich lege das Bahnteil vorsichtig auf den Boden.

»Na, Kind Nummer drei! Sag jetzt nicht, dass du mit Yael ein ganzes Wochenende verbracht und ihren Babybauch nicht bemerkt hast.«

Ich sehe Yael vor mir, wie sie sich den Bademantel um den Bauch zieht und ich schmunzeln muss, weil sie ein bisschen zugelegt hat. Den Sekt, den sie nicht trinken wollte, weil sie Silvester angeblich zu viel intus gehabt hat. Ich beiße mir auf die Lippe und nicke langsam. Wie viele Dinge im Nachhinein Sinn ergeben, hat wirklich eine ganz eigene Tragik.

»Mark, das ist heute nicht der richtige Tag …«, versucht Yael es wieder. Jetzt ist sie schlagartig leichenblass.

Mein Kind ist in weite Ferne gerückt.

Ich weiß, ich habe gedacht, dass ich Yael ihre Kinder nicht neide. Auch das dritte nicht. Aber ich sehe sie in Gedanken vor mir, an meinem letzten Geburtstag, auf der kleinen Feier in unserem Garten. Sie hat mir die Schultern gedrückt und gesagt: »Das nächste bekommen wir zusammen, ich mein drittes, du dein erstes«. Und ein kleines, gemeines Gefühl regt sich in mir und haucht mir zu: *Es ist unfair. Du wärst an der Reihe.*

Ich bin jetzt nicht nur aus unerfindlichen Gründen unfruchtbar, sondern habe nicht einmal einen Mann mehr. Es *ist* unfair.

»Weinst du, Tante Dali?«

»Nein, nein, Jo … ich hab was im Auge … ich komm gleich wieder.«

Ich stolpere beinahe über eines der Autos, aber ich renne weiter. Ins Bad. Dort schließe ich mich ein und reiße hektisch an der Klopapierrolle mit den kleinen Rittern darauf. Yael liebt bedrucktes Klopapier. Auf dem Fensterbrett steht eine Ersatzrolle mit tanzenden Prinzessinnen. Zu Weihnachten hat sie Tannenbaumklopapier, zu Halloween Totenköpfe. Ich schnäuze lauthals einem der grinsenden Ritter mitten ins Gesicht, rolle den Rest des Papiers in meiner Hand zu kleinen Kügelchen und stopfe sie mir in die Ohren. Den Spiegel brauche ich nicht, um mir zu sagen, dass ich mich lächerlich aufführe.

Yael klopft an die Tür. »Komm bitte raus. Es tut mir leid.«

»Was denn?«, brumme ich.

»Dass … dass ich so viel Glück habe und du nicht.«

Ich schniefe leise, drehe den Hahn am Waschbecken auf und spritze mir kaltes Wasser ins Gesicht. Es hilft ein wenig.

»Dalia, bitte«, fleht Yael von draußen.

»Mir tut es leid«, schluchze ich. »Ich sollte mich für dich freuen.«

»Sei nicht albern«, ruft sie und hört sich an, als heulte sie selbst. »Dein Leben steht kopf, du musst dich über gar nichts freuen.«

Sie hat recht und trotzdem fühle ich mich schlecht. Yael ist meine beste Freundin. Wenn es mir nicht gelingt, mich für sie zu freuen, dann ist es vielleicht wirklich an der Zeit, etwas zu ändern. Mich von dem Gedanken, ein eigenes Kind zu haben, zu verabschieden.

»Ich habe einen Ritter im Ohr stecken und bekomme ihn nicht wieder raus«, jammere ich nach einem Moment der Stille und merke, dass ein kleines Lächeln zurückkommt.

»Komm schon.«

Ich habe die Tür kaum geöffnet, da schlingt sie ihre Arme um mich und drückt mich fest. »Wir bekommen das schon wieder hin. Du weißt doch, dass ich niemals aufgebe, oder?«

Das stimmt wohl. Als Yael und ich uns etwa ein halbes Jahr gekannt haben, hat sie Stunden damit verbracht, ihren Atlas zu studieren. In der Hoffnung, etwaige andere Staaten für das jüdische Volk zu finden, sollte es mit Israel mal nicht mehr hinhauen.

Aber ich bin anders. Ich gebe auf, ich kämpfe nicht. Ich bin diejenige, die nichts zu Ende bringt.

»Und wenn ich nicht aufgebe, dann lasse ich auch nicht zu, dass du aufgibst. Klar?«

»Klar«, sage ich und bin nicht sehr überzeugt. »Ich glaube, ich gehe jetzt. Sei mir nicht böse, ja?«

»Bin ich nicht. Sei du mir auch nicht böse.«

»Nein. Warum denn?« Vorsichtig lege ich meine Hand an ihren Bauch. »Geht das jetzt wieder los mit dem Entengang?«

»Bestimmt bald«, flüstert sie und drückt mir einen Kuss auf die Wange. »Pass auf dich auf, *Lev Sheli*, mein Herz!«

»Mache ich«, verspreche ich.

Sie greift nach meiner Hand und drückt sie fest. Wie so oft schon wundere ich mich, wie ihre kleine Hand nur so verdammt kräftig sein kann.

»Aber ich habe keine Ahnung, wie ich ihm Miete zahlen soll.«

»Mmh«, sagt sie und zupft mit der freien Hand an einem losen Wollstrang ihres Schals. »Das war zu erwarten.«

»Ja, aber was soll ich jetzt machen?«

»Dalia, du hast doch das Geld deiner Mutter. Du liebst die Wohnung, warum kaufst du sie ihm nicht einfach ab?«

»Ich … kann nicht. Das weißt du doch. Ich kann nicht glauben, dass du das auch vorschlägst.«

Hastig ziehe ich meine Hand von ihr weg und stecke sie in meine Hosentasche.

»Gut«, sagt sie gepresst. »Dann musst du dir etwas anderes einfallen lassen. Oder ausziehen.«

»Ich ziehe nicht aus. Auf keinen Fall.« Allein der Gedanke lässt mich schwindeln.

»Wie wäre es, wenn du sie untervermietest? Ihr habt zwei weitere Zimmer«, sie hält inne, wirft mir einen schnellen Blick zu und korrigiert sich dann, »ihr habt noch ein Zimmer. Die Leute würden Schlange stehen.«

Ich überlege kurz. »Aber was, wenn Moritz zurückkommt? Dann ist da jemand, den ich erst mal wieder rausbekommen muss.«

Yael verzieht den Mund. »Dalia, ich glaube nicht …«

Sie schaut auf den Boden, dann wieder hoch. »Aber du könntest es zeitweise vermieten. Den Zeitraum eingrenzen. Sagen wir für drei Monate oder besser ein halbes Jahr. Bis dahin hättest du die Möglichkeit, Moritz die Miete zu zahlen, und dann wirst du sehen. Ob du sie ihm doch abkaufst, oder … er wiederkommt.«

Ich brauche sie gar nicht anzuschauen, um zu wissen, dass sie das für sehr unwahrscheinlich hält. Es macht mich wütend, dass sie schon mehr mit unserer Beziehung abgeschlossen zu haben scheint als ich.

Yael erklärt leise. »Es tut mir so leid, M'ami!«

Es ist ihr rausgerutscht und sie kann nichts dafür, dass dieses hebräische Kosewort, das eigentlich »Schätzchen« bedeutet, sich wie Mami anhört. Aber weh tut es trotzdem. Dass ich mir nun einen völlig anderen Lebensplan zurechtlegen muss und mit Ende zwanzig eine WG gründen muss, statt in den leeren Zimmern meiner Wohnung Babys ins Bett zu bringen.

Als ich von Yael zurück nach Hause komme, spüre ich sofort, dass etwas anders ist. Moritz' Aftershave liegt in der Luft, und als ich den großen weißen Schrank im Gang öffne, sind die Schuhe fort. Also nicht alle. Nur fast alle. Moritz besitzt aktuell mehr Schuhe, als ich mir in meinem ganzen Leben gekauft habe. Einsam stehen zwei Paar Sneaker, die verschluderten alten Turnschuhe, ein Paar Sandalen, meine Birkenstocks und die selten getragenen schwarzen High Heels in dem riesigen Schrank und hängen mit den Hacken nach unten. So, als vermissten sie Moritz' Sammlung ebenso sehr wie ich ihren Träger.

Im Wohnzimmer sehe ich, dass Moritz' Fernsehsessel weg ist und die Weizenbiergläser in der Vitrine. Und sein Laptop, die DVD-Sammlung, die X-Box, der Zeitungsständer mit den *Financial-Times*-Ausgaben der letzten drei Jahrzehnte, sogar die riesige Stehlampe, die seine Mutter uns zum Einzug geschenkt hat. Hat der einen verdammten Möbelwagen hier gehabt, als ich weggewesen bin?

Warum kommt mir das auf einmal so sehr lächerlich vor? Mehr lächerlich als traurig? Vielleicht, weil man selbst immer der einzige Mensch sein wird, auf den man sich hundertprozentig verlassen kann. Das ist eine von Ruths Weisheiten, die sie mit einem liebevollen Lächeln ergänzt und sagt: »Nur auf mich, auf mich kannst du dich auch immer verlassen.«

Aber das stimmt ja auch gar nicht. Bei mir bröckelt gerade alles auseinander und Ruth will ein Rüblikuchenrezept von mir. Sie kann nicht wissen, dass Moritz und sein Hausrat ausgezogen sind, aber es tut gut, sauwütend zu sein. Nicht nur auf Moritz, sondern auf den ganzen verdammten Rest der Welt. Denn wenn man wütend ist, merkt man die Traurigkeit nicht so sehr.

Ich öffne die Terrassentür, so weit es geht, und trete hinaus in den Schnee. Es überrascht mich nicht, dass mein Bruder draußen auf einem Schlitten sitzt und gut gelaunt die Beine über den Schnee baumeln lässt. »Da bist du ja endlich!«, ruft er.

»Hey, Großer!«

Ich laufe zum Schuppen, ziehe den alten Holzschlitten heraus und setze mich ihm gegenüber. Zum Schlittenfahren ist schon zu viel der weißen Pracht geschmolzen. Unter unseren Füßen spitzen braune Flecken mit zerknautschten Grashalmen hervor.

»Hast du Klopapier in den Ohren?« Tim kichert.

»Oh«, sage ich und ziehe verlegen an den kleinen Bällchen, die ich schon völlig vergessen habe.

»Eine Frage an dich, als Mann, Tim. Wie kann ich Moritz zurückgewinnen?«

»Hat das eigentlich was mit Glück zu tun? Zurückgewinnen?«, fragt er und wiegt den Kopf von links nach rechts und wieder zurück.

»Vermutlich ist es auch eine Art Glücksspiel«, antworte ich gedankenverloren.

Hier draußen, wo außer Moritz' Kahn nichts steht, was mich direkt an ihn erinnert, ist es besser auszuhalten als im Haus. Egal wie kalt es ist.

»Und macht auch süchtig?«, erkundigt sich Tim.

»Ja, irgendwie schon. Ich glaube, man kann sich ganz schön verrennen. Aber bei mir und Moritz ist das etwas anderes.«

»Warum denn?«

»Weil wir zusammengehören. Immer schon. Weil ich ihn brauche. Weil ich nicht ohne ihn sein will. Weil …«

Es hört sich lahm an. Es *ist* lahm. Wenn ich noch nicht einmal Gründe aufführen kann, warum wir zusammenbleiben müssen, gibt es vielleicht auch gar keine.

»Weil er doch mir gehört.« Eigentlich habe ich »*zu* mir« sagen wollen. Oder nicht?

Tim grinst, zieht das rote Heft aus seiner Jacke, blättert kurz und liest dann vor: »*Ich bin bescheiden zur Welt gekommen, nicht im Ganzen, sondern stellenweise.* Ist von Mark Twain.«

»Das hat nichts mit Bescheidenheit zu tun. Er muss mich doch auch noch lieben.«

»Aber du kannst ihn doch nicht dazu zwingen«, antwortet er klug.

»Will ich aber.«

»Und wie? Willst du ihn an sein Boot binden und ihn erst wieder befreien, wenn er dich wieder liebhat?«

»Wäre eine Möglichkeit.«

»Du kannst keine Knoten, die länger als zwei Sekunden halten.« Tim lacht.

»Aber du kannst es.«

»Ich glaube, uns fällt noch was Besseres ein.« Er hat seine Mütze auf dem Weg hierher vergessen und seine Ohren sind unter den blonden Haarspitzen knallrot vor Kälte.

»Mir nicht. Dir?«

»*Die Liebe ist ein Zeitvertreib, man nimmt dazu den Unterleib*«, trällert er frech.

»Tim!«

»Sag nicht ich«, er hebt die Arme, »das ist von Kästner.«

»Ich glaube nicht, dass ich das mit meinem Unterleib allein schaffe, Moritz zu überzeugen.«

»Hab ich auch noch nie verstanden, das mit dem Unterleib«, sagt er und schüttelt nachdenklich den Kopf.

»Ist auch besser so.«

»Oder«, fügt er aufgeregt hinzu. »Oder du forderst sie zum Duell. Diese Paula-Frau!«

»Duell? Das machen nur Männer.«

»Ihr wollt doch gleichberechtigt sein!«

»Und an was für ein Duell hast du gedacht?«

»Vielleicht keins mit echten Pistolen, das ist megaout. Aber ihr könntet mit Handtaschen gegeneinander kämpfen!«

Seine Augen glänzen.

»Mit Handtaschen?«

»Ja, du hast bestimmt die größere! Dieses Riesending, das du immer rumschleppst. Damit machst du sie platt!«

Ich gluckse laut. »Tolle Idee!«, sage ich kichernd. Die Vorstellung, Paula umzuhauen, hat unbestreitbar Reiz.

»Ich könnte dein Knappe sein oder wie nennt man den Schiedsrichter bei einem Handtaschenduell?«

»Sekundant, glaube ich.«

»Oder du machst das, was er mit dir gemacht hat?«

»Was denn?«, frage ich überrascht.

»Du bist doch eifersüchtig, oder?«

»Äh, nein. Also so kann man das nicht sagen. Ja, doch. Bin ich«, gebe ich zu.

»Dann mach ihn doch auch eifersüchtig. Vielleicht klappt das.«

Ich schüttele abwehrend den Kopf.

»Hat Mama doch mit Papa auch manchmal gemacht!«, sagt er leicht dahin.

Ich hasse es, wenn er von unseren Eltern spricht. Ich hasse es so sehr. »Lass das.«

Unschuldig sieht er mich an. »Warst du mal bei Papa in letzter Zeit?«

Ich kann ihm nicht sagen, dass ich nie bei ihm gewesen bin. Ich habe ihn seit dem Gerichtstermin nicht mehr gesehen. »Nein, war ich nicht.«

»Warum nicht?«

»Ich kann nicht verstehen, dass ausgerechnet *du* willst, dass ich Papa besuche.«

Allein das Wort *Papa* über die Lippen zu bringen kostet mich endlose Überwindung.

Tim zuckt unbekümmert mit den Schultern. »Warum denn nicht? Er ist bestimmt einsam dort. Und du könntest ihm Marzipan mitbringen. Du weißt doch, wie gern er das mag.«

»Ich finde nicht, dass er Marzipan verdient hat«, sage ich so ruhig wie nur irgendwie möglich. »Er ist schuld an allem.«

»Ist er nicht, Dali. Papa wollte das nicht.«

»Es ist trotzdem passiert.«

»Ich muss jetzt los«, sagt Tim und lächelt schief. »Bis bald, Große.«

»Bis bald, Kleiner«, entgegne ich und sehe ihm nach, wie er den Schlitten über den Matsch zieht. Ich würde ihn so gern umarmen. So unglaublich gern.

»Natürlich ist er schuld«, murmele ich.

6. Kapitel

Mir rinnen die Tage durch die Finger und fallen auf den Boden, wo sie ganz einfach verschwinden oder festgetrampelt werden, ohne dass sich etwas geändert hat. Jeden Tag hoffe ich, Moritz würde zurückkommen. Aber es passiert nichts. Wenn ich auf der Arbeit sage: »Ich gehe jetzt nach Hause«, dann frage ich mich, wo dieses Zuhause überhaupt ist. Da, wo mein Herz wohnt? Das hat Moritz doch in seine Ledertasche gepackt und mitgenommen.

Es ist seltsam hier ohne Leben zwischen den Wänden. Die Möbel sind nichts mehr als stumme Statisten. Es tut mir nicht gut, allein zu leben. Das bringt zu viele Erinnerungen hoch und ich spüre, wie ich langsam paranoid werde. Manchmal liege ich nachts stundenlang wach und schnuppere. Ich versuche, etwas zu riechen, und bilde mir dann ein, ausströmendes Gas in der Luft wahrzunehmen, dabei wird das Haus mit Öl beheizt. Manchmal höre ich nachts jemanden schreien und merke dann, dass ich selbst das bin.

Und spätestens wenn ich morgens erwache und schon wieder das Kissen nass ist, weil ich im Schlaf geweint habe, weiß ich, dass etwas passieren muss.

Ruth hält unsere Trennung für eine vorübergehende Beziehungspause. An dieser Auslegung bin ich nicht ganz unschuldig. Aber auch so schon sorgt sie sich wie … wie eine Mutter. Wie sie es immer getan hat, seit ich keine eigene mehr habe.

Ruth kommt jeden Tag vorbei und bringt mit ihrem knalligen Lippenstift ein bisschen Farbe in mein eintönig gewordenes Leben. Sie kocht mir vegetarische Lasagnen, die halb gar sind und Linseneintöpfe mit matschigen Spatzen und Gemüsesuppen, die verbrannt schmecken. Sie kümmert sich absolut rührend. Tim sagt: »Liebeskrank ist auch irgendwie krank, nur ohne Ausschlag«. Und vielleicht hat er recht. Die richtige Medizin habe ich trotzdem noch nicht gefunden.

Drei Wochen habe ich gebraucht, um mich zu der Wohnungsanzeige durchzuringen, keine dreißig Minuten nach Liveschaltung habe ich vierundvierzig Bewerbungen und nicht den Hauch einer Ahnung, nach welchen Kriterien ich sie aussortieren soll.

Nathalie, Ruths Tochter, hat Verbindungen zu einem Makler und mir ein paar Tipps gegeben, worauf ich achten soll, wenn ich mich selbst auf die Suche nach einem Untermieter begebe. Etwas anderes kommt nicht infrage, denn ich habe weder Lust noch Geld, einen Makler zu beauftragen.

Ich möchte eigentlich nicht mit einem fremden Mann zusammenwohnen, aber Tims Worte klingen zu laut in meinen Ohren: »Du könntest Moritz eifersüchtig machen.« Was wäre dafür besser geeignet, als einen gut aussehenden jungen Typen bei mir einziehen zu lassen?

Schließlich habe ich mich für sechs Bewerber entschieden und sie alle für den heutigen Tag eingeladen. Darunter mehr alibimäßig zwei Frauen – und vier Männer. Vom Küchenfenster aus sehe ich, wie Tim hinter der Gartentür lauert, um sich selbst ein Urteil zu bilden.

Vier von ihnen sind beinahe gleichzeitig da. Genauer genommen fünf.

Ich öffne die Tür und begrüße zuerst eine Frau, die sich als »Ellen« vorstellt und gleich auf den Mann deutet, der sich eng an ihre Seite presst. »Und das ist Jens.«

»Hallo«, sage ich irritiert und gebe ihm die Hand. Will die *mit* ihm hier einziehen?

Als Nächstes tritt ein hochgewachsener Kerl im Anzug ein. Unterm Arm trägt er eine Aktentasche und er putzt sich sofort ordentlich die Schuhe ab, bevor er hereinkommt.

»Soll ich die Schuhe ausziehen?«, fragt er höflich. »Doktor Michael Wagner«, stellt er sich vor.

»Nicht nötig«, antworte ich und gebe ihm heimlich Pluspunkte. Allerdings findet Moritz geschniegelte Anzugtypen, die das Haus nicht ohne ihr Notebook verlassen können, lächerlich. Ich übrigens auch. Mit dem mache ich ihn garantiert nicht eifersüchtig.

Hinter Anzug-Michael tritt eine Frau mit einer halben Reisetasche in den Händen ins Haus. Sie hält ihr Gepäck, als befänden sich rohe Eier darin, und macht sich gar nicht die Mühe, mir die Hand zu geben. »Susanne«, stellt sie sich vor. Nach Susanne folgt der blonde Tobias, den ich gern auch Tobi nennen darf und der sich offenbar mehr für mich als für die Wohnung interessiert. Denn die erste Frage, die er mir stellt, ist: »Wow, du siehst ja toll aus. Wie alt bist du?«

Ich bin schon jetzt abgeneigt und führe dann erst einmal in die Wohnung, ich erzähle etwas von den Quadratmetern und will mich gerade zur Terrasse und den weiteren Vorzügen äußern, als ich im Augenwinkel sehe, wie Ellen und Jens wild zu knutschen anfangen. Ich sehe dezent weg und wende mich Tobi zu.

»Darf ich mal Probe liegen?«, fragt er.

»Na ja, also das Bett müsstest du schon selbst mitbringen.« Ich deute in den leeren Raum, den Moritz und ich bisher nur als Abstellraum genutzt haben und den ich in den letzten Tagen entrümpelt habe.

»Aber du hast schon ein Bett, oder?«, fragt er und grinst anzüglich. Währenddessen beschäftigt sich Susanne intensiv mit ihrer Handtasche, macht den Reißverschluss auf, schließt ihn wieder und schaut verhuscht mit roten Wangen in die Runde.

Durch die offene Haustür tritt inzwischen der dritte Bewerber. Tim hüpft draußen im Garten hinter der Buchsbaumhecke herum und reagiert nicht auf meine stumme Bitte reinzukommen. Er lauert lieber hinter der Gartentür herum und beobachtet das ganze Theater. Dann schaut er zu mir, verzieht das Gesicht und schneidet eine Grimasse. Ich muss grinsen. »Du musst Marcel sein?«, frage ich den fünften Ankömmling. Er ist der einzige Bewerber, der mich sofort mit Fotos und Links zu seinen Social-Media-Seiten versorgt hat, daher erkenne ich ihn auf Anhieb.

Vom sechsten Bewerber mit dem E-Mail-Namen *Maxthemillian@gmail.net* keine Spur. Marcel schließt die Tür hinter sich.

Sein Haar wirkt wie in Beton gegossen, denn weder Wind noch Nieselregen haben seiner perfekt sitzenden Frisur etwas anhaben können. Vielleicht kann er mir das beibringen. Ich küre ihn nach der freundlichen Begrüßung zum vorläufigen Favoriten und führe ihn zu den anderen Freaks. Susanne streichelt ihre Handtasche oder den Inhalt, von dem ich inzwischen glaube, dass er lebendig ist. Ellen frisst Jens auf und Anzug-Michael fragt mich, was denn noch so alles zum Mietverhältnis dazugehört.

»Äh, wie meinst du das? Du kannst natürlich die Terrasse nutzen und die Küche und …«

»Also meine bisherige Mitbewohnerin hat mir immer meine Zehennägel geschnitten. Dienstags«, sagt er ernst.

Ich verschlucke mich beinahe an meiner eigenen Spucke und schaffe es: »Da kann ich nicht, da bin ich selbst zur Maniküre«, zu antworten.

Das bringt ihn nicht aus der Ruhe, denn er antwortet gelassen. »Schwierig, ich habe mich da so dran gewöhnt.«

Was ist hier nur los? Ich möchte lachen und weinen gleichzeitig und wünsche mir Moritz. Stattdessen bekomme ich wohl *Maxthemillian*, denn in diesem Moment klingelt es an der Tür. Ich öffne, erwarte das Schlimmste. Denn in diesem Gruselkabinett fehlt jetzt vermutlich noch ein Obdachloser mit Flohtöle. Vor der Tür steht ein Kerl, der »Bis bald, Kleine« in sein Handy sagt und es dann schnell in die Hosentasche steckt. Statt zu einem Penner schaue ich in ein bärtiges Gesicht unterhalb einer Wollmütze. Es dauert einen klitzekleinen Moment und dann schnappe ich laut nach Luft. »Du?«

»Du?«, antwortet er. Überrascht, aber nicht so verblüfft wie ich.

Ich starre ihn an und kann es nicht fassen. Blaugraue Augen funkeln mich freundlich an, dieser Mund mit den unfassbar weißen Zähnen lächelt und er stützt seine großen, gepflegten Hände an beiden Seiten meiner Haustür ab. Der braune Bart ist kürzer als beim letzten Mal und seine Klamotten nicht so lässig. Aber *Maxthemillian@gmail.net* ist eindeutig meine Bekanntschaft vom JFK-Airport.

»Möchtest du mich reinlassen?« Er blinzelt an mir vorbei in den Flur, wo Jens Ellen gerade an die Wand drückt und seine Hände um ihren Hintern krallt. »Du solltest denen ein Bett geben, bevor es zu spät ist.«

»Was hast du da in der Hand?«, frage ich perplex und starre auf den Blumentopf in seiner Hand und dann wieder hoch in sein Gesicht. Ungläubig, dass ich beides kenne. Sein Gesicht und den Blumentopf.

Er schaut nach unten. »Das ist ein Blumentopf.«

»Ja … aber, egal.«

Ich sehe nach drinnen, Ellen hat den Kopf in den Nacken gelegt und Jens schleckt ihren Hals ab. Es ist tatsächlich egal, dass die verdörrte Blume in dem weißen Topf eigentlich in dem kleinen Gewächshaus draußen vor der Tür überwintert und Max, ja, Max scheint zum zweiten Mal irgendwie geradewegs vom Himmel gefallen zu sein. Einem spontanen Einfall folgend flüstere ich: »Kannst du mir helfen?«

Max ist auf einmal viel mehr als eine Zufallsbekanntschaft vom Flughafen. Er ist der einzige erwachsen wirkende Mensch hier außer mir, und ich brauche dringend Hilfe. Nur so lässt sich erklären, dass es sich so anfühlt, als hätte gerade ein guter alter Freund angeklopft und kein Fremder, mit dem ich erst wenige Sätze gesprochen habe.

Ich seufze: »Das ist eine Katastrophe. Die zwei sind kurz davor, sich auf meinem Teppich zu paaren, der eine macht Selfies in meiner Küche, sodass ich Angst habe, meinen Wäschekorb morgen bei Instagram bewundern zu können, und ich bekomme unmoralische Angebote im Zusammenhang mit Fußnägeln.«

»Und eine hat gleich ihre Katzenfamilie mitgebracht«, sagt Max lachend und deutet auf ein flitzendes, wolliges Etwas, das in Richtung Schlafzimmer saust.

Ich stelle fest, dass er sehr schön lacht. Ist das schon am Flughafen so gewesen? Freundlich und warm, und ich frage mich gleichzeitig, was das für eine Rolle spielt, während Susanne ins Schlafzimmer rennt.

»Ich brauche wirklich Hilfe«, erkläre ich und möchte mir selbst eigentlich verbieten, mich in Max' Gegenwart so vertraut zu fühlen. Natürlich liegt das nur daran, dass der Rest des Haufens direkt dem Irrenhaus entsprungen zu sein scheint, während Max so herrlich normal wirkt.

»Wo soll ich unterschreiben?«, fragt er grinsend.

»Wenn du mir die Bekloppten da drinnen vom Hals schaffst, lässt sich darüber reden«, antworte ich.

Hinter Max sehe ich Tim, der auf den Gartenzaun geklettert ist und mir wilde Handzeichen gibt. Er reckt seinen kleinen Daumen in die Höhe und formt lautlos Worte, die ich nicht deuten kann. Dazu nickt er eifrig. Ich rolle mit den Augen und schließe dann hinter Max die Tür.

Der zögert nicht lange, stellt sich ins Wohnzimmer, baut sich vor den anderen auf, klatscht in die Hände und verkündet mit autoritärer Stimme: »So, das war's für heute! Vielen Dank für Ihr Kommen. Wir teilen Ihnen unsere Entscheidung dann schriftlich mit.«

»Wie jetzt?«, murrt Tobias. »Ich habe ja noch nicht mal das Schlafzimmer gesehen.«

»Haben Sie die Belege Ihrer letzten zwölf Lohnabrechnungen dabei?«, will Max wissen.

»Schon gut, dann also tschüss«, murrt Tobias und trollt sich.

Mit Jens und Ellen ist es etwas schwieriger, sie scheinen die Welt um sich herum völlig vergessen zu haben. Anzug-Michael dagegen verkündet gut gelaunt: »Mich brauchen Sie nicht zu berücksichtigen, da gibt es zu viele Differenzen, um ein angenehmes Miteinander möglich zu machen.«

»Das ist der mit den Fußnägeln«, raune ich Max zu und spüre, wie sich zum ersten Mal, seit Moritz ausgezogen ist, ein heftiger Lachanfall in meinem Innern zusammenbraut. Es gluckert und gluckst in meinem Bauch und hört erst auf, als mir mein Verstand in Erinnerung ruft, dass ich das Ganze hier nur veranstalten muss, weil Moritz weg ist. Jeder Gedanke an Moritz ist ein Lachanfallkiller.

Max und ich scheuchen Susannes Katzen aus dem Bad und heben sie am Genick hoch, um sie unter Susannes Protest in die Handtasche zurückzubefördern, und dann lässt sich Max von Marcel das Handy geben, um die Bilder meiner Wohnung darauf zu löschen.

Ich atme durch, als sich die Haustür hinter dem letzten schließt, und beobachte amüsiert, wie Tim draußen aus den kläglichen Schneeresten Bällchen formt und auf die Hinterköpfe der Wohnungsbesichtiger zielt.

Max dagegen beobachtet mich und ein leichtes Lächeln spielt um seinen Mund. Ein eindeutig amüsiertes.

»So«, sagt er.

Ich fühle mich auf einmal so schüchtern wie mit fünfzehn. Ich habe absolut keine Übung mit Männern. Mit Männern, die nicht Moritz sind. Jetzt, da alle anderen fort sind, ist Max wieder ein Fremder.

»So«, entgegne ich im gleichen Ton. »Möchtest du etwas trinken?« Ohne die Antwort abzuwarten, hole ich ein Glas aus dem Hängeschrank in der Küche und fülle es mit Wasser.

»Du hast mich im Stich gelassen, im Flieger! Miese Nummer, wenn man weiß, dass jemand Flugangst hat. Ich war derjenige, der die Toilette für zwei Stunden blockiert hat …«, bemerkt Max und zieht sich die Wollmütze vom Kopf. Darunter stehen ihm die Haare zerzaust zu Berge. Sie sind länger, als ich gedacht habe. Von einem hellen Braun, das von natürlichen goldenen Strähnen durchzogen ist.

Überrascht stelle ich das Glas auf die Arbeitsfläche.

»Ist mir nicht aufgefallen.«

»Und der, der nach diesem Luftloch in eine Tüte hyperventilieren musste«, fährt er fort und legt nun auch seine Jacke ab.

»Ist mir auch nicht aufgefallen.«

»Der ganz vorn saß, vor dem defekten Fernseher, und keine Unterhaltung hatte. Acht Stunden lang.«

»Du Armer.«

»Und ich hatte vegetarisches Essen!«

»Du hast es überlebt, oder?«

»Gerade so.« Er grinst. »Aber es wäre schöner gewesen, wenn du da gewesen wärst.«

»Mmh«, brumme ich.

»Was habe ich eigentlich Falsches gesagt, am Flughafen? Dass du so fluchtartig abgehauen bist. Und mir deinen Luxusmantel zurückgelassen hast. Ist das eine Art Pfand gewesen?« Er grinst wackelig.

»Den kannst du behalten!«, antworte ich schnell. Biestiger als beabsichtigt.

»Oha! Der sah aber neu aus!«

»War er auch. Genau eine Woche alt.«

»Weihnachtsgeschenk?«

Ich nicke und schlucke schwer an der Erinnerung an dieses Weihnachtsfest. Im Nachhinein hätte mich das Geschenk schon wundern sollen. Es ist nicht Moritz' Art, mir Klamotten zu kaufen. Schon gar nicht so teure, wie einen Mantel für mehrere Hundert Euro. Meistens schenkt er mir Dinge, die eine persönliche Bedeutung haben. Oder etwas, was ich Wochen oder gar Monate zuvor nebenbei als Wunsch erwähnt habe. Er ist gut in solchen Dingen.

War gut darin, korrigiere ich mich. Dieser verdammte Mantel wird das letzte Geschenk gewesen sein. Eine Sache von vielen, die das letzte Mal geschehen ist zwischen uns. Der letzte Kuss. Ein flüchtiger, kurz bevor wir zum Essen bei Ruth aufgebrochen sind. Der letzte Sex – der Wochen zurückliegt und an den ich mich gar nicht mehr richtig erinnern kann. Das letzte Mal »Ich liebe dich«, an das ich mich erschreckenderweise auch nicht entsinne.

»Also, jetzt mal im Ernst: Was habe ich falsch gemacht?« Max zieht sich einen der grauen Barhocker heran, den, auf dem Moritz an Werktagen immer gefrühstückt hat. Am liebsten würde ich ihm einen Schubs geben, es fühlt sich nicht richtig an, dass er dort sitzt. Allerdings pupst Paula jetzt wahrscheinlich auch ins Polster unseres Fernsehsessels. Max sieht sowieso nicht so aus, als ließe er sich vertreiben. Er stützt die Arme auf die Ellbogen und schaut mir tief in die Augen.

»Ich habe mir den ganzen Flug den Kopf darüber zermartert, warum du so Hals über Kopf geflüchtet bist!«

»Ich dachte, du hättest in eine Tüte geatmet und das Klo besetzt!«, sage ich schnell und versuche, zu grinsen. Es wird ein schiefes Lächeln daraus.

»Auch, deswegen konnte ich dich ja auch nicht suchen gehen. Übrigens, der Flug hat acht Stunden gedauert und ich kann denken, während ich atme und Toiletten belagere!«

Jetzt muss ich lachen. »Du kannst das also? Zwei Dinge auf einmal?«

»Ja, du nicht?«

»Ich bin eine Frau.«

»Habe ich gemerkt«, sagt er etwas leiser.

»Es war dein Kommentar mit dem Rauchmelder«, erkläre ich und weiß gar nicht, woher der Mut kommt, das zuzugeben. Oder vielmehr der Mut, dieses Thema anzuschneiden, was unweigerlich sehr viele Fragen nach sich ziehen wird. Vielleicht, weil ich dann ein paar Sätze lang nicht an Moritz denken muss.

»Tut mir leid, wenn das irgendwie doof kam, ich wollte dich mit meiner Küchenpsychologie nicht verletzen.«

»Hast du nicht. Eigentlich hast du ziemlich genau den Nagel auf den Kopf getroffen.«

Er legt den Kopf noch etwas schiefer, als würde er mich so noch besser durchschauen können. »Hat er wehgetan, der Nagel?«

»Steckt noch fest.« Tief durchatmen, befehle ich mir selbst. »Ich … ich habe vor vielen Jahren einen schrecklichen Unfall miterlebt.«

Die Bezeichnung Unfall ist so untertrieben wie das Adjektiv davor. Es gibt Dinge, für die gibt es keine richtigen Worte. Sie zu beschreiben, hat immer den falschen Unterton und transportiert nicht ansatzweise, was ich dabei fühle. »Einen Brand, genauer gesagt.«

Er schreckt hoch, nimmt den Ellbogen vom Tresen und zuckt kurz vor meiner Hand zurück.

Ich ertappe mich dabei, wie ich mir wünsche, er würde meine Hände nehmen. Einfach, weil ich das heute ganz gut gebrauchen könnte.

»Oh, Shit. Sorry, da habe ich ja mitten ins Schwarze getroffen mit meinem blöden Kommentar. Das tut mir sehr, sehr leid.«

Mitten in ein schwarzes Meer. »Schon in Ordnung, das konntest du ja nicht wissen.«

»Nein, konnte ich nicht. Trotzdem tut es mir leid.«

»Ich erzähle es dir irgendwann einmal«, sage ich leicht dahin und merke zu spät, dass ich damit automatisch suggeriere, dass er tatsächlich hier einzieht.

»Wenn du möchtest, gern.« Er nickt.

»Danke für deine Hilfe.«

»Gern. Aber eins musst du mir erklären!«

»Ja?«

»Warum stehen vor dem Haus vertrocknete Pflanzen in den unterschiedlichsten Kübeln? In einem Gewächshaus?«

»Die Frage ist doch eher, warum hast du einen davon mitgenommen und mir vor die Nase gehalten?«

Er zuckt mit den Achseln. »Ich dachte, wenn du auf die Dinger stehst, dann freust du dich vielleicht über eine weitere todgeweihte Palme.«

»Das ist eine Grünlilie.«

»Sieht mehr aus wie eine Braunlilie«, erwidert er.

»Ich arbeite dran«, sage ich.

»Und warum?«

»Sieh es als eine Art Auffangstation oder Gnadenhof.«

»Für Pflanzen?«, fragt er.

»Ja.«

»Hat das auch etwas mit Verschwendung zu tun?«

Ich muss lächeln. »Vielleicht. Vielleicht habe ich aber auch nur ein Herz für vernachlässigte Pflanzen.«

»Das ist ein wenig verrückt – aber ich mag es«, sagt er. »Bekommst du sie alle wieder hin?«

»Es gibt Verluste«, gebe ich zu.

Dann ist es einen Moment lang still.

Bis Max fragt: »Zeigst du mir die Wohnung?«

»Die … die Wohnung?«, stammele ich.

»Na ja, deswegen bin ich ja gekommen. Zugegeben, dein Name hat auch ein bisschen dazu beigetragen, denn eigentlich ist das jetzt nicht wirklich die Gegend, die ich mir gerade leisten kann. ›Aber wie viele Dalias wird es geben?‹, habe ich mir gedacht. Und wie es der Zufall will …«

»Es gibt keine Zufälle«, widerspreche ich schnell.

»Nicht?«

»Nein.«

»Dann nennen wir es eben Schicksal.« Er lächelt.

»Die Wohnung ist nur für ein halbes Jahr zu vergeben. Also das Zimmer genau genommen.«

»Das passt gut. Ich bin sowieso nur noch ein halbes Jahr hier. Maximal.«

»MAXimal«, sage ich und lächle.

»Ja«, er grinst breit, »ich gehe dann wieder in die USA. Endgültig.«

»Okay«, sage ich. »Dann wäre das ja schon mal klar.«

Max steht auf und geht auf eines der Gästezimmer zu. »Ist es das hier?«

Ich springe auf und stelle mich eilig vor die Tür. Wie dumm, dass ich sie nicht abgeschlossen habe. »Nein. Da kannst du nicht rein. Nie.« Das Nie klingt ziemlich schrill. Verzweifelt schrill.

»Wieso? Hast du da eine Leiche versteckt?«

»Nein«, sage ich und kämpfe mit den Tränen, die sich manchmal so völlig unvermittelt an die Oberfläche drängen. *Hochwassergefahr*, hat Moritz das immer genannt. »Mein Bruder übernachtet hier hin und wieder«, lüge ich.

»Okay, dann zeig mir doch einfach mein Zimmer. Wann könnte ich denn einziehen?«

»Sofort, von mir aus.«

»Würde es dir was ausmachen, wenn ich ein paar Tage auf der Couch schlafe, bevor ich mein Bett hierherbringe?«

»Nein, das wäre okay«, sage ich, ohne zu wissen, ob es wirklich okay ist. Dabei ist irgendwie alles in Ordnung, solange er nicht in dem anderen Zimmer schlafen will.

»Im Moment hause ich in einer Bude über der Nachteule – das ist die Kneipe eines Freundes, in der ich ihn vertrete. Und eigentlich wollte ich schon längst meinen Papierkram erledigt haben. Aber Philipp braucht mich noch ein bisschen, so lange, bis er wieder auf dem Damm ist, und das mit dem Visum für die USA ist gar nicht so einfach wie gedacht.«

Ich bin neugierig geworden. »Was willst du dort machen?«

»Ich bin Architekt.«

»Wow«, sage ich.

»Und du? Du kellnerst, oder?«

Ich zucke mit den Schultern. »Ja, und ich arbeite in einer Logopädiepraxis.«

»Ah! Davon hast du mir das letzte Mal aber nichts erzählt«, stellt er fest.

»Nein, ist auch nicht der Rede wert. Ich bin nicht fertig geworden mit dem Studium, aber ich bin wohl trotzdem ganz gut in dem Job, deshalb arbeite ich ein paar Stunden die Woche für Tanja.«

Er nickt. »Ich schau mich ein bisschen um, ja?«

Ich rücke keinen Millimeter von der Tür weg.

Warum hat er mir nicht gesagt, dass er auch in Würzburg lebt?, überlege ich. *Weil du ja geheimnisvoll sein wolltest und ihm nicht verraten hast, woher du kommst*, brüstet sich eine besonders vorwitzige Hirnwindung. Dann ist er das tatsächlich im Zug gewesen. Ich habe mich nicht getäuscht.

»Alles in Ordnung?«, fragt Max noch einmal und ich brauche einen Augenblick, um mich an seine Frage zu erinnern.

»Klar«, sage ich und muss mich räuspern.

Vielleicht ist es keine gute Idee, ihn hier wohnen zu lassen.

Ach, was. Ich will Moritz eifersüchtig machen und ich brauche das Geld. Ein Plan ist ein Plan. Und in einem halben Jahr ist er wieder weg. Und Moritz hoffentlich wieder da.

7. Kapitel

»Hast du Zeit, kurz zu sprechen?«

Eigentlich eine überflüssige Frage.

»Du musst nicht flüstern, ich sitze am langweiligsten Ort der Stadt und habe die letzte halbe Stunde damit verbracht, Hotels auf den Malediven nach ihrem Preis-Leistungs-Verhältnis zu sortieren.« Ruth seufzt.

»Willst du auf die Malediven fliegen?«

»Ja, kann ich mir aber nicht leisten, denn selbst wenn ich hier fürs Rumhocken deutlich überbezahlt bin, dafür reicht es nicht.«

»Du könntest wieder Marmelade kochen!« Ich lache leise.

»Ich habe schon überlegt, die Fenster zu putzen.«

»Andere wären froh, wenn sie auf der Arbeit keinen Stress hätten«, erkläre ich.

Ruth wird es nicht leid, über ihren Job zu jammern. Dabei führt sie während ihrer Arbeitszeit endlose Privatgespräche, beklebt die Wände mit Werbematerialien, macht völlig ungeniert ihre Steuererklärung und zu Weihnachten Fotobücher. Ich finde, sie sollte ihren Job lieben, letzten Endes wird sie für den siebenstündigen Teil ihres achtstündigen Arbeitstages dafür bezahlt, dass sie Freizeit hat.

»Wieso flüsterst du immer noch?«

»Weil er da ist«, wispere ich weiter.

»Wer, Moritz? Habt ihr euch versöhnt?«, brüllt Ruth so laut ins Telefon, dass ich es instinktiv näher an mein Ohr presse, um den Schall zu dämpfen.

»Nein, mein neuer Mitbewohner«, sage ich leise.

Ich höre sie in der Schublade kramen und warte auf das raspelnde Geräusch ihrer Nagelfeile.

»Und der verlangt von dir, in einem Ton zu sprechen, der nur für Wale verständlich ist?«, kichert Ruth.

»Natürlich nicht. Aber ich hab eine Bitte an dich.«

»Ah! Braucht er eine Hausratversicherung?« Sie klingt begeistert. »Das wäre toll, ich habe seit heute Morgen nichts mehr zu tun. Zwei Mopedkennzeichen und ein Brief mit einer Mahnung. Ich frage mich wirklich, wie lange das noch gut geht. Hoffentlich nicht mehr lange, dann kann ich mich selbstständig machen.«

Das erzählt sie seit zehn Jahren. Aber aus unerfindlichen Gründen gibt es die Agentur und ihren beleibten Chef mit dem dröhnenden Lachen noch genauso wie Ruth, seine überbezahlte, unterbeschäftigte einzige Angestellte.

»Als was willst du dich selbstständig machen?«

»Ich könnte ein Restaurant eröffnen!«, tönt sie selbstbewusst.

»Und das nennst du dann *Angebranntes & Abgefackeltes*?«

Ruth ist weit davon entfernt, deshalb beleidigt zu sein. »Gute Idee. Also, was ist das jetzt für ein Gefallen?«

»Du bist doch bei Facebook und diesen ganzen sozialen Medien und so.«

»Klar. Was sollte ich hier schon den ganzen Tag sonst machen, außer meine Nachbarn zu stalken?«

»Könntest du jemanden für *mich* stalken?«

»Sicher«, plappert sie und ich höre im Hintergrund wieder die Schreibtischschublade knarren. Jetzt holt sie den Nagellack. »Wen denn?«

Nervös sehe ich mich um. Max ist am späten Nachmittag hier aufgetaucht und hat seine Sachen gebracht. Viel ist es nicht. Zwei Rucksäcke voll mit ein paar Klamotten, einen Kulturbeutel, einen alten Laptop und eine Spiegelreflexkamera.

Seither verteilt er seinen Kram im Haus. Im Moment ist er im Bad und die Gelegenheit nutze ich, um mein ungutes Gefühl ein wenig auf Ruth abzuwälzen.

»Meinen neuen Mitbewohner. Ich kenne ihn ja eigentlich gar nicht und … vielleicht ist das dumm gewesen, ihn hier einfach einziehen zu lassen«, flüstere ich. Die Tür zum Badezimmer bleibt weiter geschlossen.

»Und jetzt möchtest du, dass ich herausfinde, dass er weder ein Kinderschänder noch ein Serienmörder noch ein notorischer Messi ist?«

»So in der Art …«

»Wie heißt der denn?«

»Max Veit«, antworte ich.

»Na super! Warum nicht gleich Hans Müller?«

»Hä?«

»Das ist jetzt nicht der seltenste Name der Welt, Liebes. Wie wäre es mit weiteren Informationen?«

»Okay, er ist Anfang, Mitte dreißig und hat braunes Haar.«

»Das grenzt das Ganze natürlich massiv ein«, lästert Ruth. Sie pustet und daher weiß ich, dass es tatsächlich der Nagellack gewesen ist.

»Na«, ich überlege, welche der spärlichen Informationen, die ich über Max habe, Ruth weiterhelfen könnte, »er hat Flugangst.«

»Soll ich jetzt googeln ›Max + Veit + Flugangst‹, oder was?« Ich kann förmlich hören, wie sie mit den Augen rollt. »Und er betreibt mit einem Kumpel namens Philipp die Nachteule. Diese Kneipe in der Nähe vom Dom«, ergänze ich schnell.

»Ah, schon besser. Noch was?«

Im Bad klappert es. Ich muss mich beeilen.

»Ein Teil seiner Familie lebt in den USA.«

»Gut, damit kann ich arbeiten«, erklärt sie wichtig, als hätte die CIA ihr gerade höchstselbst einen Observierungsauftrag erteilt.

»Danke, 007, ich muss aufhören«, verabschiede ich mich lachend.

Im richtigen Moment lege ich auf, denn Max kommt aus dem Bad. Handy und Geldbeutel unter den Arm geklemmt.

Ich würde ihm gern verbieten, Dinge an Orte in der Wohnung zu legen, an denen Moritz seine Besitztümer verstaut hat. Zum Beispiel auf das Brett unter den Schlüsselhaken. Dort hat immer sein Geldbeutel gelegen und dort legt Max hemmungslos sein Handy und seinen Schlüssel ab.

»Die meisten meiner Sachen sind schon für den Container verpackt«, erklärt er fast entschuldigend. »Ist das echt okay, mit der Couch?«

»Das ist eine Wohnlandschaft«, erwidere ich.

Er zieht die Augenbrauen nach oben. »Schläft es sich da besser drauf?«

»Nein, Moritz meinte nur immer, dass man eine dreitausend Euro teure Couch nicht einfach Couch nennen kann«, platze ich heraus und beiße mir auf die Lippe, als hätte ich meine Zunge an diesem Satz verbrannt. Es ist das erste Mal, dass ich Moritz vor Max erwähne.

»Sag mal, hättest du Lust, mit in die Nachteule zu kommen? Ich lade dich ein heute Abend. Wir sollten uns ein bisschen besser kennenlernen, wenn wir jetzt schon zusammenwohnen, oder?«

Nicht nötig, ich habe dich gerade zur Bespitzelung freigegeben.

Wie ein Tiger habe ich den ganzen Tag über Runden in der Wohnung gedreht und mich gefragt, ob es nicht eine andere

Lösung gibt. Ob ich hier wirklich mit einem anderen Mann wohnen will und ob das tatsächlich eine gute Idee war. Mit Max und so.

»Ja, warum nicht?«, antworte ich etwas verlegen.

»Gut, dann bis später.«

Worauf habe ich mich da nur eingelassen? Am liebsten würde ich ihn bitten, sofort wieder auszuziehen. Ich wünsche mir, dass Moritz klingelt und mir erklärt, dass das mit der Trennung nur ein dummer Scherz gewesen ist. Aber ich glaube nicht an Märchen und an Wunder auch nicht.

Genau genommen ist die Nachteule gar keine Kneipe. Es ist mehr so eine Mischung aus Bar und Restaurant mit einem hübschen Biergarten, mitten in der Innenstadt. Ich bin noch nie da gewesen. Es ist die größte Konkurrenz zum Henrys, einem der Lokale, in denen ich arbeite. Überhaupt bin ich noch nie allein in einer Kneipe gewesen – ohne dort zu arbeiten.

Aber zu Hause bleiben geht auch nicht. Ich bin lange genug von der Küche ins Wohnzimmer und wieder zurück gelaufen und habe mich gefragt, was ich jetzt machen soll. Allein. Irgendwie war es plötzlich nicht mehr so erstrebenswert, meinen Kopf in ein Kissen zu drücken und mir selbst beim Weinen zuzuhören, wie in den letzten Wochen. Vielleicht fühle ich mich auch einfach nur fremd in meiner eigenen Wohnung, weil dort plötzlich auch Max' Sachen liegen. Mittel zum Zweck, sage ich mir immer wieder und mache mich dann doch auf den Weg zur Nachteule.

Das Lokal liegt direkt in der Innenstadt, in einer der belebtesten Straßen Würzburgs. Von außen ist das Gebäude recht unscheinbar, ein kleiner, schmaler Bau zwischen einer Pizzeria und einer Buchhandlung.

Im Innern konzentriert sich alles auf die Bar in der Mitte, links und rechts davon führen kleine, schmale Gänge auf der einen Seite zu den Toiletten, auf der anderen offenbar zur Küche. Das Licht ist gedimmt und täuscht ein wenig darüber hinweg, dass Gemütlichkeit auch bedeuten kann, die Ausstattung hätte eine Erneuerung nötig. Rustikaler Charme, ganz anders als im Henrys, aber nett. Mehr gemütlich als renovierungsbedürftig, zumindest auf den zweiten Blick.

Eine sehr schlanke junge Frau mit hellen Locken mustert mich von oben bis unten und bleibt mit dem Tablett in der Hand vor mir stehen. »Hast du reserviert?«, fragt sie mäßig freundlich.

»Äh … nein«, antworte ich, sehe in ihr perfekt geschminktes Gesicht und bin mir meiner dicken Augenringe auf einmal sehr bewusst. Sie deutet mit der freien Hand einen Halbkreis an. »Gehörst du irgendwo dazu?«

Offenbar nicht mehr. Ich schüttele den Kopf. »Wir sind voll, siehste doch«, kanzelt sie mich ab und bewegt ihren Hintern dann schwung- und wirkungsvoll an mir vorbei zu einem Tisch mit einer Männergruppe.

»Einen Moment«, höre ich eine männliche Stimme hinter mir rufen. Ich will mich nicht auffällig umdrehen, spitze aber die Ohren. Der Name »Marina« fällt in einem etwas scharfen Ton und wenig später wackelt die Kellnerin wieder auf mich zu, baut sich vor mir auf und verkündet mit Schmolllippe: »Ich hätte da noch einen kleinen Platz für dich.«

Max kommt mir entgegen, schenkt mir ein warmes Lächeln und führt mich an die Theke. »Entschuldige mich, viel los. Bestell dir, was du möchtest.« Hinter der Bar steht eine freundlicher gestimmte Kollegin von Marina, die mir zunickt, als hätten wir schon mal gemeinsam eine Flasche Wein gekippt. Sie poliert Gläser, stellt aber sofort alles zur Seite und fragt mich, was ich trinken möchte. Auf Kosten des Hauses, versteht sich. Marina-Schmolllippe-Wackelhüfte verschwindet hinter einer westerntauglichen Klapptür, nicht ohne mir einen bitterbösen Blick zuzuwerfen.

Ich lächele, aber das verdunkelt ihr Gesicht nur weiter. Dabei ist mein Lächeln echt, so wie die Augenringe und die Heulflecken und mein ungeschminktes Gesicht. Unecht fühlt sich nur der ganze Rest an. Mein Leben, das wie ein dreibeiniger Hund zu hinken begonnen hat. Vielleicht komme ich nachher nach Hause zurück und Moritz sitzt ganz selbstverständlich im Wohnzimmer. Auf dieser alten grauen Decke, die er so sehr liebt, dass er sie schon vermisst, wenn ich sie mal waschen muss. Nein, Moritz sitzt jetzt händchenhaltend mit Paula auf irgendeiner schicken Couch und denkt vermutlich gar nicht mehr an mich. Die Frau hinter der Bar sieht mich immer noch an und ich merke, dass ich gar nicht reagiert habe. Meine langsamen Gehirnzellen haben sich inzwischen gegenseitig auf die Sprünge geholfen. »Äh, ein Radler vielleicht?« Ich mag kein Bier, aber der Satz kommt einfach so aus mir heraus, während ich auf die Zapfanlage starre, hinter der die nette Kellnerin steht.

Max kommt mit einem leeren Tablett wieder zurück. Er sieht gut aus, strahlt und wirkt so lässig und selbstverständlich an diesem Ort. Ganz anders als in meiner Wohnung. »Klar, gern!« Dann zeigt er auf mich und erklärt. »Lina, das ist Dalia!«

Lina hinter der Theke strahlt, als hätte er ihr gerade einen Superpromi vorgestellt und kein verheultes Häufchen Elend. »Dalia, das ist Lina, meine Cousine.«

»Hallo«, quetsche ich heraus und hebe lahm meine Finger über die Theke. Aber Lina beugt sich einfach rüber und umarmt mich. Ich strecke mich ihr ein wenig entgegen und halte mich mit Mühe mit den Beinen am Barhocker fest. Lina hat kräftige Arme und es ist nicht nur so eine Pseudoumarmung, sondern ein richtiger Drücker. Ich muss wirklich sehr bemitleidenswert aussehen. Aber die Umarmung tut gut, am liebsten würde ich Lina gar nicht mehr loslassen und ihr auf der Stelle mein Herz ausschütten. Vorsichtig stehle ich mir einen Blick auf Max. Er hat sich neben mich gestellt, seitlich zu mir gewandt und während ich von der Theke zurück auf den Stuhl klettere, stelle ich fest, dass er gut aussieht, noch besser als bei unserem ersten Zusammentreffen am Flughafen. Er trägt ein dunkelblaues Hemd, seine braunen Haare sind ordentlich gegelt, an den Seiten kurz, oben etwas länger. Sein Bart ist kürzer als am Flughafen, mehr ein Drei-Tage-ohne-Rasieren als ein wirklicher Bart, und er wirkt nicht ganz so verwegen. Seriöser irgendwie. Was vielleicht auch an der kurzen Kochschürze mit den braunen Lederträgern liegt.

Lina zapft in Rekordgeschwindigkeit Bier, schüttet die Limonade zu und stellt mir das ganze mit einem Schnapsglas daneben vor die Nase. Sie bietet Max keines an.

Unsicher greife ich nach dem Schnapsglas. Schnuppere daran. Unentschlossen, ob ich wirklich trinken soll.

Aus Verlegenheit greife ich nach dem Radler und nehme einen großen Schluck. Und dann kippe ich den Schnaps gleich hinterher. Er beobachtet mich und sein Gesicht ist ernst dabei.

»Du wirklich keinen?«, frage ich und deute auf die Flaschen hinter dem Tresen.

Max schüttelt den Kopf. Sein gegeltes Haar wippt kurz. »Ich trinke keinen Alkohol.«

»Nie?«

»Nein, nie.«

»Ich eigentlich auch nicht. Aber heute mache ich eine Ausnahme.«

»Gibt es dafür einen Grund?«

Bevor ich antworten kann, rempelt ihn Marina ziemlich unsanft von hinten an und zischt. »Max, es ist die Hölle los hier, ich schaffe das nicht allein. An Tisch vier werden sie langsam ungemütlich.«

»Bleibst du noch eine Weile?«, fragt er mich, ohne Anstalten zu machen, den Hocker zu verlassen.

»Weiß nicht. Glaube schon.«

»Nachher habe ich mehr Zeit. Wäre schön, wenn wir uns noch ein bisschen unterhalten können.«

»Ja«, sage ich und merke, dass ich wirklich schon sehr viele Sätze lang nicht mehr an Moritz gedacht habe. Das ist sehr temporär, so viel ist klar, aber jede Sekunde ist gut für mein gequältes Herz. Es ist nett, sich mit jemandem zu unterhalten, der mich nicht schon durch und durch kennt.

»Gut«, brummt er, wirft Marina einen genervten Blick zu und klopft dann kurz auf den Tresen, bevor er sich abwendet. »Das Geschäft ruft.«

Es ist erstaunlich beruhigend zuzusehen, wie um mich herum Hektik entsteht. Max läuft immer wieder an mir vorbei, trägt Essen heraus, kassiert Gäste ab, begrüßt Neuankömmlinge und hilft Lina beim Zapfen. Er verbreitet absolut keine stressige Stimmung und hat immer wieder einen Blick und ein vorsichtiges Lächeln für mich. Trotzdem habe ich eine halbe Stunde später das Gefühl, als könnten Lina, Max und Marina den Ansturm der Gäste nicht mehr bewältigen. An den Tischen hinter mir macht sich Unmut breit und irgendwann fängt es an, mir in den Fingern zu kribbeln. Kurzentschlossen stehe ich auf und laufe um die Bar herum. Es gibt für heute nur zwei Möglichkeiten, entweder schütte ich mich mit Schnaps zu und versuche, den Schmerz zu betäuben, oder lenke mich ab, indem ich mithelfe.

»Gib mal her«, sage ich zu Lina, die verzweifelt zwischen Spülbecken und Zapfhahn hin- und herspringt. Und dann fange ich an, Gläser zu spülen, Weingläser zu polieren und Getränke auszuschenken. Es tut verdammt gut, etwas Sinnvolles zu machen und meinen Kummer in Arbeit statt Alkohol zu ertränken.

Als Max an die Theke kommt, um Lina die nächsten Bestellungen aufzugeben, sieht er zunächst irritiert aus. Dann aber reicht er mir den Zettel, lächelt und formt mit den Lippen ein »Danke«, das tonlos bleibt in der lauten Geräuschkulisse.

Lina und ich sind auf Anhieb ein gutes Team, was nicht selbstverständlich ist. Wir stehen uns nicht gegenseitig im Weg, sondern ergänzen uns blind. Es macht mehr Spaß als an allen Abenden im Henrys in letzter Zeit. Nur Marina zuckt hin und wieder genervt mit den Augenbrauen, wagt aber angesichts des vollen Ladens auch keine Widerworte.

Der Abend rast an mir vorbei und Moritz ist plötzlich nur noch Zaungast. Als stünde er zwar drohend am Rand der Rennstrecke, aber könnte mir nichts anhaben. Noch nichts. Es ist ja nicht so, dass ich dieses Muster nicht bereits kennen würde. Ich bin gut darin, mich abzulenken. Denn sonst hätte ich nicht überlebt. Und doch weiß ich, dass das schwarze Loch kommen wird. Spätestens dann, wenn ich die Wohnung an der Maria-Theresia-Promenade wieder betrete.

»Du solltest langsam Feierabend machen.« Erst als Max' freundliche Stimme zu mir durchdringt, wird mir klar, dass das Glas in meiner Hand nicht mehr sauberer werden wird. Und dass sich der Laden deutlich geleert hat. Bis auf die Männerrunde an Tisch vier lungern nur noch zwei kichernde, betrunkene Mädchen an einem der Ecktische herum und ein älterer Herr hält sich wie ein Ertrinkender an seinem Rotweinglas fest.

»Wie spät ist es denn?«, will ich erstaunt wissen.

»Halb zwei. Wir machen dann auch zu. Lina schmeißt die restlichen Gäste jetzt raus.« Max zieht sich mit Schwung an dem Tresen hoch und setzt sich direkt neben mich.

»Da ist eine Orangenschale unter deinem Hintern.«

»Gibt Schlimmeres, was man am Hintern kleben haben kann«, kommentiert er ungerührt.

Es kommt mir vor, als würde er heimlich einen Blick auf Marina werfen.

»Hast du Hunger?«

Habe ich Hunger? Und wie, bemerke ich überrascht. »Ja, jetzt da du fragst. Bärenhunger.«

»Komm mit.« Er hüpft wieder herunter, fasst sich kurz an seinen Hintern, um sicherzugehen, dass die Orange nicht mehr daran klebt, und nimmt mir dann vorsichtig das Glas aus der Hand. Wie selbstverständlich greift er nach meiner anderen Hand, in der ich noch das Poliertuch halte, und führt mich um den Tresen und eine grinsende Lina herum durch die Saloontür in die Küche.

Dort herrscht eine derart hohe Luftfeuchtigkeit, dass ich das Gefühl habe, versehentlich in ein Dampfbad getreten zu sein, statt in eine Industrieküche. Wobei der Koch eher den Eindruck entstehen lässt, man wäre in einer sehr freakigen Geisterbahn gelandet. Er ist so groß, dass der Abstand zwischen seinem Kopf und der Decke geradezu lächerlich wirkt. Dazu ist er überaus hager, hat eingefallene Wangen und große hervortretende Augen. Der gebräunte Teint will nicht richtig ins Bild passen – ein zu dunkel geratenes Gespenst. Dann aber lacht er und das sieht so herzlich und fröhlich aus, dass der Vergleich mit einer Spukgestalt schnell vergessen ist.

»Edmund, mach doch das Fenster auf, bitte«, sagt Max ruhig.

»Klaro, Scheffo!«, verkündet Edmund, wischt seine Hand an der Schürze ab und reicht sie mir.

»Dalia«, sage ich.

»Eduardo, du kannste mich aber auch Edmundo nenne, wie diese Vollidiote hier«, sagt er, lacht und flüchtet dann schnell an das große Oberlicht, um es zu kippen.

»Was kann ich fürrrr diche tun?«

»Dalia hier hat uns den ganzen Abend geholfen, freiwillig, und ich dachte, du machst jetzt einfach Feierabend und ich koche ihr noch was Nettes. Ich räume auch dein Chaos auf.«

»Biste du ganz dichte, Scheffo?« Edmund oder Eduard mit oder ohne »o« am Ende tippt sich an die Stirn, aber offenbar ist er der Ansicht, dass man sich so ein Angebot nicht entgehen lassen darf. Denn er streift seine mit Soße verdreckte Schürze schneller ab, als ich das nette Angebot ablehnen kann.

Jetzt, da sich meine Hände nicht mehr mit etwas beschäftigen, ist mein Kopf wieder angeknipst und mit ihm all die trüben Gedanken. Nicht nur die um Moritz. Auch die um meine Familie. Um all die Verluste, die ich erlitten habe, und das Leiden daran, das ich hinter mir gelassen zu haben glaubte. Auf einmal will ich nicht mehr hier sein, nicht mit Max und Menschen, die fröhlich sind, weil sie vermutlich auch allen Grund dazu haben. Die Welt fühlt sich schrecklich ungerecht an und ich möchte nicht mehr dazugehören.

Max hat sich eine frische Kochschürze umgebunden und inspiziert die Edelstahlkühlkombi links des Gasherdes.

»Er kocht wie ein junger Gott, aber er ist leider auch die personifizierte Küchenanarchie«, seufzt er und deutet auf das Spülbecken, in dem sich Töpfe stapeln wie Legoklötze. »Also, du bist Vegetarierin …«, brummt er. »Mal sehen.«

»Hör mal, Max.« Es ist komisch, seinen Namen auszusprechen. Er ließ mich automatisch an Moritz denken und innerlich zusammenzucken. Ob Moritz schon schläft? Mit Paula im Arm? Mir ist nach Füßestampfen und Tigerknurren. Mit Mühe reiße ich mich zusammen. »Das ist sehr nett, aber ich … ich möchte lieber nach Hause. Ich bin furchtbar müde.«

Max lugt hinter der Tür hervor und sieht mich an. Das Lächeln verschwindet und das tut mir irgendwie leid. »Oh, okay. Klar. Dann, was bin ich dir schuldig? Marina, gib mir mal deinen Geldbeutel.«

Marina tritt ein und macht ein säuerliches Gesicht. Sie zieht ein großes schwarzes Portemonnaie aus der Tasche ihrer Schürze und wirft es Max zu. »Das war's dann übrigens, Max! Mein letzter Tag.«

»Ich möchte kein Geld, ich hab das gern gemacht«, erkläre ich und werfe einen schnellen Blick von Max zu Marina und wieder zurück. Ich will nur noch fort von hier.

»Ich haue jetzt ab, Max!«, droht Marina erneut, rührt sich aber keinen Millimeter.

»Ja, sagtest du bereits. Worauf wartest du?« Max' Stimme verrät keine Gefühlsregung.

»Du bist ein verdammtes Arschloch, Max.«

»Ja, das habe ich auch schon mal gehört. Mach's gut, Marina. Gehaltsabrechnung kommt mit der Post.«

»Weiber«, seufzt Edmund hinter mir sehr deutsch und hat auf einmal einen breiten Westernhut auf den dürren schwarzen Locken sitzen.

»Aber …«, murrt Marina noch, woraufhin ihr Max mit einer ungeduldigen Handbewegung zu verstehen gibt, dass sie verschwinden soll.

Am liebsten würde ich ihr hinterherrennen, aber einzig die Neugier hält mich noch. »Was ist denn mit ihr los? Liegt das an mir?«

»Nonono«, surrt Eduardo. »Sie iste eifersüchtig! Weil Max und ich jetzt ein Paar sind!«

Er hechtet auf Max zu und drückt ihm einen Kuss mitten auf den Mund.

»Edmund, du alte Schwuchtel. Ich bitte dich!« Lachend patscht Max ihm liebevoll auf die Wange.

Mit einem raschen Blick auf mich stellt er klar: »Das war ein Witz! Ich stehe nicht auf Edmunds knochigen Hintern und er nicht auf meinen.«

»Und Marina?«, platze ich heraus.

»War mal«, sagt er knapp. »Aber willst du nicht bleiben? Dann …«

»Nein, ich muss wirklich los«, sage ich. Ob ich jemals einen Scherz darüber werde machen können, dass Moritz und ich nicht mehr zusammen sind?

»Ich muss gehen.«

»Wartet jemand auf dich?«

Er hat bisher nicht gefragt, warum ich das Zimmer untervermiete, aber er wird sich schon seinen Reim darauf gemacht haben.

»War mal«, sage ich leise. »Aber ich möchte trotzdem heim.«

»Okay, ich hole dir nur noch schnell deine Jacke.«

Unsicher bleibe ich stehen.

Edmund mustert mich.

»Wie kann man eigentlich so dünn sein, wenn man Koch ist?«, frage ich. Nicht weil mich das wirklich brennend interessiert, sondern mehr, weil es seltsam ist, hier zu stehen, auf meine Jacke zu warten und nichts zu sagen.

»Weißte du, es äh, es smeckte mir nicht besonders gut, was ich koche«, erklärt er nüchtern.

Daraufhin muss ich laut loslachen. Prusten. Es ist eines meiner seltenen, kehligen Lachen, die zu einem heftigen Lachanfall führen können, wenn ich nicht rechtzeitig die Kurve bekomme. Dieses Lachen ist erstaunlich und seltsam beruhigend.

Als allerdings Max mit dem Mantel hereinkommt, der nicht meine Jacke ist, sondern der Weihnachtsmantel – an den ich gar nicht mehr gedacht habe – ist der Lachanfall noch vor dem Ausbruch erfolgreich ausgelöscht. Aus dem Gurren ehrlichen Amüsements wird ein schweres Schlucken und in meinen Augen sammelt sich Wasser. Zu viel, um es wegzublinzeln.

Lina gibt mir den Rest. »Was für ein schöner Mantel!«

Dann laufen die Tränen mein Gesicht herunter und nichts auf der Welt kann sie aufhalten.

»Ohohohoh«, macht Edmund.

»Oh«, kommt es von Max. Schnell wirft er den Mantel über einen Hocker, auf dem sich saubere Geschirrtücher stapeln. So als wäre damit auch Moritz aus meinem Blickfeld zu vertreiben.

»Oje«, sagt Lina leise.

»Es ist nur … es ist nichts. Ich gehe jetzt.«

Lina hält mich am Ärmel fest. »Na, so bestimmt nicht.« Sie zaubert von irgendwoher einen Stuhl und drückt mich darauf. »Was ist los?«

»Moritz. Mein Freund. Er hat mich verlassen. Vor ein paar Wochen. Nach neun Jahren. Weil die blöde Kuh nicht mit ihren Kontaktlinsen zurechtkam.« Mir ist klar, dass das weder Sinn ergibt noch verständlich ist.

»Ich gehe jetzt«, ruft Marina von draußen, offenbar steht sie immer noch herum und wartet darauf, dass Max sie zurückhält. Egal wie unfreundlich sie zu mir gewesen ist, in diesem Moment tut sie mir unendlich leid. Sie ist wie ich, ich würde auch alles dafür geben, heimzukommen und Moritz schlafend auf der Wohnlandschaft vorzufinden. Auf der jetzt Max schlafen wird, muss ich mir selbst ins Gedächtnis rufen.

Aus den verheulten Augenwinkeln heraus bemerke ich, dass Edmund den Cowboyhut wieder abgenommen hat und den Gasherd aufdreht.

»Warum hat er dich verlassen?«, will Lina wissen.

»Weil er eine andere liebt«, antworte ich. »Vielleicht, weil ich keine Kinder bekommen kann und gern welche hätte. Weil ich nicht sein kann, was sie sein kann.«

Es entgeht mir nicht, dass Max nichts dazu sagt und auch den Blick nicht auf mich richtet.

»Das ist Unsinn«, meint Lina, kniet sich vor mich und reibt mir die Knie, als würden wir uns Jahre kennen, nicht erst Stunden. Es ist mir aber gar nicht unangenehm. Genau wie ihre Umarmung vorhin hat es etwas sehr Tröstliches.

»Ich bin nicht einfach.«

Da zuckt etwas in Max' Augen, und während Edmund schwungvoll ein paar Nudeln in die Pfanne wirft und es laut zischt, flüstert er: »Wer ist schon einfach?«

Überrascht schaue ich ihn an. Er sieht immer noch völlig ernst aus, die Lippen zusammengepresst und den Kopf leicht in den Nacken gelegt. Mit einem Ellbogen stützt er sich auf die Arbeitsfläche, auf der sich ebenso viele benutzte Löffel, Schüsseln und Gewürzdosen sammeln wie Pfannen im Spülbecken.

Am Gasherd gießt Edmund Öl nach und Lina rappelt sich langsam auf. »Ich hole dir mal ein Glas Wein. Und dann erzählst du in Ruhe. Du auch eines, Ed?«

Der Koch mit den vielen Namen schüttelt den Kopf und fängt an, eine Melodie zu pfeifen, die entfernt nach der spanischen Nationalhymne klingt. Gut, es könnte auch die italienische sein, mit so etwas kenne ich mich nun wirklich nicht aus. Fast muss ich lachen. Wie seltsam, wie viele Dinge ein menschliches Hirn gleichzeitig denken und wahrnehmen kann. Da ist immer noch Max, der mich anstarrt und nichts sagt. Lina, die herumwuselt und mir eines der frisch polierten Gläser randvoll mit Weißwein gefüllt hinstreckt, und in meinem Kopf Moritz mit der fremden Frau. Die er auf einmal liebt.

Vielleicht gar nicht so sehr *auf einmal*. Vielmehr: Lange genug, um mir einen Canada-Goose-Mantel zu Weihnachten zu schenken.

»Möchtest du den Mantel haben, Lina?«, frage ich einer spontanen Eingebung folgend.

Lina reißt die Augen auf. »Was?«

»Den Mantel.«

»Äh … ja. Klar möchte ich den haben. Aber das geht doch nicht.«

»Doch. Geht. Nimm ihn.«

»Essen ist fertig!«, ruft Edmund und wirft schwungvoll eine riesige Portion Nudeln mit Gemüse auf einen breiten weißen Teller.

Wenig später sitze ich mit Max und Lina an einem Tisch im inzwischen leeren Gastraum. Edmund hat darauf bestanden, die Küche höchstselbst aufzuräumen, während sich Lina und Max um *Problemo mit Amore* kümmern. Ich fange an, zu erzählen, eher schleppend und mit mehr Lücken als tatsächlichen Informationen. Ich lasse alles aus, was von Bedeutung ist. Und dabei begreife ich erst, dass Moritz' Trennung von mir viel mehr ist als spontane Verliebtheit. Indem ich das Wesentliche auslasse, verstehe ich das Essenzielle. Ich spreche nicht von diesem zermürbenden Kampf um ein Baby, nicht von den Monaten, die uns auseinandergetrieben haben, von meinen Reisen, auf denen ich ihn nicht dabeihaben wollte. Ich erzähle von einer Wut, auf Paula, die schon während des Erzählens verraucht. Es ist wie eine Elementarreaktion – mein Zorn reduziert sich auf ein berechtigtes Minimum. Der Rest ist purer Zerfall.

Noch während die beiden mir aufmerksam zuhören, klingelt Linas Handy am laufenden Band. »Geh ruhig ran, vielleicht ist es wichtig«, sage ich.

Sie seufzt und verschwindet in Richtung Küche.

Max und ich schweigen uns eine Weile an und lächeln zaghaft.

Bis Lina zurückkommt und bedauernd mitteilt: »Ich muss nach Hause. Das war der Yuccapalmenfreak von nebenan. Er behauptet, Sammy stellt die Bude auf den Kopf und niemand kann schlafen. Er will die Polizei rufen.« Sie sieht mich an, legt mir beide Hände an die Wangen, erklärt: »Sammy ist mein Miniaussi. Wir sehen uns, Schätzchen, oder? Alles wird besser. Irgendwann.«

Ich nicke lahm und frage mich, was ein Miniaussi sein soll.

»Das ist ihr Hund. Eine Terrormischung aus dem Tierheim – aber sie liebt ihn«, erklärt Max und sieht Lina nach.

»Ah«, sage ich und schaue ebenfalls zu, wie sich die Tür hinter Lina in meinem Canada-Goose-Mantel schließt. So sitzen wir also nur zu zweit, und aus Verlegenheit darüber – denn es ist etwas anderes, einer fremden Frau eine solche Niederlage wie das Verlassenwerden einzugestehen oder einem fremden Mann – stopfe ich die schon erkalteten Nudeln in mich hinein. Ich komme mir vor wie die Amerikanerin aus diesem autobiografischen Roman, die sich nach einer gescheiterten Beziehung monatelang in Italien mit Pasta ersatzbefriedigt hat.

Max räuspert sich. »Das ist jetzt vielleicht nicht der richtige Zeitpunkt … und zugegeben, ich bin sehr schlecht in solchen Dingen … es tut mir leid, das mit deinem Freund. Aber sag mal, hättest du Lust, häufiger bei uns zu arbeiten? Wie du ja mitbekommen hast, hat uns Marina verlassen, und wir brauchen dringend jemanden, der schnell und gut ist und dem die Arbeit Spaß macht.«

Ich kaue, schlucke und sage dann, so schnell es geht: »Ja, sehr gern.«

»Super.« Max nickt und lächelt zum ersten Mal wieder.

Ich werde Zeit haben. So viel ist klar. Viel Zeit. Ich muss meine Arbeitsstunden nicht mehr nach Praxisterminen richten und werde nicht ausfallen, weil ich zu Eizellenpunktionen, Blutentnahmen oder Ultraschalluntersuchungen muss. Ich werde nicht mehr die Hälfte des Tages in Wartezimmern verbringen und mich bei der Vermessung von Follikeln fühlen, als hätte ich versagt, wenn sie nicht groß oder zahlreich genug sind. Eine seltsame Ruhe kommt über mich. Es ist genau der richtige Zeitpunkt für einen neuen Job. Und ich brauche Geld – das, was ich in Tanjas Praxis verdiene, reicht nicht einmal für alle Fixkosten, das Henrys brauchte mich in letzter Zeit auch immer seltener als Springerin –, auch wenn das Problem mit der Miete sich mit Max' Einzug deutlich verkleinert hat. Erst als ich mich in Gedanken dabei ertappe, wie ich eben jene Neuigkeiten Moritz erzählen will, wird alles in mir wieder schwer. Da ist niemand mehr, der zu Hause auf mich wartet. Na ja, genau genommen schon. Aber Max ist nicht Moritz.

»Hattest du schon mal das Gefühl, nichts richtig machen zu können, egal wie sehr du dich bemüht hast? Ich meine, so als gäbe es einen kleinen bösen Kobold in dir, der alles immer wieder zerstört?«, frage ich.

»Ständig«, gibt Max zu und wirkt nicht erstaunt über die Frage. »Bei mir ist es aber mehr ein Dämon. Nicht etwas so Nettes wie ein Kobold. Meiner hat Hörner und so ein verzerrtes Gesicht wie in dieser Buffyserie.« Er zieht die Stirn nach unten und macht eine Grimasse.

»Ja. Genau so sahen die Dämonen da aus. Ich wusste nicht, dass das damals auch Jungs angeschaut haben. Warte, warst du verliebt in Sarah Michelle Gellar?«

»Unsterblich«, gibt er zu.

»Natürlich.« Ich lache. »Mein Kobold ist mehr so ein kleiner Pumuckl, aber mit grünen Haaren.«

»Was macht er denn kaputt, dein Kobold?«

Meine Beziehung? Meinen größten Wunsch? Meine Familie? Such dir etwas aus. Ich zucke unschlüssig mit den Schultern und drehe noch einmal meine Gabel in den Nudeln.

»Er ist verantwortlich dafür, dass ich nichts fertig mache. Dass ich mich immer so fühle, als müsste ich Dinge und Menschen festhalten, um sie nicht zu verlieren. Dabei rennen sie auch so davon. Oder sterben.«

Max nickt.

Ich murmele: »Das sagt einem vorher keiner, oder? Wenn man erwachsen wird und zu alt wird für Buffy und diesen Teenagerkram. Es sagt einem keiner, wie hart das Leben wirklich ist.«

»Nein, ich schätze, das gehört zu den Dingen, die man irgendwie selbst herausfinden und erleben muss.«

»Als Kind habe ich mir immer vorgestellt, man könnte sich auf Wolken legen wie auf eine watteweiche Decke. Es war ein Riesenschock, in der Schule zu erfahren, dass Wolken auch nicht viel mehr als Luft sind. Ich wollte das nicht akzeptieren. Auf gar keinen Fall. Wenn Wolken aus Luft bestanden, dann hebelte das mein Verständnis von der Welt völlig aus. Das Leben ist dann ja auch einfach nur eine Wolke.«

Max nickt wieder und sieht mich ernst an.

»Ich rede Unsinn. Entschuldige.« Ich spüre, wie ich rot werde und zu schwitzen beginne. Nicht einmal Moritz habe ich je von den Wolken erzählt.

»Nein, gar nicht. Ich hatte nur als Kind schon Flugangst und konnte nicht aus dem Fenster sehen. Mit den Wolken habe ich es nicht so.« Er lächelt. »Aber ich weiß, was du meinst. Das nennt man wohl *böses Erwachen*. Ich dachte als Kind, dass man mit einem eisernen Willen alles erreichen kann. Mein Vater hat immer zu mir gesagt: Was man will, das schafft man auch. Und irgendwann habe ich festgestellt, dass das glatt gelogen ist. Manche Dinge lassen sich nicht erreichen, wie sehr man auch die Hände danach streckt. Das hat *mein* Verständnis von der Welt völlig ausgehebelt. Du findest, das Leben ist eine Wolke. Ich finde, es ist willkürlich.«

Jetzt ist es an mir zu nicken.

Ich platze beinahe, so satt bin ich, und trotzdem kann ich nicht aufhören, die Nudeln weiterhin auf meine Gabel zu rollen und in den Mund zu schieben. Das liegt nur zum Teil daran, dass sie fantastisch schmecken. Der andere Teil ist pure Verlegenheit.

Ich nehme einen großen Schluck Weißwein. Das Glas ist bereits fast leer. Max sieht mich stirnrunzelnd an.

»Du hast mir immer noch nicht verraten, was du in New York gemacht hast.«

Ich habe keine Lust, mir etwas auszudenken. Nach etwas so Ehrlichem wie eben wäre eine Lüge noch schlimmer, als sie es ohnehin schon ist. Aber die ganze Wahrheit ist genauso unmöglich. Also versuche ich, mir eine möglichst unverfängliche Antwort zu überlegen. Das dauert wohl etwas, denn Max fährt sich mit der Zunge über die Lippen und erklärt: »Hast du überhaupt Lust, dich mit mir zu unterhalten? Ich meine, wenn du wirklich immer noch nach Hause möchtest … dann …«

Ist er unsicher? Er? Ich gebe mir einen Ruck und sage:

»Ich reise für jemand anderen!«

Er stutzt, dann verzieht er das Gesicht. »Oh, Gott, ich habe es geahnt, du bist Reisetesterin und wahrscheinlich auch Restauranttesterin, und wir sind am Arsch. Morgen kann ich die Nachteule in die ewigen Jagdgründe schicken!« Theatralisch schlägt er die Hände vor die Augen und kippt mit dem Stuhl nach hinten. »Wenn Edmund davon erfährt … du bringst uns in Teufels Küche!«

»Nein.« Ich muss lachen. Komisch, dass ich heute wirklich lachen kann. »Keine Angst. Ich bin keine Restauranttesterin.«

Er blinzelt und lugt vorsichtig wieder hinter den Händen hervor. »Echt nicht?«

»Echt nicht.«

»Also?«

»Also, ich mache Reisen, die jemand, der mir sehr nahe gestanden hat, nicht mehr machen kann.«

Er nickt. »Verstehe.«

»Leider funktioniert das nicht besonders gut«, gebe ich zu, bevor sich Bewunderung einstellen kann.

»Warum nicht?«

»Na ja, weil …«

»Du ein Problem mit dem Fertigmachen hast?«

»Ja … auch.«

»Wie lange machst du das schon? Und wie darf ich mir das vorstellen?«

»Es gibt so etwas wie einen Reiseplan. Dem folge ich seit zehn Jahren. Mal mehr oder weniger. Ich habe zugegebenermaßen noch nicht alle geschafft, aber ich arbeite dran.«

Das eigentliche Problem liegt meistens daran, dass meine Mutter Karsten in diese Reisepläne einbezogen hat. Silvester in New York – Sekt trinken mit Karsten am Times Square. Ich will nicht, dass mein Vater einen Anspruch hat, auf einen Anteil an meinem Leben. Und sei es nur, indem ich etwas tue, für das er eingeplant gewesen ist.

Das alles aber kann und will ich einem Fremden nicht erzählen. Egal wie vertraut er scheint und egal, dass er schon zur gleichen Zeit über den Wolken gewesen ist wie ich und künftig eine Wohnung mit mir teilt. Er würde es nicht verstehen und ich will auch gar nicht, dass es jemand versteht.

In der Küche klappern die Schüsseln so laut, dass ich befürchte, der komplizierte Teflon-Lego-Turm wäre eingestürzt. Edmund flucht in einer unverständlichen Mischung aus Spanisch, Italienisch und Deutsch, sodass ich mich einmal mehr frage, ob er nicht vielleicht einfach Franke ist und das mit Akzenten tarnt, die exotischer anmuten als ein ewig weiches D.

»Ohoh. Ich glaube, jetzt ist es wirklich Zeit, dass ich gehe.« Dieser Pfannenstapel erscheint mir gerade viel zu sehr wie ein Symbol für mein einstürzendes Kartenhaus aus fragilem Glück. Ich muss nach Hause und nachsehen, ob Moritz nicht vielleicht doch da ist. Ich stehe auf und lege vorsichtig mein Besteck in den Teller. Unsicher, ob ich ihn in die Küche tragen oder einfach hier stehen lassen soll.

»Kann ich dich denn gehen lassen?«, fragt Max. Er wirkt ehrlich besorgt. »Ich muss noch die Bestellungen für morgen durchgehen.«

»Alles okay. Wir sehen uns ja dann … morgen früh. Wann könnt ihr mich hier eigentlich brauchen?«

Er sieht mich an, als hätte ich etwas sehr Dummes gesagt, und ich werde rot. Möglicherweise war das gar nicht ernst gemeint mit dem Jobangebot.

»Soll das ein Witz sein? Jederzeit!«

»Gut, ich könnte morgen Abend«, sage ich und merke dabei, wie verzweifelt sich das anhört. Wenn Moritz bis dahin zurückgekehrt ist, kann ich ja einfach wieder absagen.

»Ich freue mich!«, sagt Max, steht auf und umrundet den Tisch.

Er will mir die Hand geben und entschließt sich stattdessen zu einer seltsamen Halbumarmung. Linas Drücker war mir lieber.

»Ich mich auch. Danke für das Essen.«

»Danke dir! Du warst fantastisch. Du hast uns gerettet heute. Und du schreibst auch wirklich keinen Restaurantverriss in der FAZ?«

»Nein«, antworte ich. Und dann gehe ich ohne ein weiteres Wort. Es fühlt sich seltsam an. Sobald ich einen Schritt auf der Straße stehe und in der Entfernung jemanden lachen höre, klackernde Absätze auf dem unebenen Kopfsteinpflaster und das Klirren einer Glasflasche in einem blechernen Mülleimer, fühle ich mich genauso wie damals, als mir klar wurde, dass Wolken nur Luft sind.

Mein Leben ist Luft. Heiße Luft.

8. Kapitel

»Du bist der Inbegriff eines Gewohnheitstieres«, murmelt Max hinter mir. Es ist sieben Uhr morgens und ich bin auf leisen Sohlen auf dem Weg zum Kühlschrank.

Ich drehe mich um. »Wie bitte? Was ist denn ein Gewohnheitstier?«

»Es hat lange Beine und lange Haare. Ein schmales Gesicht und wenig Lachfalten. Es ist ein sehr ernstes Exemplar, das viel zu wenig Unsinn im Kopf hat, auf einem Blumenfriedhof wohnt, und es kann nicht schwimmen.« Er gähnt laut und zieht sich zufrieden die Decke bis zum Hals.

»Wieso kann es nicht schwimmen?«

»Weil es sich an Ritualen festhält wie an einer Rettungsboje.«

»Verstehe ich nicht«, sage ich beleidigt.

»Jede Nacht um halb zwei und um halb vier tigert das Gewohnheitstier ins Badezimmer und weckt die Mitbewohner in seiner Höhle. Und jeden Morgen um sieben trinkt es kalte Milch aus dem Kühlschrank – direkt aus dem Beutel.«

Widerwillig muss ich ein wenig grinsen. »Das kannst du nicht wissen. Du wohnst erst zwei Wochen hier.«

»Ich bin noch nicht fertig. Das Gewohnheitstier träumt schlecht und ganz oft schleicht es sich nachts auch in die geheime Grotte. Und kommt mit verheulten Augen wieder raus.« Er deutet mit dem Kopf in Richtung des zweiten Gästezimmers, das seit er hier wohnt vorsichtshalber abgeschlossen ist.

Sofort dreht sich meine Laune um hundertachtzig Grad und aus einem warmen Lächeln wird eiskalte Wut. »Was soll das?«, fahre ich ihn an.

»Ich mache mir Sorgen um das Gewohnheitstier«, erklärt er ernst und setzt sich auf. »Du redest außerdem mit dir selbst oder im Schlaf oder mit einem imaginären Freund.«

Ich werde rot und gleichzeitig unendlich zornig. »Was geht dich das an?«

»Nichts«, sagt er und schließt wieder die Augen.

Ich warte, dass er noch etwas sagt, aber da kommt nichts. »Aber?«

Er öffnet das linke Auge. »Aber, ich glaube, dir geht es nicht gut und daran solltest du etwas ändern.«

»Aha! Und was sollte das deiner Ansicht nach sein?«

»Keine Ahnung, das musst du wohl selbst herausfinden. Schwimmen lernen vielleicht. Nicht so einfach für Gewohnheitstiere, aber auch nicht unmöglich.«

»Du spinnst ja, ich kann schwimmen«, widerspreche ich und weiß dabei doch sehr gut, dass es hier nicht um Wasser geht.

»Warum klammerst du dann so?«

»An dich, oder was?«

Er lacht. »Nein, an deinen Ex, der nicht mehr da ist. An …« Er spricht nicht weiter und sieht mich jetzt ernster an. »Es geht mich nichts an, du hast recht.«

»Vergiss es einfach.«

»So einfach kommst du nicht davon.« Er zieht die Augenbrauen hoch.

»Jetzt bin ich dran: Du stehst auf Beyonce, zumindest siehst du dir Bilder von ihr an. Manchmal, wenn du dich unbeobachtet fühlst, quatschst du in dein Handy. Wahrscheinlich schickst du ihr dann geheime Liebesbotschaften.«

Max verzieht das Gesicht scheinbar schmerzverzerrt.

Aber ich bin noch nicht fertig. »Du bist heimlicher Fan des 1. FC Köln, kannst dir aber den aktuellen Punktestand nicht merken.«

»Das stimmt nicht ganz …«

»Es bringt nichts, das zu leugnen.« Mein Mund verzieht sich zu einem breiten Grinsen. »Du fragst dich – oder«, mein Lächeln wird zu einem lauten Glucksen, »oder sollte ich sagen, du fragst deinen Fernseher, ob du …«

»Sag schon!« Er schüttelt den Kopf. »Bring es hinter dich.«

Ich kichere. »Du fragst deinen Fernseher, ob man Socken bei vierzig oder bei sechzig Grad wäscht.«

»Du kleines Biest.« Max lacht.

»Das ist der Fluch der Technik«, sage ich und hebe spielerisch die Hände. »Frag deinen Fernseher und er sagt dir, wer dein Mitbewohner ist.«

Wenn Max mir nicht gerade unterstellt, ein Gewohnheitstier zu sein, dann tut er mir allerdings erstaunlich gut. Ich würde es vor ihm nicht zugeben, aber es ist gut, dass er da ist und seine Klamotten an den unmöglichsten Orten ablegt. Es ist schön, dass er seine *Alexa* mitgebracht hat und verrückte Musik abspielt, die keinem Genre gehorcht. Manchmal komme ich nach Hause und es duftet nach exotischen Gerichten, die er meistens nicht selbst kocht, aber aus der Nachteule mitbringt, wenn wir einmal nicht gemeinsam dort arbeiten, und aus dem Lautsprecher tönen indianische Trommeln. Es ist schön, dass es nach etwas anderem als meinem eigenen Parfum riecht im Bad, und ich genieße es auf eine seltsame Art und Weise, dass er seine Füße über den Rand meiner Couch streckt und immer ein Lächeln für mich hat, wenn er aufwacht. Seit Max hier ist, knackst es in der Wohnung aus einem Grund heraus und es gibt endlich wieder andere Geräusche als die, die ich selbst verursache oder mir einbilde.

Auch in der Nachteule fühle ich mich wohl und helfe gern dort aus. Nichts lenkt besser von Moritz ab als die Arbeit dort.

Max und ich haben eine besondere Art zu scherzen entwickelt. Wann immer ein Gast die Nachteule betritt und wir ein wenig Zeit haben, versuchen wir uns mit erfundenen Geschichten zu übertrumpfen.

»Siehst du den da mit der schwarzen Jeans und diesem seltsamen T-Shirt?«, habe ich gefragt. »Er hat ein Klamottenlabel, das *The Tea* heißt, und es sind Teebeutel drauf. Pfefferminz kostet 50,99 €, exotische Sorten sind teurer. Für Kirsch-Marzipan zum Beispiel musst du 120 berappen. Der Mist ist ein Riesenerfolg.«

»Aber warum schaut er dann so grimmig?«

»Ganz einfach«, habe ich grinsend geantwortet. »Er hat heute erfahren, dass ein chinesischer Konzern gegen ihn Plagiatsvorwürfe erhebt und eine Klage droht.«

Oder an einem anderen Tag, als eine platinblond gefärbte Schönheit mit langem Mantel das Restaurant betreten hat: »Die hier liest Fantasy-Romane«, hat Max behauptet, während er ein Tablett mit einem halben Dutzend Weingläsern jongliert hat. »Und sie hält sich für eine Reinkarnation von Daenerys Targaryen.«

»Wer soll das denn sein?«

»Du schaust nie fern, Dalia, oder?«, hat er mit besorgt-amüsiertem Blick gefragt.

»Selten.«

»Ich gehe sie jetzt ansprechen«, hat er daraufhin verkündet, mir das Tablett in die Hand gedrückt und ist zu der gefärbten Blondine mit dem schönen Gesicht verschwunden. Ich habe nicht genau hören können, was er gesagt hat. Irgendetwas, was wie »Liiisiiii« geklungen hat, und er hat eine kleine Verbeugung dazu gemacht. Das Mädchen hat gelächelt und geantwortet mit irgendetwas, das sich wie »Mein Karl« angehört hat.

Er bringt mich zum Lachen, dieser Max mit seinen ständigen Flirtattacken auf die weiblichen Gäste, die ich irgendwie nicht ernst nehmen kann, weil er sie selbst nicht ernst nimmt.

Manchmal raten wir auch, was die Gäste trinken werden. »Das hier ist der klassische Rotweintrinker. So trocken, dass es aus seinem Mund staubt. Er wird gleich eine Domina bestellen.«

»Und nachher geht er zu einer und lässt sich ordentlich auspeitschen«, bin ich herausgeplatzt und Max hat so schallend gelacht, dass besagter Herr seinen Kopf gehoben, ihn geschüttelt und kurz darauf bei Lina ein alkoholfreies Radler bestellt hat. Woraufhin *ich* schallend lachen musste. Es hat seltsam in meinen Ohren geklungen und Max hat mich danach ein paar Sekunden zu lange angestarrt. Vermutlich hat es ihn mehr überrascht, als wenn ich zugegeben hätte, selbst nebenher als Domina zu arbeiten. Ich schätze, er hat nicht gewusst, dass ich so richtig laut lachen kann.

Manchmal habe ich das Gefühl, dass Max auch mit mir flirten will. Aber immer noch rechtzeitig die Kurve kriegt. Er ist jetzt mein Chef und mein Mitbewohner, und weil der Laden verdammt gut läuft, haben wir auch alle so viel zu tun, dass wir außer unseren gelegentlichen heimlichen Witzen über den einen oder anderen Gast wenig privat miteinander sprechen können. Für lange Gespräche ist schlichtweg keine Zeit.

Wir wissen inzwischen ein paar Dinge voneinander, hier in der Nachteule. Lina hat einen Freund in Neuseeland, den sie nur zweimal im Jahr sehen kann. Sie hat ihren Hund Sammy nach ihm benannt. Edmund ist tatsächlich Deutscher, der jedes Jahr zur gleichen Zeit an den gleichen Ort in Italien fährt und dort im gleichen Ferienhaus das gleiche Bett mit wechselnden Freundinnen teilt. Seit vierundzwanzig Jahren.

Und Max? Ja, Max scheint auch irgendetwas mit sich herumzutragen, über das er nicht sprechen will. Manchmal kommt es mir vor, als schweiften seine Gedanken ab, als wäre er gar nicht richtig da. Sein Gesicht wirkt dann, als hätte er es von innen verschlossen, um ja keine Gefühle nach außen dringen zu lassen. Manchmal verschwindet der Ausdruck so schnell, wie er gekommen ist. Und jedes Mal frage ich mich, ob er mir irgendwann erlauben wird, hinter die Fassade zu blicken.

Ich drehe ihm also den Rücken zu und verschwinde ins Bad, umso besser, dass er selbst festgestellt hat, dass es ihn nichts angeht. Als ich in die Küche zurückkehre, liegt die Decke ordentlich gefaltet auf der Couch und Max ist verschwunden. Ich nehme die Decke hoch und zerknautsche sie wieder. So sieht es mehr nach Max aus und weniger nach Moritz. Seltsam, dass sich das gerade viel besser anfühlt. Ich habe mich mittlerweile so daran gewöhnt, dass er auf der Couch schläft statt in seinem Zimmer, dass ich mir wünsche, er würde nie ein Bett anschleppen. Es scheint ihn selbst nicht zu stören, offenbar ist die Wohnlandschaft auch zum Schlafen ganz gut zu gebrauchen.

Erst am Abend sehe ich Max wieder. Es ist wenig los in der Nachteule, es ist Montag und viele der Gäste halten das fälschlicherweise für unseren Ruhetag.

Eine mittelgroße Frau mit kurzem schwarzem Haar und einer etwas knollig wirkenden Nase betritt den Laden.

»Du bist an der Reihe«, sage ich zu Max. »Hast du eine Theorie?« Ich versuche, der Zapfanlage etwas anderes als bloßen Schaum zu entlocken, und habe daher nur einen kurzen seitlichen Blick auf die Frau erhascht.

»Da brauche ich keine Theorie. Das ist Paula Breitling. Die Ruderin. Sie ist so was wie eine lokale Berühmtheit. Du liest auch keine Zeitung, oder, Dali?«

»Paula Breitling? *Die* Paula Breitling?«

Moritz' Paula. Mir wird krisselig vor Augen. So als hätte man mir eine Ladung Haferbrei vor die Nase gekippt und verlangt nun von mir, noch klar zu sehen. Mit vor Eifersucht verpappten Augen. Ich drehe mich in Zeitlupe um.

»Ah, kennst du sie doch?«, stichelt Max in meinem Rücken.

»Nein«, sage ich leise und dann schnell: »Ich muss weg.« Hektisch lasse ich den Zapfhahn los und die Hände schlapp herunterfallen.

»Wie jetzt, weg?«

»Weg, weg eben. Fort, heim, davon.«

»Warum? Wegen Paula Breitling?«, fragt er.

»Ja, hast du gut erkannt.«

»Du musst nicht eifersüchtig sein, sie hat einen Typen dabei. Ich flirte sie nicht an.«

Wütend fahre ich herum. »Du glaubst doch wohl nicht, dass es mich interessiert, mit wem du flirtest. Das ist mir doch scheißegal.«

Sie hat einen Typen dabei? Ich schnappe mir das nächstbeste Geschirrtuch, das herumliegt, hebe es mir vor die Augen und ducke mich dann. Es ist Moritz. Er befreit seine frisch geschnittenen Igelhaare gerade von einer Mütze, die ich noch nie an ihm gesehen habe, und klopft sich die Schneeflocken von der braunen Jacke.

Dann hilft er der Kuh aus dem Fell, äh, Mantel. Das hat er bei mir nie gemacht. Sie hat ein breites Kreuz, stelle ich fest – das lässt sich auch hinter dem biergetränkten Tuch gut erkennen.

»Alles in Ordnung bei dir?«, will Max wissen.

»Ja. Nein.« Ich starre weiter. Breites Kreuz, ha. Sie ist nicht so hübsch, wie ich sie mir ausgemalt habe. Das sorgt einen Moment lang für tiefe Befriedigung. Und dann für Ernüchterung. Es ist egal, wie hübsch oder nichthübsch sie ist. Er will lieber die Frau mit der selten dämlichen Namenskombi aus Puddingmarke – ich habe festgestellt, dass es Puddings sind, keine Joghurts, Pudding mit viel Zucker – und einer Luxusuhr. Ganz egal ob sie eine leichte Knubbelnase und sonstige körperliche Asymmetrien besitzt. »Kann ich weg, bitte?«

»Nein, kannst du nicht. Was hast du mit Paula Breitling zu schaffen?«

»Sie ist Paula, die Kuh.«

»Hä?«

»Das Biest, das mir meinen Moritz ausgespannt hat.«

»Dann ist der Durchschnittskerl da dein Ex?«

Ich weiß nicht, was ich gemeiner finde, den Durchschnittskerl oder den Ex. Beleidigt schnaube ich.

Aber da hat Max mich schon an der Schürze gepackt und zieht mich zu Edmund in die Küche. »Du schälst jetzt Kartoffeln und ich komme gleich wieder. Edmund, pass auf, dass sie nicht abhaut.«

»Capito, Capitano«, antwortet Edmund und wirft mir einen Kartoffelschäler zu.

Missmutig mache ich mich daran, die Erdäpfel von ihrer Schale zu befreien, und sehe dabei die ganze Zeit Moritz Paula den Mantel abnehmen. Galant und fürstlich. Allerhand.

»Weißte du, Dalia, Leben ist wie Kartoffel«, erklärt Edmund.

»Runzelig?«, frage ich und hebe ihm ein besonders hässliches Exemplar vor die Nase.

»Nein. Mal ist dir dein Leben zu klein, mal zu groß. Mal hält es dich zu fest und …«

»Und mal zu mehlig? Komm schon, Ed, das ist nicht dein Ernst.«

»Die Wahrrrrheit ist«, schnurrt er, »mit der Kartoffel erkläre ich dir das Leben.« Er greift in einen Sack. »Hier iste grün. Also schlecht. Wie mit Eifersucht. Grün im Gesicht vor Neid, nicht gut!«

»Sehr tiefsinnig«, brummele ich. »Und, Ed, du sollst nicht immer lauschen!«

»Kartoffeln sind gesund, machen gute Ohren«, sagt er grinsend.

Ich nehme eine Knolle und werfe sie ihm an besagte Ohren.

Max kommt herein. »Sie haben bestellt«, verkündet er, so strahlend, als hätte er soeben die Windsors persönlich bedient. »Und weißt du was?« Er packt mich an den Schultern. »Sie nehmen Suppe vorneweg.«

»Aha, und da soll ich mich jetzt drüber freuen, oder was?«

»Klar.« Er grinst. »Nichts lässt sich besser versalzen als Suppe.«

»Du willst …«

»Das ist ein Fall für die schwarze Mamba«, sagt er ernst und Edmund nickt so zustimmend, als hätte ihm jemand für seine Kartoffeltheorien den Pulitzerpreis verliehen.

»Was ist die schwarze Mamba?«

»Unser Code für: *ausnahmsweise erlaubtes Eingreifen in den üblichen Restaurantverkehr.*«

»Aha.«

»Habe ich hier gerade schwarze Mamba gehört?« Lina trägt noch ihre dicken Handschuhe und ist von Kopf bis Fuß in Textilien gehüllt. Nur ihr kleiner Mund, ihre Nase und ein Teil ihrer Augen spitzen aus ihrer Winterverkleidung heraus.

»Oh, wie cool! Wir hatten so lange keine schwarze Mamba mehr.«

»Könnte mich mal jemand aufklären?«, frage ich und sehe verwirrt von Ed zu Lina und dann zu Max.

»Wann hatten wir zuletzt eine schwarze Mamba, Ed?«

»Ah, musse ich nicht lange überlegen. Silvester letztes Jahr. Die Dicke mit Pelzmantel, die Hund unter Tisch getreten hat und Lina beschimpft hat.«

»Ja, stimmt. Genau«, pflichtet Max eifrig bei.

»Na ja, nicht ganz«, sagt Lina vorsichtig und schielt zu Max. »Genau genommen war die letzte schwarze Mamba deine Sabrina.«

Es ist überaus interessant, Max' Reaktion auf diesen Namen zu beobachten. Sein Mund verzieht sich zu einem einzigen Strich und ich überlege, was dieses »deine« vor dem Frauennamen bedeutet. Die Art, wie er kurz zusammengezuckt ist und sich in seinen Augen für einen winzigen Augenblick echter Schmerz gezeigt hat, ist mir vertraut. Sabrina ist Max' Geheimnis und auf einmal verspüre ich den Wunsch, ihn von allem, was ihm daran Schmerz bereitet, abzulenken.

»Also, wer erklärt mir jetzt, was eine schwarze Mamba genau bedeutet?«

»Die Mamba iste Albtraum eines jeden Gastes und, pardone Capitano, extremo geschäftsschädigend. Aber ein Mann musse tun, was ein Mann eben tuen musse«, erklärt Edmund hochtrabend und mit reichlich Theatralik.

»Wie gehen wir vor?« Kichernd pellt sich Lina aus ihrer Kältemauer aus Stoff.

»Zuerst der Wein. Dann die Suppe. Dann der Salat, sie hat Salat bestellt.«

»Essig?«

»Ja, Essig, und nachher könnten wir …«

»Warum machst du das? Wenn sie hier so bekannt ist, kann das für das Restaurant doch ganz schön schlechte Presse bedeuten. Ich will nicht, dass wegen mir …« Max schneidet meinen Satz mit einer einzigen lässigen Handbewegung ab.

Sie stecken die Köpfe zusammen und ich bin wieder raus. So lange, bis ich »Was kann ich machen?« frage, weil es mir zu blöd wird.

»Dich mit einem Handtuch vor den Augen an die Theke setzen und in Stille genießen.« Max lacht und Lina und Ed stimmen ein.

Lina schiebt mich gegen meinen Protest rechtzeitig zum Servieren der Suppe nach draußen und drückt meinen Hintern auf einen Hocker. Ich sitze hinter einer der Säulen und es lugt nicht viel mehr als mein Haaransatz und meine Augenpartie dahinter hervor. Ich komme mir vor wie beim Versteckspielen, wenn die anderen einen schon zu lange suchen und man sehen will, ob man vergessen wurde oder sich einfach nur ein verdammt gutes Versteck gesucht hat.

Erstaunlicherweise habe ich einen ziemlich guten Blick auf den Tisch, an dem Moritz und Paula sitzen. Moritz sitzt mit dem Rücken zu mir und Paula lächelt Max an, der ihr höchstselbst die Tagessuppe serviert.

Sie wartet, bis er den Tisch wieder verlassen hat, beugt sich dann leicht nach vorn und taucht den Löffel in den Teller. Führt ihn zum Mund, um nur Sekunden später die Gesichtsfarbe dramatisch zu wechseln. Dann bläht sie die Wangen auf und spuckt die Suppe in hohem Bogen quer über den Tisch. Ich halte mir die Hand vor den Mund, um nicht laut zu lachen. Es ist furchtbar kindisch. Herrlich kindisch.

Moritz beugt sich zu ihr hinüber und reicht ihr eine Serviette, aber Paula springt in die Höhe und fängt an, wild mit den Armen zu rudern. Leider fehlt mir die Tonspur zu dem kleinen Drama, da es einfach zu laut ist. Sie hält sich den Mund und faucht wie ein Drache mit Ladehemmung. Es hat eindeutig Slapstick-Charakter.

»Ein bisschen Spaß muss sein«, summt Max.

Moritz steht ebenfalls auf, reicht Paula sein Wasserglas und legt ihr den Arm um die Schulter. Sie lässt sich so weit beruhigen, dass sie sich hinsetzt. Dann nimmt Moritz seinen Löffel aus der Suppe und taucht ihn in Paulas Teller. Die schlägt ihm den Löffel aus der Hand, bevor er probieren kann, und leert dann das Weinglas in einem Zug.

Moritz zuckt mit den Schultern und winkt dann Max herbei. Der hat es nicht besonders eilig, und weil ich schließlich nicht auf mich aufmerksam machen darf, verkneife ich es mir, zu ihm zu sehen. Die Gefahr, laut aufzulachen, ist zu groß.

Max bietet an, die Suppe zu tauschen, so viel ist den Gesten zu entnehmen. »Sie will gleich den Salat«, raunt er mir zu und zwinkert vergnügt.

Ich hole tief Luft und schaue gespannt weiter zu. Moritz und Paula scheinen zu diskutieren und Moritz löffelt unbeeindruckt weiter seine Suppe. Paula dagegen schaut immer noch reichlich gequält aus der Wäsche. Dann kommt der Salat, und obwohl ich schon erwarte, dass sie wieder aufspringt, passiert zunächst gar nichts. Plötzlich aber geht es sehr schnell, Moritz steht auf – so schnell, dass das leere Weinglas vor ihm umkippt. Dann rennt er in Richtung Toilette und damit mehr oder weniger direkt an mir vorbei. Ich ducke mich, ziehe den Kopf ein und wage ein paar Sekunden lang nicht, mich zu regen. »Kannst hochkommen, so schnell kommt der da nicht raus.«

Max steht vor mir und grinst. »Was hast du mit ihm gemacht?«, frage ich erboster als beabsichtigt.

»Ein ›Danke, coole Show‹ wäre angebracht. Es ist harmlos. Ich habe nur seinen Darmtrakt ein wenig in Fahrt gebracht. Für dich.«

»Wieso für mich, was soll ich davon haben?«, zische ich.

»Rache ist Gelbwurst, dachte ich«, sagt er und zuckt amüsiert mit den Augenbrauen.

»Ich bin Vegetarierin, wie du weißt«, schieße ich zurück und stehe dann auf.

»Dann eben: Rache ist Tofu«, kontert er. »Warte, was hast du vor?«

»Ich muss nach ihm sehen?«

»Bist du bescheuert?«

»Ja«, knurre ich. »Aber …«

»Du bleibst schön hier«, erklärt er und hält mich am Arm fest.

»Max, ich will nicht, dass die Nachteule wegen mir Schaden nimmt. Ich glaube, das ist keine gute Idee«, protestiere ich.

»Lass das mal meine Sorge sein, Philipp wäre voll dabei gewesen«, erklärt er feierlich.

»Danke. Das bringt mir Moritz aber auch nicht zurück.«

»Vielleicht doch, wenn ihm das Klopapier heute Abend ausgehen sollte.«

Er ist völlig unbeeindruckt von meinem plötzlich aufkommenden Ärger. Der albernen Sorge um einen Menschen, der sich für einen anderen entschieden hat. »Das ist nicht witzig!«, brumme ich beleidigt.

»Immer wieder gern, Baby«, sagt er, grinst schief, und um das Ganze gleich ein wenig abzuschwächen, fügt er hinzu: »Übernimmst du bitte in der Küche, da drüben sitzen ein paar nette Mädels.«

Und dann ist er verschwunden.

»Es ist gut, dass er bei dir untergekommen ist«, erklärt mir Lina in der Küche. »Auch vor dem Wasserrohrbruch ist er da im Hinterzimmer viel zu sehr seinen Gedanken nachgehangen. Ist nicht gut für ihn, allein zu sein. Seit Sabrina …« Sie bricht ab.

Ich will fragen, was mit Sabrina war, aber da höre ich Max hinter mir schnauben.

Wie ein wütend gewordener Drache. Und weil ich viel zu gut weiß, wie es ist, wenn man ständig nach etwas gefragt wird, auf das man keine Antworten geben will oder auch keine hat, halte ich die Klappe.

9. Kapitel

Als Yael und ich Schulmädchen gewesen sind, habe ich schreckliche Angst vor ihrem Opa gehabt. Der hatte das Konzentrationslager überlebt, als kleiner Junge, und ich meinte immer, er würde mich mit verantwortlich machen. Das war vollkommener Unsinn, aber er sah mich mit diesem Blick an, der mir durch und durch ging. Und er sprach niemals ein einziges Wort mit mir. Wenn ich ihn mit Yael besuchte, was grundsätzlich alle zwei Wochen samstags geschah – ich ging mit, weil Yael behauptete, sie müsste dann nicht ganz so lange bleiben –, dann stand stets eine Schale mit Datteln und Nüssen auf dem Tisch. Meistens noch eine Packung Kaffeekekse. Wortlos schob er mir die Schale zu und erst, wenn ich die Hälfte gegessen hatte, gab er sich zufrieden. Dann lockerten sich seine Gesichtszüge etwas und er redete mit Yael hebräisch. Und auch wenn ich Angst vor seinen stechenden grünen Augen in diesem bis auf die Haut abgemagerten, blassen Gesicht hatte, so liebte ich diesen Singsang. Ich habe damals kein Wort verstanden und doch immer das Gefühl gehabt, nachher schlauer zu sein. So, als hätte man mir einen Teil einer Welt gezeigt, der mir ohne Yael verwehrt geblieben wäre.

Während des Studiums habe ich als Gasthörerin hin und wieder die Hebräisch-Vorlesungen an der Uni besucht und verstehe nun einiges, traue mich aber nicht, zu sprechen – weil es bei Yael so heftige Lachanfälle auslöst, wenn ich es versuche, dass es unsere Freundschaft ernsthaft belasten würde.

Mit der Zeit habe ich dann vieles wieder verlernt.

Es gibt allerdings eine wunderbare, hebräische Redewendung, die mir fest im Gedächtnis geblieben ist. Sie lautet ins Deutsche übersetzt: Eine Freundschaft, die alt werden kann, sollte niemals sterben.

Genau daran muss ich denken, als ich das Behandlungszimmer hinter meiner Patientin verlasse und Yael im Warteraum sitzen sehe.

Es ist bisher erst ein einziges Mal vorgekommen, dass Yael in Tanjas Praxis aufgetaucht ist. Sie fühlt sich nicht wohl dort. Es ist ihr zu steril und zu geschniegelt mit den grauen Böden und den Glaswänden. Sie hat immer das Gefühl, Tanja würde sie anstarren. Ich behaupte zwar, dass das nicht stimmt, aber es ist schon richtig. Tanja starrt sie an. Allerdings aus völlig anderen Gründen, als Yael denkt – die glaubt, Tanja könnte sie nicht ausstehen. Dabei ist Tanja in Yael verschossen. Und zwar so was von. Die beiden kennen sich aus Aarons Kita. Tanja hat ebenfalls einen Sohn, aus ihrer gescheiterten Ehe mit dem *schönen Ruben*, wie sie ihn selbst abschätzig nennt. Yael fühlt sich beobachtet und meine Chefin kann einfach nicht die Augen von ihr lassen. Umso mehr wundert es mich, dass Yael mit verbissenem Blick im Wartebereich herumlungert und genervt eine Zeitung durchblättert. Es muss sie viel Überwindung gekostet haben, herzukommen.

Als sie mich sieht, springt sie ruckartig auf und schreit: »Dali!«

»Yael!«, rufe ich und versuche, genauso aufgeregt zu klingen. Und ich strenge mich an, nicht auf ihren Bauch zu sehen, ohne zu wissen, ob dort überhaupt schon etwas zu sehen ist.

Sie geht auf mich zu und umarmt mich.

»Warum meldest du dich nicht? Warum gehst du nicht ans Telefon? Jetzt muss ich dir hier schon auflauern«, sagt sie.

Der Vorwurf in ihrer Stimme lässt die Worte behäbig klingen, die Erleichterung, die mitschwingt, wird unterdrückt und ich fühle mich schlecht. »Ich … ich musste erst mal selbst damit klarkommen«, sage ich und winde mich aus ihrer Umarmung. Zu nah. Das Baby ist einfach zu nah. Ihre Hand aber liegt weiterhin auf meinem Oberarm.

»Gehst du mir aus dem Weg?«, flüstert Yael betroffen.

»Nein … nein, ich gehe dir nicht aus dem Weg.«

»Wegen dem Baby?«, schiebt sie nach und ich hoffe inständig, dass sie nicht die Hand auf ihren Bauch legt. Macht sie nicht, dafür ist sie zu diplomatisch.

Genau wie Tanja, denn mysteriöserweise habe ich in den letzten Tagen nur Termine mit Erwachsenen gehabt. Eine Lehrerin, deren Stimme vor der Klasse immer versagte, einen Musiker, der nach einem schweren Unfall bestimmte Laute neu sprechen lernen muss, und den liebevollen alten Herrn aus der Buchhandlung, der sich mit über sechzig endlich seinem Stotterproblem stellt. Keine Kinder. Was natürlich in einigen Fällen auch daran liegt, dass ich die Abschlussprüfung nicht abgelegt habe und wir hier den rechtlichen Rahmen einhalten müssen.

»Dalia, ist es für dich ein Problem, dass ich wieder schwanger bin?«, will Yael wissen. In ihren Augen schimmern Tränen. Sie nimmt ihre Hand von meiner Schulter und setzt sich wieder auf den grau gepolsterten Stuhl hinter der Glaswand im Wartezimmer. Ich lasse mich auf den Platz neben sie fallen.

»Nein«, sage ich schließlich. »Ich will mich nur für dich freuen und schaffe es nicht richtig. Es tut mir leid.«

»Muss es nicht«, sagt sie. »Aber schließ mich nicht aus, okay? Schließ mich nicht aus deinem Leben aus. Ich verspreche dir auch, ich rede kein Wort von dem Kind.«

Aber das will ich gar nicht. Natürlich will ich von ihren Ängsten hören, ich will sie watscheln sehen und ich will ihr mit diesen furchtbaren Strümpfen helfen, die sie in den letzten beiden Schwangerschaftsmonaten wird tragen müssen. Ich will, dass sie mir all ihre Namensvorschläge unterbreitet, und die Augen dazu rollen. Ich will das alles, aber es fällt mir trotzdem schwer.

»Doch, das sollst du aber. Ich bin eine miese Freundin«, stöhne ich.

»Nein, du bist eine hervorragende Freundin in einer miesen Lebenslage.«

Ich nicke. »Zumindest habe ich jetzt einen Mitbewohner.«

»Oh! Und?« Yael richtet sich auf und sieht mich neugierig an. Sie zuckt mit ihrer Nasenspitze, wie immer, wenn sie interessiert zuhört.

»Er ist nett. Es ist der Typ vom Flughafen. Er ist wirklich nett.«

»Jetzt wird es interessant«, sagt sie und grinst.

»Nicht so nett, aber eben nett.«

»Ist er hässlich?«

»Nein! Wieso sollte Max hässlich sein?«

»Weil er nett ist!«

Ich muss lachen. »Und einen Zusatzjob habe ich auch, in Max' Kneipe.«

»Es läuft also alles wieder ein bisschen runder.«

»Na ja, sagen wir oval. Es eiert ein bisschen.«

»Irgendwann lachst du drüber. Spätestens dann, wenn du dich wieder verliebst.«

Ich reiße die Augenbrauen nach oben und schaue sie kritisch an.

»Darum beneide ich dich jetzt schon!«, seufzt Yael.

»Worum?«

»Um den nächsten ersten Kuss, um dieses Gefühl …«, sie reibt Zeigefinger und Daumen aneinander, »um die Magie!«

»Magie?«

»Ja! Du hast ja keine Ahnung, wie viel Magie in der Luft liegt, wenn man sich neu verliebt.«

»Sagst du, die seit fünfzehn Jahren mit Mark zusammen ist.«

»Ja, eben!« Sie zwinkert. »Wenn man erst mal Kinder hat …« Sie bricht ab und sieht mich schuldbewusst an.

»Ich dachte, Kinder sind das i-Tüpfelchen der Magie«, sage ich leise.

»Nein«, widerspricht sie. »Kinder sind der Tod der Magie. Kinder sind Magiefresser.« Sie lächelt leicht. »Im Ernst, es ist echt scheiße, dass ausgerechnet ich dir das sage. Mit zwei Jungs und schwanger und so. Das Leben ohne Kinder ist verdammt lebenswert.«

Ich schlucke und bleibe stumm. Sie hat ja gut reden. »Ich hätte trotzdem gern welche.«

»Ich weiß«, sagt Yael und streichelt meinen Arm. »Dali, du weißt, ich bin kein besonderes Talent, was den richtigen Zeitpunkt oder Ort angeht, und das ist jetzt vielleicht wirklich nicht der richtige Ort und wahrscheinlich ist es eine beschissene Frage und auch ein beschissener Zeitpunkt, aber …« Sie holt tief Luft. »Du weißt ja, dass es bei uns im Judentum kein wirkliches Patenamt gibt. Ich möchte trotzdem gern, dass du Patin unserer Tochter wirst. Als eine Art besondere Tante, und sie könnte deinen Namen als Zweitnamen tragen.« Sie atmet laut aus. »Jetzt ist es raus. Ich trage das schon so lange mit mir rum.«

»Ihr bekommt ein Mädchen?«, frage ich erstaunt.

»Ja.« Sie strahlt.

»Yael, das ist toll.« Und das ist es wirklich. Der klitzekleine Nadelstich ist sofort vorüber und ich bin erleichtert, dass ich meine Freude nicht vortäuschen muss.

»Also, möchtest du Patin der kleinen Urania Dalia sein?«

»Urania?«, keuche ich und sehe, wie sich ein dickes Grinsen über Yaels Wangen zieht.

»Erwischt.«

»Puh«, schnaufe ich. »Einen Moment lang hab ich dir das abgenommen.«

»Möchtest du?«, fragt sie und ich höre aus diesen zwei Worten so viel Unsicherheit, dass ich sie augenblicklich umarmen möchte. Yael, dieses kleine Mädchen, diese große starke Frau, die mir seit unserem ersten Zusammentreffen so viel Freundschaft und Liebe geschenkt hat.

»Natürlich möchte ich. Aber nur, wenn du sie nicht Urania nennst.« Gerührt beiße ich mir auf die Zunge. Yael ist Jüdin, Gott und ich haben eher ein – sagen wir – gespaltenes Verhältnis. Kein Problem für unsere Freundschaft, solange es nicht um Religion geht. Wir akzeptieren die jeweilige Überzeugung der anderen. Ich weiß, wie viel ihr dieses Angebot bedeutet, auch oder gerade weil es keine religiöse Funktion hat.

»Findest du Salome Sophia Dalia besser?«

»Du bist ein hoffnungsloser Fall!«, stöhne ich laut und strenge mich an, weiter zu lächeln. Vielleicht bin ich kein total hoffnungsloser Fall und kann wieder anfangen, mich mit anderen ehrlich zu freuen, ohne selbst in ein Luftloch zu fallen.

* * *

»Ich hab meiner Freundin von dir erzählt!«, sage ich am Abend zu Max.

»Aha – und, will sie mich kennenlernen?«

»Sie denkt, du bist hässlich.«

»Damit kann ich leben«, antwortet er gelassen. »Findest du mich hässlich?«

»Du bist nicht unattraktiv«, sage ich und verkneife mir das Lachen.

»Da bin ich ja erleichtert!«

»Du sag mal, du hast doch erzählt, dass du mal Radprofi werden wolltest, danach Triathlon gemacht und dann eine Weile gerudert hast?«

Allein das Wort lässt mich schaudern. Paula Breitling, die Moritz hinter ihren breiten Rücken geschoben hat und ihn jetzt belagert, wo er doch eigentlich zu mir gehört.

»Ja und? Was hat das jetzt mit der Miete zu tun?« Max zieht sich völlig ungeniert die Jeans aus und sitzt Sekunden später nur in Boxershorts vor mir auf der Polsterkante.

»Ähhm, ich würde die Miete reduzieren und hätte dafür gern eine … eine Dienstleistung.«

»Oh, sollte ich meine Hose besser wieder anziehen?« Er grinst schief, zieht die Unterlippe zwischen die Zähne, wodurch sich seine Bartstoppeln wie Stacheln aufstellen.

»Du kannst hier für hundert Euro im Monat weniger wohnen und dafür trainierst du jeden Morgen mit mir Rudern.«

Er legt die Stirn skeptisch in Falten.

»Hundertfünfzig?«, schiebe ich nach.

»Du willst rudern lernen?«

»Ja.« Blöd, dass meine Stimme so komisch wackelt.

»Warum denn? Ich dachte, du stehst nicht so auf Wassersport?«

»Mache ich auch nicht, aber …«

»Aber dein Ex!«

Immerhin scheint er neuerdings auf Ruderinnen zu stehen. »Ich will rudern und gegen Paula antreten.«

Er lacht laut auf. »Warum willst du nicht gleich nach Hawaii fliegen und Ironman werden?«

»Ironwoman«, verbessere ich.

»Paula Breitling ist Profisportlerin und ich wette, du hast noch kein einziges Mal in einem Ruderboot gesessen. Du schaffst es nicht von deiner Terrasse bis rüber auf die andere Mainseite.«

»Wenn ich es schon könnte, bräuchte ich dich ja nicht.«

Einen Moment lang starrt er mich entgeistert an. »Kampfgeist hast du, das muss man dir lassen. Aber hast du nicht gesagt, du würdest Sachen nie fertig machen?«

»Das ist was anderes.«

»Warum?«

»Weil ich Moritz zurückgewinnen will.«

»Und du denkst, das ist der richtige Weg? Glaubst du, wenn du dich plötzlich fürs Rudern interessierst, will er dich zurück?« Der Spott tropft wie heißer Honig aus seinen Worten.

»Ich weiß nicht, was ich sonst machen soll«, gebe ich etwas zerknirscht zu. Aus seinem Mund hört es sich tatsächlich ziemlich bescheuert an. Dann aber denke ich an Tim und seine Liebe für alles, was mit dem Wasser zu tun hat, und finde, es ist den Versuch wert. »Also, entweder du hilfst mir, oder du kannst deinen Rucksack wieder von meinem Sofa nehmen und …«

»Wohnlandschaft«, korrigiert er gelassen.

»… verschwinden«, beende ich den Satz.

»Hast du schon mal nach draußen geschaut?«

»Ja.«

»Und, was siehst du?«

»Es schneit.«

»Aha, fällt dir was auf?«

»Ist nicht mein Problem, wenn dir kalt wird.«

Er lacht. »Erstens: Du vergisst, ich bin dein Chef. Zweitens: Es geht nicht um mich, es geht ums Rudern.«

»Du vergisst, dass *du* mich brauchst. Ich habe noch einen anderen Job.«

Denn auch wenn ich im Henrys nur noch in absoluten Notfällen einspringe, arbeite ich regelmäßig für Tanja in der Praxis.

Max verdreht amüsiert die Augen. »Siehst du außer dem Schnee vielleicht auch die Eisschicht auf dem Main? Wie willst du denn so rudern?«

»Oh«, antworte ich. Das habe ich nicht bedacht. Scheiß Winter!

»Du brauchst erst mal eine Grundfitness. Aus Lauch macht man nicht von heute auf morgen 'ne knackige Möhre.«

»Lauch?«, schnappe ich.

Er grinst. »Hätte ich Kartoffel sagen sollen?«

»Von Kartoffelvergleichen habe ich eigentlich genug.«

»Also, wenn du trainieren willst, dann nehme ich dich morgen mit auf den Trimm-Dich-Pfad. Wir bringen dich in Form, das kann ja nicht schaden. Und weniger Miete zahlen deswegen kommt nicht infrage. Vielleicht kürze ich dir das Trinkgeld.« Er hebt provozierend eine Augenbraue und zwinkert. »Aber das mit dem Rudern, überleg dir das lieber noch mal.«

»Warum?«

»Weil ...«

»Weil ist keine Antwort.«

»Doch.«

»Was hast du eigentlich studiert?«, wechselt er plötzlich das Thema. »Lehramt? Du bist so verdammt rechthaberisch und musst immer das letzte Wort haben.«

»Geht dich gar nichts an«, sage ich beleidigt.

»Komm schon, so schlimm wird es nicht sein. Katholische Theologie?«

»Nein ... zum Schluss akademische Logopädie.«

»Und am Anfang?«

Ich schweige beharrlich. Es ist mir ein bisschen peinlich.

»Komm schon!«

Er streckt die Beine lang aus und schiebt sich eines meiner beigen Sofakissen hinter den Kopf. Ich muss an Moritz denken, wie gern ich ihm dabei zugesehen habe, wenn er auf der Couch eingeschlafen ist. Es fühlt sich völlig falsch an, dass Max hier sitzt.

»Vergleichende indogermanische Sprachwissenschaften und im Zweitfach Museologie und materielle Kunst«, sage ich trotzig.

»Was?« Er prustet laut. »Das ist so ziemlich das bescheuertste Studienfach, das ich jemals gehört habe. Was hast du denn da gelernt?«

»Ich kann Keltisch lesen.« Ich merke, wie ein heftiges Kitzeln sich in meinem Hals breitmacht und mich dazu zwingt, zu kichern. »Und Hethitisch.«

»Hä?«, antwortet er. Seine Augen glitzern verdächtig.

»Das ist eine ausgestorbene indogermanische Sprache aus Kleinasien.« Das Kichern wird zu einem seltsamen, echten Lachen.

»Meine Fresse«, antwortet Max glucksend. »Zum Glück hast du das nicht fertig gemacht.«

»Ja, zum Glück«, gebe ich zu und beruhige mich langsam wieder. »Aber es hat mir auch den einen oder anderen netten Nebenjob beschert.«

»Jetzt bin ich gespannt!«

»Letzten Sommer habe ich Touris durch die Residenz geführt.«

»Ich bin vielleicht nicht so hochgebildet wie du, aber wenn mich nicht alles täuscht, dann hat Balthasar Neumann die Residenz zur Barockzeit geplant. Das war leicht nach den Kelten.«

»Na ja, den Job habe ich auch mehr dem Zweitfach, der Museologie, zu verdanken gehabt.«

»Aha«, sagt er zufrieden. »Und danach? Ich meine, was ist mit der Logopädie? Das hört sich doch halbwegs vernünftig an und erklärt deinen Zwang, einen ständig zu korrigieren.«

Ich verziehe den Mund und schaue auf den Boden. »Hab ich nicht fertig gemacht.«

»Aja, stimmt. Da war ja was.«

»Ich bin nicht zur Abschlussprüfung gegangen«, sage ich leise. Ich erinnere mich mit Schaudern daran. An diesen Tag, an meine Unfähigkeit, die Wohnung zu verlassen. Ich habe zwei Stunden mit dem Schlüssel in der Hand im Flur gestanden und mich nicht rühren können. Es ist das erste und einzige Mal gewesen, dass ich Moritz richtig sauer erlebt habe. Er hat drei Tage lang nicht mit mir gesprochen und selbst Ruth ist es schwergefallen, Verständnis zu zeigen. Ich habe es ihr nicht übel genommen. Ich habe es ja selbst nicht verstehen können.

»Warum machst du das? Warum bremst du dich selbst vor dem Ziel aus?«, will Max wissen. Er hat sich inzwischen meine Decke über die Beine gezogen.

»Das hat seine Gründe.«

»Davon gehe ich aus.«

»Es ist … ich kann einfach nicht, okay? Nachdem du es dir jetzt gemütlich gemacht hast, kann ich ja auch schlafen gehen. Gute Nacht.«

»Stell den Wecker auf sieben. Dann haben wir genug Zeit für den Trimm-Dich-Pfad, bevor ich in die Nachteule muss.«

Schon im Begriff, in mein Schlafzimmer zu flüchten, hält mich ein kurzer Anfall von Neugier zurück. »Und du? Was hast du gemacht, bevor du dich um die Nachteule gekümmert hast?«

»Ich habe zu viel getrunken«, sagt er.

Es soll leicht klingen, vielleicht sogar witzig, aber gerade deshalb wiegen die Worte tonnenschwer.

»Gute Nacht, Dalia. Bis morgen!« Er wickelt sich vollständig in die Decke, rutscht ins hintere Eck des Sofas und legt den Kopf zur Seite.

»Gute Nacht«, sage ich verblüfft. Hat er das ernst gemeint? Das mit dem Trinken? Was interessiert es mich? Es ist doch völlig egal.

Auf dem Weg zum Schlafzimmer drehe ich möglichst leise den Schlüssel in der Tür zum Gästezimmer herum und stecke ihn dann in meine Hosentasche.

In der Nacht träume ich davon, im Gartenhaus meiner Eltern zu sitzen, eine Kerze vor mir auf dem Tisch. Ich versuche verzweifelt, sie auszupusten, aber es gelingt mir nicht. Sie flackert immer wieder von Neuem auf und irgendwann brennt alles um mich herum. Die runden Wände der Hütte leuchten lichterloh und das reetgedeckte Dach spuckt Feuerspitzen in den Himmel. Und ich sitze in der Mitte, umgeben von Flammen, und friere. Als ich aufwache, ist mir, als wäre ich bereits einen Marathon gelaufen. Mein T-Shirt klebt klamm an meinem Busen und mir ist eiskalt. In der Küche rattert es laut. Ich brauche einen Moment, bis ich das Geräusch zuordnen kann. Es hört sich an, als wäre ein Hubschrauber auf meinem Küchentisch gelandet, oder wie Yaels sündhaft teure Mixmaschine auf höchster Drehzahl. Ohne darüber nachzudenken, wie ich in meinem nassen Shirt und der zu langen Nickihose aussehe, schlurfe ich in die Küche.

Max steht oberkörperfrei und in Jogginghose vor der breiten Marmorarbeitsplatte, um ihn herum leere Bananenschalen, ein Milchbeutel und eine umgekippte Packung Magerquark.

»Ich hoffe, es ist okay, dass ich dieses Gerät hier aus dem Winterschlaf geholt habe«, sagt er gut gelaunt. Dann hält er inne und sein Blick bleibt an meinen Brüsten hängen.

Schnell blicke ich an mir herunter und verschränke dann verschämt die Arme vor meinen allzu deutlich hervortretenden Nippeln.

»Wet-T-Shirt-Contest, bevor wir überhaupt mit dem Training angefangen haben?«, fragt er amüsiert mit leicht belegter Stimme.

»Äh, nein. Ich … äh, bin gleich wieder da.« Mein Kopf fühlt sich an, als hätte man in meinem Hals ein Pyrotechnikfeuer gestartet, so ruckartig schießt mir die Hitze ins Gesicht. Ich verschwinde schnell zurück in mein Schlafzimmer, reiße mir den nassen Stoff von der Haut und überlege, ob es sinnig ist, vor dem Training zu duschen. Ist es nicht. Und wo ich meinen Sport-BH habe. Habe ich überhaupt einen?

Nach einigem Kramen finde ich ein halbwegs festes Bustier, ein gefüttertes, hellblaues Sportoberteil, das ich so lange nicht getragen habe, dass sich kleine Staubpartikel auf den Schultern abgesetzt haben, und eine dunkelgraue Thermoleggins.

Als ich zurück in die Küche komme, stehen zwei große Cocktailgläser mit einer dickflüssigen gelben Masse auf dem Esstisch und ein zu meiner Freude vollständig angezogener Max sitzt grinsend davor.

»Saulecker!«, kommentiert er, während er sich die Milch von der Oberlippe schleckt.

»Ich bin laktoseintolerant«, behaupte ich mit Blick auf die unappetitliche Masse.

»Glaub ich dir nicht«, erwidert er. Er hat die Mütze auf dem Kopf, die er auch am Flughafen in New York getragen hat, und irgendetwas daran rührt mich. Ich schaue auf den Shake und überlege, wie dieses seltsame Restaurant geheißen hat, in das er mit mir gehen wollte. Shaking Shake?

»Shake Shack«, sagt er und grinst so, als könnte er Gedanken hören. »Musstest du auch gerade daran denken?«

Ich nicke und aus Verlegenheit greife ich nach dem Glas und überwinde mich, einen großen Schluck zu nehmen.

Schmeckt besser, als es aussieht, stelle ich fest.

»Gut, oder?«

»Ja, nicht schlecht«, gebe ich zu.

»Lass uns starten. Wir machen einen lockeren Walk zur Trimm-Dich-Anlage und dann gehen wir es langsam an.«

Ich werfe einen Blick aus dem breiten Panoramafenster nach draußen und spüre einen festen, peinigenden Stich im Magen. Ich will hier nicht wegmüssen. Ich möchte hier wohnen bleiben. Mit Moritz. Plötzlich habe ich es sehr eilig, Max aus der Wohnung zu befördern.

Im Gang ziehe ich unter meinem eigenen skeptischen Blick ein paar sehr alte Turnschuhe an. Wie man unschwer an den weißen Farbflecken erkennen kann, habe ich sie zuletzt getragen, als ich unsere Küche gestrichen habe. Keine besonders sportliche Aktivität.

Obwohl es noch dämmerig ist, kann man erkennen, dass die Temperaturen milder geworden sind. Der Schnee vom Vorabend ist fast gänzlich geschmolzen.

Ich bin völlig außer Atem, als wir den Pfad erreichen, und meine Lunge brennt, als hätte sich das nächtliche Feuer direkt darauf übertragen. Kleine Nadeln piksen mich in die Seiten und der Schweiß kühlt meinen Bauch so sehr, dass sich die Haut unter dem Laufshirt rot gefärbt hat.

»Ich sehe keine Hindernisse!«, erkläre ich und starre in den Wald hinein.

»Da müssen wir ja auch erst hinlaufen«, erwidert Max lachend. »Das ist ein Trimm-Dich-Pfad, kein Erhol-Dich-Weg.«

»Mmpf«, mache ich.

Einen quälenden Kilometer bergauf weiter und nachdem ich bei den Klimmzügen an der leuchtend roten Stange gnadenlos versagt habe, habe ich völlig vergessen, warum ich das hier mache. Ich will nur, dass es aufhört.

Aber Max treibt mich weiter. Es gelingt ihm sogar, mich hin und wieder zum Lächeln zu bringen. Auch wenn ich beim besten Willen nicht weiß, wo die Kraft dafür herkommt.

Am nächsten Stopp muss ich meine Füße an einem Holzgerüst einhängen, meine Hüfte über eine Stange legen und mich mit dem Oberkörper hoch- und runterbewegen. Während ich die ganze Zeit auf Max' festen Hintern schauen muss. Zwangsläufig, weil er sich am Folterinstrument vor mir abmüht. Die Hangelstäbe, die als Nächstes folgen, lasse ich aus. Dafür zwinge ich mich, über die blechernen Pilzköpfe zu hüpfen und mich mit Max im Sprint dazwischen zu üben. Plötzlich weiß ich wieder sehr gut, warum ich den Sportunterricht in der Schule so gehasst habe, und einzig Max' kleine Sticheleien – »Für die Kelten wäre das hier ein Kinderspiel, aber das weißt du ja sicher«, »Du könntest aufhören, Dalia, wäre ja nicht das erste Mal« und »Hinterher fühlt man sich besser, aber nicht, wenn man die Hälfte der Hindernisse ausgelassen hat« – halten mich bei und an der Stange. Am Ende des Waldweges bin ich so fertig, dass ich beinahe mit einem Rehbock zusammenstoße, der unseren Weg überraschend kreuzt. Es ist die Frage, wer von uns beiden erschrockener aus der Wäsche schaut.

Max hat beste Laune, er klopft mir mehrfach fest auf den Rücken und es stört mich. Aus zwei Gründen: Zum einen, weil es den Schmerz in meiner Lunge verstärkt, und zum anderen, weil es etwas sehr Kumpelhaftes hat. Dabei kann ich einen Freund doch gerade sehr gut gebrauchen. Blöderweise muss ich dann an seinen nackten Oberkörper denken, versuche, mich abzulenken, aber denke stattdessen an seinen Hintern, was die Sache nicht besser macht.

»Du brauchst dir aber nicht einzubilden, dass du mir irgendwelche Weiber in die Bude schleppst, ja?«, brummele ich zusammenhanglos.

»Hä?«

»Frauen! Brüste! Sex!«, sage ich genervt. »Nicht, dass Marina auch noch bei mir einzieht.«

»Marina kommt nicht wieder. Und keine Angst, es hat noch nie so lange gehalten, dass eine bei mir eingezogen ist«, widerspricht Max.

»Noch nie?«

Er schweigt und beschleunigt dann seinen Gang, sodass ich nur noch hinterherhumpeln kann. Seit wann können Schienbeine und Oberschenkel so weh tun? Was sind das für Muskeln und wo kommen die auf einmal alle her?

»Und was ist mit Sabrina?«

Er legt noch einmal etwas an Tempo zu, und als ich schließlich Minuten nach ihm vor meiner Haustür ankomme, macht er mit ernster Miene Dehnübungen an der Mauer zur Straße hin.

»Ich dusche und dann bin ich weg. Wir sehen uns zu deiner Schicht heute Abend?«

Er sieht mich kaum an. Sabrina zu erwähnen, ist anscheinend keine gute Idee gewesen.

»Wann trainieren wir wieder?«

»Warte erst einmal den Muskelkater ab«, sagt er und sein Blick streift mich kurz.

»Ich werde keinen Muskelkater bekommen«, behaupte ich.

»Doch, wirst du.«

»Morgen Abend.«

Ich schließe die Haustür auf und Max verschwindet ohne ein weiteres Wort im Badezimmer. Währenddessen setze ich mich mit zwei Handtüchern – eines für meinen verschwitzten Hintern und eines für mein nicht minder verschwitztes Haupt – auf den breiten Sessel, der hinaus auf den Main zeigt, und nehme mein Tablet auf den Schoß. Ich gebe Moritz' Namen bei Google ein und klicke mich dann von seiner beruflichen Infoseite auf Xing über die Homepage seiner Firma bis zu seinem öffentlichen Facebook-Profil durch. Keine Neuigkeiten. Keine Fotos von ihm und Paula. Keine Statusmeldungen. Nichts. Sein Instagram-Account ist privat, wie ich in unzähligen Suchmaschineneingaben in den letzten Tagen festgestellt habe, und so klicke ich frustriert weiter und gebe schließlich Paula Breitling ein. Ich hoffe auf ein besonders unvorteilhaftes Foto, eine Mitteilung über unsportliches Verhalten, den Rausschmiss aus der Rudermannschaft oder am besten noch eine öffentliche Mitteilung ihres Beziehungsendes mit Moritz Brettschneider, aber natürlich finde ich nichts.

»Wenn du mich fragst, bringt das, was du da machst, überhaupt gar nichts.«

Ich zucke heftig zusammen. Hinter mir steht Max und duftet furchtbar männlich nach herbem Männerduschgel.

Schnell drücke ich das Display aus.

»Bist du schon mal auf die Idee gekommen, dass Moritz vielleicht der Richtige für dich ist, du aber nicht die Richtige für ihn?«

»Was?« Wütend funkele ich ihn an.

»Nur so eine Idee!« Er hebt die Hände und dreht sich um.

In mir schäumt es und am liebsten würde ich aufstehen und ihm links und rechts eine verpassen. Leider weiß ich auch, ohne es versucht zu haben, dass meine Arme sich nicht mehr weiter als auf Schulterhöhe anheben lassen. Mehr tut zu weh.

»Vielleicht warst du auch nicht der Richtige für Sabrina«, gifte ich, ohne groß nachzudenken.

Max wirbelt herum, öffnet den Mund und schließt ihn dann wieder. Dann dreht er sich ohne Kommentar um.

10. Kapitel

Tim hat seine Haarfarbe von unserer Mutter, und das Lächeln. Es kann wehtun, ihn anzusehen und dabei all das zu spüren, was unser Vater uns an einem einzigen Tag genommen hat.

Tim ist damit viel mehr im Reinen als ich. Da ist keine Wut in ihm, da ist auch nicht diese Verzweiflung, die sich in mir immer wieder zusammenbraut. Deshalb ist es auch so schwer, mit ihm über früher zu sprechen. Also erzähle ich ihm lieber von Max und unserer Meinungsverschiedenheit.

Mein Bruder wiegt den Kopf eine Weile hin und her. Auch diese Geste erinnert mich an unsere Mutter.

»*Es gibt Menschen, die sich immer angegriffen fühlen, wenn jemand die Wahrheit sagt*«, meint Tim und wirft kleine Steinchen in den Main. »Sagt Christian Morgenstern.«

»Wen meinst du damit?«, will ich wissen. »Max oder mich?«

»Euch beide«, erwidert mein Bruder und wird dann von einem heftigen Hustenanfall geschüttelt. Es dauert lange, bis er aufhören kann. An manchen Tagen ist es besonders schlimm. An manchen hustet er gar nicht. Je schlechter ich mich fühle, desto mehr hustet er. Das ist Unsinn, aber so kommt es mir manchmal vor. Ich denke an die Autosuggestion und Tim wird etwas ruhiger.

»Was wollen wir heute machen, Struppi?«

»Hast du Lust auf Eisstockschießen?«

»Es ist dunkel.«

»Stimmt«, sagt er und deutet in den Himmel. »Was meinst du, Dali, kommt Moritz zu dir zurück?«

»Ich weiß es nicht«, seufze ich.

»Vielleicht reicht das nicht, mit dem Rudern und so. Vielleicht solltest du was Romantisches machen.«

Ich bringe es nicht über mich, ihm zu sagen, dass es nichts bringen wird, Moritz zurückerobern zu wollen.

»Was weißt du von Romantik?« Lächelnd knuffe ich Tim in die Seite.

»Viel. Es hat immer was mit Kerzen zu tun«, sagt er wichtig.

Kerzen, Feuer, Rauch.

Tim hustet plötzlich wieder laut und so bellend, dass sich mein Herz schmerzhaft zusammenkrampft.

Zwei Schatten, einer klein / der eine du, der zweite mein
Zwei Schatten sitzen / Haare spitzen
Zwei Schatten, einer klein, / der eine du, der zweite mein

Ich spreche die Formel, immer wieder. So, wie ich es mir selbst beigebracht habe, und dann beruhige ich mich. Es ist alles gut. Es ist so lange her, ich habe doch gelernt, damit zu leben. Doch seit Moritz weg und Yael schwanger ist und ich deshalb nicht gut in ihrer Nähe sein kann, ist meine Welt ein wenig geschrumpft. Und immer, wenn meine Welt kleiner wird, wenn sich etwas verändert, dann katapultiert mich das Jahre in die Vergangenheit zurück.

»Pass auf, ich habe eine Idee. Ich gehe ins Haus und hole ein paar Kerzen. Und die lassen wir dann auf dem Main schwimmen. So lange, bis sie wie die Titanic an einen Eisbrocken geraten und dann absaufen. Was meinst du?«

»Ja, das wäre schön … und romantisch. Das wäre eine Generalprobe für Moritz«, meint Tim begeistert.

Es ist schön, ihn strahlen zu sehen. *Zwei Schatten, einer klein …*

Ich wuschele ihm übers Haar. Trotz der Feuchtigkeit in der Luft ist es trocken wie Stroh.

Wie Stroh, das leicht in Flammen gerät. Entzündbar. Ich schüttele mich.

Und Tim seufzt. »Kannst du mich mal festhalten, Dali? Damit ich nicht verschwinde.«

»Du verschwindest doch nicht«, entgegne ich erschrocken.

»Mama ist verschwunden«, sagt er leise.

»Nein, ist sie nicht. Sie …« Ich breche ab, als ich sehe, wie er den Kopf schüttelt. »Komm her«, bitte ich ihn. »Komm her. Du wirst nicht verschwinden. Du bist für immer in meinem Herzen, Struppi.«

Er drückt seinen kleinen blonden Kopf fest gegen meine Brust. Als würde das meine Worte bestätigen. Ich lasse ihn sehr lange nicht los. Es ist so selten, dass ich wirklich das Gefühl haben kann, ihn zu trösten. Viel zu selten.

Ich komme mit einer riesigen Packung Teelichter zurück auf die Terrasse. Sie sind rot und weiß, manche herzförmig. Ich kann mich noch daran erinnern, beim Kauf gedacht zu haben, dass es für Teelichter immer Verwendung gibt. Allerdings dachte ich mehr an romantische Abende mit Moritz in der Badewanne. Ich hätte es nicht für möglich gehalten, dass es Anlass dazu geben könnte, sie dafür zu verwenden, ihn zurückzubekommen.

Wir legen uns nebeneinander auf den Bauch. Es sieht witzig aus, wie Tims Füße dort aufhören, wo meine Knie beginnen. Dann lassen wir die Teelichter langsam auf die Wasseroberfläche gleiten. Aber sie versinken trotz unserer Vorsicht sofort in dem trüben Februarbraun des Flusses.

»Mist.«

»Scheiße«, flucht Tim. »Was jetzt?«

Wir versuchen es erneut, aber ein halbes Dutzend der Lichter verschwindet unter Wasser und erlischt sofort.

»Du musst sie aus den Behältern nehmen, dann geht es. Sie schwimmen nicht, wenn man sie in diesen kleinen Blechsärgen lässt.« Max Stimme hallt durch die leere, milde Nachtluft.

Ich schrecke hoch. So vertieft bin ich in die Kerzen gewesen, dass ich gar nicht gemerkt habe, dass sich Max angeschlichen hat.

»Ich hau dann mal ab«, sagt Tim und hustet heftig.

»Bleib doch.«

»Sie wartet doch auf mich«, antwortet er bedauernd.

Zwei Schatten …

Es funktioniert nicht, Tim ist schon verschwunden.

»Ich hatte gar nicht vor, zu gehen«, sagt Max überrascht. Ich kann sein Gesicht in der Dunkelheit nicht gut genug erkennen, um zu sehen, ob er lächelt.

Die Luft ist mit Anbruch des Frühlings so mild geworden, dass man meint, den Sommer vorzeitig riechen zu können.

Anstelle von Tim legt sich nun Max auf den eigentlich trotz der Milde zu kalten Holzboden. Behutsam nimmt er die Kerzen aus den Behältern, greift nach den Streichhölzern und sagt: »Ich glaube, du und ich, wir sind die letzten Menschen, die Streichhölzer benutzen.«

»Kann sein«, murmele ich. Es ist seltsam, dass er so nah neben mir liegt und seine Körperwärme wie ein Heizstrahler auf mich abfärbt. Würde eine Wärmebildkamera über uns schweben, so wären wir ein einziger roter Batzen Glut.

»Schau, so funktioniert es«, sagt er leise.

Tatsächlich gleiten, nein, vielmehr schweben die Kerzen jetzt über die Oberfläche des sanft wiegenden Wassers. Es dauert nicht lange und ein paar kippen und erlöschen, aber für einen Moment ist es bezaubernd. Ein Moment, den ich nicht festhalten kann. Warum ist es immer das Gleiche mit den schönen

Dingen im Leben? Sie löschen sich selbst so schnell aus, wohingegen alles Schlechte sich wie geschmolzenes Wachs in unseren Gelenken festsetzt und bei jeder Gelegenheit schmerzt.

»Danke«, sage ich.

»Tut mir leid«, murmelt Max so leise, dass ich es kaum höre.

»Was?«

»Das, was ich über deinen Moritz gesagt habe. Es tut mir ehrlich leid. Ich habe ja keine Ahnung, wie und was da zwischen euch gelaufen ist.«

»Schon okay«, antworte ich und richte mich ein Stück weit auf.

»Hast du Hunger?«, fragt er.

»Wieso?«

»Hast du oder hast du nicht?«

»Ja.«

»Ich hab Reste mitgebracht, aus der Nachteule. Wir haben heute früher geschlossen. Ed kränkelt. Lass uns reingehen.« Er greift nach meiner linken Hand. Ich zucke ein wenig zusammen. »Du hast eiskalte Finger. Ich hab dich überall gesucht, im Haus war Licht und die Tür war offen …«

»Tim war da.«

»Dein Bruder?«

»Ja.«

Ich weiß nicht, ob er langsam und bedächtig nickt, wie all die anderen, wenn es um Tim geht. Aber ich will es auch gar nicht wissen. Es ist gut, dass es dunkel ist.

Drinnen sehe ich, dass er Feuer im Kamin gemacht hat und sich die wohlige Wärme bereits in den Raum hinein ausbreitet.

Max zieht etwas aus der Tasche seiner Jacke, noch während er dabei ist, sie ordentlich an die Garderobe zu hängen. In diesem Moment wirkt er zum ersten Mal nicht fehl am Platz in meiner Wohnung. In diesem Zuhause, in dem mir Moritz so sehr fehlt. Moritz, den ich mehrmals die Woche anrufe, um schnell wieder aufzulegen. Moritz, den ich immer noch täglich googele. Den ich zu sehen hoffe, wenn ich an unserem Lieblingscafé vorbeischlendere, an dessen Bürogebäude ich mindestens viermal wöchentlich mit der Straßenbahn vorbeifahre. Moritz, der einfach aus meinem Leben verschwunden ist. Manchmal fühlt es sich an, als wäre er auch gestorben. Und wäre da nicht die Wut, dann würde es auch genauso wehtun.

»Das hast du in der Eule vergessen«, sagt Max und reißt mich aus meinen Gedanken. Sehr abrupt. Ich ziehe scharf die Luft ein, es macht ein pfeifendes Geräusch. Mit einer schnellen Handbewegung reiße ich ihm das Buch aus der Hand. Er hält noch daran fest und so baumeln die Seiten ein wenig in der Luft und geben drei kleine Papierchen frei, die ungehindert auf den Boden flattern.

Bevor ich Nein schreien kann, hat Max sich schon gebückt und hebt das bräunlich verfärbte Zeitungspapier auf. Ausgerechnet das. In meinem Innern klafft ein leeres Loch, das immer größer und schwärzer wird. Ich stütze mich instinktiv mit der rechten Hand an der Wand ab.

»Dalia«, sagt Max leise.

»Nicht«, antworte ich und will die Hand heben. Aber da hat das schwarze Loch mich schon verschluckt. Mit Haut und Haaren. Ich sehe noch, dass Max das Papier aus der Hand legt, ohne einen weiteren Blick darauf zu werfen. Aber zu weiterer Schadensbegrenzung bin ich gar nicht in der Lage, denn in meinen Ohren surrt es verdächtig laut und meine Sicht verschwimmt.

Das Bild stellt sich erst wieder scharf, als Max seine Arme fest um meine Schultern legt und zudrückt. »Hej, bleib bei mir«, sagt er sanft und schüttelt mich leicht. Als ich nicht reagiere, weil ich einfach nicht kann, weil ich mich viel zu schwach dafür fühle, führt er mich an den Schultern hinüber zum Esstisch und hilft mir, auf einem Stuhl Platz zu nehmen. Er kniet sich vor mich und schaut mich besorgt an. »Was war denn das?«

»Kleiner Schwächeanfall«, keuche ich.

Er reicht mir den braunen Zettel und ich nehme ihn schnell entgegen.

»Wenn du nicht willst, dass ich das lese, dann mache ich es auch nicht, okay?«

»Okay. – Es tut mir auch leid, was ich über Sabrina gesagt habe«, gebe ich zu.

Er schnauft kurz laut. »Ist gut. Lass uns das einfach vergessen, in Ordnung?«

»Gibt es was Neues von der Green Card?«, erkundige ich mich.

»Nein«, seufzt er. »Gehe ich dir schon so sehr auf die Nerven?«

»Nein, gar nicht«, sage ich. »Wenn wir uns etwas weniger anschweigen, dann nicht.«

Auch wenn Max' Anwesenheit hier bisher nicht den erwünschten Nebeneffekt hatte – Moritz hat sicher noch keinen Schimmer, dass hier ein anderer Mann wohnt … wie auch? Er hat sich seither nicht mehr blicken lassen –, so ist es doch angenehm, nicht allein hier zu sein.

»Morgen kurbeln wir das Fitnessprogramm an, aber was hältst du für heute Abend von Essen auf der Couch und einem Seriengelage?«

»Seriengelage?«

»Du hast Nachholbedarf und ich, wie gesagt, eine volle Festplatte und du ab sofort auch wieder einen Fernseher hier.«

»In Ordnung. Aber die Decke gehört mir.«

»Geht klar.« Er lächelt. Dann reicht er mir die Hand und zieht mich hoch.

Ich fühle mich nicht mehr wackelig, das taube Gefühl, das der alte Zeitungsartikel in Tims Buch hervorgerufen hat, hat sich verflüchtigt. Ich bin zurück in der Gegenwart. So was von.

Zum Glück gehört Max zu den Menschen, die beim Fernsehen nicht immer quatschen müssen. Er erklärt mir nichts, er lässt mich zusehen und ab und an wirft er einen zufriedenen Blick auf mich.

Manchmal berühren sich unsere Fingerspitzen, wenn wir nach Eds Tapas auf dem Teller neben uns greifen. Auf der Karte stehen die in der Nachteule nicht, ich habe vielmehr den Verdacht, dass er sie extra für diesen Anlass gemacht hat. *Anlass*. Was ist das hier? Ein Versöhnungsessen? Ein Filmabend unter Freunden? Braucht es ein Attribut oder eine Bezeichnung?

Ich versuche, die Berührungen zu vermeiden, und sobald es mir gelingt, ärgere ich mich darüber. Und dann noch seine Füße. Er hat es irgendwann geschafft, sie doch unter die Decke zu schieben, und da sind sie nun und seine Haut reibt leicht an meiner. Es kitzelt. Bis hoch in die Fingerspitzen, die sich weigern, zu akzeptieren, dass sie sich die gleiche Berührung wünschen.

Es ist ein Reflex, wenn ich ihn nicht direkt ansehe, dann stelle ich mir nur vor, dass es Moritz ist. Es geht hier schließlich nicht um Max. Es geht darum, die Zeit totzuschlagen, bis Moritz sich eines Besseren besinnt und endlich zurückkommt.

11. Kapitel

Ich sitze in der Hütte und ich warte. Aber niemand kommt.

Dann rieche ich es. Es ist zunächst nur eine Brise, der winzige Hauch eines unguten Gefühls, das sich schnell, sehr schnell zu einem beißenden Geruch entwickelt. Es stinkt nach Rauch, es müffelt nach verbranntem Stoff. Zuerst wie ein Handtuch, das zu nahe an einer rot glühenden Herdplatte liegt und Feuer fängt. Dann stinkt es nach brennenden Leibern und das ist der Moment, in dem ich immer zu schreien beginne. Noch während des ersten gellenden Kreischens füllt sich mein Mund mit Rauch und der heiße Dampf, der graue Staub erstickt den Schrei, macht ein heiseres Husten daraus.

Dann ruft jemand nach mir. Durch den Nebel hindurch.

Heiser zunächst, dann lauter. Es schüttelt mich etwas und instinktiv reiße ich meine Hände über den Kopf. Die Hütte stürzt über mir ein, anders kann es nicht sein. Der Schrei, der so laut und gellend in meinen Ohren klirrt. Ist das Tim?

»Struppi, ich komme!«, schreie ich. »Warte, ich bin gleich bei dir.«

Aber die dunkle Stimme, die auf mich einredet, ist nicht Tims helle Bubenstimme. Und der Rauch ist auf einmal wie weggeblasen. Ich schmecke keinen Staub mehr, und statt

Hitze abzustrahlen, fühlt sich meine Haut auf einmal klamm und kalt an.

»Komm zu mir, ja, Dalia, so ist es gut, komm zu mir.«

Jemand hält mich im Arm und das Dach über mir ist eine Decke, eine völlig intakte, weiß gestrichene Zimmerdecke.

»Ich bin zu Hause«, murmele ich und nehme langsam die Hände herunter.

Alles ist gut. Meine Mutter hält mich im Arm, mein Bruder schläft nebenan und mein Vater hatte nie vor, uns etwas anzutun.

Ich schüttele mich fröstelnd und sehe mich verwirrt um. Nein, das ist nicht richtig. Ich sitze auf meinem Bett. In meinem Schlafzimmer. In der Maria-Theresia-Promenade, nicht im Gartenweg 17. Es ist alles nur ein Traum gewesen und sie sind längst tot. Ich kann sie nicht mehr retten. Die Arme gehören nur meinem Mitbewohner. Und Tim hat zwar ein Zimmer hier, aber er bewohnt es nicht.

»Max?«, flüstere ich.

»Ja, ich bin hier. Alles ist gut. Du hast nur geträumt.«

Wäre da nicht seine Stimme und der männliche Geruch nach Deo und der leichte Hauch verschwitzter Haut, so könnte ich mich weiter selbst betrügen und mir einreden, es wäre meine Mutter. Nur noch ein paar Augenblicke lang.

»Sieh mich an, Dalia. Sieh mich bitte an.«

Widerstrebend hebe ich den Kopf und schaue in Max' blaugraue Augen, die hier im Halbdunkel fast schwarz aussehen.

»Hier, du bist hier. Es brennt nicht. Alles ist gut.«

Ich zucke heftig zusammen und die Realität kracht ebenso schmerzhaft über mir ein wie die Welt so viele Jahre zuvor. Sie hat sich nicht mehr davon erholt, meine Welt, und jedes Mal, wenn jemand Fremdes davon erfährt, dann wird mir wieder bewusst, wie groß dieses Loch ist, das da klafft. Nur weil ich nicht häufig hineinsehe, bedeutet das nicht, dass es nicht da ist. Dieses Loch ist der Grund, warum es nur eine Handvoll Menschen gibt, die ich an mich heranlasse und mit denen ich dennoch nicht darüber spreche, welche Explosion den Krater in meine Mitte gerissen hat.

»Ich hab nur schlecht geträumt. Natürlich brennt es nicht«, antworte ich brüsk.

Peinlich berührt merke ich, dass mein T-Shirt feucht ist und dass Max mich ungeachtet dessen noch immer im Arm hält. Er macht nicht einmal Anstalten loszulassen. »Du kannst mich jetzt loslassen.«

»Das war doch kein normaler Traum! Du hast geschrien, als wäre leibhaftig jemand hinter dir her.«

»Unsinn.«

Er löst seinen Arm um mich, nur um seine schweren, großen Hände auf meine Schultern zu legen und mich zu sich zu drehen. »Sieh mich an und rede mit mir. Glaub mir, das macht es besser.«

Ich senke meinen Blick, unfähig, ihn weiter anzusehen. Vom Flur her leuchtet das Licht und irgendwo muss ein Fenster offenstehen, denn ein Windhauch hat die Zimmertür weiter geöffnet, sodass es nun deutlich heller ist. Zu hell, um sich zu verstecken.

»Was ist damals passiert, Dalia? Was hat man dir angetan?«

»*Mir*«, ich fahre hoch, so heftig, dass ich um ein Haar mit meinem Schädel gegen Max' Kinn gestoßen wäre, »*mir* ist gar nichts passiert. Das ist es ja eben.«

»Rede mit mir! Ich verspreche dir auch, ich werde nie wieder nachfragen, wenn du das nicht möchtest. Aber du hast mir in der letzten Viertelstunde eine Höllenangst gemacht.«

»Es kommt nicht häufig vor«, sage ich leise und versuche zu verbergen, wie sehr mich seine Zeitangabe erschreckt hat. Eine Viertelstunde?

Ich krame in meinen Erinnerungen nach dem letzten schlimmen Traum, aus dem mich Moritz damals nicht hat wecken können. Er liegt Jahre zurück und laut Moritz bin ich damals nach etwa zwei Minuten hellwach und wieder bei Verstand gewesen. Entweder übertreibt Max maßlos oder aber die Trennung von Moritz hat meinen Flashbacks gehörigen Auftrieb verschafft.

»Aber es kommt vor«, sagt Max bestimmt.

Ich brauche einen Moment, bis ich verstehe, worauf er sich bezieht. »Ja, es kommt vor, dass ich von früher träume.« Es klingt fast ein wenig garstig aus meinem Mund.

»Mmh«, macht er nachdenklich.

»Am liebsten würde ich es einfach vergessen«, gebe ich zu und senke den Blick wieder auf den Boden.

»Aber du kannst es nicht vergessen, deine Erinnerungen verhindern es und …« Er zieht die Stirn in Falten.

Mein Herz donnert laut wie ein Rennpferd auf der Flucht. »Und?«, frage ich leise.

»Und du bekommst Post.«

Ich schließe kurz die Augen und dann sehe ich zur Seite. »Was soll das? Natürlich bekomme ich Post«, schnaube ich. Dabei weiß ich doch ganz genau, was er meint.

»Auf einen anderen Namen als den, der auf dem Briefkasten steht«, beharrt er und berührt mich sanft am Arm.

Ich zucke zusammen und drehe mich langsam zu ihm. Es überrascht mich nicht, dass er es so schnell herausgefunden hat, es überrascht mich nur, dass es mir noch immer etwas ausmacht. So viel ausmacht.

Es ist keine Überraschung, denn es gibt kaum jemanden, der sich nicht erinnert. In einer Provinzstadt, die gern Großstadt wäre, passiert das, was in unserer Familie geschehen ist, nicht täglich. Darum steht mein alter Name nur noch auf Briefen, auf sehr wenigen, unregelmäßig eintreffenden Briefen. Es gibt keine Daria Meckel mehr. Auch keine Dalia Meckel. Es gibt nur noch Dalia Hessler.

»Und?«, antworte ich gepresst und blase heftig die Luft aus meinen Nasenflügeln. Mein Brustkorb fühlt sich zu eng an.

»Und das ist Teil deiner Geschichte, genauso wie die Albträume.«

»Ja, ist es. Aber ich möchte nicht darüber sprechen.«

»Gut. Möchtest du, dass ich gehe?«

Möchte ich das? Ich will Ja sagen, aber stattdessen sprudelt etwas aus mir, von dem ich nicht weiß, wie tief die Quelle ist, warum sie ausgerechnet jetzt zum Vorschein kommt. »Es stimmt nicht, was sie geschrieben haben«, flüstere ich.

»Wer?«, fragt er.

Ich weiß nicht, ob er vorgibt, nicht zu wissen, wovon ich spreche, oder aber tatsächlich nichts von meiner Vergangenheit weiß.

»Die Zeitungen. Alle vom kleinsten Lokalblatt bis zur Bild-Zeitung. Meinen Namen haben sie häufig falsch geschrieben, meinen Nachnamen meist nur abgekürzt.«

Max legt seine Hand an mein Kinn und hebt es vorsichtig an. »Erzähl es mir, Dalia.«

Ich hole tief Luft, nur, um dann doch nichts zu sagen. Eine Weile weigert sich alles in mir, auch nur ein Wort zu erzählen. Einfach aus Gewohnheit. Bis ich merke, dass da etwas in mir zum ersten Mal freiwillig an die Oberfläche drängt. Bis ich merke, dass dieser Knoten im Hals Worte sind, die herauskommen wollen, die gesprochen werden wollen. Zu Max. Zu jemandem, der mich nicht drängt und nicht aus Neugier darauf besteht, etwas zu erfahren, sondern weil er zu wissen scheint, dass man auch an Ungesagtem ersticken kann. Dass man sich vergiften kann, ohne den Mund zu öffnen, eben weil man ihn nicht zur richtigen Zeit aufmacht.

Als ich das begreife, ist es nur noch schwierig, die ersten Worte zu finden.

»Er wollte mich nicht töten«, platzt es schließlich aus mir heraus. Es ist, wie wenn man einen Wasserhahn nach langer Zeit das erste Mal betätigt. Seltsam ist nur, dass dabei statt all der dreckigen Brühe auf einmal sofort klares Wasser kommt. Und eine Wahrheit, die unwichtig geworden zu sein scheint. »Mein Vater«, ergänze ich, weil für Max womöglich nicht klar ist, wen ich mit diesem *Er* meine. »Mein Vater hat unser Haus angezündet.«

»Was? Das ist ja … ich hatte keine Ahnung …«

Er ist blass, in seinen Augen schimmert eine Mischung aus Schrecken und Mitgefühl. Er ringt einen Augenblick lang nach Worten, dann fragt er leise: »Wollte er deine Mutter und deinen Bruder töten?«

Ich schüttele langsam den Kopf und für einen kurzen, erschreckenden Moment sehe ich meinen Vater vor mir. Ein lange verdrängtes Bild. Ich sehe sein schmales, längliches Gesicht, den leicht angegrauten Bart und sein kurzes Haar, das sich längst hinter den Ansatz an der Stirn weiter auf den Hinterkopf zurückgezogen hat. Sogar sein breites Grinsen unter dem noch immer schwarzen Oberlippenbart kann ich sehen. Die Arme, die er gern lässig vor seinen ewigen dunkelblauen Polohemden verschränkt hat. Das Schlaksige an ihm, das Herzliche. All jene Dinge, denen ich in meiner Erinnerung keinen Raum mehr gebe. Wozu auch? Er hat meine Familie zerstört und das reicht aus, um die guten Erinnerungen auszulöschen.

Max sieht mich geduldig, aber erwartungsvoll an.

Ich atme tief ein. »Die Medien stilisierten das Thema zu einem dieser Familiendramen. Aber mein Vater hat uns nicht mit dem Kissen erstickt, er hat uns keine Knarre an den Kopf gehalten, er war fest davon überzeugt, dass wir nicht im Haus waren. Dennoch ist es passiert.«

»Er wollte das Haus nicht abbrennen?«

»Doch, er wollte das Haus abfackeln und die Versicherungssumme einkassieren. Die Schulden abbezahlen, was weiß ich. Ich habe ihn nie gefragt, warum genau er das getan hat.«

»Woher weißt du dann, dass er nicht doch deine Mutter und deinen Bruder töten wollte?«

»Als mein Vater an diesem Morgen aus dem Haus ging – wir wussten nicht, dass er arbeitslos geworden war, und dachten, er führe zur Arbeit, wie jeden Tag – da waren Tim, Mama und ich bereits auf dem Sprung in die Schule. Unsere Müslischalen …«

Ich breche ab, weil die Erinnerung daran, wie Tim lustlos in dem Müsli herumstochert und meine Mutter uns zur Eile mahnt, das Letzte ist, was ich von ihnen gemeinsam habe. Die letzten lebendigen Bilder, die sich eingebrannt haben auf meiner Haut, in meinem inneren Auge, und an denen vorbeizukommen es alle anderen Erinnerungen so schwer haben.

»Unser Frühstück stand noch auf dem Tisch. Und dann ist Tim plötzlich schlecht geworden, er hat sich übergeben. Mama ist mit ihm ins Bad und hat mich dann losgeschickt, den Bus zu nehmen. Sie wollte sich noch einmal mit ihm hinlegen, weil es ihr auch nicht so gut ging. Aber ich bin nicht zum Bus. Stattdessen wollte ich die ersten zwei Stunden schwänzen und mich zum Rauchen mit Rafael in der Gartenhütte treffen.«

»Wer ist Rafael?«, fragt Max, als ich von mir aus eine Pause einlege. Ich fühle mich, als würde ich einen Marathon laufen, dabei sitze ich im Halbdunkel auf meinem Bett und spreche ganz einfach nur. Jedes Wort kostet mich einen Kilometer Kraft.

»Rafael war … so eine Art Schwarm. Ein Typ, den ich unbedingt beeindrucken wollte.«

Max nickt. Seine Hand liegt wie selbstverständlich auf meiner Hand über der Bettdecke und ermutigt mich weiterzusprechen. Kilometer für Kilometer. Wort für Wort.

»Ich hab mich so darüber gefreut, dass Mama und Tim zu beschäftigt waren, um zu checken, dass ich eben nicht zur Schule ging. Zu der Zeit habe ich wahnsinnig oft geschwänzt. Ich bin also raus in den Garten und … so, wie es sich nachher rausstellte …«

Ich sehe den Beamten vor mir, den Blick zu Boden gesenkt, die Frau hinter mir, die mir ungefragt die Hände auf die Schultern gelegt und heimlich hinter meinem Rücken geweint hat.

»Sie haben sie im Bett gefunden. Im Schlaf erstickt.«

Max steht auf und kniet sich vor mich hin. Legt seine Arme um meine Mitte und drückt mich fest an sich. Ich lege mein Kinn auf seinen Kopf und rede langsam weiter.

»Ich saß in dem Gartenhaus und habe Zigaretten gedreht. Verstehst du, ich habe seelenruhig Zigaretten gedreht und auf einen abgefuckten Typen gewartet, der von der Schule geflogen war und dem ich unbedingt imponieren wollte. Währenddessen sie … sie erstickt …« Es geht nicht, kein einziges Wort geht mehr. Ich bin weiter gerannt, als meine Lunge aushält, als mein Kopf erträgt.

»Hast du es mit ansehen müssen?«, will Max leise wissen.

Ich schüttele den Kopf. »Ich habe es erst gesehen, als es zu spät war. Rafael ist nicht aufgetaucht, also bin ich raus aus dem Häuschen und habe mich über den Geruch gewundert und dann habe ich den Rauch gesehen, der aus Mamas Schlafzimmerfenster quoll. Wie eine dicke, schwere Wolke.« Diese Wolke bin ich bis heute nicht wieder losgeworden. »Es ist so seltsam, dass das Haus noch steht. Es ist noch nicht einmal sonderlich viel verbrannt. Komisch, dass Dinge Menschen so überdauern können, nicht wahr? Tims Buch hat überlebt, die Reisepläne meiner Mutter … über den meisten Sachen lag eine fette Staub- und Ascheschicht, aber sie sind unversehrt … Jetzt weißt du es«, seufze ich.

»Sprichst du manchmal mit jemandem darüber?«

»Mit wem? Einer Psychotante?«

»Nein, ich dachte an deine Familie oder …« Er beißt sich auf die Lippe.

»Schon gut«, sage ich traurig. »Ich habe viel mit Ruth geweint und ich habe viel mit Yael geschimpft über die Ungerechtigkeit des Lebens. Ich habe mich an Menschen geklammert und an Dinge und …«

»Und?«

»Und jetzt sind so viele Jahre vergangen.«

»Das heißt, jetzt redest du mit niemandem mehr darüber?«

Ich zucke scheinbar gleichgültig mit den Achseln.

Max kniet noch immer vor mir auf dem Fußboden, aber seine Hände baumeln nun untätig zu seinen Seiten, er hat mich langsam losgelassen.

»Das Leben geht weiter und die Menschen erwarten, dass man selbst das auch so sieht. Wenn man zu lange Mitleid erwartet, dann wird aus Mitleid schnell eine Art Irritation. Die anderen wollen, dass man weitermacht. Also habe ich weitergemacht. Denn aus dieser Mischung aus Hilflosigkeit und Mitgefühl wird irgendwann Unverständnis und aus Unverständnis Abneigung. Das wollte ich nicht. Also, um deine Frage richtig zu beantworten: Nein, ich spreche schon lange mit niemandem mehr darüber.«

»Solltest du aber!«, sagt er.

»Und was soll das bringen?«

»Vielleicht fühlt es sich einfach ein wenig so an, als wärst du nicht allein. Und vielleicht müsstest du dich dann in deinen Träumen nicht so quälen.«

»Ich quäle mich nicht«, antworte ich bestimmt.

»Bereust du, dass du es mir gesagt hast?«

Nein, denke ich. Nein, ich fühle mich um eine kilometerlange Schlange aus Worten erleichtert. Ein wenig befreit. Ich schüttele den Kopf. »Nein.«

»Möchtest du schlafen? Soll ich gehen?«

»Ich glaube nicht, dass ich jetzt schlafen kann. Könnten wir uns die nächste Staffel ansehen? Ich möchte gern wissen, wie es weitergeht.«

»Du willst Jon Schnee anhimmeln.«

»Auch«, sage ich und ein winziges Grinsen stiehlt sich in mein Gesicht und weigert sich zu gehen.

»Ich mach dir jetzt einen Tee und starte den Player, okay? Und du kommst raus, sobald du so weit bist.«

Ich nicke. »In Ordnung.«

Er steht auf und geht zur Tür.

Aber ein paar kleine Worte sind noch übrig. Ein paar Zeilen, die ich noch loswerden muss. »Max?«

»Ja?«

»Glaubst du, dass man von einer Wolke fallen und trotzdem auf einer anderen landen kann? Irgendwann? Und dass sich das dann auch anfühlt, wie zu Hause zu sein?«

Max dreht sich um und überlegt einen Moment. »Wenn das Leben eine Wolke ist, Dalia, dann befinden wir uns auf derselben.«

In diesem Moment verstehe ich nicht, was er mir damit sagen will, aber ich habe das untrügliche Gefühl, dass ich es irgendwann wissen werde.

12. Kapitel

»Äh, was genau machst du da?«

»Ruth!«

Der Sound von Max' Anlage ist so laut, dass ich das Öffnen und Schließen der Haustür gar nicht gehört habe. Ruth hat einen Zweitschlüssel für den Notfall. Und ich wünsche mir, ich hätte von innen abgeschlossen.

Schnell ziehe ich meine Füße nahe an meinen Körper heran. Schuldbewusst stelle ich fest, dass dadurch die Decke verrutscht ist und nun Max' nackte Beine anklagend ihre hellbraunen Haare auf Ruths kleinen Blondschopf richten.

Zumindest sieht es aus den paar Metern Entfernung so aus, als befänden sie sich auf gleicher Höhe – Max' Füße und der Kopf meiner Ziehmutter.

»Was machst du da?«, wiederholt sie fassungslos und starrt erst mich an, dann Max.

Das, was ich die letzten vier Wochen gemacht habe, bin ich versucht, zu antworten. Mit Max abhängen, mit ihm Serien schauen und dabei lachen, die Hände vors Gesicht schlagen und es genießen, wenn er sie mir langsam wieder herunternimmt und sagt: »Nicht so schlimm, Dalia, das darfst du nicht verpassen.« Oder verschwitzt mit ihm durch Wälder rennen, im Rhythmus seiner Playlist dieses blöde Rudergerät beackern, das er angeschleppt hat, oder viel zu laut zu lachen, wenn er die Gäste aus der Nachteule imitiert und wir uns gegenseitig in wilden Theorien überbieten.

»Such dir was aus«, murmele ich und muss grinsen.

In den letzten Wochen habe ich mich in eine seriensüchtige, athletischere Form meiner selbst verwandelt. Ich muss nur aufpassen, dass ich mich nicht daran gewöhne. Max ist nur Mittel zum Zweck und nicht der Zweck des Mittels oder die Mitte von irgendetwas, was auch nur in die Nähe meines Herzens kommt. Max ist … es ist schwierig zu beschreiben, was Max ist. Er ist eben …

»Ich bin Max«, sagt er jetzt lässig und ich blinzele verblüfft, bis ich begreife, dass seine Worte Ruth gelten.

»Aha«, antwortet Ruth. »Interessant.«

Sie reckt die Augenbrauen gen Decke und baut sich wie ein menschliches Mini-Stoppschild vor mir auf.

Ich wette, sie fragt sich, ob er unter der Decke überhaupt etwas trägt.

»Ich habe Unterhosen an, die ganze Zeit.« Max grinst.

Ich kichere wie ein Teenager kurz vorm ersten Kuss beim Flaschendrehen.

Das entgeht auch Ruth nicht. »Ich hab mir Sorgen gemacht, Dali.«

Bei ihr hört es sich immer an, als würde sie *Dalli* sagen. Alles an Ruth ist schnell, klein und wendig. Sie ist ein Turboflitzer im Modellformat.

»Warum?«, frage ich ehrlich erstaunt.

»Ich habe seit geraumer Zeit nichts von dir gehört und gestern habe ich Yael beim Einkaufen getroffen … und sie hat mir, na ja, sie hat mir das mit M Punkt mal ein bisschen genauer erklärt. Du musst am Boden zerstört sein, Liebes …« Sie bricht ab und stellt womöglich exakt in diesem Moment fest, dass ich absolut nicht so aussehe, als wäre ich am Boden zerstört. Auch wenn der Schein natürlich trügt. Trügen muss.

»Ich lass euch mal allein«, sagt Max und wirft den Rest Decke zur Seite. Tatsächlich trägt er Sportshorts und nicht nur Unterhosen. Er nimmt die Fernbedienung, schaltet die Schlacht am Schwarzwasser auf Standbild und klettert von der Wohnlandschaft. Seine nackten Füße patschen leise auf den Fliesen und dann verschwindet er durch die Glastür in Richtung Gästetoilette.

»Du bist nicht an dein Handy gegangen, den ganzen Tag nicht. Himmel, Arsch und Wolkenbruch, was soll man da denken?«, keift sie und wirkt dabei auf einmal ungeheuer erleichtert.

»Zwirn«, kommentiere ich trocken.

»Was?«

»Himmel, Arsch und Zwirn.«

Sie schüttelt den Kopf. »Wer war denn der da?«

»Max. Er hat sich doch vorgestellt. Mein neuer Mitbewohner. Der, den du im Internet nicht finden konntest.« Darauf geht Ruth gar nicht ein, stattdessen starrt sie auf die zerknüllte Wolldecke und erklärt fassungslos: »Und was macht ihr da?«

Es macht Spaß, sie ein wenig zu ärgern. »Ach das, das ist so eine Art Ritual.«

»Ein Ritual, hä?« Ruth grinst schief.

Ich seufze und streiche die Decke glatt. »Wir verbringen einfach etwas Zeit miteinander. Wir arbeiten gemeinsam, wir trainieren und schauen Filme. Max lenkt mich ab. Als Freund. Mehr nicht.«

Ich verschweige ihr, dass unsere Füße und unsere Hände inzwischen bei unseren Filmabenden einander verdammt oft in die Quere kommen. Und dass ich mir manchmal wünsche, er würde seine Finger um meine legen.

Ruth ist ohnehin unbeeindruckt. »Er ist knackig.« Sie schürzt die knallroten Lippen und wirft die Locken theatralisch in den Nacken.

Natürlich ist mir das auch schon aufgefallen. Nicht, dass es mich interessieren würde. »Ruth, bitte!«

»Was? Ist er doch! Ich bin froh, dass du ihn hier hast. Das lenkt dich von M Punkt ab.«

»Warum sprichst du seinen Namen nicht aus?«

»Ich kann es nicht ertragen, dass er dich verlassen hat. Ich bringe es nicht fertig, seinen Namen zu nennen.«

»Hat er sich bei dir gemeldet?«

Sie lacht spitz. »Liebes, wenn er sich bei mir gemeldet hätte, hätte ich ihn eigenhändig kastriert.«

»Übertreib es nicht, Ruth.«

»Ich habe ja von Anfang an nicht so richtig an eure Beziehungspause geglaubt, aber dass er jetzt eine andere hat, nur weil die zu viel ferngesehen hat oder sich nicht rechtzeitig die Augen hat lasern lassen oder weil sie nicht genug Gemüse gegessen hat oder weil …«

»Wovon sprichst du Ruth?«

»Das hat mir Yael alles erklärt!«

Sie regt sich so furchtbar auf, dass ihr ein roter Ausschlag vom Ansatz ihrer kleinen festen Brüste über das offenherzige Dekolleté hinweg über ihren Hals bis hinauf zu den Wangen zieht. Wie immer, wenn sie aufgeregt ist.

»Was hat Yael dir erzählt?«

»Na, von dieser Tussi, die zu blöd war, eine Ersatzkontaktlinse mit ins Ferienlager zu nehmen.«

»Sie heißt Paula.« Warum sage ich das?

Ruth lupft eine Augenbraue. Die linke.

»Lass das, Ruth. Das mit der Augenbraue. Macht mir Angst.«

»Gut, ich gehe dann wieder, oder?«

»Jaa«, sage ich lang gezogen. »Du kannst auch bleiben, wenn du möchtest.«

»Nein«, antwortet sie schnell und schüttelt die Locken. »Auf keinen Fall.« Sie drückt mir einen schnellen Kuss auf die Wange, presst ihre kleinen Hände auf meine Schultern, als ich aufstehen will, und sagt: »Viel Spaß noch. Viiieeeel Spaß.«

Dann dreht sie sich um und entfernt sich watschelnd. Im Flur ruft sie: »Max, du kannst jetzt wieder rauskommen. Ich bin weg.«

Vorsichtshalber wartet Max eine Weile ab, bevor er zurückkommt und sich wieder neben mich setzt.

»Wer war das? Oder sollte ich fragen, ›was‹?«

»Das ist mein persönlicher Hausdrache«, sage ich und lache. »Ruth, meine Ersatzmutter.«

Es ist ein blöder Begriff, er beschreibt nicht ansatzweise, was Ruth für mich ist und meine Mutter mir gewesen ist. Es gibt keinen Ersatz, und doch ist Ruth das Beste, was mir hatte passieren können. Ich bereue sofort, es laut ausgesprochen zu haben. Denn auf Nachfragen habe ich überhaupt keine Lust. »Sag mal, wie lange hast du die Nachteule eigentlich schon gepachtet?«

»Willst du ablenken?«

»Vielleicht«, knurre ich.

»Wenn du mir erzählen willst, warum Ruth deine Ersatzmutter ist und was es mit dem Rest deiner Familie auf sich hat, dann wirst du das schon tun, oder?«

»Mmmh«, mache ich und denke im gleichen Augenblick, dass ich auch gern etwas über ihn und Sabrina wissen würde. Aber ich frage nicht nach. Weil er es auch nicht tut. Max schaltet den Fernseher wieder an und ich bemühe mich, meine Gedanken vom Klirren der Schwerter übertönen zu lassen. Aber es hilft nichts, anscheinend denke ich zu laut. Eine Viertelstunde später gleitet Max die Fernbedienung aus der

Hand und sein Kopf neigt sich schwer gegen meine Schulter. Er knurrt kurz und seufzt zufrieden. Obwohl das Gewicht nicht sehr angenehm ist und ich sicher einen steifen Nacken davontragen werde, wage ich es nicht, mich zu bewegen. Die letzten dreißig Minuten der nächsten Folge flimmern an mir vorbei, ohne dass ich sie wahrnehme. Ich bin viel zu konzentriert auf den dicken Büschel braunen Haars an meinem Hals, auf den warmen Atem, der meine Wangen kitzelt und den Geruch von fremder Haut an meiner Haut.

Erst als der Bildschirm schon schwarz geworden ist, weil ich zu lange keinen Knopf mehr gedrückt habe und den Standby-Countdown verpasst habe, lege ich vorsichtig meine Hand unter seinen Kopf und schiebe ihn auf das Kissen neben mir. Ich kann nicht widerstehen, ihm danach mit dem Finger über die Linien seines Bartes zu fahren. Vom Ende seiner Wangenknochen bis hinunter ans Kinn und an der anderen Seite wieder hinauf.

»Was würdest du dazu sagen?«, flüstere ich. Und von irgendwoher flüstert Tim zurück: »Im Krieg und in der Liebe ist alles erlaubt – hat übrigens nicht Napoleon gesagt.« Wenn ich nur wüsste, ob ich mich noch im Krieg befinde oder mich anderweitig verlaufen habe.

13. Kapitel

Es gibt viele Möglichkeiten, ein Vermögen loszuwerden. In Boutiquen, Apple-Shops, im Internet, einer Kneipe oder einer Apotheke.

Dafür bekommt man dann meistens etwas gratis. In der Apotheke gibt es für die Kinderwunschkundinnen, die für ein Nasenspray zur Downregulierung ihres Zyklus' einen dreistelligen Betrag über den Tisch schieben, eine kleine Tube Spezialzahnpasta, eine Mundspülung, Zahnseide, drei Packungen Taschentücher und Bonbons. Ich habe keine Ahnung, was es mit den vielen Zahnpflegeprodukten auf sich hat. Was wollen die einem damit sagen? »Wenn Sie schon keine Kinder haben können, dann doch wenigstens weiße Zähne, nicht wahr?« Oder: »Was? Sie sind unfruchtbar? Dann müssen Sie unbedingt auf Ihre Mundhygiene achten.«

Ich werfe einen flüchtigen Blick durch das große Fenster mit der roten Schrift darüber und wechsele dann seufzend die Straßenseite. Wie oft schon habe ich hier meine Karte durch das Gerät gezogen und gehofft, dass der Betrag auf meinem Konto ausreicht. Moritz hat den Großteil der Behandlungskosten übernommen, aber die Medikamente habe ich bezahlt. Weil ich mir nicht immer wieder von seinem Blick sagen lassen wollte, dass ich diejenige bin, die keinen anständigen Job hat.

Ich muss es hinter mich bringen. Es hilft nichts. Ich muss einfach. Es sieht nicht so aus, als würde Moritz es sich noch mal anders überlegen. Und ganz pragmatisch gesehen, kann ich mir die eingefrorenen befruchteten Eizellen auch nicht ohne sein Einverständnis einsetzen lassen. Wozu also die Lagerkosten zahlen? Dennoch ist es ein unheimlich schwerer Schritt, den Zettel abzugeben. So, als würde ich meine nicht geborenen Kinder ohne Brot im Wald aussetzen. Ich wünschte, Tim wäre da und würde mich aufheitern. Mit irgendeinem Spruch aus seinen *Weisheiten berühmter Männer*. Verzweifelt versuche ich, mir selbst etwas ins Gedächtnis zu rufen. Aber mir fällt nichts Positives ein. Nur: »Das, wobei unsere Berechnungen versagen, nennen wir Zufall.« Ein Zitat von Albert Einstein, das mir gerade auch nicht weiterhilft. »Weder Berechnungen haben mir bisher geholfen noch der Zufall«, murmele ich leise vor mich hin und stehe unschlüssig vor dem großen, weißen Haus.

»Doch, Max hast du aus Zufall getroffen, oder?«, sagt ein fröhliches Stimmchen neben mir. »Ich renne dir schon hundert Meter hinterher und du hast es nicht mal gemerkt.«

»Struppi, was machst du denn hier?«

»Du hast mich doch gerade vermisst, oder?«

Die Mütze hängt wie immer schief auf seinem Kopf. Er zieht die Nase kraus und ich widerstehe dem großen Verlangen, ihm hier auf der Straße einen dicken Kuss auf die Wange zu drücken.

»Ja.«

»Du hast sogar Albert Einstein zitiert.«

»Stimmt«, gebe ich zu. »Aber von Max habe ich auch nichts. Zufall hin oder her.«

»Ich finde schon, dass du was von ihm hast. Max ist da und Moritz ist weg. Vielleicht ist das gar kein Zufall, sondern muss so sein.«

»Unsinn.«

Er trippelt vom linken aufs rechte Bein und pikst mich in die Seite. »Ich finde den aber toll, den Max. Der hat die anderen Idioten aus der Wohnung geschmissen und er lächelt dich schön an. So wie ein Junge ein Mädchen anlächeln muss. Der Max ist ein bisschen wie Einstein. Nur hübscher.«

»Aha.« Ich muss grinsen und denke an das Gewohnheitstier. Doch dann schüttele ich den Gedanken an Max von mir ab. Ein Blick auf den Umschlag in meiner Hand reicht dazu völlig aus.

»Ich muss das hier abgeben«, sage ich und wedele mit dem Kuvert. »Und ich kann nicht.«

»Soll ich's für dich machen?«

»Nein, das muss ich schon selbst schaffen.«

»Wirst du dann nie ein Baby haben, Dalia?« Er legt den Kopf zur Seite, sodass die Mütze verrutscht.

»Nein, wahrscheinlich nicht.« Es zu wissen, ist schmerzhaft, es auszusprechen, kostet mich grenzenlose Überwindung. Aber ich sollte ehrlich sein, meinem Bruder gegenüber und mir selbst.

Ich falte das Papier in der Hand und versuche, mit schierer Willenskraft die Tränen wieder dorthin zurückzuschieben, wo sie herkommen. »Aber ich hab ja dich.«

»Mmmh«, murmelt er und sieht zur Seite.

»Was ist?« Mein Herz schlägt automatisch lauter. Angstvoll bebt es in meiner Brust.

»Papa wird bald rauskommen. Das weißt du, oder?«

»Ja, weiß ich«, antworte ich leise. »Warum sagst du mir das?«

»Weil du ihn dann auch einfach zufällig auf der Straße treffen könntest.«

»Und?«

»Ich glaube, du solltest ihn vorher mal besuchen.«

»Warum?«

»Weil du dir dann aussuchen kannst, wann du ihn siehst, und nicht erschrickst, so wie bei mir gerade.«

»Ich bin nicht erschrocken.«

»Bist du«, beharrt er. »Kannst du dich dran erinnern, was du nach Mamas Tod in mein Heft geschrieben hast?«

Ich schlucke, so direkt sprechen wir selten aus, was für eine Tragödie sich in unserer Familie abgespielt hat. Ich nicke.

»Mark Twain sagt: *Der Nachteil des Himmels besteht darin, dass man die gewohnte Gesellschaft vermissen wird.*«

Ich schließe kurz die Augen und werfe den Brief dann in den Kasten mit der Aufschrift *Kinderwunschpraxis Dres. Meier, Schmied und Falkenstein – dritter Stock.*

Als ich mich umdrehe, ist Tim einfach verschwunden. So, wie er das in letzter Zeit häufig tut. Als zöge ihn der Himmel stärker an als die Erde.

»Was ist los, Dalia?« Max hat mich gefunden, aber traut sich nicht hinein.

Er klopft leise an die Tür des Zimmers, das an seines grenzt. Und das ich ihm unter Androhung der Todesstrafe verboten habe, zu betreten. »Nichts«, schluchze ich.

»Nichts hört sich anders an. Nichts ist stumm und heult nicht.«

Eine Weile Stille, aber ich höre aus der Ruhe heraus, dass er noch da ist.

»Sag was, bitte!«, klingt es gedämpft durch die Tür.

Seit ich ihm von meiner Familie erzählt habe, hat sich etwas zwischen uns verschoben. Es fühlt sich an wie eine Art Gleichgewicht, das Schlagseite bekommen hat. Ich habe zu viel von meiner Seite auf seine Waagschale abgeladen, und das ist nicht gut. So sollte das nicht sein. Schließlich kennen wir uns kaum. Ich wünsche mir, dass er geht, und möchte, dass er bleibt.

»Bitte«, wiederholt er, nachdem von mir nichts als Schluchzen und Naseschniefen kommt.

»Weinen Gewohnheitstiere?«, frage ich schließlich mit erstickter Stimme.

»Ja, Gewohnheitstiere sind Heulbojen«, sagt er und ich höre, wie er sich auf den Boden setzt.

»Du kannst weggehen.«

»Kann ich auch bleiben?«

»Wenn es sein muss.«

»Muss nicht, aber ich habe gehört, wenn Gewohnheitstiere einen Heulanfall haben, dann tut es ihnen gut, wenn ein Nichtgewohnheitstier anwesend ist.«

»Wo hast du das denn gehört?«, schluchze ich und starre auf die weiße Wiege, stupse sie mit dem linken Fuß an.

»Welt der Wunder oder Galileo, vielleicht auch im Dschungelcamp. Ich weiß es auf jeden Fall.«

»Mmmh«, mache ich und trompete in ein Taschentuch.

»Was ist da drinnen?«, fragt er.

»Wo?«, knurre ich.

»In dem Zimmer.«

Ich schaue auf die hellen Wände, die Affen an den Wänden, die sich an Lianen über einen Fluss hangeln. Auf den Wickeltisch mit der hellgelben Auflage, auf die Kissen, und dann schüttelt mich der nächste Heulkrampf.

»Das … das ist eine Folterkammer«, stottere ich wahrheitsgemäß.

»Aha, hab auch gelesen, das Gewohnheitstier neigt zu Masochismus.«

Ich lache kurz bitter auf.

»Ich komme da jetzt rein«, erklärt er und es hört sich an, als würde er sich von der Tür abstoßen und aufstehen.

»Nein«, schreie ich. »Auf keinen Fall.«

»Doch. Ich komme jetzt. Entweder machst du auf oder ich mache auf.«

»Bitte nicht«, sage ich leise.

»Doch, du brauchst jemanden, der dich in den Arm nimmt, und weil gerade niemand anders da ist, werde ich das machen. Und egal was da drinnen ist, so schlimm kann es nicht sein, dass ich es nicht schon gesehen hätte.«

»Du hast keine Ahnung. Es ist mir ... peinlich.«

»Dir muss nichts peinlich sein.« Er räuspert sich und dann sagt er: »Warte einen Moment, okay. Ich bin gleich wieder da und dann komme ich rein.«

»Max ...« Ich schließe die Augen und hoffe, dass er nicht wieder auftaucht. Dass er einfach fortbleibt. Gleichzeitig wünsche ich mir, dass er zurückkommt und genau das tut, was er gesagt hat.

Es klappert irgendetwas und dann höre ich wieder Schritte.

»Ich bin wieder da«, sagt er unnötigerweise. »Machst du mir auf?«

Ein letztes Mal kicke ich mit den Zehen gegen die Wiege und dann stehe ich langsam auf. Mein Rücken tut weh, meine Augen brennen und trotzdem fühle ich mich ein wenig leichter als zuvor. »Ja«, antworte ich.

An der Tür drehe ich den Schlüssel um und lehne mich dann einen Augenblick an den Rahmen, bevor ich den Griff nach unten drücke und die Tür einen Spaltweit öffne.

»Hallo.« Max streicht sich durch die Haare.

»Hi«, sage ich.

Er greift an die Tür und öffnet sie ganz, schaut in das Zimmer, aber sein Blick verrät weder Erschrecken noch Abscheu, Mitleid oder sonst eine Regung.

Betreten sehe ich zu Boden. Ich weiß, wie verrückt das hier ist. Und wie absolut schädlich.

Langsam legt er seinen Arm um mich und drückt mich ein kleines Stück weit an sich.

Ich trage einen alten, blauen Schlabberpulli und Leggins mit Loch am Knie und komme mir damit und mit meinem mit Heulflecken übersäten Gesicht so hässlich vor wie lange nicht mehr.

»Wer hat das hier eingerichtet?«, fragt er ruhig.

»Ich … und Moritz.«

»Er hat das zugelassen?«

Ich nicke langsam und sehe ihm in die blaugrauen Augen.

»Weißt du, ganz ehrlich, ich finde das nicht gut.«

»Ich auch nicht«, gebe ich zu.

»Hast du ein Kellerabteil?«

»Ja.«

»Ist es voll?«

»Nein.«

»Dann räumen wir dieses Zimmer jetzt aus.«

Alles in mir krampft sich schmerzhaft zusammen. Ein Luftballon, dem man die Luft entzogen hat. Ich will das nicht aufgeben, nicht heute. Nicht ausgerechnet heute.

Hinter seinem Rücken zieht er eine Klappbox hervor und faltet sie zusammen.

»Wir fangen jetzt damit an. Jeden Tag ein Stück.«

»Nein.«

»Doch!«, beharrt er. »Ich kann dir versprechen, dass es dann besser wird. Du kannst einem Ex-Raucher auch nicht den ganzen Tag Zigaretten vor die Nase halten und erwarten, dass er abstinent bleibt.«

»Oder einem Trinker?«, platze ich heraus.

Er sieht mich an und dann schnell zur Seite. »Genau«, murmelt er.

»Du willst doch bloß das Zimmer haben. Es hat die schönere Aussicht. Gib es zu!« Ich schniefe laut.

»Du kannst mit dem Zimmer machen, was du willst, aber du kannst hier kein Mausoleum einrichten. Das tut dir nicht gut.«

Er reicht mir die Kiste, aber meine Hände schaffen es einfach nicht, danach zu greifen. »Ich kann nicht.«

»Dann machen wir das zusammen«, erklärt er bestimmt. Er tritt ein und sieht sich um. Resolut läuft er zum Wickeltisch und nimmt den Stoffhasen herunter, dreht sich zu mir um und setzt das Stofftier behutsam in den Korb. »Du musst es nicht wegschmeißen, aber es muss vor deinen Augen verschwinden.«

»Woher weißt du das?«

»Weil es mir selbst mal so gegangen ist und weil ich auch einen Freund gebraucht habe, der den Inhalt meiner Flaschen in den Ausguss gekippt hat.«

»Okay«, sage ich und lege meinen ganzen Mut in dieses kleine Wort. »Okay.«

Wenn Max es geschafft hat, nicht mehr zu trinken, wenn er in der Kneipe jeden Tag den Alkohol vor Augen gehabt hat und nicht rückfällig geworden ist, dann könnte ich das hier auch.

Ich schließe die Augen und sehe Tims krakelige Handschrift auf den karierten Zeilen seines roten Buches, mit den Worten Buddhas. »*Letztendlich zählen nur drei Dinge im Leben: Wie sehr du geliebt hast, wie sanftmütig du gelebt hast und wie würdevoll du die Dinge hast ziehen lassen, die nicht für dich bestimmt waren.*«

14. Kapitel

Ich schaue zum Fenster hinaus und dehne meine Nackenmuskulatur. Im Garten strecken die ersten Osterglocken ihre Blüten stolz in die noch schwachen Sonnenstrahlen.

»Was wünschst du dir zum Geburtstag?« Max steht in der Küche hinter mir und schlägt Eier in eine Pfanne, die nicht zu meinem Fundus gehört, sondern die er mitgebracht haben muss.

»Woher weißt du …?«

»Dass du morgen Geburtstag hast?«

»Ja!« Ich reibe mir die Augen und schiebe eine Haarsträhne hinters Ohr. Die Nacht ist miserabel gewesen und am Ende habe ich mich im Gästezimmer auf den Boden gelegt, auf den weichen Teppich, in den sich kleine Kinderhändchen krallen sollten, nicht mein viel zu großer, viel zu verzweifelter und einsamer Körper. Ich habe den kleinen roten Leuchtkäfer angeschaltet und zugesehen, wie Sterne und Monde in wechselnden Farben über die Decke zogen. Und keine Minute geschlafen. Auch wenn der Teddy nicht mehr auf der Wickelkommode sitzt und die Vorhänge fehlen und die Fotorahmen, die für immer leer bleiben werden.

»Du bist in der Nachteule angestellt, ich habe deine technischen Daten in einer Personalakte gespeichert«, sagt Max, während er, ohne zu mir aufzusehen, vorsichtig mit dem Pfannenwender unter die Eier fährt und sie leicht verschiebt.

»Ich feiere meinen Geburtstag nicht.«

»Nie?«

»Nie.«

»Noch nie?«

»Natürlich schon, nur jetzt eben nicht mehr.« Ich verschränke die Arme vor der Brust und stelle verärgert fest, dass die Sonne scheint. Dass das Wetter sich aber auch nie meiner Laune anpassen kann. »Also, dann sag, wenn du heute zwölf werden würdest, wo würdest du gern deinen Geburtstag verbringen?«

»Ich werde nicht zwölf.«

»Nein, gerade siehst du aus wie fünfundvierzig.«

»Danke.«

»Also, sag schon.«

Ich zögere kurz und sage dann leise: »Als Kind wollte ich immer einen eigenen Irrgarten haben.«

»Ein Irrgarten? Ich hatte immer Angst vor den Dingern.«

»Was hattest du für Wünsche?«

»Ich habe mir gewünscht, jeden Tag so lange fernsehen zu dürfen, wie ich wollte.«

»Bei dir war immer alles aus Zucker, oder?«, brumme ich schlecht gelaunt.

»Ja, eine Zeit lang war es das.« Er hebt den Blick und sieht mir fest in die Augen.

»Und dann nicht mehr?«

»Dann nicht mehr.« Er schaltet den Herd ab und dann – so als hätte er sich eine zweite Haut zugelegt, eine, durch die man nicht mehr so leicht hindurchschauen kann – lächelt er und sagt: »Irrgarten also!« Er zieht sein Handy aus der Hosentasche und tippt darauf herum.

Währenddessen fällt mein Blick auf zwei Briefe neben der leeren Eierschachtel.

»Hast du etwa den Briefkasten geleert?«, fahre ich ihn an.

Er lässt das Handy sinken und schüttelt verständnislos den Kopf. »Was hast du heute eigentlich für ein Problem?«

»Ich hab doch gesagt, dass ich meine Geburtstage nicht feiere. Es gibt keinen Grund dazu.«

»Vielleicht heitert dich die Post ja ein bisschen auf.«

Einen Moment lang erschrecke ich, dann aber fällt mir wieder ein, dass es völlig egal ist, ob er liest, was auf dem Brief steht. Er weiß Bescheid. Und es ist nichts dabei, zu sehen, dass auf dem Kuvert Dalia Meckel steht. Der Name, an den mein Vater all seine Briefe adressiert. Der Name, den ich erfolgreich aus meinem Leben gestrichen habe. Aus meinen Ausweisen, meinem Bankkonto. Es gibt keine Dalia Meckel mehr. Sie ist mit ihrer Mutter gestorben.

»Einer ist von meinem Vater!«, zische ich. Weil Angriff schließlich immer die beste Verteidigung ist.

Max reißt die Augen weit auf.

»Und der zweite ist von Moritz.«

»Dann solltest du den von Moritz zuerst aufmachen, oder?«

»Nein. Ich mache gar keinen auf.«

»Keine gute Idee. Wenn du sie nicht aufmachst, musst du den ganzen Tag daran denken und hast nur schlechte Laune.« Er mustert mich und korrigiert sich dann: »Noch schlechtere Laune.«

Ich habe allein aus der Tatsache heraus, dass der Brief von Moritz recht dick ist, einen Verdacht. Ein Liebesbrief ist das nicht.

Und die Briefe meines Vaters habe ich noch nie aufgemacht. Daran wird sich auch nichts ändern. Es fühlt sich schon wie eine Verletzung meiner Privatsphäre an, dass seine Handschrift auf dem Kuvert überhaupt ihren Weg in meine Wohnung findet. Die anderen Briefe, die in unregelmäßigen Abständen eintreffen, stopfe ich immer in den Karton in der Werkstatt.

Zu den Bedienungsanleitungen, Autorechnungen und alten TÜV-Bescheiden.

»Wenn du den Brief von deinem Vater nicht haben willst, warum wirfst du ihn dann nicht einfach weg?«, fragt Max.

Das ist eine gute Frage. »Vielleicht lese ich sie irgendwann mal.«

»Dann kannst du es genauso gut jetzt tun.«

»Das geht dich gar nichts an.«

Er holt tief Luft und umrundet dann die Kücheninsel. »Mach du mal deine Post auf und iss ein Ei«, sagt Max. »Ich dusche solange.«

Als er aus dem Zimmer verschwunden ist, öffne ich den Brief von Moritz. Bereits als ich vorsichtig an dem Papier ziehe, wird mir klar, dass das hier meinen Tag ganz bestimmt nicht besser machen wird. Die Seiten sehen auch auf den ersten Blick schon hochoffiziell aus. Auf der oberen Hälfte prangt das rote Logo einer Immobiliengesellschaft. Den Namen kenne ich, die Kanzlei gehört zur Hälfte Moritz' bestem Freund Johannes. Die Zeilen verschwimmen zunächst ein wenig vor meinen Augen. Ich werde ja wohl nicht heulen, bevor ich nicht wenigstens gelesen habe, um was es geht. Auch wenn das ziemlich offensichtlich ist.

Es ist ein sehr höflich formulierter Rausschmiss in Form eines Kaufangebots. Man könnte auch sagen, es ist ein höfliches Kaufangebot für die Wohnung mit einer mehr als fairen Summe. Aber so weit bin ich noch nicht. Ohne nachzudenken, stürme ich mit dem Wisch in der Hand zum Bad und reiße die Tür auf.

»Er will mich rausschmeißen«, rufe ich. Erst da fällt mir auf, dass die Scheibe schon ein wenig angelaufen ist und warmes Wasser platschend auf die helle, steinerne Duschwanne rinnt.

Max drückt die Tür ein Stück weit auf und schaut um die Ecke. Ich bin dankbar für das Milchglas, das weiterhin die wesentlichen Körperteile bedeckt, und laufe hochrot an. Wie dumm, gleich zu ihm zu rennen! Was habe ich mir dabei gedacht? Wieder einmal gar nichts. Ich projiziere nur all meine Bedürfnisse auf den Mann, der hier wohnt. Der aber nicht mein Mann ist. Nicht Moritz.

»Und das teilt er dir an deinem Geburtstag mit?«, erklärt er erstaunt. Ein Batzen Shampoo klebt auf seinen Haaren und am linken Ohr. Den Bart hat er abrasiert. Er sieht aus wie ein schelmischer kleiner Junge.

»Ja! Aber das war wahrscheinlich keine Absicht.«

»Ist das eine Kündigung?«, will Max wissen und deutet auf den Zettel. Um ihn herum wabert der Wasserdampf wie Nebel im Herbst.

»Nein, das ist ein Kaufangebot.«

»Also doch so etwas wie eine Kündigung. Das kannst du dir wahrscheinlich nicht leisten, oder?«

»Doch.« Ich senke den Kopf, auch oder insbesondere, weil er die Tür ein wenig weiter öffnet.

»Was will er für die Wohnung?«, fragt Max und fährt sich durchs nasse Haar.

»Zweihundertfünfzigtausend«, antworte ich.

»Euro?«, keucht er.

»Nein, indische Rupien. Natürlich Euro.«

Er seufzt und überlegt dann kurz, bevor er sagt: »Ich fürchte, das ist sogar ein guter Preis. Und du hast so viel Geld?«

»Theoretisch ja, aber … aber ich will es nicht ausgeben. Nicht für eine Wohnung oder ein Haus.«

Er zieht die Augenbrauen hoch. »Sparst du für einen Ferrari oder was genau willst du sonst mit zweihundertfünfzigtausend Euro machen?«

»Das ist ja jetzt auch egal.«

»Gib mir mal ein Handtuch bitte.«

»Du hast da noch«, ich deute auf seine Stirn, »Schaum.«

Er zwinkert. »Willst du reinkommen und mir mit dem Schaum helfen?«

»Fragst du das jetzt, weil ich zweihundertfünfzigtausend Euro habe?«

Er lacht laut. »Nein, Geld interessiert mich nicht die Bohne. Es macht nicht glücklich.«

»Nein, macht es nicht«, sage ich leise.

»Ich dachte, du willst vielleicht reinkommen, weil du hier, ohne anzuklopfen, reingeplatzt bist.«

»Es ist mein Bad.«

»Stimmt. Und ich bin ja auch bald wieder weg. Ich habe in drei Wochen einen Termin auf der Botschaft.«

»Oh«, sage ich und frage mich, warum beim Gedanken an Max' Auszug mein Bauch so seltsam zwickt und ziept.

»Willst du immer noch rudern lernen?«, fragt er sanft.

»Nein, ich glaube nicht. Aber mit dir laufen würde ich trotzdem weiterhin.«

»Gern.«

»Ich lasse dich dann mal fertig machen«, sage ich und warte draußen auf ihn.

Wir fahren gemeinsam mit Max' altem VW Beetle zur Nachteule, im Kofferraum klappern die Weinkisten, die Max auf besonderen Wunsch eines unserer Gäste für heute besorgt hat.

Wir überqueren die Ludwigsbrücke, die bei den Würzburgern wegen der zwei gigantischen Bronzelöwen auf jeder Seite nur Löwenbrücke genannt wird. Mein Blick richtet sich nach links auf die Festung Marienberg.

»Was wolltest du an deinem, sagen wir, achtzehnten Geburtstag machen?«, will Max wissen, der meinem Blick folgt.

»An meinem achtzehnten?«, keuche ich.

»Ja«, sagt er unschuldig.

Er kann es ja nicht wissen. Wie denn auch? Mein Herz poltert und poltert, so laut, dass es das Klacken der Reifen von Max' Wagen übertönt, als diese über die Rillen der Straßenbahnlinie streichen. »Das willst du nicht wissen«, flüstere ich.

»Doch! Sag es mir!«

Gut, wenn er die Wahrheit haben will. »Auf der Festungsmauer laufen und mich am Ende herunterstürzen.«

Einen Moment lang ist er still.

»Warum?«

Er sagt das Fragewort so, als hätte ich ihm erklärt, dass ich Schokoladentorte nicht leiden kann.

»Weil es der erste Geburtstag nach dem Tod meiner Mutter war.«

»Das tut mir leid.«

»Irgendwie macht ein Geburtstag ohne die Frau, die einen auf die Welt gebracht hat, keinen Sinn, oder?«

Statt einen mitleidigen Spruch von sich zu geben, nickt Max und erklärt dann: »Gut, ich weiß, was du brauchst. Eiscreme und einen Irrgarten. Heute Abend um elf fahren wir los. Pack ein paar Klamotten ein.«

»Was?«

»Lass dich überraschen.«

Es ist nichts mehr aus ihm herauszubringen, und als wir an der Nachteule ankommen, ist ohnehin keine Zeit mehr für viele Gespräche. Das Restaurant ist für heute ausgebucht. Es ist Sonntag und wir haben einen vierzigsten Geburtstag und eine Silberhochzeit. Stress pur.

Ed wurstelt seit geraumer Zeit in der Küche herum und Lina putzt Salat. Zu allem Überfluss hat sie ihren Hund dabei, der im Hinterzimmer ein Heulkonzert veranstaltet.

Den ganzen Vormittag über arbeiten wir mehr oder weniger still und konzentriert, und als die Gäste dann eintreffen, habe ich bereits längst vergessen oder verdrängt, welcher Tag mir morgen bevorsteht. Arbeit sorgt für hervorragende kurzzeitige Amnesie. Da ich in der Küche und hinter dem Tresen bin, habe ich kaum Kontakt zu den Gästen, für die heute Lina und Max zuständig sind. Erst als Lina dafür sorgen muss, dass ihr Hund nicht auch noch das Hinterzimmer vollpinkelt, und eine kurze Runde nach draußen geht, springe ich ein und bringe Getränke an die lange Tafel mit den Geburtstagsgästen.

Zunächst ist alles normal. Bis ich den Blick einer der Frauen bemerke. Sie kommt mir vage bekannt vor. Ich habe das herzförmige Gesicht mit der breiten Goldbrille und den blond-grauen Locken darüber schon einmal gesehen, ich weiß nur nicht mehr wo und wann. Ich will wegsehen, doch sie fängt mich mit ihrem Blick ein, und als ich ihr das Glas Rotwein serviere, bleibt mir nichts übrig, als sie direkt anzuschauen. Ich sehe es sofort in ihren Augen. Die Reaktion auf die Tragödie. Der kleine sensationsheischende Moment, in dem sie mich erkannt hat, gefolgt von einer Prise Mitgefühl und mehr als einer Messerspitze Neugier. Es wird nicht mehr aufzuhalten sein. Ich will mich umdrehen und verschwinden – ich will sie nicht hören, die Worte, und ich will das Mitleid nicht. Ich will nicht *die* sein, die damals … Und trotzdem bleibe ich stehen und warte, dass das unheilvolle »Du bist doch …« auf mich herabsaust wie das Beil eines Henkers. Kopflos stehe ich da und Sekunden fühlen sich an wie zähe Minuten auf dem Weg in die Endlosigkeit.

Sag es schon. Bringen wir es hinter uns.

»Daria?«, spricht sie mich falsch an und hebt die Stimme.

Ich will den Kopf schütteln. Doch es bringt nichts, natürlich heiße ich nicht Daria. Aber sie kennt mich trotzdem, und es zu leugnen, ist sinnlos. Ich blicke auf, reagiere nicht.

»Daria Meckel? Du liebe Zeit, Kind, ich wusste doch vorhin schon, dass ich dich kenne.«

Ich bringe ein gequältes Lächeln zustande, aber die Sensoren der Frau scheinen nicht zu funktionieren.

Sie dreht sich ein Stück und tut so, als würde sie flüstern und dabei doch beabsichtigen, dass jeder es hört. »Anneliese, das ist die Daria.«

»Dalia«, korrigiere ich leise, worauf sie nicht reagiert.

»Du weißt schon, Judiths Tochter.« Jetzt nimmt ihre Stimme diesen künstlichen Klang an, aufgesetzte Betroffenheit, die heucheln soll, wie sehr sie doch mit mir fühlt.

Dann greift sie zu allem Überfluss vertrauensselig nach meinem Arm und ich blicke hasserfüllt in ihr überschminktes Gesicht, das dicke Make-up, das ihre Altersflecken und Falten betont, statt sie zu kaschieren. Ich möchte mich losreißen oder ihr mit den Fingernägeln das Gesicht zerkratzen.

»Liebes, du weißt gar nicht, was das für ein Schock für mich war. Damals mit dir und deiner Mutter und, ach, und dann der kleine Tom.«

»Tim«, korrigiere ich, was sie ebenfalls ignoriert.

»Eine Katastrophe«, erklärt sie in die Runde und seufzt. Ohnehin haben sich bereits alle Köpfe zu uns gedreht. Einschließlich der an den anderen Tischen. Die blonde Frau – mir fällt wieder ein, woher ich sie kenne, sie ist eine ehemalige Arbeitskollegin meiner Mutter – setzt einen Blick auf, der so bedeutungsschwanger und wichtig ist, als hätte sie soeben hundert somalische Kleinkinder vor einer Hungersnot gerettet.

Ich merke, wie meine Hand zu zittern beginnt. Unkontrolliert. Mein Herz klopft so heftig und rasant, dass mein Brustkorb zu eng zu werden scheint. Es rauscht in meinen Ohren, sodass ich nur noch Fetzen höre. Die aber reichen, um zu verstehen, wovon sie jetzt spricht. »Was für ein Schwein! …. Gefängnis … in der Hölle schmoren.«

Und selbst wenn ich seit Jahren kein Wort mit meinem Vater gewechselt habe, so ist der Drang, ihn zu verteidigen, noch immer in mir verwurzelt. »Er wollte das nicht«, presse ich zwischen meinen Zähnen hervor und sehe Tims Gesicht dabei vor Augen. Und Papas.

Einen Augenblick lang bin ich wieder zehn Jahre alt und lerne von meinem Vater das Schweißen. Ich habe diesen übergroßen Helm auf, mit der getönten Scheibe, und komme mir vor wie ein Außerirdischer auf Marsmission. »Fertig«, sagt er und klopft mir anerkennend auf den Rücken. »Dali, das ist der schönste Kerzenständer, den ich je gesehen habe.« Ich will verdrängen, dass ich mich noch sehr gut erinnere, wie er auf dem Weihnachtsmarkt neben mir gestanden und mich getröstet hat, weil keiner meine Kerzenständer – ich bin in Massenproduktion gegangen – hat kaufen wollen. Ich will nicht daran denken, wie schön es gewesen ist, dass die Hälfte plötzlich doch verkauft gewesen ist, als er mich zum Punschholen geschickt hat, und wie ich fünf Jahre später im Keller eben jene angeblich verkauften Exemplare wiedergefunden habe. Ich will mich nicht daran erinnern, wie viel er über Feuer gewusst und wohin das geführt hat. Aber er ist alles, woran ich denken kann, während mich die blonde Frau noch immer festhält, sodass es kein Entkommen gibt, meinen Arm quetscht und mich als Klatschobjekt benutzt.

»Dalia!« Jemand legt mir die Hand auf die Schulter und in diesem Moment lässt die Frau endlich los. »Wir brauchen dich in der Küche«, sagt Max und drückt mich sanft zur Seite.

»Aber wir haben uns gerade so nett unterhalten. Lassen Sie uns das Mädel doch ein bisschen da.«

»Wir brauchen dich in der Küche«, erklärt Max und ignoriert sie. »Sofort.«

Ich hauche ihm ein »Danke« zu und er nickt langsam, mit ernstem Blick. Fast beiläufig streicht er mir über die Wange. In dieser Geste liegt so viel Zuspruch, so viel ehrliches Mitgefühl, dass es mir gelingt, mich von dem Tisch zu lösen und mich zu Ed in die Küche zu flüchten.

Schweigend spüle und schäle und rühre ich und richte Teller an. Ed versteht, wann es Zeit ist, nichts zu sagen, und so beruhige ich mich allmählich wieder. Ich weiß, dass Max und Lina da draußen alle Hände voll zu tun haben, aber sie bestehen darauf, mich in der Küche zu brauchen, und ich bin mehr als dankbar, mich den Blicken nicht mehr stellen zu müssen. Nach über zehn Jahren hat dieses *Erkanntwerden* deutlich abgenommen, aber manchmal passiert es noch. Manchmal so real wie heute, manchmal sind es nur Blicke im Vorbeigehen, getuschelte Worte in der Straßenbahn, ein Seufzen, von dem ich nie weiß, ob es mir überhaupt gilt. Aber die Möglichkeit ist da. Daran ändert eine andere Frisur nichts, ein gesenkter Kopf nichts und nicht einmal ein neuer Name.

Max sieht häufiger als sonst in die Küche, lächelt mich vorsichtig an oder schenkt mir ein kurzes Nicken, das so viel heißen soll wie: »Alles in Ordnung«, und dann nicke ich zurück: »Alles okay.«

15. Kapitel

»Steig ein, es geht los!«, verkündet Max kurz nach dreiundzwanzig Uhr, als Ed und Lina nach Hause gegangen sind und wir die Nachteule hinter uns abschließen.

»Jetzt?«

»Ja, klar.«

»Ich kann jetzt kein Eis mehr essen«, erkläre ich.

»Es dauert auch ein bisschen, bis wir da sind.«

Eigentlich möchte ich nur in mein Bett, aber Max strahlt mich so zufrieden an, dass ich es nicht über mich bringe, ihn darum zu bitten, einfach nach Hause zu fahren. Und ich bin ihm auch viel zu dankbar für sein ruhiges Eingreifen heute, als dass ich ihm etwas abschlagen könnte.

»Wie du weißt, war ich Architekt, bevor ich die Nachteule übernommen habe«, sagt Max und schaut dabei konzentriert auf die Straße. »Du hast mich doch neulich danach gefragt.«

»Ja.«

»Ich habe in München studiert, bin dann nach Würzburg zurückgekommen und hab in einem großen Ingenieurbüro angefangen, auf dessen Konto der hässliche Neubau am unteren Markt geht.«

»Oh, wirklich?«

»Ja, scheußlich, wie ich finde. Aber manchmal …«, er bricht ab. »Na ja, manchmal zwingen einen die äußeren Umstände, etwas fertig zu machen, was man gar nicht fertig machen will.«

Er wirft mir einen seitlichen Blick zu. »Außer man heißt Dalia.«

»Außer man heißt Dalia«, wiederhole ich und lächele zum ersten Mal an diesem Tag. »Wie bist du dann zur Nachteule gekommen?«

»Ich hatte eine beschissene Zeit. Hab meinen Job verloren und … na ja, noch so einiges mehr und dann ist Philipp krank geworden. Mein bester Freund. Er konnte den Laden nicht weiterführen und eigentlich war eine Kneipe das Letzte, was man mir in meiner Situation geraten hat.«

»Aber du hast es trotzdem gemacht?«

»Ja. Ich hab sie für ein paar Monate gepachtet, um ihm Arbeit abzunehmen, und es trotz allem nie bereut. Die Nachteule hat mich gerettet. Und ich habe Philipp damit geholfen. Es ist die perfekte Übergangslösung, bis ich in Amerika bin.«

Ich nicke. »Ich dachte immer, Moritz wäre derjenige, der mich gerettet hat.«

»Vielleicht musst du das selbst.«

»Ja, möglich.«

Kann es sein, dass ich viel zu viel in Moritz hineininterpretiert habe, dass ich viel zu viel von ihm verlangt habe? Immerzu ist es um mich gegangen. Direkt und indirekt. Bin ich schuld daran, dass er sich irgendwann von mir abgewandt hat, weil ich selbst den Blick nicht mehr frei gehabt habe?

Noch während ich darüber nachgrübele, spüre ich, wie sich die Müdigkeit wie Klebstoff in meinen Gliedern festsetzt und mich immer tiefer und schwerer in den Autositz drückt.

Nur ein wenig die Augen schließen. Und dann bin ich tief und fest eingeratzt und schlafe traumlos.

Ich wache von einem tiefen Rauschen und irritierenden wechselnden Lichtverhältnissen auf und merke nach einigen Sekunden, dass wir durch einen Tunnel fahren. Die Umgebung dahinter ist anders. Ganz anders. Verwirrt sehe ich auf die Uhr am Armaturenbrett.

»Das kann nicht sein!«

Ich blinzele zu Max, der konzentriert auf die Straße sieht. »Wo sind wir?«

»Noch etwa eineinhalb Stunden bis Parma.«

»Parma? Wie Parmaschinken?«

»Ja. Parma, Norditalien.«

»Hä?« Etwas anderes bringe ich nicht zustande. »Italien?«, frage ich noch immer ungläubig.

»Italien«, bestätigt er.

»Wie lange habe ich geschlafen?«

Max wiegt den Kopf hin und her und sagt dann gelassen: »Sechs Stunden.«

Erschrocken rutsche ich mit dem Po ein wenig nach hinten, sodass ich wieder aufrecht sitze. Mein linker Fuß ist eingeschlafen. »Was?«

Er zuckt mit den Achseln. »Du siehst niedlich aus, wenn du schläfst.«

»Das ist doch wohl nicht dein Ernst!«

»Doch«, kommt es etwas verlegen. »Du hast ganz still da gelegen, deine Nase hat ab und zu gezuckt, nur dein Kopf …«

»Nicht, dass ich niedlich aussehe, sondern dass wir seit sechs Stunden Autofahren und du ernsthaft mit mir zum Parmaschinkenessen nach Italien fährst.«

»Ich für meinen Teil will nur Eis. Aber wenn dir Schinken lieber ist …«

»Du bist bekloppt!«

»Hab ich schon häufiger gehört.« Er hebt noch einmal die Schultern und greift dann nach dem Lautstärkeregler des Radios und dreht voll auf. Er singt lauthals »Meraviglosa Creatura«.

Max' Italienisch hört sich nach kasachischem Dialekt mit spanischer Untermalung an, aber das macht nichts. Seine plötzliche Fröhlichkeit überträgt sich auf mich, und wenn die Lieder von italienischem Gequatsche unterbrochen werden, dann versuchen wir, in Fantasiesprache mitzusprechen. Wir lachen Tränen und ich fühle mich zum allerersten Mal seit Jahren an meinem Geburtstag befreit. Leicht und beschwingt und auch wenn es vermutlich nicht anhalten wird, so ist es doch, als lösen sich für einen Augenblick die Daumenschrauben, und das ist ein verdammt gutes Gefühl.

»Komm, da ist es. Lass uns mal sehen, ob sie uns schon reinlassen.«

Als ich aus dem Auto steige, merke ich das erste Mal, dass meine Beine steif sind vom langen Sitzen, und dann stelle ich fest, wie warm und anders die Luft hier ist.

»Man spürt den Süden«, sagt Max.

»Ja, man kann ihn riechen.«

Bevor ich reagieren kann, umrundet er den Wagen und legt seinen Arm um meine Hüfte und flüstert mir »Happy Birthday, Dalia« ins Ohr. Der Kontakt zwischen unseren Körpern ist nur kurz und hauchzart, aber er hat Wirkung. Und was für eine. Ich fühle mich schockgefrostet und auf überaus angenehme Art und Weise gleichzeitig von innen heraus erhitzt. Es fühlt sich an, als platzten Hunderte kleiner Blubberblasen auf einmal. Direkt unter meiner Haut. Dort, wo er sie berührt hat. Dabei will ich das gar nicht. Max ist schließlich nicht Moritz.

Und Moritz ist weg, behauptet mein Verstand. Der Gedanke muss schnell verdrängt werden. Ich versuche, zu lächeln und gleichzeitig zu nicken und mir nicht anmerken zu lassen, wie sehr er mich durcheinander bringt. Dabei steht er längst wieder einen Meter von mir entfernt und bückt sich nach dem Rucksack auf der Rückbank.

»Hast du das gesehen?« Ich deute atemlos auf das Schild vor uns, das den Platz als »La Masone – das größte Labyrinth der Welt« ausweist.

»Hast du gedacht, ich mache es dir einfach? Wenn schon Irrgarten, dann Irrgarten – nicht Irrgärtchen. Ich habe gehört, dass sie hier schon mal neunzig Menschen an einem Tag retten mussten, weil sie den Ausgang nicht mehr gefunden haben.«

»Wow! Das ist … ich meine, warum machst du das für mich?«

»Ich mach das auch für mich. Es ist sozusagen eine Abschiedstour durch Europa. Wenn ich erst in Amerika bin, werde ich nicht mehr häufig zurückkommen können.«

Ich darf mich nicht an ihn gewöhnen. Erschrocken stelle ich fest, dass ich das eben ernsthaft gedacht habe. Warum sollte ich mich an Max gewöhnen? Das ist ja wohl völlig abwegig.

»Es ist toll, sieh mal, die Auffahrt.« Ich plappere, um mich selbst von diesem ungewohnten neuen Gefühl Max gegenüber abzulenken. »Was ist das? Bambus?«

»Ja, der wächst schneller als Buchs. Die Anlage hier ist acht Hektar groß.«

»Und da hinten? Ist das eine Pyramide?«

»Ja, dort ist, soviel ich weiß, das Ziel.«

»Das ist ein Traum, Max!«

»Für mich ist es eher ein Albtraum.«

»Wirklich? Willst du lieber draußen bleiben?«

»Ja, will ich«, jammert er. »Aber ich geh trotzdem mit, es ist dein Geburtstagswunsch. Nur wer sich verliert, kann sich finden.« Er verzieht dabei schmerzhaft das Gesicht.

»Ich bin ja bei dir«, erkläre ich tröstend und lege meinen Arm um ihn.

Da sind die Blubberblasen sofort wieder da.

Bereits als wir loslaufen, bemerke ich, dass es nur rechte Winkel gibt, keine verschlungenen Pfädchen oder gar Spiralen, die ins Nichts führen. Alles sieht gleich aus und ist verwirrend beruhigend. Max hat Schweißperlen auf der Stirn stehen, als wir die erste Sackgasse erreichen. Ich lache hell auf und bin selbst überrascht über den Klang meiner Stimme, die sich so frei anhört.

Man sieht nichts als die zweieinhalb Meter hohen Bambushölzer und ihre Blätter und ich finde das unglaublich gemütlich. Selbst wenn dahinter etwas Furchtbares geschehen würde, ich müsste es nicht sehen. Ganz im Gegensatz zu damals. Zu diesem schrecklichen Tag, als ich ohnmächtig habe zusehen müssen und es eben keine Hecke gegeben hat, hinter der ich mich hätte verstecken können. Wenn man sich selbst verliert, dann muss man auch nicht mehr denken und nicht mehr trauern.

Mit meiner Mutter bin ich Dutzende Male im Spiegelzimmer der Residenz gewesen und genau dieses Gefühl empfinde ich hier auch wieder. Manche Menschen verspüren Verwirrung, mich beruhigt es, dass es etwas gibt, was viel größer ist als ich. Etwas, das mich auf falsche Wege leitet, um den richtigen zu finden.

Es lässt mich innerlich aufjubeln vor Freude und deshalb denke ich nicht nach, sondern falle Max spontan stürmisch um den Hals. Und küsse ihn mitten auf den Mund. Aber nur, weil er zu schnell den Kopf zur Seite dreht. Eigentlich ist der Kuss für die Wange gedacht gewesen. »Entschuldige.«

»Wofür?«

»Für den Kuss. Es ist nur, ich … freu mich so, das hier ist einfach fantastisch.«

»Es ist ein Albtraum«, brummt Max. »Nicht dein Kuss, dieses Ding hier.«

Er deutet auf die Wand aus Grün, die bei mir so viel Entzücken hervorruft.

»Aber küssen kannst du mich noch mal«, murmelt er.

»Wirklich?« Meine Wangen brennen und plötzlich wünsche ich mir, ich hätte nicht gefragt. Was, wenn er jetzt Nein sagt? Aber Max sagt nicht Nein, er hält mich an den Schultern fest und beugt sich die paar Zentimeter, die zwischen uns liegen, hinunter und küsst mich sanft zuerst auf die Stirn, dann auf die Nase und dann auf den Mund. Und plötzlich ist nichts mehr sanft. Wahrscheinlich muss er einfach nur seine Klaustrophobie damit überwinden und der Kuss gerät deshalb so leidenschaftlich. Vielleicht ist es auch Italien und es liegt noch viel mehr in der Luft als der Süden und die Nähe des Meeres. Und womöglich sind wir schlichtweg übermüdet, aber auf einmal werden Gedanken so unmöglich wie die Tatsache, auf Anhieb aus diesem Meisterwerk aus Bambus sofort wieder herauszufinden. Denn ich verirre mich in diesem Kuss. Ganz und gar. Ich verlaufe mich hoffnungslos in der Bewegung unserer Zungen aneinander, die neue Wege erkunden und dabei innigste Wärme austauschen. Max' Bartstoppeln kitzeln meine Wange und seine Hände fahren meinen Rücken hinab, bis sie auf Höhe meiner Lenden innehalten. Zaghaft streiche ich mit meiner rechten Hand über seinen Hals und ziehe ihn noch ein wenig näher heran. Sofern das möglich ist. Nah ist nicht nah genug.

Eigentlich soll man sich hier ja nur selbst begegnen, denke ich. Seltsam, dass ich hier ganz plötzlich Max als Mann begegne. Nicht Max, dem Mitbewohner, Max, dem Trainingspartner, Max, dem Teilzeitchef der Nachteule. Das hier ist zum ersten Mal einfach nur Max, der Mann. Wirklich zum ersten Mal? Habe ich das nicht schon bemerkt, wenn seine Zehen meine beim Fernsehen berührt haben oder wenn er morgens mit freiem Oberkörper vor dem Spiegel gestanden und viel zu viel Zahnpasta benutzt hat, sodass es aus seinem Mund geschäumt hat? Oder ich ihn nachts auf meinen Wegen zur Toilette oder dem Kinderzimmer heimlich kurz beobachtet habe?

Hat da dieser Kuss schon drauf gewartet, geküsst zu werden?

Nein, beschließe ich. Das hier ist den Umständen geschuldet. Italien und meiner Euphorie darüber, dass ich mich noch verlieren kann in einem Irrgarten und die Vergangenheit draußen vor den Bambustoren habe aussperren können. Wenn auch nur für kurze Momente.

»Man soll nicht denken, wenn man küsst«, murmelt Max gegen meinen Mund und löst seine Lippen von mir.

»Vielleicht sollte man manchmal denken, bevor man küsst«, erwidere ich und schaue ihn prüfend an.

Er lacht. »Du denkst allgemein zu viel.«

»Dann überlasse ich das Denken jetzt dir und du führst uns hier raus.« Ich fühle mich beschwipst, geradezu angeheitert durch diesen Kuss. Auch wenn er sicherlich einfach nur ein Versehen gewesen ist. Irgendwie.

Ich drücke mich an ihm vorbei und gehe ein paar Schritte, sehe den Gang entlang.

»Warte«, sagt Max. »Ich fand das gerade sehr schön, vielleicht können wir uns noch ein klein bisschen verirren und das wiederholen.«

»Vielleicht«, antworte ich.

»Was im Labyrinth geschieht, bleibt im Labyrinth.« Er grinst und kreuzt die Finger.

»Sicher.« Es wird ein wenig enger in meinem Bauch. Weil Worte einem manchmal die Luft nehmen können. Sowohl auf die eine als auch auf die andere Art und Weise.

Dann greift er nach meiner Hand. »Ich brauche dich, das weißt du, oder? Ich bin verloren …« Er hebt die Hände hoch und schaut dabei aus wie ein kleiner Junge. Ein wenig wie Tim.

»Ich war mal mit meinem Bruder in einem Irrgarten. Wir haben um die gesamten Ostersüßigkeiten gewettet, wer es zuerst schafft, herauszufinden.«

»Und du hast gewonnen?«

»Nein, er war eine halbe Stunde vor mir am Ziel.«

»Mmphf«, knurrt Max. »Worauf habe ich mich da nur eingelassen?«

Wir laufen eine Weile die Gänge entlang und er seufzt, wenn wieder einer in einem bloßen Viereck endet.

»Du musst mich ablenken, sonst werde ich hier verrückt«, erklärt er gequält.

»Die Gänge sind fast drei Meter breit.«

»Bitte.«

»Was kann ich tun?«, frage ich und zwinkere ihm zu.

»Du … na ja, das war vorhin gar nicht schlecht und ich konnte immerhin fast …«, er sieht auf die schwarze Fitnessuhr an seinem linken Handgelenk, »zwanzig Minuten laufen, ohne eine Panikattacke zu bekommen.«

»Du willst, dass wir das wiederholen, was im Labyrinth bleibt?« Bummberummbummbumm klopft mein Herz – ein erwartungsvoller Takt.

»Mmhmh.« Er legt den Kopf ein wenig schief und lächelt mich an.

»Na gut, ich meine … wenn es hilft. Warum nicht. Es ist schließlich eine Ausnahmesituation.«

Ist es. Absolut. Das hier ist Italien, wiederhole ich in Gedanken. Warum also nicht?

»Dann komm her!« Seine Stimme klingt dunkler als sonst, heiser.

Worte können einem tatsächlich die Luft nehmen. Und wie.

Er streckt mir die Hand entgegen und ich darf nicht vergessen zu atmen.

Diesmal bin ich es, die sich nach oben streckt, meine linke Hand mit seiner rechten verschlungen. Mir schwindelt ein wenig vor Schüchternheit. Ich habe seit neun Jahren keinen anderen Mann als Moritz geküsst. Bis vor einer halben Stunde. Und jetzt verschmelzen meine Lippen schon wieder mit seinen – langsam wie zerfließende Butter. Es ist besser als alles, was ich seit der Trennung gefühlt habe. Besser als alles, was ich eine Weile vor der Trennung gefühlt habe. Eine ganze lange Weile, wenn ich ehrlich bin.

Vielleicht braucht es einen Max, um einen Moritz zu vergessen. Wer weiß.

Zeit wäre es ja.

Und Max fühlt sich gut an, so gut. Er riecht nach Salz und einem Hauch von herbem Männerparfüm. Er küsst mit Nachdruck, ohne dabei grob zu sein, und alles in mir will sich ihm hinbiegen. Wie eine der Bambusstangen um uns herum. Ich will ihn mit all meinen Sinnen umschlingen und nicht mehr loslassen.

Er greift nun auch mit seiner anderen Hand um die meine. Es ist eine seltsame Art, voreinander zu stehen und sich zu küssen. So, als hielten unsere ineinander greifenden Finger uns davon ab, vollständig zu zergehen.

Wo kommt das auf einmal her? Dieser Wunsch, ihn nicht mehr loszulassen? Es muss am Labyrinth liegen. An den wenigen Stunden Schlaf, daran … Ach was, ich sollte wirklich aufhören nachzudenken.

Max brummt leicht gegen meine Lippen. Alles in mir kribbelt und vibriert. Meine Haut ist wie elektrisiert.

Erst als ich ein lautes Räuspern vernehme und dann blinzelnd in das amüsierte Gesicht eines älteren Ehepaares schaue, komme ich wieder halbwegs in der Realität an.

»Wir sollten weitergehen«, flüstere ich.

Max hebt schwerfällig die Lider. »Mmh, wenn du meinst.«

»Es gibt noch unendlich viele Gänge und dunkle Ecken«, murmele ich.

»Die sollten wir nutzen«, antwortet er.

Und genau das tun wir. So, als wäre es plötzlich selbstverständlich, sich bei jeder Gelegenheit auf den anderen zu stürzen. Als hätten wir am Eingang die deutsche Vernunft gegen italienische Leidenschaft eingetauscht und könnten nun gar nicht anders. Ich frage mich nur zwischendurch, wenn ich mir für kurze Zeit erlaube zu denken, ob wir wieder *normal* sind, sobald wir La Masone verlassen. Und ob ich das überhaupt will. Als wir schließlich die Pyramide im Innern des Labyrinths erreichen, die tatsächlich auch der Ausgang ist, spüre ich, wie sich langsam wieder ein wenig Unsicherheit in meine Wangen stiehlt, wie mein Kopf sich um die Frage dreht: *Was war das jetzt?*, und meine Lippen sich anfühlen, als wären sie frisch zum Leben erweckt worden.

Schweigend treten wir nach draußen, nebeneinander, aber ohne uns zu berühren. Da ist wieder ein kleiner Sicherheitsabstand, ein paar höfliche Zentimeter.

»Jetzt ein Eis?«

»Gern«, antworte ich leise. Kühlt meine Lippen und vielleicht auch den Kopf.

Auf halbem Weg zum Parkplatz bleibt Max stehen, dreht sich um und sieht mich mit leicht nach links geneigtem Kopf an. »Du fragst dich, was das da drinnen war und ob wir jetzt zwangsläufig so weitermachen? Zumindest solange wir in Italien sind?«

Ich glühe. Gut sichtbar, auch von außen. »Ja«, hauche ich. »Ein bisschen schon.« Warum weiß er so etwas immer so schnell? Bin ich so durchschaubar oder haben wir einfach einen guten Draht zueinander? Einen *heißen* Draht, kichert die eine vorwitzige Hirnwindung wieder, die mir häufiger Probleme macht in letzter Zeit.

»Und?«, fragt er.

»Was?«

»Also ich finde, was man in Italien angefangen hat, das könnte man schon auch in Italien zu Ende bringen.«

»Zu Ende bringen?«, frage ich. Klar denken gehört gerade nicht zu meinen besonderen Fähigkeiten.

»Na ja, ich meine fortführen. So weitermachen … also, natürlich nur, wenn du willst.«

Ich will ja. Unbedingt sogar. Bringe aber kein Wort heraus.

»Vielleicht kann ich dir ein bisschen helfen bei deiner Entscheidung.«

Bevor ich ihn abwehren kann – als ob ich das wollte –, legt er beide Hände an meine Taille, zieht mich zu sich und macht genau damit weiter, womit wir vorhin aufgehört haben. Damit, innere Feuer zu entfachen.

»Ich finde, man kann nicht so einfach aufhören«, murmele ich. »Das sind wir Italien irgendwie schuldig.«

Wie seltsam, dass die Schüchternheit sofort wie weggezaubert ist, wenn sein Geschmack sich so betörend auf meine Lippen überträgt und seine Hände alle anderen Gedanken verschwinden lassen.

»Es ist so wunderschön hier!«, staune ich und deute die kleine Gasse hinunter.

Wir sitzen auf wackeligen Holzstühlen unter einer weißen Markise, die im Vergleich zu dem alten Gebäude, an dem sie befestigt ist, geradezu übermenschlich modern aussieht. Das Straßenschild sagt, dass wir in der »Strada Luigi Carlo Farini« sind, und genauso himmlisch wie das Eis schmeckt auch die Luft. In Deutschland mag Frühling sein, hier streckt der Sommer seine Fühler aus und schenkt uns einen strahlenden Himmel und vorsommerliche Temperaturen. »Können wir ein bisschen bleiben? Ein bisschen länger als heute?«, seufze ich und sehe mich sehnsüchtig um.

»Auf jeden Fall. Ehrlich gesagt, bin ich ziemlich müde nach der Fahrt, und dann hast du mich da durch dieses Labyrinth geschleppt …«

»Es hat sich nicht nach Schleppen angefühlt.« Ich lächele.

Max hat sich die Ärmel nach oben gekrempelt und lehnt sich nach hinten. »Stimmt.« Er lächelt zurück.

Zum ersten Mal wirkt auch er ein wenig schüchtern. So ist das, wenn man sich verliebt, knallt ein unkontrollierter Gedanke mir direkt ins Hirn. So fest, dass es wehtut. Was für ein Unsinn, denke ich und schüttele verärgert den Kopf. Nehme aus Verlegenheit meine Tasse und trinke einen großen Schluck.

»Du kennst dich aus mit Zungenübungen«, sagt Max.

Ich verschlucke mich an meinem Cappuccino und kann gerade noch verhindern, dass ich einen Teil davon auf die weiße Tischdecke mit dem Häkelkranz spucke. Hat er das gerade wirklich gesagt?

»Ich meine, weil du doch Logopädin bist!«, erklärt er lachend und reicht mir seine Serviette.

»Ah! Meintest du das?« Ich tupfe meinen Mund ab. »Aber ich bin keine Logopädin.«

»Stimmt, hast du ja nicht fertig gemacht.«

»Wirst du auch nicht müde, zu betonen«, antworte ich und spüre, wie die Stimmung sich auf ein normales Maß verringert – kein Hochgefühl mehr. Ist vielleicht auch besser so. Das ist Max, nicht Moritz. *Eben*, flüstert eine leise Stimme in mir.

»*Den Charakter eines Menschen erkennt man an den Scherzen, die er übel nimmt*«, sagt Max achselzuckend. »Das ist nicht von mir, das ist von …«

»Christian Morgenstern«, unterbreche ich ihn. »Weiß ich. Das sagt Tim auch immer.«

»Dein Bruder ist verdammt schlau!«

Ich fühle mich ein wenig befreit, weil er es scheinbar hinnimmt, dass Tim für mich immer noch existent ist. Dass er, obwohl er die ganze Wahrheit über das Unglück kennt, sich nicht daran stößt, wie lebendig mein Bruder für mich ist.

»Und was denkst du über meinen Charakter zu wissen?« Ich stoße mit dem Metalllöffel gegen das Glas des Eisbechers, in dem nur noch ein Rest Soße schwimmt.

»Du nimmst mich zu ernst. Und dich selbst übrigens auch. Und das Leben überhaupt.« Max rührt ungerührt in seinem Eiskaffee.

Die Beine hat er ausgestreckt, sodass sie nur wenige Zentimeter von meinen unter dem Tisch entfernt sind. Die Nähe ist mir nur zu sehr bewusst. Es kribbelt nun auch schon in meinen Zehenspitzen. »Du weißt doch, was das Leben mir angetan hat«, erwidere ich.

»Es hat dir jemanden genommen, genauso wie es mir und den meisten anderen Menschen auf diesem Planeten jemanden genommen hat.«

Ich schlucke. »Darunter leidet ein Charakter«, gebe ich zurück. Vielleicht sollten wir wieder knutschen. Das Gespräch geht eindeutig in die falsche Richtung.

»Nein, das macht einen Charakter stark. Du bist so ein starker Charakter, Dalia. Ich weiß gar nicht, warum du diesem Schwächling immer noch hinterhertrauerst. Hast du dir heute vorgestellt, du würdest ihn küssen, als du mich geküsst hast?« Er lehnt sich nach vorn über den Tisch und mustert mich. Seine Stimme schwankt ein wenig säuerlich, aber sein Blick verrät nichts.

»Nein, keine Sekunde lang«, erwidere ich zitterig.

»Dann ist es Zeit, ihn zu vergessen.«

»Wegen dir?«, frage ich überrascht und denke an die wenigen Monate, die wir noch auf demselben Kontinent wohnen werden. Nein, das darf auf keinen Fall so etwas wie Verlieben sein.

Er lacht laut. »Ganz bestimmt nicht wegen mir.«

Warum nicht, will ich fragen, aber verbeiße es mir mit Mühe. Die Antwort ist doch klar. USA, Sabrina, dieses Geheimnis, das in seinen Augen schimmert und das er nicht mit mir teilen möchte.

Er deutet auf den Kellner und winkt ihm zu. »Marcello hat mir eine kleine Pension empfohlen. Aber es gibt da einen Haken.«

»Haken?«

»Sie haben nur noch ein Zimmer.«

»Oh Max, normalerweise flirtest du ein wenig subtiler«, sage ich. »Hemmungslos, aber nicht so direkt.«

Max streicht sich über seinen Bart und legt die Stirn in Falten. »Woher willst du das wissen?«

»Ich hab dich beobachtet. Vor dir ist keine in der Nachteule sicher.«

»Ach was«, er winkt ab, »das ist nur für den Umsatz.«

Mein Herz poltert laut, verräterisch. »Und wofür ist das mit mir?«

»Vielleicht brauche ich auch einfach jemanden, der mich ablenkt.« Sein Blick ist ernster geworden. Er sieht die Straße hinunter. Auf der nichts weiter zu erkennen ist als ein überzüchteter Boxer, der seinen Besitzer an der Leine mit sich zieht. Dann geht ein Ruck durch seinen Körper, er will noch einmal die Ärmel nach oben schieben, aber die sitzen fest an Ort und Stelle, und er schaut wieder zu mir. Das Lächeln ist wieder da, als wäre es nie weg gewesen. »Außerdem kann ich nicht aufhören, auf deine Lippen zu sehen. Und ich frage mich, was unter diesem Schlabbershirt ist, das du immer nachts trägst, wenn du an der Couch vorbeiläufst und mich ein bisschen länger als nötig anschaust.«

Jetzt bin ich roter als rot. Eine Tomate ist ein sehr blasses Nachtschattengewächs im Vergleich zu meinem Kopf.

»Es muss dir nicht peinlich sein, ich linse ja auch immer auf deine Beine. Und es hat schon einen Grund, dass ich noch immer auf der Couch schlafe.«

»Du bist zu bequem, ein Bett anzuschleppen und aufzubauen?«

»Auch … und ich sehe dich gern nachts bei deinen Streifzügen durch die Wohnung.«

»Seit wann sind wir so ehrlich miteinander?«

»Seit ich weiß, wie du dich anfühlst und mehr davon will.«

Ich beiße mir fest auf die Lippe, so fest, dass ich Blut schmecke. Es ist eine Sache, Max zu betrachten und die dummen Fantasien irgendwo im Hinterkämmerchen einzusperren. Und eine ganz andere, ein so eindeutiges Angebot zu bekommen. »Wie heißt diese Pension?«

»La Luna nel Pezzo.«

»Das klingt hübsch.«

»Es ist auch hübsch da, sagt Marcello.«

Und das ist es wirklich. Es ist ein Traum. Es ist später Nachmittag, als wir dort ankommen, und der Innenhof liegt im Schatten des zauberhaften alten Gebäudes, an das direkt eine Art Atrium anschließt. Mit romantischen Bögen und Unmengen an Pflanzen in Töpfen, die anscheinend dort überwintert haben und dem Frühling noch nicht über den Weg trauen.

Die braunen Fensterläden des Hauses sind zum Teil geöffnet und an den Steinboden der Terrasse schließt ein Teppich aus saftig-grünem Gras an.

Wir werden von der Chefin des Hauses aufs Herzlichste begrüßt und auf unseren Wunsch hin direkt in das Zimmer geführt. Das Zimmer. Einzahl. Komisch – und trotzdem habe ich keine Sekunde daran gedacht, nachzufragen, ob es nicht doch zwei Zimmer gibt. Wenn das Ganze mit dem letzten Zimmer ein Scherz gewesen ist, so lässt Max die Pointe einfach weg. Die zweifelhafte Romantik unter dem scheußlichen Picassokunstdruck und der gemütlichen niedrigen Decke allerdings auch. Denn Max schläft beinahe in dem Moment ein, in dem er die Matratze berührt.

Ich kann es ihm nicht verdenken. Er ist seit zwei Tagen ununterbrochen wach. Und doch lässt sich eine erbsenkleine Spur Enttäuschung nicht vermeiden und verhindert, dass ich selbst einschlafen kann. Stattdessen ziehe ich mich bis auf die Unterwäsche und mein dünnes Oberteil aus und lege mich neben ihn. Sehe auf Max' Gesicht im spärlichen Abendlicht, das durch das Fenster scheint. Ich bin hellwach, fühle mich so, als hätte Max in mir ein Lämpchen angeknipst, das ich längst für tot gehalten hatte. Umso erstaunlicher scheint es, dass der Draht eben doch nicht durchgebrannt ist, sondern es offenbar nur den Richtigen gebraucht hat, um mich zum Leuchten zu bringen.

»Was wäre, wenn du jetzt nicht schlafen würdest?«, flüstere ich leise.

Bis weit in den Abend hinein, als längst der Mond den Himmel für sich erobert hat und sich die Milchstraße breit und gut sichtbar über den Horizont zieht, liege ich wach und betrachte den Mann neben mir. Den Mann im Mondschein, und versuche, eine Erklärung zu finden für das, was sich da in meinem Innern tut. Irgendwann packt er mich dann doch, der Schlaf, und zieht mich leicht unter die Oberfläche, mich, die nicht mehr tief schlafen kann.

Ich wache von einer hauchzarten Berührung, kaum merklich, auf, und hätte ich nicht den leichtesten Schlaf des Universums, weil mein ganzer Körper noch immer auf Alarmbereitschaft gepolt ist, dann hätte ich dieses sanfte Tasten nicht einmal spüren können.

Mit noch geschlossenen Augen bilde ich mir ein, dass es eine Mücke gewesen sein muss, die auf meinem Arm gelandet ist, doch dann höre ich eine dunkle Stimme in mein Ohr flüstern. »Was wäre, wenn du jetzt nicht schlafen würdest?«

Mein Herz erwacht sofort aus seiner vermeintlichen Ruhe und poltert los. Es hätte keinen Sinn, mich schlafend zu stellen. Selbst wenn ich das wollte. Die Wirtin kann mein Herz bis in ihr Schlafzimmer hören. Ganz bestimmt.

»Wenn ich nicht schlafen würde, dann könntest du mich küssen«, flüstere ich.

Das Bett knarzt kurz und dann dreht er sich vollständig zu mir, stützt sich auf einem Ellbogen ab. Hinter ihm leuchtet direkt der Mond, dem nur noch ein winziges Stück fehlt, um voll zu strahlen. Mit dem Zeigefinger fährt Max mir langsam über die Lippen.

Dann streicht er über meine Wangenknochen meinen Hals hinab, bis er meine Schultern erreicht. Ich reagiere mit purer Elektrizität. Die Härchen an meinen Armen richten sich auf, ich merke, wie aus der matten Weichheit meiner Glieder nach dem Schlaf Anspannung wird. Freudige Anspannung. Max kommt mit seinem Kopf so nah, dass ich seinen Atem auf meiner Haut spüre und dann streifen seine Lippen meinen Mund, der sich bereitwillig für ihn öffnet. Noch während unsere Zungen miteinander tanzen, weiß ich, dass ich mehr will. Es reicht mir nicht mehr, nur seinen Mund zu besitzen. Ich will alles von ihm. Er löst sich ein Stück weit von mir und kriecht bedächtig mit seinen Fingern unter mein Spaghettiträgeroberteil. Ganz harmlos den Rücken hinauf. Dabei bin ich in absoluter Gefahr, so unschuldig das alles noch sein mag. Er schiebt mir die Träger von den Schultern und küsst die Stellen, an denen eben noch Stoff lag. Er rückt näher, ich rücke näher. Ich spüre, wie sehr er mich begehrt, und möchte ihm dieses Gefühl sofort zurückgeben, ihm beweisen, dass es mir genauso geht.

»Das ist vielleicht keine gute Idee«, keuche ich halbherzig und streichele im gleichen Augenblick seine Seite entlang, zu seinem Bauchnabel und der kleinen Linie dichten Haares, die in seinen engen Retroshorts endet. Wie um sicherzugehen, dass meine Worte sofort Lügen gestraft werden.

»Das ist die beste Idee seit Langem«, antwortet er. »Wenn du auch willst.«

»Ich will«, sage ich zitternd. Oh Gott, wie ich will!

Ich streiche über den Stoff seiner Unterwäsche, unter der hart und deutlich zu fühlen ist, was der Anblick bereits verspricht.

Seine Hände sind inzwischen an meinem Hintern angelangt und umgreifen meine Pobacken zärtlich, aber ohne falsche Zurückhaltung. Max weiß, was er will. Und es ist exakt das Gleiche, wonach jeder meiner Sinne verlangt. Ich helfe ihm dabei, sowohl meine als auch seine Unterhose abzustreifen, und einen Moment verharren wir, bestaunen still das Wunder unserer unterschiedlichen Körper voreinander. Ich will ihn an mir, in mir spüren. So sehr. Ich will sehen, wie sich meine Weiblichkeit an seine umwerfende Männlichkeit schmiegt und mit ihr eins wird. Ich sehe auf zu ihm, in seine Augen, und zucke kurz. Beinahe hätte ich es vergessen.

Wir brauchen …

»Hast du …?«, fange ich an und merke, wie ich stottere. Einen kurzen Augenblick lang bin ich in der Realität zurück und frage mich, was ich da tue. Wie lächerlich es ist, dass ausgerechnet ich mir auf einmal Gedanken um Verhütung mache. Wie absurd es noch vor einem halben Jahr gewesen wäre, zum Eisessen nach Italien zu fahren und nach einem Pariser zu fragen – wenn ich das Wort denn herausbekommen hätte. Jetzt wäre der Zeitpunkt, das Ganze zu beenden. Aber warum? Ja, warum eigentlich? Es ist so gut. Zu gut.

»Ja.« Max sieht überrascht aus. »Entschuldige, ich … du hast recht … warte.« Er dreht sich ein Stück zurück, greift nach etwas neben dem Bett und hat wenig später ein Kondom in der Hand.

Jetzt, denke ich, jetzt könnte einer von uns lachen, einen dummen Spruch machen, und es wäre vorbei.

Aber alles, was er sagt, ist: »Komm her, du Schönheit.« Seine Stimme ist so dunkel und geheimnisvoll wie das Zwielicht der Nacht um uns herum.

Und damit ist alles gesagt. Das minimale Zögern ist dahin, weggewischt mit Worten, die gar nicht so wichtig sind wie der Tonfall. Seine Zärtlichkeiten werden zu einer zweiten Haut, sodass ich mich auch splitterfasernackt nicht entblößt fühle, sondern bedeckt von Leidenschaft.

Die Art, wie er mir über meine Brust streicht, ist noch fremd, genauso wie das Gefühl seiner Haut so dicht auf meiner, natürlich ist es das, aber je mehr ich von seinen Liebkosungen koste, desto mehr seufzt mein Körper auf und wispert mir hauchzart zu: *Daran könntest du dich gewöhnen.*

Unsere Finger erkunden einander mit Neugier und dieser leichten Nervosität, die wohl dazugehört, wenn man das erste Mal einen anderen Körper berührt. An all diesen Stellen voller Nervenenden, an all den kleinen Geheimnissen, die sonst so gut verborgen sind unter Kleidung. Ich habe vergessen, wie aufregend es sein kann, nicht zu wissen, wie ein Mann auf mein Streicheln reagiert. Und ich habe definitiv nicht gewusst, wie sehr es mich erregt. Nah ist nicht nah genug, denke ich wieder und wieder.

Max scheint es ebenso zu ergehen, denn seine Hände sind überall und entfachen kleine Feuer in und an mir. An Stellen, von denen ich nicht gewusst habe, wie feinnervig sie sind. Er streicht mit seinem Daumen über den empfindsamsten Punkt zwischen meinen Schenkeln. Ich stöhne unwillkürlich laut auf und ziehe ihn näher.

»Du bist wunderschön«, wispert er.

Ich drängele mich ihm entgegen und wundere mich selbst über diese Begierde, die plötzlich alles an und in mir überschwemmt mit Sehnsucht.

Max senkt den Kopf und fährt zunächst fast beiläufig mit den Lippen, dann mit der Zunge über meine harten Brustwarzen.

Ich zucke leicht zusammen. »Kitzelig«, murmele ich. Er brummt etwas, das ich nicht verstehe, und senkt seinen Kopf dann tiefer, fährt mit seiner Zunge zwischen meinen Brüsten hinunter, bis er meinen Bauchnabel erreicht. Eine brandende Welle flüssiger Lava scheint sich überall auszubreiten, wo seine Zunge geschickt ihren Weg bis zu meinen intimsten Stellen findet. Ich bäume mich ihm entgegen und stöhne laut. »Oh Max, das ist …«

»Ich weiß«, murmelt er. Der Moment, in dem er sich kurz von mir löst, ist schon zu viel. Ich will nicht, dass er aufhört. »Du fühlst dich so gut an«, keucht er. Zu meinem eigenen Erstaunen lege ich meine Hand auf seinen Kopf und drücke ihn wieder näher an mich heran. Noch nie hat es sich so gut angefühlt, völlig hemmungslos zu sein. Es kostet mich alle Mühe, mich schließlich von ihm zu lösen, nur Sekunden davon entfernt, all die Lust, die er entfacht, laut hinauszuschreien.

Aber es ist nicht genug, nur seine Zunge und seine Hände zu spüren. Ich will mehr.

Ich rutsche zu ihm herunter und streiche ihm dabei über die definierten Muskeln an seiner Brust und weiter hinab.

»Dalia«, haucht er.

Ich necke ihn noch einen Moment, bevor ich mein linkes Bein über ihn schwinge. Sofort greift Max um meine Taille und zieht mich auf sich. Wir sehen uns kurz in die Augen, ungläubig für einen Augenblick. Fassungslos darüber, was wir gerade tun. Aber es ist zu spät, um aufzuhören. Viel zu spät, um zur Vernunft zu kommen. Mit zittrigen Fingern befreit Max das Kondom aus seiner Hülle, streift es über und ich bin dankbar dafür, dass wenigstens er noch daran gedacht hat.

Ich schlinge meine Beine um seinen Unterleib und einen Augenaufschlag später ist er in mir. Er füllt mich aus und es erfüllt mich so sehr, ihn in mir zu spüren, wie lange, lange Zeit nichts mehr. In diesem Moment ist nichts auf der Welt von Bedeutung. Ich habe mich vollständig in Empfindung verwandelt, in Berührungen aufgelöst, und möchte dieses Gefühl absoluter Hingabe so lange auskosten, wie es möglich ist. Weil ich weiß, dass es nicht lange anhalten wird. Weil es sein könnte, dass das hier eine einmalige Sache ist, einmalig der beste Sex meines Lebens.

Max fährt unablässig mit seinen Fingern die Linien meiner Haut nach. Es verlangt mich, ihn näher zu ziehen. Immer näher. So lange, bis ich spüre, wie sich die Anspannung in einer Explosion entladen möchte. Er sieht mir in die Augen dabei, kein einziges Mal hat er sie geschlossen, und ich erwidere diesen Blick, ohne zu wissen, was er bedeutet.

Er hört nicht einmal auf, mich zu streicheln, als wir längst wieder nebeneinander liegen, als der Tanz unserer Körper ein Ende gefunden hat und ich wohlig zitternd meine Beine unter die Bettdecke schiebe, nicht ohne vorher die seinen zu berühren.

»Ich kann nicht glauben, dass ich jetzt einfach so mit dir geschlafen habe«, flüstere ich.

»Ich kann nicht glauben, wie unglaublich gut das war.«

Unter dem feinen Schweißfilm auf meiner Stirn spüre ich, wie mir heiß wird. »Ja?«

»Ja.« Er küsst mich auf die Wange und lächelt dieses schiefe Lächeln, das mir so ans Herz gewachsen ist.

Unglaublich und gut sind kein Ausdruck. Ich habe erwartet, dass ich nach so vielen Jahren, in denen ich nur mit einem Mann geschlafen habe, mich fremd fühlen müsste. Dass es ungeschickt sein würde und seltsam, dass ich nicht so würde empfinden können wie mit Moritz.

Wahrscheinlich liegt es an dem Zauber des Neuen, der zwischen uns besonders ausgeprägt ist, vielleicht kann ich es auch immer noch auf Italien schieben, oder aber es ist tatsächlich so, dass jede unserer Bewegungen unfassbar gut miteinander harmoniert hat. Vielleicht war es auch nur so überragend, weil dieser Sex eine Art Unikatsetikett trägt. Einmalig und deswegen fantastisch.

Bevor er mir ansieht, dass ich schon wieder grübele, schließe ich die Augen und konzentriere mich darauf, zur Ruhe zu kommen.

Ich bin schon beinahe wieder eingeschlafen und vielleicht habe ich es auch nur geträumt. Wie sehr ich mir wünsche, es nur geträumt zu haben. Denn Max flüstert leise in die Nacht hinaus: »Ich darf mich nicht zu sehr daran gewöhnen.«

Und obwohl ich das Gleiche denke, tut es weh.

16. Kapitel

»Wo willst du hin?«

Max öffnet mühevoll die Augen und blinzelt. Die Sonne steht noch tief, aber sie senkt ihre Strahlen wie einen Morgengruß in das Dachzimmer und hat mich schon vor Minuten wachgekitzelt.

»Ins Bad«, sage ich und bin froh, ein T-Shirt anzuhaben. Bei Tageslicht betrachtet finde ich es seltsam, vor Max nackt zu sein. Ein wenig erleichtert mich das, denn wenn ich an gestern denke, befürchte ich, mich ganz schön verlaufen zu haben. In einem Labyrinth aus tausend Gefühlen. Einem Irrgarten ohne Ausweg. Dafür bin ich nicht bereit. Ich habe Angst, Max zu einem Ersatz für Moritz zu machen. Nein, ich habe Angst, dass Max mir mehr bedeuten könnte. In seinem Fall ist der Abschied doch schon vorprogrammiert. Es hat keinen Sinn, sich auf irgendetwas einzulassen.

Max allerdings scheint das mit der Nacktheit völlig anders zu bewerten.

Er wirft die Decke beiseite und steht einfach auf.

»Ähm, ich geh dann mal duschen«, sage ich und drehe mich halb in Richtung der niedrigen Tür, hinter der sich – zumindest vermute ich das – das Badezimmer befindet.

»Dann solltest du dir mehr anziehen.« Er lächelt und reibt sich kurz über die Augen.

»Hä?« Ich versuche, ihn nicht anzusehen. Zumindest nicht unterhalb seiner Brust. Was schwierig ist, zugegebenermaßen.

»Die Dusche ist auf dem Gang.«

»Ah, oh … äh«, stottere ich und schaue beschämt zu Boden. Wer war das gestern, die sich förmlich auf Max gestürzt hat? Das war doch nicht ich.

Er streckt seinen Arm aus, greift nach meiner Hand und zieht mich näher. Legt meine Finger an seine Brust. Dorthin, wo ich sein Herz klopfen hören kann. Mit seiner linken Hand schiebt er mir Zentimeter für Zentimeter das Oberteil nach oben und macht meinen geplanten Widerstand damit völlig zunichte.

»Max, ich glaube …«

Er beugt sich langsam zu mir hinunter und küsst mich auf die Nasenspitze. Nicht so, wie man einen One-Night-Stand küsst, schießt es mir durch den Kopf. Als ob ausgerechnet ich eine Ahnung von One-Night-Stands hätte.

Ich habe Max' Körper Dutzende Male gesehen. Halbnackt oder nur leicht bekleidet, wenn wir morgens im Bad aufeinander getroffen sind oder er nur in Shorts auf dem Sofa gelümmelt hat. Aber erst jetzt sehe ich, wie wunderschön er ist. Da ist ein großes Muttermal auf seiner linken Hüfte und eine längliche Narbe unter dem Schlüsselbein. Er hat eine glatte, breite Brust und nur diese Spur braunen Haars, die ich schon letzte Nacht entlanggefahren bin, zieht sich vom Bauchnabel hinunter zu seinen männlichsten Stellen. Alles an ihm, die Perfektion seiner gut definierten Muskeln und auch das, was man als Mangel sehen mag, sind zusammen Max und damit genauso, wie es sein muss.

Spätestens jetzt weiß ich, dass ich ein Problem habe. Ein gewaltiges Problem. Meine Hände wollen ihn wieder fühlen. Mein Kopf, meine Lippen, alles schreit förmlich nach Wiederholung. Langsam, Dalia, langsam, ermahne ich mich selbst.

Max setzt sich auf die Bettkante und zieht mich einfach auf sich.

Unter dem Shirt trage ich nur ein Höschen. Ein sehr dünnes Höschen, das es fast noch reizvoller macht, ihn unter mir zu spüren.

»Du bist so schön«, sagt er. Es ist vermutlich ein Satz, den er bereits zu unzähligen Frauen gesagt hat, aber mir ist es, als hätte ihn nie zuvor jemand ausgesprochen. Die Worte sind Balsam auf meiner gedemütigten Frauenseele und gleichzeitig alarmieren sie mich. Nichts hineininterpretieren, rufe ich mir selbst zu.

Alles, was zu gut tut, findet ein jähes Ende. Das weiß ich doch, das habe ich doch allzu oft schon zu spüren bekommen.

Max, der von meinem inneren Chaos zum Glück nichts mitbekommt, senkt seine Lippen auf meine Schultern und küsst sie. Gerade als ich mich einfach wieder seinen Berührungen hingeben will, hebt er jäh den Kopf und schaut mich entgeistert an. Er wirkt plötzlich etwas hilflos, beinahe verzweifelt. Und süß dabei. Seine Haare stehen in alle Richtungen und er fängt an, nachdenklich an seinem rechten Zeigefinger zu knabbern.

»Was ist?«, frage ich vorsichtig. Möglichst unauffällig drücke ich meine Nase in Richtung meiner Achseln hinunter. Hätte ich vielleicht doch erst duschen sollen?

»Ich hab keinen Gummi mehr hier«, sagt er und lächelt verschämt.

»Oh«, erwidere ich.

»Und was machen wir jetzt?«, fragt er.

»Aufhören?«, schlage ich vor und hebe mein Becken leicht hoch, sodass ich nicht mehr so deutlich spüren kann, was er eigentlich will.

»Kommt nicht infrage«, protestiert Max.

Da ist wieder dieses schiefe Lächeln, das ich so gern habe.

»Ich könnte rausgehen und eines holen«, schlägt er vor.

Ich schaue an ihm herunter und muss dann laut losprusten. »So? Lass mal, ich mach das.«

»In meinem Auto im Innenhof, im Geldbeutel, im Handschuhfach«, erklärt er schnell. »Aber, nicht, dass du denkst, dass ich ständig …«

»Ich *denke* nicht, das hast du mir doch verboten«, sage ich leichtfertiger, als mir zumute ist. Ich suche mir aus meiner Tasche schnell eine Leinenhose, ziehe sie über, greife nach dem Autoschlüssel und renne draußen mit nackten Füßen über den Teppich im Flur.

Ich bin überrascht, wie warm es draußen schon ist. Warm und ruhig. Friedlich irgendwie. Die Scheiben des Autos sind von innen etwas angelaufen, so als hätten wir dort unsere hitzigen Körper aneinandergerieben und nicht im Hotelzimmer. Zügig schließe ich auf und suche dann im Handschuhfach nach dem Portemonnaie.

Ich finde schnell, was ich gesucht habe. Und ein bisschen mehr.

Das Innenfach des Geldbeutels hätte ich genau genommen nicht öffnen müssen, aber meine Hände haben nicht gehorcht – das scheint ein Dauerzustand zu werden –, und so löse ich doch den kleinen Druckknopf und klappe das Leder nach außen. Unter einer Folie klebt ein Foto. Eigentlich zwei. Eines von einem Jungen im Piratenkostüm – ich erkenne Max als Kind und lächele. Das andere Foto zeigt eine bildhübsche Frau mit dunklen Haaren und ebenso geheimnisvollen dunklen Augen. Ich könnte mir einreden, dass das Max' Mutter ist, aber instinktiv weiß ich, dass es Sabrina sein muss. Warum hat er das Bild noch? Das geht dich nichts an, Dalia. Gar nichts.

Ich stecke das Kondom kurzerhand darüber, sodass ich ihr Gesicht nicht mehr sehe, und schließe dann den Geldbeutel.

Kurz bevor ich das Handschuhfach zuklappe, komme ich mir verdammt albern vor, nehme das Portemonnaie noch einmal in die Hand und verstaue alles wieder so, wie es zuvor war.

Dann gehe ich zurück zum Hotel. Viel, viel langsamer, als ich gekommen bin, weil ich auf einmal weiß, dass ich jetzt nicht wieder mit Max schlafen kann. Ich habe diese Frau mit dem zarten, gebräunten Gesicht vor Augen, ihr breites Lächeln mit den makellosen Zähnen und die kleinen Glitzerstecker in ihren Ohren. Nein. Ich kann nicht.

Als ich die Zimmertür öffne, liegt Max auf dem Bett, die Arme hinter dem Kopf verschränkt, die dünne Decke über die Hüften gelegt.

Er sieht es an meinem Blick, so viel ist klar.

»Hast du es dir anders überlegt?«, fragt er. Ohne dass man einen Vorwurf oder gar Enttäuschung heraushören könnte. Ist er vielleicht sogar froh darum?

»Wo soll das hinführen?«, murmele ich und setze mich auf die Bettkante.

Er sieht zu mir und mustert mich eingehend. Dann hebt er eine Augenbraue und fragt: »Muss es denn irgendwohin führen?«

Ich werde rot und flüstere. »Nein, natürlich nicht.« Das ist glatt gelogen. Aber was soll ich sagen? Soll ich ihm sagen, dass die schöne Frau in seinem Geldbeutel meiner Leidenschaft das Gas abgedreht hat, oder soll ich ihn fragen, warum er ihr Bild noch immer hat, wenn sie doch offenbar nicht mehr da ist?

Soll ich fragen, was das gestern Nacht gewesen ist, wenn ich es mir doch ganz gut selbst beantworten kann? Ein One-Night-Stand in Italien, der in Deutschland genau genommen nicht zählt? Ich muss endlich aufhören, von anderen Menschen zu erwarten, dass sie das tun, was ich gern hätte. Das funktioniert nicht. Hat es auch noch nie. Weder bei meinem Vater noch bei Moritz. Warum also bei Max, der nicht mehr ist als mein temporärer Mitbewohner, mit dem ich einmal geschlafen habe? Wenn es nur nicht so gut gewesen wäre …

»Dein Handy hat geklingelt, während du unten warst.«

»Was?«

Ich bin so versunken in meine Gedanken, dass Max' Stimme wie aus einer fernen Wolke zu mir dringt.

»Handy, man nennt es auch Mobiltelefon. Eins von den Dingern, für die manch einer seinen besten Freund verkaufen würde. Früher groß, dann klein und jetzt wieder groß.«

»Schon gut, ich hab's verstanden.« Siedend heiß fällt mir ein, dass ich das Ding gestern kein einziges Mal in der Hand gehabt habe. Ruth wird außer sich sein vor Sorge und Yael hat wahrscheinlich schon die Polizei informiert. Mir wird noch wärmer, als mir einfällt, dass für heute Abend ein Geburtstagsessen bei Ruth geplant ist. Wie jedes Jahr. Ich schlage mir mit der flachen Hand an die Stirn und seufze. »Kommt ja jedes Jahr so plötzlich, mein Geburtstag. Genau wie Weihnachten.«

»Ist alles in Ordnung?«, fragt Max und rutscht zu mir herunter.

»Ja, ich hab nur total vergessen, dass meine Ersatzfamilie für mich heute Abend ein Essen geplant hat und sie nicht mal wissen, dass ich hier mit dir und …«

»Na ja, das müssen sie ja auch nicht so genau wissen«, sagt er lächelnd und legt mir seine Hand auf die Schulter.

»Nein, das nicht, aber …«

»Möchtest du nach Hause?«

»Ja.« Das stimmt eigentlich nicht. Ich möchte eigentlich hier sein, mit ihm, und vergessen, dass Sabrina auf dem Foto in seinem Geldbeutel aussieht wie ein verdammtes All-American-Girl. Eine Art Reese Witherspoon in brünett. Während ich mich benehme wie ein dummes verliebtes Highschool-Girl. Ich schüttele mich. Was Max als eindeutiges Zeichen versteht, seine Hand von meiner Schulter zu nehmen.

»Gut, dann sollten wir fahren.« Etwas von der Wärme seiner Stimme ist verschwunden. Er schaltet auf freundschaftlich und bedeckt zu meinem insgeheimen Bedauern seinen Hintern mit der Decke, während er sich seine Klamotten vom Boden schnappt und in der Toilette ohne Dusche verschwindet.

Als wir die Schweizer Grenze passieren, sind wir fast schon wieder wie vorher. Max und Dalia. WG-Kumpanen auf Zeit. Max ist ruhiger als sonst, ich ein wenig aufgedrehter. Was ich selbst daran merke, dass ich lauter spreche als gewöhnlich, dass ich ständig versuche, ein Gespräch aufrechtzuerhalten, und mehr Witze mache, als wir Tunnelkilometer fahren.

»Was ist das für ein Essen heute Abend?«

Erleichtert, dass wir ein Thema gefunden haben, über das wir sprechen können, plappere ich los: »Ruth macht das jedes Jahr für mich, einen oder zwei Tage nach meinem Geburtstag, niemand darf mir gratulieren, und meine Geschenke werden in Weihnachtspapier verpackt.« Ich werfe ihm einen seitlichen Blick zu. »Albern, oder?«

»Nein, finde ich nicht. Ist es, weil es schwierig ist, deinen Geburtstag ohne deine Familie zu feiern?«

Mein Herzschlag wird schneller, mir wird warm und ich sehe schnell aus dem Fenster. Auch wenn es da nichts Besonderes zu sehen gibt.

»Ja … Der Vorfall … der Brand, der Tod meiner Mutter … ohne meine Mutter und ohne … Ohne sie ergibt es einfach irgendwie keinen Sinn.«

Max nickt. Eine Weile schweigen wir und ich starre auf die vorbeirauschenden Schilder, während Max das Lenkrad fester hält als nötig.

»Es ist okay. Jetzt. Ich komme klar. Aber eigentlich würde ich das mit dem Feiern lieber ganz lassen. Ich tue es Ruth zuliebe.«

»Ruth und Yael, sie scheinen dich sehr zu lieben«, stellt er mit warmer Stimme fest.

»Ja, das tun sie.« Ich nicke länger als nötig.

»Was ist mit deiner Familie?«, frage ich, als mir auffällt, dass Max noch nie über sie gesprochen hat.

»Meine Eltern sind schon lange getrennt, machen aber trotzdem fast alles zusammen. Sie können nicht mit und nicht ohne einander.« Er zieht die Schultern hoch und lächelt leicht.

»Hast du Geschwister?«

»Ja, eine Schwester. Tamara. Sie lebt in den USA.«

»Auch?«, rutscht es mir heraus.

Er zuckt kurz, sagt aber nichts.

»Was … was macht sie dort?«, frage ich, um dieses »auch« nicht so allein stehen zu lassen.

»Sie hat dort eine Werbeagentur. Und …«

»Und?«

»Und sie ist ziemlich erfolgreich, hat sogar einige ihrer ehemaligen Kolleginnen aus Deutschland in die Staaten geholt.«

Er kneift die Augen ein wenig zusammen, so als hätte er Schwierigkeiten, die Straßenschilder zu lesen, die die nahende Staatsgrenze ankündigen.

»Wow«, sage ich einfallslos.

»Sabrina arbeitet auch für sie.«

Ist sie deswegen in die USA gezogen oder gibt es da noch etwas, das mir Max verschweigt? Ich frage besser nicht nach.

Als ich schon Angst habe, dass wir nichts weiter finden werden, worüber wir sprechen können, und ich dann nicht verhindern kann, dass ich seine Hände anstarre und mir wünsche, sie würden mich berühren, kommt er auf das Essen bei Ruth zurück.

»Wer ist da alles dabei, bei diesem Essen?«

»Ruth und Nathalie, ihre Tochter. Meine beste Freundin Yael mit ihren Söhnen Aaron und Jo und ihrem Mann

Mark, wenn sie den alten Sozialmuffel dazu bringen kann, das Haus ausnahmsweise zu verlassen. Meine Chefin aus der Logopädiepraxis Tanja kommt mit ihrem Sohn. Und wahrscheinlich noch Vanessa und Flori mit ihrer Tochter.«

Ich vermeide es gerade so, zu sagen, dass Vanessa und Flori eigentlich gemeinsame Freunde von Moritz und mir sind und sie sich seit der Trennung sehr zurückhalten, was den Kontakt zwischen uns betrifft. Dabei ist das ja sowieso egal. Max wird nicht dabei sein. Ich könnte ihm also auch von einer Handvoll weiteren Freunden erzählen.

»Die haben also alle Kinder?«, sagt er unerwartet. Es ist auch mehr eine Feststellung als eine Frage.

»Na ja, nicht alle. Also Nathalie nicht.«

»Hast du damit ein Problem?«

»Dass Nathalie keine Kinder hat?«

Er zieht die Augenbraue hoch.

»Nein«, seufze ich schwerfällig. »Ich habe kein Problem damit, dass meine Freunde Kinder haben.«

Das ist nicht gelogen, aber auch nicht die Wahrheit. Ich habe nämlich sehr wohl immer noch ein Problem damit, dass ich selbst eben keine habe. »Sie haben auch nicht alle Männer. Nathalie nicht und Tanja schon lange nicht mehr.« Dass sie beide auch eigentlich nicht auf Männer stehen, unterschlage ich. »Ich kann mit beidem nicht dienen. Kein Mann, kein Kind«, füge ich hinzu und dann klingt es eben doch bitter. Auch wenn ich es gar nicht will.

»Ich könnte dir einen Mann organisieren«, sagt er leise.

»Ach ja?«

»Ich bin ein Mann und ich habe heute Abend nichts vor.«

»Du willst mitkommen?« Kann ein Herz sich überschlagen? Und ist das ein gutes oder ein verdammt schlechtes Zeichen? »Warum?«, platze ich heraus.

»Möchtest du nicht, dass ich mitkomme?«

»Doch … ich meine …«

»Wenn du nicht willst, kein Problem. Ehrlich.«

Er wirkt völlig unbeeindruckt und das stinkt mir. Deshalb stichele ich, auch wenn ich das Thema gar nicht mehr hatte anschneiden wollen. Wegen des Bilds der schönen Sabrina nicht, wegen der Vereinigten Staaten nicht, wegen Moritz nicht, und aus tausend anderen Gründen. »Weil wir letzte Nacht miteinander geschlafen haben?«, frage ich und sehe vorsichtshalber zum Fenster hinaus. Aus Angst, meine Gesichtsfarbe könnte mich wie eine Farbenaura umgeben.

»Ich dachte, was in Italien passiert, bleibt auch dort«, kontert er.

»Ja, natürlich …« Vorsichtig sehe ich wieder zu ihm.

Doch der nächste Tunnel verschluckt seinen Gesichtsausdruck, sodass ich keine Ahnung habe, was da zwischen uns knistert und rauscht. Ob da überhaupt etwas knistert.

»Ich kenne das einfach von früher, nach der Trennung von meiner letzten Freundin. Du bist erst mal umgeben von Paaren und fühlst dich, als wärst du der letzte Single auf Erden. Ich wollte nur nett sein.«

»Du bist nett.« Und irgendwie wäre es nett, ihn dabei zu haben, oder? Ruth hätte den ganzen Abend Schnappatmung, es würde mich davon ablenken, mir mein eigenes Kind in dem Gewusel aus den Kindern meiner Freunde vorzustellen, und es kann nicht schaden, noch einen Puffer zu haben, der zwischen Tanja und Yael sitzt. Also, so rein pragmatisch überlegt. »Wenn du möchtest, kannst du gern mitkommen.«

»Möchtest du das denn?«

»Ja, es … es wäre nett.«

»Nett ist der kleine Bruder von scheiße.«

»Lass das deine Schwester nicht hören.«

Er schnaubt kurz. »Besser nicht. Bei Tamara habe ich manchmal das Gefühl, sie hält sich für eine Art Kometen.«

»Ist sie so explosiv?«

»Nein, aber sie denkt, alles müsse sich um sie drehen.«

»So wie du also«, scherze ich.

»Ich bin meine eigene Sonne«, sagt er und grinst.

Ich entspanne mich ein wenig. Es ist gut, dass wir scherzen können. Aber es hilft auch nicht unbedingt, den Anblick seines Hinterns zu vergessen und seiner nackten Brust und dieses Gefühl, ihn wieder in mir spüren zu wollen. Aufhören, Dalia, sofort aufhören.

»Kann sie kochen?«

»Hä?«

»Die Gastgeberin des Abends, Ruth. Kann sie kochen?«

»Himmel, nein.« Der Gedanke an Ruths verkohlte Braten und verkochte Klöße lässt mich schmunzeln. »Kann sie nicht. Yael kocht. Und sie kocht himmlisch. Du wirst sehen …« Damit habe ich es selbst besiegelt.

»Du willst mich also wirklich mitnehmen?«

»Wenn du wirklich mitkommen willst.«

»Will ich«, sagt er mit fester Stimme.

Bevor ich noch weitere Vorschläge mache, die ich bereuen könnte, stelle ich mich ab Vaduz schlafend. Sicher ist sicher.

17. Kapitel

»Wir sind da«, sagt Max und rüttelt mich leicht.

Ich nicke und öffne die Augen. Sein Auto parkt direkt auf der Promenade. Die Uhr sagt, dass es kurz vor achtzehn Uhr ist. Und im Radio läuft ein trauriger Song von REM. Ich löse den Gurt, öffne die Tür und bleibe dann doch einen Moment lang sitzen.

Max umrundet den Wagen.

Was gäbe ich jetzt für seine Gedanken. Ich raffe mich auf und steige aus. Strecke meinen rechten Fuß. Er ist eingeschlafen, während der Rest von mir wach gewesen ist und nicht gewusst hat, wie er mit der neuen Situation zwischen Max und mir umgehen soll. Statt Max zu folgen, bleibe ich stehen.

»Was ist?«, will er wissen.

Er drückt auf den Schlüssel und das Auto blinkt.

Linker Fuß und rechter Fuß. Linker Fuß …

Ich tippele hin und her, aber das taube Bein will sich nicht mit Gefühl füllen. Ganz anders als mein Herz.

»Geh du schon mal rein«, sage ich, deute auf den weißen Gebäudekomplex vor mir. Mein Blick dagegen ist einzig auf die rechts vor dem Haus sorgsam unter Holzumbauungen abgestellten Mülltonnen gerichtet. Die blaue Tonne ist herausgeschoben, der Deckel steht leicht nach oben und dicke Kartonagen ragen über den Rand hinaus. »Ich muss noch was erledigen.«

Hinter der Tonne bewegt sich etwas. Genau wie erwartet.

»Okay.« Max sieht mich noch einen Moment lang zweifelnd an, dann verschwindet er im Haus. So als hätte er seit Jahren nichts anderes getan. Ich sollte mir wünschen, er würde nicht hier wohnen. Aber stattdessen freue ich mich viel zu sehr, dass er da ist. Dass es keine eigene Wohnung gibt, in die er jetzt verschwinden kann.

Tim dagegen kommt mit äußerst säuerlicher Miene hinter dem blauen Plastikkasten hervor. Seine alten Sportschuhe, die mit dem Loch am großen Zeh, von denen er sich nicht trennen will, haben ihn schon längst verraten.

»Du warst lange weg.« Mein Bruder verzieht missmutig den Mund und boxt griesgrämig gegen die Tonne. Die bewegt sich nur leicht, so als hätte sie ein Windhauch angestupst, nicht Tims Faust. »Außerdem hättest du mal was sagen können.« Er fuchtelt mit seiner Hand hinter dem Rücken herum und es blitzt etwas silbern Glänzendes hervor.

»Was ist das?«, frage ich. Dabei weiß ich es ja ganz genau.

»Mein Geschenk für dich«, flüstert er. »Es ist eine Alublume.«

»Ah!« Ich tue überrascht und versuche, um diesen dicken, fetten Klumpen in meinem Hals herum zu schlucken.

»Ja, da mache ich eine Geschäftsidee draus. Also eigentlich ist es ja schon eine Idee. Ich muss nur noch in Kette gehen.«

»In Serie?« Ich grinse traurig.

»Ja. Wie auch immer.« Er zuckt und dabei rutscht ihm die Mütze in die Stirn.

Er hält mir eine – zugegeben kunstvoll aus einzelnen Alufetzen zusammengesetzte – Blume hin.

»Ich glaube, du bleibst lieber bei deinen Sprüchen.«

»Das ist ja die Idee: Zu jeder Blume gibt es auch einen Unikatsspruch.«

Ich muss ein wenig lachen.

Aber Tim zieht eine beleidigte Schnute. »Mark Twain sagt, *Menschen mit einer neuen Idee gelten so lange als Spinner, bis sich die Sache durchgesetzt hat.*«

»Da hast du natürlich auch wieder recht.«

»Du kannst sie auch Max schenken, wenn du willst.«

»Warum sollte ich sie Max schenken wollen?«

»Weil du …« Er kichert und macht alberne Knutschbewegungen in die Luft. »Amore, amore«, sagt er laut lachend.

»Du kleiner …«

»Was?«, fragt er unschuldig und macht wieder einen Satz auf die Tonne zu. »Du bist verliiiiiebt.«

»Unverschämter Bengel!«, rufe ich und laufe ihm nach.

Aber er ist schneller, er duckt sich und windet sich geschickt durch das Gebüsch.

Ich rase um die Tonne herum und bleibe dabei mit dem Fuß am Randstein hängen.

Tims glockenhelles Lachen tönt gedämpft hinter dem dichten Kirschlorbeer hervor.

»Warte, wenn ich dich …«

»Kriegst mich nicht.« Er kichert.

Ich greife durch die immergrünen Blätter und versuche, seinen Ärmel zu erwischen, aber er ist schneller. Dummerweise verhakt sich der Stoff meines Oberteils mit den Ranken des angrenzenden Dornenbusches. »Verflucht, Struppi!«

Ich drehe mich einmal um meine eigene Achse, aber kann ihn nicht mehr entdecken. Dafür sehe ich Max.

»Was machst du da?« Er hat die Arme vor der Brust verschränkt. Aus dem Badezimmerfenster meiner Wohnung scheint Licht heraus in den Innenhof, offenbar hat er mich von dort aus beobachtet. Ich laufe knallrot an.

»Ich …«

»Dalia! Was machst du da?«

»Nichts. Ich mache gar nichts, ich hab nach den Mülltonnen gesehen.« Ich könnte wie selbstverständlich sagen, dass ich mit meinem kleinen Bruder Fangen gespielt habe. Aber wenn Yael und Ruth so etwas auf sich beruhen lassen, ist das eine Sache. Ich erinnere mich daran, wie ich ihm von dem Brand erzählt habe und er sofort gespürt hat, dass ich Tim noch brauche. Diese Gespräche mit ihm, die keine richtigen sind, aber dennoch so wichtig für mein Herz. Max, so viel ist mir klar, wird es nicht dabei bewenden lassen. So wie er mich dazu gebracht hat, die Dämonen aus dem Kinderzimmer zu vertreiben, wird er das auch hier versuchen wollen und ich weiß nicht, ob ich das zulassen kann. Oder will.

»Dalia …« Er berührt mich an der Schulter, mit sanftem Druck.

»Ich werde ja wohl noch nach den Mülltonnen sehen dürfen«, erwidere ich, lege meine Hand demonstrativ auf den blauen Deckel der Papiertonne. Ich bemühe mich zu lächeln. Es ein wenig ins Lächerliche zu ziehen. Streiche über das Plastik und versuche, mich daran zu erinnern, wie man die Lippen verziehen muss, damit ein Lächeln auch echt aussieht.

Aber Max bleibt ernst. »Man kann nicht nach etwas sehen, das nicht lebendig ist«, sagt er und sieht mir fest in die Augen dabei.

Ich kann seinem Blick nicht standhalten. *Das nicht lebendig ist* – keiner, nicht einmal Ruth oder Yael haben bisher so deutlich ausgesprochen, dass ich mit einem Trugbild spiele, rede, lebe.

»Lass ihn los«, fügt er leise hinzu.

Und obwohl ich ganz genau weiß, dass er nicht den Deckel meint, hebe ich die Hände und lege sie hinter meinen Kopf. Tue so, als richtete er eine Pistole auf mich. Ein wenig fühlt es sich auch so an.

Erst als Max endlich wegschaut, drehe ich mich noch einmal um. Die Mülltonne wackelt ein wenig, aber selbst ich kann mir jetzt nicht mehr einreden, dass das etwas anderes ist als der verdammte Wind. »Komm zurück, Struppi«, murmele ich.

Da bleibt Max stehen und greift nach meiner Hand. Mit entschiedenem Druck zieht er mich in Richtung Haustür und schließt sie geräuschlos hinter mir. »Deine Freunde warten, oder?«

»Ja, ich mache mich gleich fertig.«

»Willst du mich immer noch dabei haben?«

»Natürlich«, antworte ich geistesabwesend und gehe statt ins Bad auf direktem Weg ins Wohnzimmer.

Hektisch ziehe ich unter Max' Blicken die Schublade unter dem TV-Schrank auf und atme sofort erleichtert auf. Da liegt sie und ist völlig unversehrt. So als hätte Tim sie mir wirklich gerade erst überreicht. Die Alurose mit ihren feinen Blättern. Das Leben ist und bleibt eine Wolke. Nichts als Luft und ich mittendrin greife ins Leere. Oder etwa nicht?

Max nähert sich, kniet sich neben mich und streicht mir übers Haar. »Manchmal hält man etwas so fest, dass es einem gerade deswegen entgleitet«, flüstert er.

»Was willst du mir damit sagen?«, frage ich, ohne mich umzudrehen, und drehe die Blume in meinen Händen.

»Nichts, nur dass Hunde, die immer an der kurzen Leine gehalten werden, die ersten sind, die fortlaufen.«

»Es geht hier nicht um Hunde!«, erwidere ich böse.

»Das gilt auch für Menschen. Und Erinnerungen.«

Ich würde ihn gern fragen, ob das für ihn auch gilt. Und wenn, warum er dann ausgerechnet in die USA ziehen will.

Dorthin, wo es doch nur um Sabrina gehen kann. Aber ich finde nicht den Mut und nicht die richtigen Worte, und das eine geht ohnehin nicht ohne das andere.

Ich drehe meinen Kopf nach links und sehe ihn an. »Warum machst du das?«

»Was?«

»Dich um mich sorgen.«

Er zuckt leicht und in dem Moment, in dem ich hoffe, dass er sich zu mir beugt und mich küsst, sagt er nur: »Du bekommst zu selten gesagt, dass du so nicht weitermachen kannst. Einer muss es ja machen.«

Dieser letzte Satz tritt mich in die Eingeweide und am liebsten hätte ich laut aufgeheult.

»Gilt das auch für andere Dinge? Für Italien?«, presse ich gepeinigt hervor.

»Klar, einer musste dich ja durch den größten Irrgarten der Welt führen.« Er lacht leicht.

Das wiederum hatte ich nicht gemeint.

18. Kapitel

Es sollte sich falsch anfühlen, Max hierherzubringen, nachdem jahrelang Moritz so etwas wie Ruths Ersatzsohn gewesen ist. Und zugegeben, es zwickt mir auch ein wenig im Magen. Allerdings eher aus Nervosität. Ununterbrochen mache ich mir Sorgen darum, dass einer von meinen Freunden Max nicht leiden könnte. Was, wenn sie ihn hassen? *Er ist nur dein Mitbewohner. Auf Zeit,* rede ich mir gut zu und höre selbst nicht hin.

Dabei hätte ich mir um Ruth keine Sorgen machen müssen, sie drückt Max gleich nach dem Öffnen der Tür einen dicken Schmatzer auf die Wange und flüstert ihm etwas ins Ohr. Ich überreiche ihr den gesund gepflegten Elefantenfuß im frischen gelben Übertopf, der bei ihr vermutlich in drei Wochen im gleichen Zustand sein wird wie vor Wochen, als ich mich seiner angenommen habe. Dann fängt sie das Plappern an und führt uns durch den Flur.

»Was hat sie zu dir gesagt?«, wispere ich, während wir unsere Schuhe abstreifen.

Max zuckt mit den Schultern, die so ungewohnt in einem Hemd stecken. Er sieht gut aus, ein bisschen verkleidet vielleicht, aber sexy.

»Dass ich einen verdammt heißen Hintern habe!«

»Hat sie nicht!«, keuche ich.

»Und dann hat sie mich gefragt, ob ich auf ältere Frauen stehe.«

»Hat sie nicht!«, wiederhole ich. Dabei wäre es Ruth zuzutrauen.

Max grinst. »Sie meinte, ihr Lippenstift sei kussfest. Das war alles.«

»Ah!«, mache ich erleichtert.

»Aber mein Hintern ist heiß, oder?«

»Flirtest du jetzt wieder mit mir?«, frage ich, froh darüber, dass es dunkel ist in Ruths Gang. »Wir sind hier schließlich nicht in Italien«, füge ich hinzu und möchte mir am liebsten mit Ruths blassblauem Regenschirm, der aufgespannt den Weg in die Küche versperrt, selbst eine verpassen.

Ruth steigt vor uns ungerührt über den Schirm und sagt: »Die Jungs haben vorhin Mary Poppins gespielt. Yael lässt sie zu viel fernsehen.«

»Das habe ich gehört«, tönt es hinter der Kühlschranktür. Ruths Küche sieht mit dem Kochgeneral Yael geordneter aus, als wenn niemand darin kocht. Dabei hat sie bereits mindestens die Hälfte ihres alten, zerfledderten jüdischen Kochbuchs durch. Und offenbar das Regiment erfolgreich übernommen.

»Aaron, nimm mal die Schüssel. Jo, Finger weg vom Teig. Du faules Stück von Ehemann, schneide die Zwiebeln«, kommandiert sie.

Nathalie sitzt mit Ricardo, dem Sohn meiner Chefin Tanja, am Tisch und spielt Kniffel. Vanessa und Flori sind wie immer noch nicht da. Sie sind nie pünktlich, schieben das für gewöhnlich auf ihre Tochter. Dabei wissen wir alle, woran es wirklich liegt. Daran, dass es Flori ist, der im Bad nie fertig wird.

»Dali!«, ruft Nathalie, springt auf, umarmt mich herzlich, wirft einen seitlichen Blick auf Max und murmelt mir ins Ohr:

»Das ist er also, dein ominöser Mitbewohner. Mama sagt, er läuft generell nur nackt rum zu Hause. Nicht schlecht, ich bin geradezu neidisch.«

»Erstens stimmt das nicht, du kennst doch deine Mutter. Und zweitens, seit wann stehst du auf Männer?«

»Ich finde Männerkörper durchaus ästhetisch.« Sie zwinkert. »Zugegeben, manche. Eigentlich nur wenige.«

»Schon gut«, sage ich und lache.

Sie reicht Max die Hand, stellt sich vor und schenkt ihm ein herzliches Lächeln.

In der Küche stellt sich Max sofort ohne falsche Scham auf die andere Seite der Kochinsel und lugt in die Töpfe. »Das riecht fantastisch!«, verkündet er und strahlt Yael an. »Was sind das? Latkes?«

»Kartoffelpuffer, ja«, antwortet Yael etwas skeptisch.

»Und das hier, werden das Hamantaschen?« Er zeigt auf die dreieckigen Gebäcktaschen, deren Bestäubung mit Puderzucker Aaron und Jo so gern übernehmen, dass sie sich geradezu darum prügeln, wer von ihnen es machen darf.

»Ja!« Jetzt strahlt Yael zurück. »Kennst du dich aus mit israelischer Küche?«

»Ein wenig«, sagt er. »Ich bin Max.«

»Yael«, sagt sie.

Dann umrundet er die Kochinsel und stellt sich neben Yael, die ihn sofort in ein Gespräch über Matzeknödel und Schakschuka verwickelt.

Ich habe mir völlig umsonst Sorgen gemacht. Meine Stiefschwester steht auf ihn und er hat Yael mit dem ersten Satz um den Finger gewickelt. Ich entspanne mich sofort ein wenig. Aaron und Jo stürzen sich wie gewöhnlich auf mich und ich tue mich schwer, all die Informationen, die sie mir zurufen, auf einmal aufzunehmen.

Ehe ich mich's versehe, habe ich nicht nur Aaron, sondern außerdem drei dicke Pakete auf dem Schoß. Fein säuberlich in Papier mit Sternmuster verpackt und mit Glanzpapier verziert.

Wenig später sitzen wir alle am Tisch. Yael neben ihren Kindern. Max mir gegenüber neben dem kleinen Jo. In sicherer Entfernung zu Yael sitzt Tanja zwischen Ruth und Nathalie. Schließlich taucht auch Vanessa auf, ohne Flori und ihre Tochter, die beide mit einer Mandelentzündung flachliegen. Wie jedes Jahr schenkt mir Vanessa einen ihrer selbst bemalten Seidenschals, und wie jedes Jahr bringe ich es nicht übers Herz, ihr zu sagen, dass Seidenmalerei schon seit den 80ern wieder out ist und ich mir nichts aus Halstüchlein mache, auf die Robbenbabys, Südseeinseln und kleine rote Schiffsanker gezeichnet sind. Sie meint es gut und ich vermeide es, noch einmal zu Max zu schauen, über dessen Gesicht sich ein breites Grinsen zieht. Könnte ansteckend sein, das mit dem Grinsen.

Das gewohnte laute Geplapper vermischt mit den guten Düften von Yaels Essen lullt mich behaglich ein. Ich fühle mich wohl. Verdammt wohl. Und so relaxt, dass ich genüsslich die Füße unter dem Tisch lang ausstrecke. *Kontakt.* Das ist nicht das Tischbein, das ist Max' Fuß. Erschrocken ziehe ich meine Beine zurück, aber nur wenig später sind Max' Füße auf meiner Hälfte des Tisches und er berührt mit seinen Zehen langsam mein Bein. Ich hoffe, das niemand über dem Tisch merkt, wie rot ich dabei werde.

Max dagegen redet ungehindert weiter mit Mark, Yaels Mann.

»Wer fehlt denn noch?«, will Vanessa wissen und zeigt auf die verbliebenen drei Plätze und das Gedeck.

»Niemand«, antwortet Ruth schnell. »Wir haben ja gedacht, Flori und die Kleine kommen auch.«

»Aber da ist doch ein dritter Teller«, beharrt Vanessa. Ruths Blick nach zu urteilen, würde sie Vanessa am liebsten mit einem ihrer Seidentüchlein erdrosseln.

»Lass nur«, sage ich. »Die können wir abräumen. Ruth hat sich bestimmt verzählt.«

»Ich …«, fängt Ruth zu stottern an. »Lass doch stehen, stört doch niemanden.«

Im Augenwinkel sehe ich, wie Max mich mustert. Ein wenig zu lange und zu intensiv, wenn man bedenkt, wie unwichtig einem Unbeteiligten dieses Gespräch erscheinen muss.

Es kostet mich einiges an Kraft, aufzustehen und die drei Teller, nicht nur zwei, zu nehmen und sie auf der Kochinsel abzustellen.

»Zufrieden, Vanessa?«, frage ich und es klingt ein klein wenig biestiger als beabsichtigt.

»Entschuldige, Dalia, tut mir leid.« Vanessa wird nun so rot, dass meine vorherige Röte dagegen verblasst. »Ich hab im ersten Moment nicht an Tim gedacht.«

»Das tut ihr alle nicht mehr so oft, nicht wahr?«, murmele ich. Laut genug, dass die Hälfte der Anwesenden es hören kann. Als ich mich wieder setze, sind Max' Füße offenbar wieder unter seinem Stuhl verschwunden und niemand spricht. Ruth legt beruhigend ihre Hand auf meinen Oberschenkel, aber ich schüttele sie ab und sage: »Lasst uns anfangen zu essen. Danke für die vielen Köstlichkeiten, Yael.«

Yael nickt mir mit ernstem Blick zu. Es dauert einen Moment, dann fangen die Ersten an, zögerlich zuzugreifen.

Nur Jo nicht. Yaels sechsjähriger Sohn zieht ein Glas unter dem Tisch hervor, so als hätte er nur auf diesen Moment gewartet, um es endlich neben seinen Teller stellen zu können, und dann greift er nach einer Brotscheibe aus dem kleinen blauen Korb neben dem Salzstreuer.

Yael zieht die Augenbrauen in die Höhe und setzt zu einer Erklärung an. Dabei stört es mich gar nicht, es macht etwas völlig anderes mit mir. Ich schaue wie hypnotisiert auf Jo, der sich ungelenk mit der falschen Seite des Messers Schokocreme aufs Brot schmiert. Und eine Erinnerung zwickt mich schmerzhaft in die Seite. Wenn Tim Nutella auf sein Brot hat haben wollen, dann hat er immer gesagt, dass er eine *Edith* geschmiert bekommen möchte. Unsere inzwischen verstorbene Oma Edith hat ihn von klein auf mit Nutellabroten verwöhnt. Unser Vater hat jedes Mal herzlich darüber gelacht. »Judith, bitte einmal Oma aufs Brot für unseren Tim.« Ich kann keine Schokocremegläser mehr sehen, sie machen mich unglaublich traurig. Und da sitzt dieser kleine, goldige Junge und schmatzt Nutella. »Edith«, rutscht es mir heraus.

»Was hast du gesagt?«, fragt er und zeigt mir seine schwarzen Zähne.

»Nichts«, murmele ich.

»Er ist in einen Essensstreik getreten. Das Einzige, was er isst, sind Nutellabrote. Und ich habe aufgegeben«, seufzt Yael und kratzt sich mit dem Zeigefinger am Kinn.

»Das ist aber nicht gut für Kinder in seinem Alter«, kommentiert Vanessa.

»Das weiß ich auch, aber ich kann ihn ja nicht verhungern lassen«, erwidert Yael spitz.

Vanessa, immer darauf bedacht, keinen Streit vom Zaun zu brechen, wendet sich schnell Max zu und fragt: »Wo habt ihr beiden euch denn kennengelernt? Du und unsere Dali?«

»Wir sind kein Paar«, antworte ich schnell für ihn. Es ist besser, wenn ich es sage, nicht er. Warum, das kann ich mir selbst nicht erklären. »Er wohnt nur bei mir, bis … na ja, bis ich und Moritz das mit der Wohnung geklärt haben.«

»Du solltest die Wohnung kaufen«, meint Mark. »Hat er dir schon ein Angebot gemacht?«

»Ja, aber ich bin mir unsicher …« Ich stochere auf meinem Teller herum und hoffe, dass niemand das Geld meiner Mutter ins Spiel bringt. Ich muss dringend ablenken. Ein Blick auf Vanessa und ich sage gespielt gut gelaunt: »Max und ich haben uns am Flughafen kennengelernt.« Ich sehe auf, versuche, angestrengt so fröhlich zu sein, wie ich es gewesen bin, bevor Vanessa auf die Teller angespielt und Jo mich an Tim erinnert hat. »Total witzige Geschichte.« Und dann erzähle ich diese total witzige Geschichte und ich übertreibe dabei ein wenig, dichte Kleinigkeiten dazu und alle lachen. Nur Max legt hin und wieder seinen Kopf leicht schief und sieht mich mit diesem Blick an, der mir immer das Gefühl gibt, er kenne mich besser, als mir lieb ist.

»Und dann stand er einfach vor deiner Tür«, seufzt Nathalie. »Schon romantisch, oder?«

Tanja neben ihr fährt sich durch ihr langes blondes Haar. »Ja, sehr.«

»Ach, Quatsch. Da war gar nichts romantisch, oder, Max?«

»Nein, gar nichts«, sagt er und sieht mir fest in die Augen. Ob er jetzt auch an Italien denken muss und daran, dass das wirklich romantisch gewesen ist?

Jo hat mittlerweile das halbe Nutellaglas vernichtet und meine Erinnerungen haben sich so weit in meinen Kopf zurückgezogen, dass ich ihm mit einem nassen Waschlappen übers Gesicht wischen kann, ohne dass sich sofort mein Herz schmerzhaft zusammenkrampft. Es wird besser, von Jahr zu Jahr. Irgendwann wird es nicht mehr so weh tun, keinen Teller für Tim auf den Tisch zu stellen. Irgendwann schaffe ich es vielleicht sogar, eine Anekdote aus dem Leben meiner Mutter zu erzählen. Vielleicht die Geschichte meines zehnten Geburtstages, als sie zur Feier des Tages das Wohnzimmer in einen Dschungel hat verwandeln wollen – ich habe damals unbedingt in den Regenwald auswandern und Pangolinforscherin werden wollen. Leider ist Mama beim Umräumen der Möbel mit einer Yuccapalme kollidiert – am Auge. So, dass wir den Rest meines Geburtstags in der Augenklinik verbracht haben. Irgendwann werde ich das erzählen und laut lachen können. Vielleicht sehe ich dann in Max' Gesicht, denn wenn ich in seinen Augen schwimme, dann kann der Rest der Welt doch so trüb sein, wie er will.

Halt, bremse ich mich aus, halt. Max wird bei meinen nächsten Geburtstagen nicht hier sein. Er ist dann in Amerika. Bei Sabrina.

Ich schüttele mich innerlich und beiße mir fest auf die Lippe. Zum Glück gibt mir Yael just in diesem Moment eine Aufgabe. Eine dringend benötigte Ablenkung von meinen Tagträumen ohne Zukunft. Was soll das auch? Ich will doch gar keine Zukunft mit Max. Lächerlich.

»Hilfst du mir?« Yael drückt mir ein löchriges Geschirrhandtuch in die Hand.

»Ja, klar.«

Während die anderen am Tisch zusammenräumen, Mark mit Ruth auf die Terrasse verschwindet, um Getränkenachschub zu holen, und Max sich mit Jo, Aaron und Ricardo auf den Teppich setzt, reibe ich gedankenverloren Töpfe trocken.

Es gelingt mir nie lange, nicht zu Max zu schauen. Und ihm offenbar auch nicht, eine angemessene Zeit verstreichen zu lassen, bis er wieder meinen Blick sucht. Wie zwei Süchtige, die ihren Stoff nicht aus den Augen verlieren wollen.

Bis Yael sich neben mich stellt und mir erst dadurch auffällt, dass ich meine Ellbogen auf die Arbeitsplatte gestützt habe und das Handtuch untätig neben mir liegt.

»Oh Gott, du hast mit ihm geschlafen!«, sagt sie gespielt entrüstet.

»Was?«

»Du«, sie gibt mir mit dem Pfannenwender einen Schlag auf den Po, »hattest Sex mit ihm.«

»Du spinnst ja«, erwidere ich und greife widerwillig nach dem Handtuch. »Wie kommst du denn darauf?«

»Das sehe ich! Das sieht man wahrscheinlich durch geschlossene Türen bis rauf in Ruths Badezimmer.«

»Man kann es auch riechen«, erklärt Nathalie und stellt sich lachend neben uns.

»Riechen?« Ein kleines Glucksen kommt aus meinem Mund. Seltsam, wie glücklich sich so ein winziges Geräusch anhören kann.

»Ja, ich rieche die sexuelle Energie im Raum.«

»Das liegt wohl eher an Tanja und dir«, kontere ich.

»Nee, oder!«, ruft Yael entrüstet und packt Nathalie instinktiv am Handgelenk.

»Was nicht ist, kann ja noch werden!« Nathalie zwinkert vieldeutig und windet sich geschickt aus Yaels Griff. »Aber bei dir, Baby, bei dir ist es schon zu spät!«

»Wofür?« Ich schüttele den Kopf, spiele weiter die Ahnungslose.

»Von Kopf bis Fuß und wieder zurück.«

»Was?«

»Bist du verschossen in Max, der nur dein Mitbewohner ist und mit dem es auch gar nicht romantisch ist. Den du aber so ansiehst, als wäre er die Reinkarnation von River Phoenix.«

»Seit wann stehst du auf River Phoenix, Nathalie?«

»Ich nicht, aber du! Ich kenne doch noch deine alte Vorliebe für die Tragik jung verstorbener Helden. Oder ist er mehr der Typ James Dean? Jimi Hendrix? Warte, ich weiß, Kurt Cobain, nur gepflegter.« Sie legt den Kopf schief.

»Auf jeden Fall«, erklärt Yael leise und beugt sich weiter nach vorn. »Auf jeden Fall ist er bestimmt ein super Vater!«

Ich kann nicht glauben, was sie da sagt! »Ich habe nicht vor, mit ihm Kinder zu haben«, sage ich, als wäre das für mich wie für die meisten Frauen im wahrsten Sinne des Wortes ein Kinderspiel.

»Entschuldige, Liebes. Aber er ist so nett mit den Kindern, ich glaube …« Sie bricht ab und macht eine abwehrende Handbewegung.

Ich schaue auf Max, der eines von diesen Minibilderbüchern in der Hand hält, die in seinen großen Pranken noch kleiner aussehen, als sie es ohnehin tun. Ich kann nicht hören, was genau er sagt, aber es sieht so aus und klingt so, als verstellte er die Stimmen beim Vorlesen.

»Er wusste, was Nurofensaft ist«, sagt Yael und sieht stumm weiter in Max' Richtung.

»Und was ist das? Bin ich da jetzt wieder raus, als Kinderlose?«, motze ich. Und dann bleibt mir der Mund noch hinter dem Fragezeichen offenstehen. »Du meinst …«

»Sieh ihn dir an. Er hat sich praktisch auf die Kinder gestürzt. Er hat einen Draht zu ihnen und er sieht sie so an, als würde er am liebsten einen von ihnen mit nach Hause nehmen.«

»Du meinst …«, versuche ich erneut und mein Hals fühlt sich zu schmal an, um zu atmen. Mein Herz zu schwer, um mich zu bewegen. »… er hat selbst Kinder?«

»Ich frag ihn jetzt.«

»Yael!«

Aber Yael ist nicht aufzuhalten. Sie dreht sich noch im Aufstehen zu mir. »Oder willst du das machen?«

Sie zwinkert und versteht überhaupt nicht, was das alles hier gerade mit mir macht. Wie betäubend die Vorstellung ist, dass Max etwas hat, was ich nie haben kann. Und wie hilflos es mich macht, dass mich das so tief verstört. Alles nur, weil wir einmal miteinander geschlafen haben? Alles nur, weil er mir viel,

viel mehr bedeutet, als er es sollte? Ich kralle die Fingernägel in meine Handflächen.

Yael dagegen marschiert auf die Kinderschar zu und kniet sich neben Max.

Wie ferngesteuert folge ich ihr, ungeachtet dessen, wie lächerlich es aussehen muss, dass ich ihr wie ein Zombie nachlaufe und hinter ihr stehen bleibe. Es fehlt nur noch, dass ich einen Notizblock zücke und in Steno den Wortwechsel zwischen Max und Yael festhalte. Nur damit ich es auch wirklich glauben kann.

»Hej, ihr Lieben, amüsiert ihr euch gut?«

»Der Max kann Stimmen nachmachen, Mama. Der liest viel besser vor als du«, piepst Aaron.

»Na, danke.« Yael lacht.

Und ich stehe immer noch hinter ihr. Unbeweglich wie eine Statue. Die Luft anhaltend.

»Du machst das echt super, Max.«

»Danke, ist wirklich nett mit den Jungs.«

»Das ist selten, dass jemand gleich so einen guten Draht zu ihnen hat, sie sind da sonst eher schüchtern.«

»Ihr zwei und schüchtern?« Max wuschelt Jo übers Haar und Aaron kichert.

»Kannst du noch mal die Pinguine nachmachen? Nur noch ein einziges Mal«, lispelt Jo.

Ich muss Yael sagen, dass er mal in die Praxis kommen soll, er stößt zu sehr mit der Zunge an, schwirrt es mir durch den Kopf. Mein Verstand versucht abzulenken, von der Frage und vor allem von der Antwort, die mich in wenigen Sekunden erwartet. Als hinge mein Leben davon ab, klebe ich an Yaels und Max' Lippen.

»Hast du Erfahrung mit Kindern? Ich meine, hast du selbst welche?« Yaels Stimme klingt interessiert, nicht übermäßig neugierig.

Max sieht etwas überrascht auf, legt das Pixibuch beiseite und sieht dann erst Yael an, dann mich. So langsam, dass die Zeit stehen zu bleiben scheint.

»Ich habe eine Tochter«, sagt er, und wenn die Welt gerade noch stehen geblieben zu sein scheint, dann dreht sie sich jetzt doppelt so schnell. Mir wird schwindelig davon.

Weil ich aber trotzdem kapiere, dass ich nicht einfach so hier stehen und Max anstarren kann, als wäre er von einem anderen Stern, drehe ich mich um und mache mich an Ruths Glasvitrine zu schaffen. Ich klemme mir den Sauerkirschlikör unter den Arm und nehme dann so viele kleine Schnapsgläser heraus, wie ich mit zwei Händen tragen kann.

Ich höre nicht mehr, was Yael, Ruth und Max weitersprechen, ganz einfach, weil ich es nicht hören will. Ich bin im absoluten Verdrängungsmodus, um nicht verrückt zu werden. Vor allem, weil ich nicht weiß, warum mir schwindelig davon wird, dass Max Vater ist. Er hat ein Kind, so what?

»Wer trinkt Likör mit mir?«, rufe ich.

Und weil Max und Yael beide mehr oder weniger naturgemäß ausscheiden, muss ich jetzt auch keine Angst haben, irgendwie auf Max reagieren zu müssen.

Seine Blicke spüre ich dennoch im Rücken und frage mich ununterbrochen, was er jetzt denkt. Es ist alles möglich. Von *Die Alte spinnt*, über *Ich hätte es ihr früher sagen müssen* bis zu *Wir haben nur gebumst, mehr ist da nicht, was geht sie an, ob ich ein Kind habe oder nicht?*.

Auch der zweite Likör bringt keine Verbesserung. Überhaupt fühle ich mich so, als hätte die Welt mich aufgefressen und nachher unverdaut wieder ausgekotzt. Kein schönes Bild, kein schönes Gefühl. Aber vertraut.

19. Kapitel

»Wieso hast du nichts gesagt?«

»Du hast nicht gefragt«, knurrt er.

»Du hättest trotzdem was sagen können. Ich meine, du weißt so viel von mir und … ich weiß etwas so Wichtiges nicht von dir.« Wo kommt dieses Brennen in meinem Hals her? Ich räuspere mich. Ausgerechnet ein Kind. Warum konnte es kein Hund sein? Ich hätte kein Problem mit einem Hund. Von mir aus eine Ex-Frau oder eine heimliche Stalkerin. Warum ausgerechnet das, was ich nicht haben kann? Wieso stört es mich überhaupt?

Max setzt den Blinker und fährt aus dem Wohngebiet heraus. Er ist nicht angeschnallt, stattdessen steckt eine Schnalle ohne Gurt in der Halterung. Wohl um zu verhindern, dass der Alarmton losgeht. In mir dagegen piepst und dröhnt es dafür umso lauter. Seit ich weiß, dass er ein Kind hat, bin ich im Ausnahmezustand.

»Es ist nichts, womit ich hausieren gehe.«

»Es?«, erwidere ich und schnaube laut.

»Ich gehe nicht hausieren mit der Tatsache, dass ich eine Tochter habe, die nicht bei mir lebt«, kommentiert er. Der gereizte Unterton nur sehr schlecht verhohlen.

»Wie heißt sie?«

»Chrissy.«

Chrissy. Ob ihr voller Name Christina ist? Oder vielleicht Christin, Christa oder tatsächlich einfach nur Chrissy? Ob sie helle Haare hat oder die dunklen von Sabrina? Das Foto aus seinem Portemonnaie kommt mir wieder in den Sinn, das Foto neben Sabrinas Bild. Ich hielt es für einen Schnappschuss aus Max' Kindheit. Es könnte auch ein Mädchen sein. Sein Mädchen. Mir fällt auf, wie er auch die zweite Hand ans Lenkrad legt. Unentspannt. »Schämst du dich für sie?«, platze ich heraus.

»Was?« Er sieht kurz nach rechts zu mir.

»Na, weil du mir nichts von ihr erzählt hast.«

»Vielleicht bist du ja nicht unbedingt der Mensch, dem man von seinen Kindern erzählt.«

Jetzt räuspert er sich, so als wollte er den scharfen Klang seiner Worte im Nachhinein mildern. In meinen Ohren rauscht das Blut laut und ich versuche, den Kern dieser Wahrheit gar nicht an mich heranzulassen. »Ich mag Kinder.«

»Ich weiß«, seufzt er. Locker klingt anders. Er beginnt mit der rechten Hand am Radio herumzuhantieren, stellt einen anderen Sender ein, dreht die Musik lauter, dann wieder leiser. Als die Nachrichten angekündigt werden, drückt er mit roher Gewalt auf den Knopf und dann ist es still.

»Also, warum? Warum hast du mir nichts von ihr erzählt?«

»Ist das so wichtig?«, fragt er genervt.

»Sie ist dein Kind, sie sollte dir wichtig sein.«

»Ist es wichtig für *dich*?«

Ich erstarre und fühle, wie sich das Brennen in meiner Kehle direkt auf meine Wangen überträgt. Was will er mir damit sagen? Dass es mich nichts angeht? Ich weiß nicht, was ich antworten soll. Sage ich Ja, klingt es, als stellte ich Besitzansprüche an ihn. So weit sind wir nicht. Sage ich Nein, suggeriere ich Gleichgültigkeit. Ich will keines von beidem. »Ja, irgendwie schon«, erkläre ich schließlich leise. »So fürs Gleichgewicht«, füge ich hinzu.

»Was für ein Gleichgewicht?«

Ich zögere kurz, sehe aus dem Fenster und zähle in Gedanken die altmodischen Strommasten, die sich hier noch über den Acker zu unserer Rechten ziehen, auf dem bereits die Bagger warten, um auch die letzte Freifläche in ein Baugebiet zu verwandeln. Erst dann sage ich vorsichtig – weil es mir selbst in diesem Moment etwas albern erscheint: »Ich finde, das, was Menschen voneinander wissen, muss im Gleichgewicht stehen. Wenn du intime Dinge von mir weißt und ich dagegen nichts von dir, dann ist das Gleichgewicht gestört.«

Ich wappne mich innerlich davor, dass er laut lacht, sich über mich lustig macht oder weiter stoisch auf die Straße sieht und mich ignoriert. Umso heftiger erschrecke ich daher, als er eine Vollbremsung hinlegt, die mich in den Gurt und ihn mangels Gurt aufs Lenkrad drückt, sodass die Hupe, auf die sein Oberkörper aufschlägt, einen dumpfen, widerwilligen Ton von sich gibt. Mit quietschenden Reifen schlittern wir auf eine Aussparung am rechten Fahrbahnrand zu. Und bleiben dort stehen. Wie zur Bestätigung erlöschen just in diesem Moment die Lichter in dem Flachdachbungalow zu unserer Linken.

Max hält das Lenkrad noch immer fest, als hinge unser Leben davon ab. Dann dreht er sich langsam zu mir, seine Augen wirken leer. Ich kenne diesen Ausdruck. Sehr gut sogar. Er ist mir Tausende von Malen im Spiegel begegnet und auf einmal tut es mir schrecklich leid, dieses Gespräch überhaupt begonnen zu haben. Auf einmal ist die Tatsache, dass er eine Tochter hat, nicht mehr das Wichtigste in meinem Kopf. Alles, was ich will, ist, dass er aufhört, so verloren auszusehen. »Es ist nicht so wichtig. Das mit dem Gleichgewicht«, sage ich sanft und strecke meine Hand aus. Unsicher, ob ich sie auf seine Hand legen oder ihn an der Wange berühren soll.

Max nimmt mir die Entscheidung ab, mit einer ruckartigen Bewegung dreht er sich zu mir, drückt auf das rote Plastik meines Gurtschlosses und zieht mich in seine Arme. Und dann küsst er mich, als gäbe es kein Morgen. Und Gestern auch nicht. Alles verschwimmt in diesem Kuss, die Zeit, das Gleichgewicht. Aus dem Brennen in meiner Kehle wird ein Schauer, der sich anfühlt, als würde man mit einer Feder kitzelnd mein Innerstes berühren. So zart und butterweich und so gar nicht zum Drübernachdenken. Es ist einer dieser wenigen Momente im Leben, in denen nur eben dieser Moment zählt. Solange er andauert. Und das ist viel zu kurz.

Denn dann, dann ist es einfach vorbei.

Und wir sind wieder nachts auf einer Straße, halb in einer Parkbucht.

Das Federleichte wird granatenschwer. Vor allem, weil es sich so gut angefühlt hat.

»Fahren wir nach Hause?«, fragt er heiser und schaut mich noch einmal kurz an, bevor er sich wieder mit beiden Pobacken auf seinen Sitz setzt.

»Ja«, stimme ich fast tonlos zu.

Ich warte darauf, dass er losfährt, und zurre meinen Gurt fest. Aber es tut sich nichts, der Motor brummt munter weiter – was mir jetzt erst auffällt, da der Tumult in meinem Kopf nicht länger alle anderen Geräusche dämpft.

Ich sehe Max von der Seite an. Er schließt kurz die Augen und dann sagt er: »Ich bin nicht stolz darauf, dass ich keinen Kontakt zu meiner Tochter habe. Okay?«

Die Art, wie er das sagt, fordert eine Antwort. Also räuspere ich mich und antworte: »Okay.«

»Ich habe einiges versaut, so viel falsch gemacht. Aber ich will das wiedergutmachen. Darum gehe ich in die USA.«

Nur darum? »Du sagst das, als wäre es für dich eine Art Strafe«, rutscht es mir heraus, bevor ich weiter darüber nachdenke.

»Nein … ja, keine Ahnung. Es ist nicht das, was ich vorhatte. Aber daran bin ich selbst schuld.«

»Was hattest du denn vor?«, will ich wissen.

Ich warte noch immer darauf, dass er den Gang einlegt und losfährt.

»Nichts Weltbewegendes. Ich hätte gern mit meinem Freund Peter ein eigenes Büro aufgemacht. Ein Architektenbüro mit Häusern für normale Menschen. Praktische Lösungen, kein Schnickschnack. Ich bin gern hier. Meine Familie lebt hier, meine Freunde. Und ich lasse Philipp ungern zurück, auch wenn es ihm schon viel besser geht. Trotzdem wäre es schön, einspringen zu können, auch wenn er die Kneipe dann wieder selbst übernommen hat. Ich würde Lina und Ed vermissen und …«

Und was? Mich? Wollte er das sagen? Ach was, Unsinn.

»Vergiss es einfach«, schließt er und schaltet in den Rückwärtsgang, setzt ein Stück zurück und legt krachend den ersten Gang ein.

»Warum bleibst du denn nicht einfach, wenn du so gern hier bist?«

»Weil es nicht so einfach ist.« Er gibt Gas.

»Ist es nicht ein bisschen unfair, dass deine Ex entschieden hat, mit eurer Tochter in die Staaten zu ziehen? Sollte das nicht auch deine Entscheidung sein?«

Er macht ein schmatzendes Geräusch, zieht die Unterlippe zwischen den Zähnen durch und sagt dann spitz: »Nein, ich habe kein Recht auf diese Entscheidung. Können wir jetzt bitte von etwas anderem reden?«

Ich will gerade sagen, dass er doch wieder damit angefangen hat, aber ich bleibe stumm. Denn ich werde den Gedanken nicht los, dass uns seit heute etwas verbindet. Etwas, das vorher schon da gewesen ist, das vielleicht sogar der Feuerstein für jeden kleinen Funken zwischen uns gewesen ist. Aber unbemerkt. Auf einmal wird mir klar, dass Max ein ebenso großes Geheimnis hat wie ich. Und dass er weiß, wie es ist, in ein Loch zu sehen und sich zu wünschen, darin verschwinden zu können.

20. Kapitel

»Max, bist du wach?«

Ich wäre auf dem Weg ins Wohnzimmer beinahe über den großen Karton gestolpert. Ist der vorhin, als wir von Ruth nach Hause gekommen sind und ich schweigend in meinem Zimmer verschwunden bin, auch schon da gewesen?

Stellt Max mir jetzt Fallen, damit ich nicht ständig nachts über den Gang poltere und ihn wecke? Will er sich überhaupt jemals ein Bett besorgen und ins Gästezimmer ziehen?

»Max? Bitte, es ist wichtig!«

»Mmh?«, brummt er verschlafen.

»Da piepst etwas und ich finde nicht raus, was!«

»Lass es piepsen!«

»Bitte!«

Er schüttelt sich und rappelt sich dann auf einen Ellbogen auf. »Wo?«

»Ja, wenn ich das wüsste«, sage ich verzweifelt und verschränke die Arme vor der Brust.

Er legt den Finger auf die Lippen und den Kopf ein wenig schief. »Ich höre nichts. Da ist nichts.«

Max lässt sich zurück auf die Sofakissen fallen.

»Nein! Warte, es piepst im Abstand von fünfundvierzig Sekunden. Sei mal einen Augenblick still.«

»Ah, ich weiß, was das ist«, erklärt er. Auf einmal wirkt er hellwach.

»Ich finde es für dich.«

Mit einem einzigen Sprung ist er auf den Beinen.

»Was ist es?«

»Setz dich hier hin, ich sorge dafür, dass es aufhört, in Ordnung?«

Beruhigend ist das irgendwie nicht. Es ist sogar sehr beunruhigend. Warum sagt er mir nicht einfach, wo das Geräusch herkommt?

»Explodiert der Gastank?«

»Hast du eine Gasheizung?«, fragt er stirnrunzelnd.

»Äh, nein, Öl, aber vielleicht der von den Nachbarn.« Langsam werde ich panisch, und das ist überhaupt nicht lustig. Auch wenn Max sich nur mit größter Mühe verkneifen kann zu grinsen.

»Sag es mir, sofort.«

Er schließt kurz die Augen. »Du lässt nicht locker, oder? Reicht es dir nicht, dass ich sage, ich sorge dafür, dass es aufhört zu piepsen?«

»Nein. Ich muss es wissen.«

»Du quetschst mich also lieber aus, als mich das Piepsen abstellen und vielleicht auch die Explosion verhindern zu lassen?«

»Nein!«, schreie ich laut. »Geh, schnell.«

Max zieht sich seelenruhig ein T-Shirt über.

»Mach!«

Und dann geht er zielstrebig auf die Küche zu.

»Und wenn du zurückkommst, sagst du es mir!«

Ich höre ihn leise lachen. Und das ist allemal besser als der leere Ausdruck vor wenigen Stunden im Auto.

Nervös trippele ich von einem aufs andere Bein, traue mich aber nicht, ihm nachzugehen. So wie es sich anhört, hat er die

Schiebetür zur Speisekammer geöffnet und ich frage mich fieberhaft, was darin piepsen und in die Luft fliegen könnte.

Max kommt langsam aus der Küche zurück, und obwohl sicherlich fünfundvierzig Sekunden längst vergangen sind, hat es nicht mehr gepiepst.

»Was war es?«

»Erinnerst du dich an unsere erste Begegnung?«, fragt er statt einer Antwort und stellt sich vor mich.

»Ja, klar.«

Ich schaue auf seine Hände, als stünde dort geschrieben, wie er das Piepsen beendet hat.

»Erinnerst du dich auch, warum du vor mir davongelaufen bist?«

»Ja«, sage ich und kratze mich am Hinterkopf, weil ich nicht weiß, was ich sonst mit meinen Händen anstellen soll, jetzt, da er so nah vor mir steht.

»Es war nur der Rauchmelder. Die Batterien sind leer.«

»Oh.«

Ich bin ehrlich überrascht und beschämt, dass ich nicht selbst auf die Idee gekommen bin. Immerhin habe ich das Teil höchstselbst an der Decke der Abstellkammer angebracht. Moritz hat sich geweigert, er hat es für unsinnig gehalten, für Dosenvorräte, Müslipackungen und ein paar Putzsachen einen Rauchmelder zu installieren. Moritz. Seltsam, wie weit weg er ist. Wann habe ich das letzte Mal an ihn gedacht? Ich habe noch nicht einmal jetzt Lust, einen einzigen Gedanken an ihn zu verschwenden. Wie und wann ist das denn passiert?

»Dalia?«

»Ja?« Ich muss wohl sehr abwesend aussehen.

»Wusstest du auch, dass ich dich eine ganze Weile beobachtet habe, bevor ich dich angesprochen habe?«

»Nein«, antworte ich überrascht und weiß auf einmal auch nicht mehr, wo ich hinsehen soll. Diese enge Shorts, die er trägt, betont mehr, als dass sie etwas versteckt. Und in seine Augen kann ich auch nicht schauen, ohne Gefahr zu laufen, darin zu ertrinken.

»Du hast genauso ausgesehen, wie ich mich gefühlt habe.«

»Wie hast du dich gefühlt?«, frage ich. Er steht jetzt so nahe bei mir, dass sich irgendwann in den nächsten Sekunden zwangsläufig irgendetwas an uns berühren wird. Unsere Fingerspitzen, meine Brust gegen seine, oder auch einfach schon wieder unsere Lippen.

»Verloren.«

Ich nicke.

»Und dann hast du gesagt: ›Hoffentlich sieht man wenigstens dieses verdammte Feuerwerk nicht.‹ Und ich wusste, ich muss dich ansprechen.«

»Weil minus mal minus plus ergibt?«

»Vielleicht.«

»In New York – du meintest, du wärst bei deiner Familie gewesen. Warst du da bei deiner Tochter?«

»Ja, war ich.« Er seufzt kurz. Es sind nur wenige Millimeter, die er zurückweicht, aber sie fühlen sich an wie Kilometer.

»Es tut mir leid«, sagt er.

»Dass du eine Tochter hast?«

»Dass ich es dir nicht gesagt habe. Ich wollte, aber irgendwie hat es nie gepasst und … und dann habe ich gesehen, wie sehr du darunter leidest, keine Kinder zu haben.«

»Und sie haben alle Kinder«, wiederhole ich seinen Satz von gestern leise.

Italien ist nicht nur achthundert Kilometer entfernt, es scheint in einem anderen Leben stattgefunden zu haben.

»Ja, inklusive mir. Und wie du siehst: Manch einer hat dieses Glück gar nicht verdient.«

»Ich bin mir sicher, dass jeder auf irgendeine Art und Weise Glück verdient hat«, sage ich vorsichtig. Jedes Mal, wenn irgendjemand von uns dem anderen etwas Bedeutsames erzählt, habe ich das Gefühl, über ein Minenfeld zu laufen. Barfuß und schutzlos. Jeder Schritt, jedes Wort könnte zu einer Explosion führen. Manchmal braucht es auch gar keine Worte, ich kann ihn kaum mehr ansehen, ohne etwas zu fühlen. Sehr viel zu fühlen. Seltsam, dass Max diese Wirkung auf mich hat.

»Und was, wenn es Menschen gibt, die sich das Glück verspielt haben?«

»Möchtest du mir sagen, warum du denkst, dass das auf dich zutrifft?«, frage ich und mache diesen einen winzigen Halbschritt auf ihn zu, den er zurückgewichen ist.

»Eigentlich möchte ich dich lieber küssen«, antwortet er. Sein Atem berührt meine Haut und das reicht, um Schockwellen der Begierde durch meinen Körper zu jagen.

»Warum tust du es dann nicht einfach?«

»Weil ich Angst habe, dass ich mehr haben möchte.«

»Macht es dir auch noch Angst, wenn ich dir sage, dass ich nichts dagegen hätte?«

Er senkt den Kopf leicht, sodass seine Lippen mein linkes Ohr berühren. Mit der Nasenspitze streift er ein paar Haarsträhnen zur Seite und flüstert: »Dann macht es mir noch mehr Angst.«

Aber es hält ihn nicht ab und mich auch nicht. Unsere Münder finden so gierig zueinander, dass es ohnehin keinen Raum mehr für Worte oder Gedanken gibt. Eins werden, ist mein letzter halbwegs klarer Gedanke, bevor ich ihn mit meinen Händen so fest an mich ziehe, dass ich alles an ihm spüren kann. Von dem energischen Druck seiner Arme um meine Taille bis zu der unmissverständlichen Beule in seiner Hose, hinunter zu dem festen Muskelstrang an seinen Beinen, die sich gegen meine Oberschenkel pressen. Seine rechte Hand greift in meinen Nacken und ich seufze laut und sehnsuchtsvoll. Er löst einen kurzen Augenblick seine Lippen von meinen und sagt: »Ja?«

»Ja«, hauche ich. Es ist sowieso schon wieder viel zu spät, um uns Einhalt zu gebieten. Der Zauber hat nichts, aber auch gar nichts mit den Koordinaten zu tun, an denen wir uns befinden. Die Magie ist völlig heimatlos, sie knistert und explodiert in jeder Pore unserer beiden Körper. Man kann es nicht auf Romantik schieben und auch nicht auf eine vorübergehende Schwäche. Mir wird angstvoll bewusst, dass ich kurz davor bin, ihm total zu verfallen. In der Sekunde aber, in der Max mit seinen Lippen meinen Hals hinunterfährt, habe ich schon jegliche Bedenken verloren. Ist mir doch egal, wenn ich auf eine Mine trete. Solange es sich so gut anfühlt, bin ich gern bereit, meinen Verstand in die Luft zu jagen.

Max atmet schwer gegen meinen Hals und entledigt sich schnell selbst seiner Kleider, während ich ungeschickt versuche, möglichst sexy meine Jogginghose abzustreifen.

Einen Moment lang sehen wir uns tief in die Augen, dann legt Max seine Hände auf meinen nackten Po, hebt mich hoch und wirft mich wie einen Mehlsack über die Schulter. Nicht ohne seine Finger besitzergreifend um meinen Hintern zu schließen.

»Was machst du?«, frage ich und kichere.

»Ich trage dich ins Schlafzimmer«, antwortet er mit dunkler Stimme.

Wenn ich gedacht habe, dass nun alles ganz schnell gehen würde, dann habe ich mich gründlich getäuscht.

Max legt mich auf das Bett, aber er hat überhaupt keine Eile. Seine Fingerspitzen kitzeln auf meiner Haut und fahren die dünnen Abdrücke nach, die mein BH unter meiner Brust hinterlassen hat. Er beginnt meinen Oberkörper Zentimeter für Zentimeter zu betasten. Unendlich langsam und zärtlich. Ich erwische mich dabei, dass ich immer wieder entzückt aufstöhne.

»Es ist sexy, wenn du das machst. Dieses Ah und Oh«, murmelt er und ich höre ein leichtes, rauchiges Lachen, das sich in seine Stimme stiehlt.

Mein Verstand will Antworten von mir, er fragt mich, was das ist zwischen ihm und mir. Meinem Körper dagegen ist es völlig egal. Er will einfach nur spüren.

Und genau das bekomme ich. Pures Gefühl. Jede unserer Berührungen verwischt jeden vernünftigen Gedanken, alles, was meine Hände, mein Mund, mein ganzer Körper tun, geschieht von ganz allein. Ich gebe keine Befehle mehr, ich gebe mich einfach nur hin. Wieder und wieder verschmelzen wir miteinander. Es reicht nicht, es ist nicht genug, selbst als wir schwitzend nebeneinander liegen, mein Bein über seinem Oberschenkel, selbst da habe ich noch das Gefühl, nicht genug von ihm bekommen zu haben.

»Gute Nacht, Schönheit«, sagt er. »Wenn es okay ist, bleibe ich hier im Bett. Ich glaube nicht, dass ich noch Kraft genug habe, es auf die Couch zu schaffen.«

Ich kichere ein wenig und streiche ihm übers Haar. »Du kannst gern bleiben.«

Er atmet schon flacher und ruhig, als ich noch immer wach bin und denke, dass das offenbar auch etwas ist, was wir nicht abstellen können. Die Tatsache, dass wir sehr ehrlich zueinander sein können und manche Dinge dennoch nur sagen, wenn wir den anderen schlafend wissen oder glauben.

»Tha gaol agam ort«, flüstere ich. Es ist egal, dass das Gälische keinen Unterschied macht bei einer Phrase, die im Deutschen doch deutlich abweichende Bedeutungen hat. Denn ich weiß selbst nicht, welche davon wahr ist.

Am Morgen ist er noch da. Als ich erwache, sitzt er auf meinem Bett und fragt mich: »Was heißt das eigentlich, was du letzte Nacht zu mir gesagt hast?«

»Was?« Ich stelle mich dumm, was nicht so schwer ist, zehn Sekunden nach dem Aufwachen.

»Tha gol aga irgendwas«, sagt er und grinst. »Ich habe versucht, es mir zu merken. Aber irgendwie … na ja, mit keltischen Sprachen habe ich es nicht so.«

»Keine Ahnung«, antworte ich. Stimmt ja auch … irgendwie. »Das soll ich gesagt haben?«

»Ja!«

Ich zucke mit den Achseln und suche zwanghaft in meinen müden Hirnwindungen nach einem anderen Thema. »Was war das für ein Karton gestern Nacht? Im Wohnzimmer. Bist du schon wieder am Packen?«

»Ah«, ruft er und schlägt die Decke beiseite. Er wackelt ein wenig albern mit dem Hintern und sagt dann: »Warte hier, das hab ich total vergessen. Ist ein Geschenk für dich.«

»Noch eins?«, rufe ich ihm nach.

Er nickt begeistert, als er wieder zurückkommt und den Karton vor mir auf das Bett stellt.

»Was ist das?«

»Mach es auf.«

Ich richte mich ein wenig auf, ziehe die Bettdecke an meine Brust und stecke die Zipfel des Bezugs unter meine Achseln. Dann öffne ich den Deckel.

Zunächst erkenne ich gar nichts, außer ein paar dicken Kabeln und einem Holzbrett.

»Ich helf dir.« Max' Augen glänzen, als er mit seinen Händen in den Karton greift.

»Oh mein Gott«, seufze ich. »Das ist … wunderschön!«

Max stellt sich aufs Bett und hebt das Brett hoch, sodass es fast die Zimmerdecke berührt. An einem dunkel gebeizten, quadratischen Holz baumeln dicke schwarze Kabel und an diesen hängen ein halbes Dutzend alter Glühbirnen, die eine breite, dickglasige Ginflasche umrahmen. In jeder der Glühbirnen sowie auch in der Flasche leuchten auf Max' Knopfdruck an der Unterseite des Holzes unzählige kleine LEDs. Eine Lichterkette in jedem Glasbehältnis. Bei genauerem Hinsehen erkenne ich, dass in das Holz etwas eingraviert ist. In feinen Lettern steht am seitlichen Rand der Halterung: »Es braucht kein Feuerwerk für ein bisschen Glanz«.

»Max, das ist … ich weiß nicht, was ich sagen soll, es ist einfach phänomenal fantastisch.«

Er lächelt. »Phänomenal fantastisch?«, gluckst er.

»Ja und …« Ich bin kurz davor zu sagen, dass es das Schönste ist, was ich jemals geschenkt bekommen habe, aber irgendetwas hält mich ab, es laut zu sagen. Irgendetwas in seinem Blick. Eine Veränderung, die die Wärme aus seinem Blick nimmt. So als hätte er auch dafür einen Lichtschalter.

»Du stehst nicht auf Verschwendung.« Er zuckt mit den Achseln. »Deshalb dachte ich, das ist das richtige Dankeschön dafür, dass ich hier wohnen darf.«

Ich bin froh, dass er die Lampe noch in den Händen hält, denn alles an mir sackt zusammen bei diesen Worten. Es ist ganz klar, was Max mir damit sagen will: »Keine falschen Hoffnungen.« Er dankt mir nur dafür, dass er hier wohnen kann. Nichts weiter.

»Danke«, sage ich also mit kloßdickem Hals und versuche zu verhindern, dass man mir die Enttäuschung ebenso an der Stirn ablesen kann wie seinen Spruch auf dem Holz.

Max seufzt. »Ich mag dich, Dalia«.

Das ist die schwache Form meines gälischen Satzes. Die schwächste. »Aber?«

»Wieso aber?«

»Weil darauf immer ein *Aber* folgt. Solltest du wissen, als Serienjunkie.«

»Muss es ein Aber geben?«

»Keine Ahnung. Gibt es eins?« Viel zu schnell ist meine unbändige Freude über sein Geschenk verschwunden. Am liebsten würde ich die Lampe wieder zurück in den Karton packen.

»Es ist schön, mit dir zu schlafen. Ich will auch nicht aufhören damit …«

»Aber?«, wiederhole ich. Sag es endlich.

»Mir macht Enge Angst«, erklärt er schließlich.

»Was du mir sagen willst, ist, du bist ein Beziehungsklaustrophobiker?«

Er stutzt kurz. »Wenn du so willst.«

Fast klingt er erleichtert, wie er das sagt. So als wäre er froh, dass die harte Wahrheit von mir kommt und er sie nicht aussprechen muss.

Definitiv erleichtert, denke ich, als ich sehe, wie er sich selbst zunickt und dabei durch meine Haare wuschelt. Als wäre ich ein Hund, dem er eben erklärt hat, dass er nach dem Spaziergang wieder ins Tierheim zurück muss. Weil Herrchen schon einen anderen besten Freund hat. Weil seine Familie in den USA wartet. Weil es keinen Platz gibt für einen straßenköterbraunen Streuner, wenn Susi höchstpersönlich in den Staaten wartet.

»Was denkst du?«, will er wissen.

»Ich denke an Hunde«, erwidere ich.

»An Hunde?«

»Dieses ›Was denkst du?‹ ist doch eine typische Frauenfrage, nicht wahr?«, sage ich.

»Ich habe noch nie geantwortet, dass ich an Hunde denke.« Max kratzt sich an der Stirn.

»Ach, komm schon, Max. Ist doch alles gut. Du willst nichts Festes.«

»Und du?«

»Ich? Ich hab genug von festen Beziehungen«, behaupte ich.

Wie dumm, zu glauben, ein Max könnte einen Moritz ersetzen. Wie dumm, dass ich den Moritz gar nicht mehr will, aber mich viel zu sehr an den Max gewöhnt habe.

»Wirklich?«, fragt er.

»Klar. Ist doch alles gut. Wir haben Spaß, oder?«

»Ja, absolut«, stimmt er zu und lächelt.

»Und in ein paar Monaten bist du in Amerika und ich habe mir vielleicht die Wohnung gekauft oder mir einen netten schwulen Mitbewohner mit Putzfimmel, herausragenden handwerklichen Kenntnissen und Massageausbildung geangelt. Einen Adonis mit leichtem Sprachfehler und der Fähigkeit, sich auf Wunsch unsichtbar zu machen.«

»Aha!«

»Ja, ich hab schon eine Anzeige aufgegeben.«

»Wo? Bei Tinder?«

»Nein, ein Gesuch in der Lieblings-App aller Männer.«

»Die da wäre?«

»Ebay-Kleinanzeigen.«

Max prustet laut. »Du glaubst, homosexuelle Männer mit Putzfimmel geben Anzeigen bei Ebay auf?«

»Über das homosexuell könnte man verhandeln.« Ich grinse leicht, so viel eben geht, mit einem Mund, der lieber heulen will. Oder wahlweise darum betteln, dass Max ihn wieder küsst.

Max verdreht die Augen und mir dreht sich der Magen herum. Weil all das, was ich gesagt habe, so ziemlich das Gegenteil von dem ist, was ich will. Ich will Max, mit seinem ganzen Klamottenchaos, mit dem schiefen Lächeln und den blassgrauen Augen. Ich will seine Witze und seine Sticheleien, ich will seine Fürsorge, ich will verdammt noch mal das komplette Programm. Ich habe mich an die Zettel gewöhnt, auf die er seine Skizzen zeichnet und sie dann in Jackentaschen stopft, zwischen den Seiten der Fernsehzeitung vergisst oder sie als Untersetzer für seine Wassergläser benutzt. Ich mag es, dass es jeden Tag, an dem er hier wohnt, mehr Kleinigkeiten gibt, die ich an ihm entdecke. Die Tatsache, dass es ihm zwar völlig egal ist, wenn er zwei verschiedene Socken trägt, er aber penibel darauf achtet, dass seine Schürzen für die Nachteule sauber und gebügelt sind. Ich lächele, wenn ich daran denke, dass er drei Löffel Zucker in seinen Kaffee schaufelt, wenn er sich unbeobachtet fühlt, und dass er selten wie gar nicht auf sein Handy schaut. Manchmal vergleiche ich ihn mit Moritz und ganz oft kommt Max dabei besser weg.

Und das macht mir Angst. Das ist gar nicht gut. Überhaupt gar nicht gut.

»Bist du mit der Mutter deiner Tochter noch irgendwie zusammen, Max? Wartet sie auf dich in Amerika?« Mein Puls steigert sich, als wäre ich dabei, einen Marathon zu laufen. Es kostet einiges an Mut, ihn das zu fragen.

Er sieht mich überrascht an. »Nein. Sabrina hasst mich.«

Es ist ein sachliches Statement, kühl und scheinbar ungerührt. Ich weiß nicht, was ich darauf sagen soll.

»Wenn du es lieber hast, dass wir einfach nur Freunde sind, dann ist das voll in Ordnung«, sagt Max. »Ich verstehe das. Du bist nicht so der Typ für halbe Sachen und ich kann dir nichts Ganzes anbieten.« Ich kann fühlen, dass er meine Schulter berühren will, es aber dann doch sein lässt.

Ich schlucke die Enttäuschung hinunter. Es ist ja auch albern, irgendetwas anderes zu wollen. »Nein, ist doch gut so. Wir schauen einfach, was so passiert«, erkläre ich und bin froh, dass ich nicht *was sich so entwickelt* gesagt habe.

»Ja, prima.«

Ich nicke. Alles andere ergibt ja auch keinen Sinn. Ich sollte nicht vergessen, dass er das hat, was ich immer am meisten wollte, und dass uns das auf immer trennt. Amerika hin oder her. Ich könnte nicht mit jemandem zusammen sein, der eine Tochter hat, deren Mutter ich nicht bin.

»Möchtest du Kaffee?«, fragt er.

»Ja, klar. Danke.«

Er macht mir einen Cappuccino mit Milchschaum und ich komme nicht umhin, diese Tatsache irgendwie ironisch zu finden. Milchschaum ist etwas total Vergängliches. Genauso wie wir.

21. Kapitel

Ein Dienstag im Mai

Auf der Kommode im Flur liegt ein Zettel. In Max' seltsam krakeliger, nach links geneigter Schrift steht darauf: »Gestern, als du schon geschlafen hast, habe ich eine Doku über die Bewirtschaftung von Feldern gesehen. Einfach nur, weil ich zu faul war, umzuschalten. Es gibt Bauern, die lassen mit Flugzeugen Iodide in die Wolken spritzen, damit sie abregnen. Ich fand, du solltest das wissen.«

Der Donnerstag darauf

Wir sitzen beim Teamessen mit Ed und Lina in der Nachteule und die beiden veranstalten ein Battle darum, wer die schmutzigsten Witze erzählen kann.

Ed: »Was sagt ein Tornado zu einer Palme?«

Max antwortet prompt: »Halt deine Nüsse fest, ich blase gleich!«

Ed ist sofort beleidigt: »Du versaust meine Witze!«

Lina: »Der war alt und schlecht, Ed. Pass auf, der ist besser: Ein Paar ist schon ein paar Jahre verheiratet. Eines Abends liegen sie im Bett und die Frau merkt, wie ihr Mann sich ihr ungewohnt zärtlich nähert. Zuerst streichelt er ihren Nacken, dann den Rücken entlang und hinab zu ihren Hüften. Danach liebkost er ihre Brüste und lässt seine Hand über ihren Bauch gleiten. Er streicht ihr über die Innenseiten ihrer Beine, hoch und wieder hinunter. Die Frau, inzwischen schon ganz schön erregt, stöhnt leise auf und rückt noch etwas näher an ihren Mann heran. In diesem Moment hört er abrupt auf, sie zu streicheln und dreht sich auf die andere Seite des Bettes. ›Warum hörst du auf, mein Liebster?‹, flüstert sie irritiert. Er, ebenfalls flüsternd: ›Ich habe die Fernbedienung gefunden!‹«

Max lacht und Ed schüttelt stumm den Kopf. »Schlechte Witz, zu lang.«

»Du bist dran, Dalia!«

»Ich kenne nur einen einzigen schmutzigen Witz und den erzähle ich, seit ich neun bin. Meine Eltern haben sich zu Tode geschämt für mich.«

Erst als das »Meine Eltern« schon raus ist, bemerke ich, wie lange ich das nicht mehr gesagt habe. Am liebsten würde ich es zurücknehmen.

»Wir wollen ihn hören!«, fordern Lina und Max.

»Also gut, wenn es sein muss: Eine Mutter, ihre Tochter und die Großmutter gehen zum Frauenarzt. Sie werden nacheinander reingerufen, zuerst die Tochter. Der Arzt untersucht sie, sagt, es sei alles in Ordnung und fragt: ›Und wie läuft es mit der Liebe?‹ Die Tochter antwortet: ›MMS.‹ Der Arzt sieht sie fragend an, woraufhin die Tochter erklärt: ›Montag, Mittwoch, Samstag.‹ Als Nächstes ist die Mutter dran. Am Ende der Untersuchung fragt sie der Arzt: ›Und wie läuft es mit der Liebe?‹ Die Mutter antwortet wie ihre Tochter: ›MMS.‹ Der Arzt zieht überrascht die Augenbrauen hoch, doch da erklärt die Mutter schnell: ›März, Mai und September.‹ Auch die Großmutter wird hereingerufen und untersucht. Ebenfalls alles in Ordnung. Doch der Arzt kann sich auch bei ihr die

Frage nach der Liebe nicht verkneifen. Die Großmutter grinst und sagt: ›MMS.‹ Der Arzt, nun wirklich perplex, fragt: ›Was? Sie auch noch?‹, woraufhin die Großmutter sagt: ›Manchmal Möcht ich Schon.‹«

Ed kichert wie ein Schuljunge, Max grinst breit und Lina sieht mich erstaunt an. »Den hast du mit neun Jahren erzählt?«

»Ja, ich hatte keine Ahnung, was ich da erzähle. Aber alle Erwachsenen haben sich vor Lachen gekringelt, wenn ich den erzählt habe. Ich war also nicht zu bremsen. Irgendwann hat mein Vater es aufgegeben, mich schon bei der Ankündigung, ich wolle einen Witz erzählen, unter einem Vorwand aus dem Zimmer zu schleppen, sondern hat mitgelacht.«

Als ich in Max' Gesicht sehe, ist das amüsierte Grinsen verschwunden. »Weißt du, dass das das erste Mal ist, dass du etwas Positives aus deiner Kindheit erzählt hast?«, murmelt er.

Ich zucke gleichgültig mit den Achseln. Aber es stimmt. Es ist das erste Mal, dass ich ohne Druck etwas von meinem Vater erzählt habe. Ich weiß nicht, was ich davon halten soll. Wirklich nicht.

»Stört es dich, dass ich immer noch in deinem Bett schlafe?«, will Max wissen.

»Nein, es würde mich stören, wenn ich immer erst auf die Couch kommen muss, um dich nackt zu sehen.«

»Du gewöhnst dich aber nicht daran, oder?«, fragt er misstrauisch.

Längst zu spät, denke ich, sage aber: »Es gibt Dinge, an die wird man sich nie gewöhnen.«

»Und die wären?«

»Deine Füße stinken.«

»Ist nicht wahr!«, protestiert er und wirft ein Kissen nach mir.

»Hast du etwa nicht auf deinen Fernseher gehört und deine Socken bei sechzig Grad gewaschen?«, stichele ich und greife nach dem Socken unter der Decke, stürze mich auf Max und stülpe ihm die schwarze Sportsocke kurzerhand über die Nase.

Wie gut, dass wir es immer noch schaffen, uns vorzumachen, wir wollten beide das Gleiche, nämlich nichts. Zumindest ich für meinen Teil will längst das Gegenteil.

Sonntag, eine Woche später

»Sag mal, Dalia, hast du diesen Zettel gesehen, mit der Zeichnung? Das Ding mit dem Pultdach?«

»Welchen von den dreihundertfünfundzwanzig Zetteln mit irgendeiner Art von Dach?«

»Nicht irgendeine Art von Dach, das Pultdach. Es gibt nur eine Zeichnung von dieser Woche mit einem Pultdach. Es muss in die Mappe für New York. Verdammt.«

»Ich bin Logopädin und kellnere. Du glaubst doch wohl nicht, dass ich irgendeine Ahnung hab, was das für ein Dach sein soll.«

»Es war hier irgendwo, ich weiß es genau.« Max streckt den Kopf unter die Couch.

»Hast du beim Klopapier nachgesehen oder vielleicht im Kühlschrank?«, necke ich ihn.

»Was ist das für eine dumme Frage!«

»Letzte Woche habe ich eine deiner Skizzen im Obstkorb gefunden.«

»Das war eine Ausnahme, ich wollte mir eine Banane holen und hab dann vergessen … ach egal.«

»Schau mal bitte im Schuhschrank.« Ich grinse.

»Ehrlich? Ah, das könnte sein …« Er geht in den Gang, öffnet den Schrank, und dann ist es eine Weile still.

Er hat es entdeckt.

Mir wird ein bisschen mulmig und ich bereue die Entscheidung fast schon, als er freudestrahlend wieder ins Wohnzimmer kommt.

»Ist das für mich?«

Er hält das braune Lederbuch mit dem Anhänger in der Hand hoch.

»Ja. Das ist für all deine Skizzen und sonstigen Einfälle, und es hat Folien für die besonders guten Sachen und ein Inhaltsverzeichnis und …«

Weiter komme ich nicht, denn Max fasst mich um die Hüften und hebt mich hoch. »Danke! Das ist super!«

»Warte, bis du das siehst. Schau, der Anhänger.« Ich strampele ein wenig mit den Beinen, aber er hält mich fest. »Lass mich mal runter, das muss ich dir zeigen.«

»Ungern«, murmelt er und streicht mir provozierend über den Hintern.

»Wenn du laut ›Ich bin eine Schlappsau‹ sagst, dann gibt der Anhänger an der Mappe Alarm und du findest sie auf Anhieb.«

»Das ist nicht dein Ernst.« Er setzt mich auf den Boden und zieht eine Schnute.

»Nein, du musst nur pfeifen«, sage ich lachend.

»Und was passiert, wenn ich nach *dir* pfeife?«, fragt er und streckt seine Finger erneut nach mir aus.

»Es könnte passieren, dass du mich im Schlafzimmer findest«, antworte ich.

»Dieses rote Buch ist Tims Buch, nicht wahr?« Max deutet auf den Nachttisch.

»Ja«, seufze ich.

»Darf ich dir … ich meine, ihm einen Spruch reinschreiben?«

»Ich weiß nicht.«

»Und du schaust erst rein und liest ihn, wenn ich längst schon in New York bin?«

Ich zucke kurz zusammen. Manchmal vergesse ich, dass Max und ich eine temporäre Sache sind. Dass er mit seinem Kopf und mit seinem Herzen schon längst über den großen Teich ist und nur noch seine Zeit hier absitzt. Ich vergesse das nur zu gern.

»Also?«, fragt er und drückt auf den Knopf am Kuli.

»Ist gut«, murmele ich und drücke meinen Kopf ins Kissen, damit ich verdrängen kann, was sich nicht verdrängen lässt: Die Tatsache, dass ich ihn viel zu nah an mich herangelassen habe.

»Fertig«, sagt Max eine Minute später. »Du schaust nicht rein, ja?«

»Mach ich nicht«, sage ich.

Freitag

Ich halte es nicht aus, ich muss lesen, was er geschrieben hat.

Max rasiert sich im Bad und hat Alexa befohlen »Tainted Love« zu spielen. Er singt mit, was zusammen mit dem Rasiergeräusch und Marilyn Mansons Stimme einfach gruselig klingt.

Mit zittrigen Fingern öffne ich das Buch. Versprechen hin oder her, ich muss wissen, was er geschrieben hat.

Auf der letzten Seite, weit hinter der letzten beschriebenen Zeile entdecke ich seine Schrift:

»*Die Liebe ist ein Wunder, das immer wieder möglich, das Böse eine Tatsache, die immer vorhanden ist.* Friedrich Dürrenmatt.«

Ich weiß nicht, womit ich gerechnet habe. Nicht damit. Nicht mit einem Satz, der alles bedeuten kann. Und nichts.

Max: Bist du zu Hause?

Ich: Draußen. Ruth hat mir zwei hoffnungslose Fälle überlassen. Ich topfe um.

Max: Dirty :-)

Ich: definitiv

Max: Würdest du auch schmutzige Sachen mit mir machen, wenn ich nach Hause komme?

Nach Hause …

Ich: Wird das unser erster Handy-Dirty-Talk?

Max: Könnte schon sein.

Ich: Ich stehe mehr auf Taten als auf leere Worte.

Max: Trägst du den grünen Kittel?

Ich: Ja

Max: Und sonst?

Ich: Das Übliche, du weißt schon Unterwäsche, Socken, Shorts …

Max: Könntest du das alles ausziehen und nur den Kittel tragen?

Ich: Könnte ich …

Max: Ich bin in zehn Minuten da.

Montag

»Erzähl mir was von deiner Tochter!«

»Von Chrissy?«

»Ja, es sei denn, du hast noch weitere Töchter.«

»Hab ich nicht«, sagt er viel zu ernst.

»Sie sieht aus wie ich als Kind – zumindest, als ich sie das letzte Mal gesehen habe.«

»Skypt ihr oder telefoniert ihr?«

Er schüttelt den Kopf und schließt kurz die Augen.

»Was machst du dann, um ein Teil ihres Lebens zu bleiben?«

An der Art, wie er zuckt, kann ich sehen, dass ich zu weit gegangen bin. Aber jetzt ist es zu spät, um die Worte zurückzunehmen.

»Ich spreche ihr Nachrichten«, sagt er leise.

»Und, antwortet sie?«

»Ich schicke sie nicht ab. Ich hab sie auf meinem Handy, aber ich schicke sie nicht ab.«

»Warum nicht?«, bohre ich nach.

»Weil sie nichts von mir wissen will!«

»Aber ...«

»Können wir bitte das Thema wechseln?«

»Vielleicht braucht sie nur ein bisschen Zeit, um zu begreifen, dass du ein toller Papa bist.«

»Ich bin kein toller Papa.« Böse funkelt er mich an.

»Ich finde, du bist ein toller Mensch, Max. Auch wenn du das selbst irgendwie nicht so sehen willst.«

Viel zu toll, um zu akzeptieren, dass ich mich nicht an ihn gewöhnen sollte.

»Wir wollten das Thema wechseln«, wiederholt er scharf.

Sonntag

Max liegt seit einer geschlagenen Stunde mit dem Bauch nach unten auf dem Sofa. Der Kopf hängt über das Polster und unter ihm steht ein Kochtopf. Über seinen Haaren liegt das einzige Handtuch, das er mitgebracht hat, ein BVB-Saunatuch, und es riecht scharf nach japanischem Heilpflanzenöl.

Er keucht in regelmäßigen Abständen leidend. Am meisten dann, wenn er denkt, dass ich näher komme.

»Wieso hast du eigentlich ein BVB-Handtuch, wenn du Köln-Fan bist?«, frage ich und lupfe das Tuch ein wenig. Darunter stinkt es noch viel mehr als darüber und Max' Gesichtsfarbe würde besser zum FC-Bayern passen.

»Ist das die Frage, die du einem sterbenden Menschen stellst? Du hast einen seltsamen Sinn für Humor!«

Ich lasse das Handtuch wieder sinken, damit er nicht sieht, wie breit sich mein Grinsen übers Gesicht zieht. »Das ist ein Männerschnupfen, Max, nichts weiter.«

»Nein, ich sterbe, ganz bestimmt.«

»So schnell stirbt man nicht. Also, wo hast du das Handtuch her?«

»Ich war beim Dortmund-Spiel gegen die Kölner und Tamara hat mich vor Freude über den Sieg mit Bier geduscht, ich musste trocken werden. Da hat sie mir das Handtuch gekauft.«

»Deine Schwester?«

»Ja«, stöhnt er. »Dortmund-Fan.« Er lugt unter dem Handtuch hervor und rollt mit den Augen. »Kannst du dich einfach zu mir legen und mich bedauern?«

»Ich mache dir jetzt Ingwertee und dann …«

»Kein Ingwer. Ich brauche Streicheleinheiten.«

»Du brauchst Ingwer!«, sage ich lachend.

»Ich brauche dich.«

Ich würde gern sehen, wie er bei diesen Worten schaut, und ich würde die gleichen Worte gern hören, wenn er zurechnungsfähig ist und nicht betäubt von Schnupfenmitteln.

Es lässt mich schwindeln, wie sehr ich mir das wünsche. Wie gern ich seine Worte so verstehen würde, wie er sie nicht gemeint hat.

»Du bekommst Ingwer und du bekommst mich – so viel du von mir willst«, sage ich und versuche, lustig zu klingen dabei. Genau so, wie ich verstanden werden will. Es ist von Vorteil, dass man meistens auch schlechter hört, wenn man erkältet ist.

»Gut, das ist gut«, murmelt er und ich muss mich setzen.

Was ganz sicher nur von den Dämpfen kommt, so viel ätherischer Dunst muss einem ja den Boden unter den Füßen wegziehen.

22. Kapitel

Vielleicht haben Max und ich eine Art Beziehung mit Deadline. Es ist nicht nur Sex. Es ist mehr. Aber eben auf Zeit. Offenbar kann Max, der Beziehungsklaustrophobiker, deshalb ganz gut damit umgehen, weil auch die Bezeichnung *Freundschaft plus* irgendwie nicht auf uns zutreffen will. Wir wissen, dass es enden wird. Und das macht die Zeit irgendwie wertvoller. Je näher der Zeitpunkt rückt, an dem er in ein Flugzeug steigen und aus meinem Leben verschwinden wird, desto mehr versuche ich, mein geborgtes Glück festzuhalten. Hat nicht auch irgendein kluger Mann einmal gesagt, man müsse den Tagen mehr Leben geben und nicht dem Leben mehr Tage?

Eigentlich muss ich heute zu Tanja und eigentlich muss Max zum Großmarkt und danach auf irgendeine Behörde, um irgendwelchen bürokratischen Kram zu erledigen, der ihn mehr Seufzer kostet als mich die Erwähnung eines gewissen Staates oberhalb von Mexiko. Eigentlich. Ich schrubbe gerade meine Zähne und lasse mich dabei gut gelaunt von der Sonne durchs Fenster an der Nase kitzeln, als Max ins Bad kommt.

»Wir machen heute blau«, nuschele ich durch Zahnbürste und Schaum hindurch.

»Hast du gesagt, was ich glaube, gehört zu haben?« Er reibt sich verschlafen die Augen.

Ich spucke die Zahnpasta ins Waschbecken und wiederhole mit breitem Lächeln: »Wir machen heute blau.«

»Okay«, sagt er, greift von hinten unter mein Schlafshirt und sagt: »Und was genau machen wir, wenn wir heute blaumachen?« Seine Hand fährt langsam weiter nach oben.

Ich halte meine dagegen und stoppe ihn. »Wir fahren mit dem Fahrrad raus aus der Stadt, legen uns ins Gras, trinken alkoholfreies Radler in irgendeinem Biergarten und machen uns einen herrlichen, blauen Tag unter blauem Himmel.«

»Warum?«, fragt er und lässt die Hand sinken. Da ist etwas Skeptisches in seiner Stimme.

»Weil das Leben kurz ist«, sage ich und neige den Kopf, sodass mir die Sonne wieder mitten ins Gesicht leuchten kann. Und weil unsere Zeit zu kurz ist, füge ich in Gedanken hinzu.

Moritz hat sein Fahrrad noch immer hier im Keller stehen. Erst als ich sein Rad sehe, fällt mir auf, wie wenig ich an ihn denke. Wie wenig es wehtut, wenn ich dann mal an ihn denke.

»Der Reifen ist platt«, stelle ich fest, als ich den Staub bereits vom Sattel meines alten Damenrades gestrichen habe.

»Dann musst du bei mir auf den Gepäckträger«, sagt Max ungerührt. »Ich fahre dich.«

Zehn Minuten später sitze ich gepolstert auf einer alten Decke, die Max aus einem der Kellerkartons gekramt hat, hinter ihm auf Moritz' Rad und lasse mich aus der Stadt kutschieren. Er singt schief und ich singe noch schiefer mit. Es ist ein wenig schwierig, sich gerade auf dem Rad zu halten, und es ist trotz der Decke nicht sonderlich bequem, aber was macht das schon.

Wir schaffen es ohnehin nur etwa fünf Kilometer weit, dann bleibt Max plötzlich stehen, deutet auf einen Kiesweg und verkündet: »Da unten ist der perfekte Platz zum Blaumachen.«

Wir holpern die Piste hinunter und ich kralle mich am Sitz direkt unter Max' Hintern fest, stoße immer wieder mit dem Kopf gegen seinen Rücken, was ihn jedes Mal zum Lachen bringt. Es erinnert mich an Tim, dieses Lachen, und eine fast vergessene Erinnerung drängt sich in meinen Kopf und macht ihn ein wenig schwerer, als er es an einem Blaumachtag sein sollte. Ich sehe meinen Vater vor mir, ich auf dem kleinen Rad ohne Gangschaltung hinter ihm und meine Mutter mit dem Kindersitz auf dem Gepäckträger. Tim war eingeschlafen und sein Kopf hat so schwer zur Seite hinunter gehangen, dass meine Mutter sich ein wenig hat zur anderen Seite neigen müssen, um das Gleichgewicht zu wahren. Max' tiefes Lachen ist auf einmal das meines Vaters. Ich will es nicht mehr hören, es klingt so falsch und gleichzeitig so verdammt gut. Ohne nachzudenken, reiße ich meine Hände an die Ohren, und da passiert es.

Ungebremst und ohne dass ich es verhindern kann, falle ich rückwärts vom Rad. Ich schlage fest auf den kleinen Steinchen auf, aber was mir sofort auffällt, ist nicht der Schmerz des Aufpralls, sondern die Erleichterung darüber, dass ich Karstens Lachen nicht mehr hören muss. Ich würde wieder fallen, wenn ich dafür verdrängen könnte, dass er einfach mal nur mein Vater gewesen ist. Ein Mensch, dem ich bedingungslos vertraut habe.

Max kommt mit quietschender Bremse zum Stehen und dreht sich erschrocken um.

Ich versuche es mit lautem Lachen. Es ist mein eigenes, es ist wieder im Jetzt angekommen, und deswegen klingt es auch richtig.

Max wirft das Rad beiseite, kommt zu mir gelaufen und zieht mich an meinen lädierten Händen nach oben.

»Blaumachen war doch hoffentlich nicht wörtlich gemeint!«, sagt er kopfschüttelnd.

»Nein, ich war nur abgelenkt«, erkläre ich. »Ich hatte deinen heißen Arsch vor Augen«, behaupte ich schnell, einfach, weil ich aus einem Blaumachtag keinen Schwarzmaltag machen will.

Max lässt meine Hand nicht los und führt mich weiter den Weg hinunter, bis der Kies endet und sich in fester, harter Erde verliert. Das Gras wird höher, je weiter wir gehen, und erst, als wir gebückt durch das Geäst der wild wuchernden Sträucher gekrochen sind, erkenne ich das Ziel.

»Schön hier«, kommentiere ich mit Blick auf das Biotop. Automatisch suche ich nach Tim, dabei ist das nicht sein Weiher. Es ist keiner seiner Orte.

Max breitet die Decke ein paar Meter von dem flachen, kleinen Gewässer aus und zieht sein T-Shirt über den Kopf.

Ich lege mich neben ihn auf den Boden und schaue in den Himmel. Die Wolken ziehen so schnell, dass der blaue Himmel dahinter mehr als nur ein Versprechen ist. Eine, zwei, drei, vier und fünf. Ich muss lächeln.

»Spielst du ein Spiel mit mir?«, frage ich ihn.

Er dreht seinen Kopf und zieht mir eine Strähne aus dem Gesicht. »Was für ein Spiel?«

»Fünf Wahrheiten, haben mein Bruder und ich erfunden. Du erzählst mir fünf Dinge aus deinem Leben, vier sind die Wahrheit, eine ist erfunden. Ich muss herausfinden, welche.«

Max runzelt ein wenig die Stirn. Sodass sich kleine Fältchen von seinen Augenwinkeln nach oben ziehen. Seltsamerweise sieht er dadurch jünger aus. Lausbubenhafter.

Wie schön er ist, denke ich. Wie schön diese Augen sind, selbst wenn sie so misstrauisch schauen wie gerade. Wie schön es ist, dass er neben mir liegt und ich ihn riechen kann.

»Gut, aber du fängst an«, meint er.

»In Ordnung.« Ich rucke ein wenig und lege dann mein Bein über seines. Über seinen Oberschenkel, der irgendwie immer ein wenig wärmer zu sein scheint als der Rest von ihm.

»Was ist der Einsatz?«

»Derjenige, der gewinnt, bestimmt den Rest des Blaumachtages.«

»Einverstanden«, stimmt er zu.

Ich mache es mir noch ein wenig bequemer.

»Also, hier kommt meine erste Wahrheit: Ich habe mir während der Bundesjugendspiele in der sechsten Klasse beide Arme gebrochen.«

Er grinst. »Ich hab dich auf dem Trimm-Dich-Pfad gesehen, ja, ich würde sagen, das ist durchaus realistisch.«

Ich knuffe ihn in die Seite. »Ich wollte Stabhochsprung versuchen.«

»Warum?«, fragt er entsetzt.

Ich verziehe das Gesicht. »Weißt du, wie scheiße es ist, wenn man seine beiden Hände nicht benutzen kann?«

»Ich kann es mir vorstellen. Hast du gelernt, mit den Zehen zu schreiben?«

»Hältst du mich für so geschickt?«, kichere ich.

»In manchen Dingen schon«, sagt er leise und streift mit seinen Lippen meine Wange.

Hör nicht auf damit.

»Was ist die zweite Wahrheit?«, fragt er viel zu schnell.

Ich überlege kurz. »Die zweite Wahrheit ist, Yael und ich sind mit vierzehn von zu Hause abgehauen und unsere Eltern haben, krank vor Sorge, die Polizei benachrichtigt. Sie haben eine ganze Nacht lang ein Waldgebiet nach uns durchsucht, weil ein Jogger behauptet hat, uns dort gesehen zu haben.«

Er wiegt den Kopf von links nach rechts. Im Licht leuchten seine Bartstoppeln heller als sonst. Ich strecke die Finger und fahre sanft darüber. »Was meinst du?«

»Schwierig. Dir nehme ich es ab, aber Yael …«

»Sie ist nicht so brav, wie sie aussieht.«

»Du auch nicht …«

»Kommt darauf an.«

»Ich glaube, du sagst die Wahrheit.«

»Stimmt«, gebe ich zu.

Er dreht sich ein wenig zu mir, sodass ich nicht mehr gegen die Sonne blinzeln muss, um ihn anzusehen.

»Wo wart ihr beiden Ausreißer denn wirklich?«

Ich gluckse ein wenig. »Nicht weit, nur in der Garage von Yaels Opa.«

»Gab es Ärger?«

»Was glaubst du?«

Er verschränkt die Arme hinter dem Kopf und blinzelt.

»Ich glaube, meine Eltern wären einfach nur froh gewesen, dass ich wieder da bin.«

»Deine Eltern sind nicht meine Eltern«, kommt es scharf und schnell von mir.

»Entschuldige«, sagt er. Und drückt sich ein Stück nach oben. »So habe ich das nicht gemeint.«

»Schon gut«, erkläre ich und schließe kurz die Augen. Ich will nicht weiter darüber nachdenken, nicht darüber, was andere Familien von meiner unterscheidet. Ich beeile mich zu sagen: »Meine dritte Wahrheit: Ich kann fast alle Gedichte von Rilke auswendig. Und wenn ich sie nicht ganz kenne, dann mindestens vier Zeilen.«

»Niemals!«, ruft Max. »Der Typ hat zu viele geschrieben, ich hab gesehen, dass du nicht einmal die Telefonnummern von Ruth und Yael auswendig kannst.«

»Du glaubst es mir nicht?«

»Nein«, antwortet er überzeugt.

»Ist aber die Wahrheit!«, sage ich triumphierend. »Tim konnte früher häufig nicht einschlafen, normale Kinderbücher fand er langweilig, also habe ich ihm jeden Abend Rilke-Gedichte vorgelesen.«

Auch lange nachdem er kein Kind mehr war, denke ich traurig.

Max lächelt. »Das ist schön. Ich wünschte …«

»Was?«

»Vergiss es«, sagt er schnell, mit einer Stimme, die keine weitere Nachfrage duldet.

»Wie geht das Spiel weiter?«

Ich richte mich ein wenig auf und stütze mich auf die Ellbogen, blinzele in die Sonne. »Jetzt bin ich dran. Wenn ich bei dir falschliege, gibt es ein Stechen.«

»Und wenn ich aber deine anderen beiden Wahrheiten noch hören will?«

Ich schüttele den Kopf. »Das sind die Regeln. Du bist dran!«

»Gut«, er schaut mich an. Blaugrau oder graublau, überlege ich und denke, dass es kaum etwas Schöneres gibt, als die Sonne und seine Blicke auf meiner Haut zu spüren. Eine weitere Wahrheit wäre, dass ich mich mit niemandem – nicht einmal mit Moritz – so wohlgefühlt habe wie mit Max. Aber vielleicht liegt das auch einfach nur an dem Beziehungsdeadlinesyndrom. Ganz sicher. Ich muss es mir nur lange genug einreden.

Max grinst und verkündet mit stolzer Stimme: »Mein dritter Vorname ist Hieronymus.«

»Du hast einen dritten Vornamen?«

Er zuckt mit den Schultern. »Keine Tricks.«

Ich überlege kurz und sage dann: »Das ist so bescheuert, ich glaube es dir.«

»Stimmt tatsächlich. Mein Großvater hieß so.«

»Armer Mann«, kichere ich.

»Da sagst du was.«

»Wie ist dein zweiter Vorname?«

»Daniel.«

»Okay, das ist banal.«

»Alles, was vor Hieronymus steht, klingt banal.«

Ich muss erneut kichern. »Auch wieder wahr.«

Max legt den Kopf schief und schmunzelt. »Pass auf, jetzt bin ich gespannt. Hier ist meine nächste Wahrheit: Ich war Vizejugendmeister im Synchronturmspringen.«

Ich will schon »Nein, niemals« schreien, als ich sehe, wie er verschmitzt siegessicher grinst. »Ich verstehe nicht, wie jemand, der noch nicht einmal ein T-Shirt anständig zusammenlegen kann und nicht in der Lage ist, zwei Schuhe im Gang nebeneinander zu stellen, Synchronturmspringer gewesen sein kann, aber dein Grinsen verrät dich. Es stimmt!«

»Mist!«, schimpft er und streicht dabei beiläufig mit dem Daumen über meinen Unterarm. »Kann man das Spiel auch mit geschlossenen Augen spielen?«

»Nein!«, protestiere ich. Auch wenn ich sie am liebsten ganz lange schließen würde, wenn er mich dafür weiter so berührt.

»Gegen die Regeln?«

»Genau.«

»Gut, also hier ist die dritte Wahrheit: Ich hatte als Kind einen imaginären Freund. Er hieß Schorsch, und jedes Mal, wenn wir in Urlaub gefahren sind, habe ich einen Riesenaufstand gemacht, wenn meine Eltern den mittigen Sitz auf der Rücksitzbank mit Gepäck vollstopfen wollten. Denn das war Schorschs Platz.«

Wieder will ich eigentlich widersprechen, aber dann wird mir bewusst, wie anders Max reagiert, wenn er immer wieder mal mitbekommt, dass ich mit Tim rede. Was für einen völlig anderen Blick er daraufhin hat, dass ich es nicht schaffe, meinen kleinen Bruder loszulassen.

»Es stimmt«, sage ich leise.

»Wie hast du …?«, fängt er an und bricht dann ab.

Einen Moment lang ist es still. Es ist eine dumme Idee gewesen, mit diesem Spiel anzufangen. Eine sehr dumme. Es nimmt dem ganzen Tag die Leichtigkeit. Am liebsten würde ich abbrechen. Stattdessen erkläre ich betont fröhlich, bemüht, den Knoten in meinem Hals nicht durchklingen zu lassen: »So, jetzt streng dich mal an, das war ja mehr als einfach.«

»Du willst also eine schwierige Wahrheit?«, fragt Max, seine Stimme klingt jetzt ebenso belegt wie meine.

»Ja – du musst mir jetzt zwei Wahrheiten gleichzeitig sagen.«

»Gut – ich mache es kurz. Erstens: Ich war noch nie wirklich verliebt, oder zweitens: Ich hätte um ein Haar einen Menschen umgebracht.«

Irgendwie ist die Luft auf einmal dünner, es fällt mir schwer, meinen Kopf mit Sauerstoff zu füllen. Ich will von keinem der beiden Dinge, dass sie stimmen. Und etwas am Klang dieser Worte schnürt mir den Hals noch weiter zu. Warum sagt mir alles – von der Art, wie er ihn ausspricht, bis zu dem tiefen Schwarz, das sich plötzlich in seine Augen mischt –, dass dieser Satz einer der entscheidendsten überhaupt zwischen uns sein könnte?

»Die Wahrheit ist: Du warst noch nie verliebt«, antworte ich und suche Blickkontakt, den er mir verweigert. Das Fragezeichen schwingt meinen Worten wie ein schweres Pendel nach.

»Du bist der Sieger des Spiels«, verkündet er knapp. »Was machen wir jetzt?«

»Es herrscht Gleichstand, würde ich sagen.«

Max dreht sich zu mir und küsst mich fest auf den Mund. Zum ersten Mal habe ich das Gefühl, dass er mit seinen Berührungen von seinen Gefühlen ablenken will. Er küsst mich und legt seine Arme um mich und alles fühlt sich anders an als die Wahrheit, die er mir eben gesagt hat. *Ich war noch nie wirklich verliebt.* Aber was habe ich schon für eine Ahnung von Wahrheiten und den Gefühlen anderer Menschen? Wie oft habe ich mich darin schon getäuscht?

Ich kann mich Stück für Stück in ihm verlieren, in jedem Kuss, in jeder Zärtlichkeit, in jedem Lachen, das diesem blauen Tag noch folgt. Ich kann die Sonne genießen und kichernd mit ihm über die Wiese rollen, darum wetten, wer zuerst beim

Biotop ist. Ich kann mich über das Kitzeln eines winzigen Sonnenbrandes auf meiner Nase amüsieren und mit Genuss ein kühles Radler im Biergarten trinken. Ich kann weiterhin schiefe Lieder singen und am Abend mit ihm die einzigen Zuschauer eines grottigen Actionfilms im Stadtkino sein. Ich kann hemmungslos wie ein Teenager mit ihm im Loveseat knutschen. All das ist real und schön und es macht mich glücklich, aber eine Frage bleibt am Ende übrig: Was bringt es einem, zu wissen, wie schön es ist, auf derselben Wolke zu sitzen, wenn man dafür eines Tages umso tiefer fällt?

23. Kapitel

Missmutig stehe ich am Rande der Wiese. Ich bin sowieso nur Yael zuliebe hier, die eine der letzten Gelegenheiten vor der Geburt ihres dritten Kindes nutzen will, um auszugehen. Der Regen am frühen Morgen hat das Gras labberig gemacht und die vielen Füße, die mit Stiefeln und Gummisohlen darübertreten, haben ihr Übriges dazu beigetragen, das Grün in ein matschiges Braun zu verwandeln. Dabei ist mir der Boden völlig egal. Etwas anderes macht mir Sorgen. Etwas, worüber ich mit niemandem reden kann. Auch nicht mit Max. Nicht mit Yael, die seit einer halben Stunde verschwunden ist, um uns billiges Bier und pappige Limo in Plastikbechern zu besorgen, und auch nicht mit Ruth, deren grellbuntes Outfit noch nie so sehr ins Auge gestochen hat wie hier auf den Mainwiesen beim Festival Umsonst & Draußen. Sie und ihre roten Hippiehosen sind ebenfalls seit zehn Minuten verschwunden, weil Ruth eine Toilette sucht, die man nicht umstoßen kann.

Ich bekomme es nicht aus mir heraus, dieses kribbelig ungute Gefühl, das Vorbote für etwas ist, das mir ganz und gar nicht gefällt.

Fakt ist, Tim ist weg. Wie vom Erdboden verschluckt. Ich habe ihn seit über zwei Wochen nicht gesehen. Er lungert nicht im Garten herum und hüpft durch die Pfützen, wie er es sonst bei Regenwetter tut, und das rote Buch mit seinen Sprüchen liegt unangetastet und leblos auf meinem Nachttisch. Am Weiher sitzt er ebenso wenig wie draußen auf der Terrasse und seit dem Abend nach unserer Rückkehr aus Italien ist kein kleiner blonder Junge mehr auf dem Gartenzaun herumgesprungen. Ich vermisse ihn schrecklich. Und ich habe keine Ahnung, was ich noch tun könnte, um ihn wiederzusehen.

Ich sehe mich um, wie ich es seit Tagen tue, so als könnte er hier irgendwo zwischen den Festivalbesuchern sein. Versteckt unter einer Regenjacke, in zu großen Gummistiefeln, die Mütze schräg auf dem Kopf. Dabei weiß ich sehr gut, dass er nicht hier ist. Nicht hinter den großen Lautsprecherboxen oder unter den Lichterketten, die den Weg entlang der Fressbuden markieren, und auch nicht in einem der weißen Pavillons, von denen der Rest des Regenwassers perlt.

Statt Tim steht Max neben mir, und er ist genauso stumm wie ich.

Er scheint auch irgendwelchen Gedanken nachzuhängen. Vielleicht vermisst er auch jemanden. Ganz bestimmt sogar. Wir haben nicht mehr über Chrissy gesprochen, kein Wort mehr über seine Ex und seine Tochter verloren, aber manchmal, wenn ich seine Haut spüre oder sein leises Atmen neben mir höre, muss ich daran denken, dass er sich verewigt hat in seiner Tochter. Dass er niemals Angst haben muss, dass sich alles von ihm auflöst, weil niemand mehr da ist, durch dessen Adern das gleiche Blut fließt. Er wird seine Tochter irgendwann ansehen können und wird Ähnlichkeiten entdecken. Vielleicht hat sie die gleichen Augen wie er, vielleicht hat sie wie er die Angewohnheit, Schluckauf zu bekommen, wenn sie zu kalte Sachen trinkt, vielleicht sind es ganz banale Dinge, in denen sie sich ähneln. Die Art, nachts am liebsten auf dem Bauch zu schlafen, die Vorliebe für alles Süße und im Gegensatz dazu der Heißhunger auf saure Drops. Oder aber es sind große, bedeutsamere Dinge. Max' Talente fürs Zeichnen, fürs Trösten, sein Mitgefühl für andere und seine Angst, etwas zuzulassen, was eigentlich offensichtlich ist. All das schießt mir durch den Kopf, während ich ihn von der Seite mustere und er auf die Bühne schaut, wo die erste Band mit einem kurzen Soundcheck begonnen hat. Wie immer, wenn mir diese Dinge klar werden, fühle ich mich einsam, und dann wird mir bewusst, was mir alles fehlt. Viel bewusster als die letzten Jahre. Wenn ich nicht mehr da bin und keine Kinder habe, dann bleibt nichts von mir übrig. Und von meiner Mutter auch nicht. Und von Tim nicht.

Vielleicht kommt Tim nicht mehr, weil Max da ist. Vielleicht habe ich ihn vertrieben, weil es so aussieht, als bräuchte ich ihn nicht mehr.

»Es gibt hier tatsächlich nur Dixiklos«, seufzt es neben mir. Ich zucke heftig zusammen. Ruth ist zurück.

»Ja und?«

»Das geht nicht, ich kann nicht auf ein Dixiklo, es ist eine unumstößliche Tatsache, dass man auf Festivals nicht auf ein Dixiklo geht, weil irgendein Idiot es umwirft und man dann inmitten von Pisse und … lassen wir das, ich gehe nicht auf so ein Klo.« Sie verschränkt bockig die Arme vor der Brust, sodass sich ihr weiter Parka an den Hüften bauscht. Es sieht aus, als würde ein kleiner Windhauch genügen, um sie wie Mary Poppins, nur ohne Regenschirm, abheben zu lassen. Widerwillig muss ich grinsen.

Ich sehe, wie auch Max leicht lächelt.

»Eine unumstößliche Tatsache, ja?«, gluckst er.

»Ruth, wir sind hier nicht bei Rock am Ring. Du kannst bedenkenlos gehen. Wenn du willst, stehe ich Schmiere.«

»Kommt ja nicht infrage! Ich zieh dich da nicht mit rein«, empört sie sich.

»Siehst du das große Zelt da hinten, das weiße?«, will Max wissen.

»Ja.« Ruth drückt die Knie aneinander.

»Links davon gibt es ein paar Toilettenwagen, das sollte sicher sein.«

»Echt?«

»Ja, echt.« Max lacht.

»Ich muss weg«, ruft Ruth erleichtert und sprintet los.

Max und ich sehen uns an. Das Grinsen und unser Augenkontakt sind so schnell verschwunden wie Ruths gelb gepunkteter Parka in der Menschenmenge.

»Was ist los?«, fragt er.

»Was soll los sein?« Ich bohre mit der Spitze meiner knöchelhohen Boots ein Loch in den Matsch und sehe nur widerwillig zu ihm hoch.

»Du siehst ein bisschen verloren aus heute. Und gestern auch schon. Und vorgestern.«

»Das sagst ausgerechnet du?«, entgegne ich.

»Was ist los?«

»Tim ist weg«, sage ich nach einer Weile leise.

»Vielleicht ist das ganz gut«, erwidert Max sanft.

»Wieso soll das gut sein?«, poltere ich.

»Tim mag doch Sprüche weiser Männer, nicht wahr?«

»Ja.«

»Wusstest du, dass die Seele auf Dauer die Farbe deiner Gedanken annimmt?«

»Sagt wer?«

»Marc Aurel.«

»Der ist schon sehr lange tot«, antworte ich bockig.

»Ja, und Tim auch«, entgegnet Max und sieht mir dabei fest in die Augen.

Hätte mir der Bassist auf Bühne drei sein Instrument von hinten über den Schädel gezogen, es hätte nicht mehr wehgetan. Wie das mit der Wahrheit eben immer so ist. »Was …?« Sprachlos starre ich ihn an.

»Es war Zeit«, sagt Max und drückt seinen Zeigefinger sanft an meine linke Brust. »Dass es da drin ein wenig heller wird. Deswegen ist es vielleicht gut, dass Tim weg ist.«

»Ich will nicht, dass er weg ist!« Unaufhaltsam sammeln sich die Tränen in meinen Augen und drücken sich nach draußen.

»Er ist doch schon so lange nicht mehr da.«

»Eben«, schluchze ich.

Max dreht sich ein Stück, legt seinen linken Arm um mich und dann den rechten. Behutsam drückt er meinen Kopf auf seine Schulter. »Du brauchst ihn nicht, Dalia. Und er braucht dich nicht mehr. Du bist doch so viel stärker, als du denkst.«

Ich schließe die Augen und sauge seinen Duft ein.

»Nur weil du da bist«, murmele ich. Sofort spüre ich, was für ein riesiger Fehler es gewesen ist, das gesagt zu haben. Denn Max versteift sich, löst seine Finger und drückt mich ein Stück von sich weg.

»Dalia, ich fliege nächste Woche in die Staaten.«

Das ist so ziemlich das Letzte, was man hören will, wenn man jemandem gesagt hat, wie viel er einem bedeutet. Dabei sollte ich bei Max längst an bittere Wahrheiten gewohnt sein. »Ich weiß«, seufze ich.

»Wahrscheinlich erst einmal nur für das Vorstellungsgespräch.«

Wahrscheinlich. Mein Kopf fängt unheilvoll zu dröhnen an.

»Du brauchst auch *mich* nicht.«

Hat er eine Ahnung.

»Wer braucht wen nicht?« Yael streckt mir einen Becher mit Bier entgegen und will auch Max einen geben.

»Nein, danke«, lehnt er ab.

Yael guckt ein wenig seltsam, nimmt dann einen großen Schluck aus dem Limobecher in ihrer Hand und stellt die beiden weiteren umständlich auf dem Boden ab.

»Ich muss dich warnen, Dali. Moritz und seine Ische sind hier.«

»Du hast noch nie Ische gesagt, Yael!«

»Dann sage ich es eben ab heute. Hab ihren Namen vergessen. Wie hieß sie noch mal? Fruchtzwerg?«

»Paula«, sage ich, muss sogar lachen dabei. Es macht mir gar nichts aus, ihren Namen laut zu sagen.

»Und sie kommen hierher. Moritz will mit dir sprechen.«

»Okay«, sage ich. Es macht mich keine Spur nervös. Nicht halb so nervös wie die Tatsache, dass Max nächste Woche in die Staaten fliegt.

»Okay?«, fragt Yael ungläubig und starrt mich an. Vielleicht sieht sie die getrockneten Tränen und interpretiert sie falsch.

»Ja, ich hab ihn seit Monaten nicht gesehen. Es ist in Ordnung, wirklich.«

Ich werfe Max einen Blick zu, aber sein Gesicht verrät nicht, was er davon hält, dass mein Ex im Anmarsch ist. Er tritt nur einen Schritt zurück und dann zwei.

Noch bevor Yael ein weiteres Wort sagen kann, sehe ich ihn. Moritz. Der Mann, mit dem ich so viele Jahre zusammen gewesen bin. Es sollte irgendetwas passieren, in diesem Moment, oder? Ich sollte etwas fühlen, mich ihm an den Hals werfen wollen. Aber da ist nichts. Außer Dankbarkeit. Denn auch wenn nichts an unserer Trennung schön gewesen ist, so ist Moritz all die Jahre jemand gewesen, der mich glücklich gemacht hat. Auch wenn sich meine Maßstäbe für Glück offenbar gefährlich verschoben haben. Denn jetzt, da ich ihn vor mir sehe, das igelige Haar kürzer als bei unserem letzten Zusammentreffen, die Kleidung legerer, als ich es von ihm gewohnt bin, da merke ich, dass er zufriedener aussieht, und gleichzeitig geht es mir genauso. Ich will ihn gar nicht mehr zurück.

»Hallo Moritz«, sage ich und mache eine Bewegung auf ihn zu, unschlüssig, ob ich ihn umarmen soll. Ein Händedruck ist auch nicht angebracht, also lege ich meine Hand kurz an seinen rechten Oberarm und nicke Paula freundlich zu. »Paula, nicht wahr?«

»Ja, genau. Hallo Dalia.«

Ich empfinde absolut keine Eifersucht und das fühlt sich so befreiend an, dass ich am liebsten laut auflachen würde. Ein seltsames Hochgefühl macht sich in mir breit. Ich bin drüber hinweg.

»Du siehst gut aus, Dali«, sagt Moritz. »Wie geht es dir?«

»Sehr gut, danke«. Ich blicke mich kurz um und hoffe, dass Ruth nicht so schnell hier auftaucht.

Max tritt weiter zurück und dreht sich zu Yael, hebt zum Schein einen der Bierbecher auf und dreht ihn in den Händen.

»Wie geht es dir?«, frage ich zurück.

»Auch gut. Danke.«

Wir nicken uns zu und müssen dann auf einmal lachen.

Da, da war es, das Grübchen, das ich noch bei diesem denkwürdigen letzten Neujahrsessen bei Ruth vermisst habe. Es ist wieder da. Komisch, dass mich das zum Lächeln bringt.

»Seltsam, oder? Dass wir hier stehen und … ich weiß auch nicht.« Ich kichere nervös.

»Ja, irgendwie schon«, bestätigt er. »Ich weiß, das war alles sehr viel für dich in diesem Jahr, und wenn du noch Zeit brauchst, aber … Sag mal, hast du über das Kaufangebot nachgedacht?«

»Ja, hab ich. Es ist ein faires Angebot, Moritz.«

»Wirst du es annehmen?«

Ich schaue zur Seite, aber von Max und Yael ist keine Schützenhilfe zu erwarten.

Yael streckt ihren inzwischen sehr voluminösen Schwangerschaftsbauch nach vorn, als wollte sie sagen *Ich bin schwanger, mich geht das gar nichts an,* und Max, ja Max versucht sich offenbar unsichtbar zu machen.

Das hier muss ich allein klären, so viel ist klar. Ich hole tief Luft und versuche etwas, was ich schon sehr lange nicht mehr getan habe. Eine Übung aus dem Autosuggestionskurs an der Uni: Ich konzentriere mich auf das erste Gefühl, das aufkommt, wenn ich an die Wohnung denke.

Dann atme ich aus und sage mit fester Stimme: »Ich werde dein Angebot annehmen und dir die Wohnung abkaufen.«

»Gut«, antwortet Moritz. »Das freut mich. Und hey, lass dir Zeit mit den Formalitäten. Du musst da einiges an Papierkram erledigen. Und ich würde dir gern die Mieten bisher anrechnen. Zieh das von dem Betrag ab.«

»Nein, Moritz. Danke, das ist wirklich großzügig, aber nicht nötig. Ich mache einen Termin mit der Bank, und wenn ich so weit bin, melde ich mich bei dir. In Ordnung?«

»Ja, ist gut.«

Paula lächelt freundlich. Sie hat überhaupt gar nichts von einer Kuh und ich schäme mich ein wenig für all die Hässlichkeiten, die ich über sie gedacht und gesagt habe.

In diesem Moment wendet sich Moritz Max zu und sagt: »Kennen wir uns nicht irgendwoher?«

Max wirft mir einen schnellen Blick zu und mir fällt siedend heiß die schwarze Mamba wieder ein. Vom Hals an verfärbt sich mein Gesicht tomatenrot. Ich hoffe nur, Max bleibt jetzt cool. Es wäre mir schrecklich peinlich, wenn Moritz erfährt, dass ich meine Finger im Spiel gehabt habe, und Max als den Wirt des Grauens wiedererkennt.

»Ich bin Architekt. Möglicherweise waren Sie schon mal bei mir im Büro?«

Max ist die Coolness in Person. Ich stelle mir vor, wie wir später darüber lachen werden.

»Nein, das kann es nicht sein«, antwortet Moritz.

Ich bin dankbar für sein von jeher schlechtes Gesichtergedächtnis.

Paula dagegen verzieht die Unterlippe und verengt die Augen.

»Wir müssen dann auch weiter«, sage ich schnell. »Ruth wartet an der Hauptbühne.«

Das ist glatt gelogen, aber die Erwähnung von Ruth reicht, dass Moritz ein säuerliches Gesicht macht und sagt: »Oh, Ruth ist auch hier. Ja, dann gehen wir besser auch mal weiter. Alles Gute, Dalia.«

»Alles Gute, Moritz.«

So einfach ist das mit dem Abschiednehmen. Manchmal. Aber vermutlich auch nur dann, wenn man sich innerlich längst Lebewohl gesagt hat.

Ich sehe Moritz noch kurz nach. Paula hat ihre Hand in seiner Jeanshosentasche und er lacht über irgendetwas, das sie sagt.

Er ist glücklich und das freut mich. Vielleicht gibt es das auch für mich. Irgendwie, irgendwann und irgendwo. Max hat den Bierbecher längst wieder abgestellt und sieht stirnrunzelnd zur Bühne. Ich würde gern zu ihm gehen und meine Hände genauso in seine Hosentaschen stecken wie Paula es bei Moritz getan hat. Aber dann stimmt einer der Sänger Bruce Springsteen an. Es wird laut und wenig später dröhnt »Born in the USA« durch die Boxen. Das reicht, um meine Hoffnungen schwinden zu lassen. Irgendwer ist sicherlich nicht Max, denn irgendwo passt auch nicht und irgendwann ist in diesem Fall auch schon bald vorbei.

24. Kapitel

Max lässt hastig sein altes Handy mit dem Displayschaden sinken, als ich aus dem Bad ins Zimmer komme. Wahrscheinlich hat er gerade wieder eine Nachricht an Chrissy gesprochen, die er nicht abschickt. Ich frage mich, was er ihr erzählt, ob auch ich eine Rolle darin spiele. Er schiebt das Handy auf den Couchtisch und zieht die schwarze Rolle unter der Couch hervor. Das Ding, das er *Blackroll* nennt und auf dem er gern nach dem Laufen seine Wirbelsäule quält.

»Steht Amsterdam eigentlich auf deiner Liste?«

»Ja! Wieso?«, antworte ich und setze mich auf die Couchkante, um ihn zu beobachten.

»Hätte ja sein können, dass du die Liste alphabetisch abarbeitest und schon dort warst.«

»Mache ich auch. Von hinten.«

Er sieht mich entgeistert an.

»War ein Witz. Nein, sehe ich so strukturiert aus? Ich mache nichts nach dem Alphabet.«

»Gut. Ich würde gern fahren, bevor ich fliege.«

»Was hast du in Amsterdam vor?«

»Ich habe da was zu erledigen.«

»Ich komme nicht mit, wenn du Stoff kaufst«, motze ich und ziehe an meinem nassen Socken. Wir sind heute sagenhafte zwölf Kilometer gejoggt und genauso fühle ich mich auch.

»Hä?«

»Stoff – Cannabis, Marihuana …«

»Ich bin kein Drogendealer.« Er lacht. »Ich will dort nur einen Freund besuchen. Also, kommst du mit?«

Ich zögere ganz kurz. Was, wenn Tim wieder auftaucht und ich dann nicht da bin? Was, wenn ich ihn damit endgültig vertreibe?

Max bemerkt meine Skepsis. »Nur für zwei, drei Tage. Kannst du dir freinehmen?«

An seinem Blick sehe ich, dass er nicht unbedingt nur meinen Job meint, wenn er von »freinehmen« spricht.

»Ja, gut, ja, ich komme mit.« Ich lächele wackelig. »Der Vorteil an Amsterdam ist ganz klar, du musst nicht fliegen.«

»Der Flug die Woche drauf reicht mir schon.«

Ja, dieser verdammte Flug die Woche drauf. Wäre es für die Fluglotsen nicht mal wieder Zeit, zu streiken? Haben die nicht schon lange keine zehn Prozent mehr Arbeitslohn gefordert und für Flughafenchaos gesorgt? Es wäre gerade so herrlich passend. Oder Trump, der könnte doch zur Abwechslung auch einfach mal den Europäern verbieten, in die USA zu reisen. Ein ganz pauschales Einreiseverbot für Deutsche, von mir aus auch nur für Architekten, die zu ihren Ex-Freundinnen und Töchtern wollen. Ich denke an die kleine Chrissy und bekomme sofort ein schlechtes Gewissen. Max gehört zu seiner Tochter, und selbst wenn er nicht mehr zu Sabrina gehört, bedeutet das noch lange nicht, dass er deswegen mir gehört.

»Was ist das für ein Freund?«

Wir haben außerhalb der Stadt geparkt und sind jetzt zu Fuß unterwegs in ein Viertel namens De Pijp, das bestimmt nicht in Mamas Plänen für Amsterdam vorgekommen ist.

»Wir kennen uns aus einem Klub.«

»Einem Klub? Zum Tanzen?«

»Nein, das kann man nicht sagen.« Er seufzt und dann zögert er kurz. »Wir haben uns getroffen, um nicht mehr zu trinken.«

»Ah«, sage ich.

»Eher AA – die Anonymen Alkoholiker. Scheint so, als wäre ich nicht mehr so sehr anonym.« Er lächelt, aber wirkt eher traurig als fröhlich.

»Dort oben, dritter Stock.« Max hält die Hand über die Augen und deutet auf einen winzigen Balkon, der über dem Straßencafé mit den bunt zusammengewürfelten Stühlen und den ebenso ungleichen Backsteinen fast ein wenig zu akkurat aussieht für das charmant heruntergekommene Gebäude. Die grünweiße Markise hat Löcher und das Schild davor ist genauso krumm wie der Reifen eines der Fahrräder, das mit einer Paketschnur an einer Straßenlaterne festgebunden ist.

Statt an der Tür mit den Dutzend Namensschildern zu klingeln, bittet Max mich, kurz zu warten, betritt das Café und kommt wenig später mit einem großen silbernen Schlüssel an einem hölzernen Anhänger in Fischform zurück.

»Ich hoffe, Martin ist etwas ordentlicher als früher.«

»Ist er denn gar nicht selbst da?«

»Er hat mir den Schlüssel bei seinem Freund hinterlegt, damit wir in die Wohnung können, auch wenn er selbst noch unterwegs ist.«

Die Treppe nach oben ist schmal und es riecht nach scharfem Putzmittel. An der Holztür zur Wohnung befindet sich ein kleines Schild mit der Aufschrift »Krappmeier und Söhne« und links daneben stehen ein Kasten mit Wasserflaschen, Kaffee und einer Packung Waffelkeksen. Ich werfe Max einen fragenden Blick zu, aber er reagiert nicht darauf. Stattdessen hebt er den Kasten hoch und drückt damit gegen die Tür, während er mit der linken Hand den Schlüssel im Schloss herumdreht.

Die Sonne scheint durch das breite Fenster zur Straße, das wir bereits von unten haben sehen können, und in der Luft flirren die Staubpartikel. Ein enger Gang führt in ein kleines Wohnzimmer, das einzig aus einer hellblauen Zweiercouch und einem winzigen Vintagetisch besteht. An der breiten Wand links des Sofas hängt eine Leinwand mit einem offensichtlich noch unfertigen Bild. Der obere Teil ist mit leuchtenden Farben in abstrakten Mustern bemalt, offensichtlich willkürlich grenzen Muster in anderen Nuancen an, nach unten hin ziehen sich erhaben dicke braune Linien, doch am rechten Rand befinden sich noch große weiße Stellen. Das Zimmer sowie auch die angrenzende Miniaturküche wirken ordentlich und sauber bis auf die leicht schmierigen Fenster, deren Wasserflecken man durch die Sonneneinstrahlung besonders deutlich sehen kann.

Gegenüber der Küche führt eine Wendeltreppe auf eine Art Podest, auf der ich ein Bett erkennen kann.

»Martin hat sich ins Zeug gelegt«, kommentiert Max zufrieden, nachdem er die Hälfte der Treppe erklommen hat. »Frisch bezogen.«

»Und wo schläft dein Freund, während wir hier sind?«, frage ich. Die Suche nach einem weiteren Zimmer hat nur zum Ergebnis gehabt, dass ich angrenzend zur Küche ein winziges fensterloses Bad gefunden habe.

»Also, ich weiß nicht genau, wann er kommt, es könnte … er …«, stottert Max und macht sich an dem kleinen Oberlicht zu schaffen, das gedämpftes Licht auf das breite Bett auf dem Podest wirft.

»Kommt er überhaupt?«, frage ich, die Augenbrauen in die Höhe gezogen.

»Na ja, ich …«

»Hattest du nicht gesagt, du wolltest einen Freund besuchen?«

»Ich wollte mit dir nach Amsterdam«, sagt er und dreht sich zu mir um.

Seine Augen schimmern im Licht und etwas in mir regt sich, packt mich, wirft mich innerlich völlig aus der Bahn. Nicht nur wegen des Satzes, sondern wegen all dem, was ich zwischen diesen Zeilen gern lesen mag, mir aber selbst verbiete. *Mit dir* – zwei Worte, die so einfach sind, so alltäglich wirken und die mir jetzt Angst machen. Ich fühle viel zu viel dabei.

»Hattest du Angst, ich würde nicht mitkommen, wenn ich der Grund bin und nicht dein Freund?«, frage ich heiser und so leise, dass es mir vorkommt, als verschluckte die kleine Wohnung den Ton ungehört.

»Ich brauche doch keinen Grund, um nach Amsterdam zu fahren«, erwidert er schnell. Da, da ist sie wieder, seine Art, jede Form von Gefühl schnellstmöglich abzuschwächen, mit Worten, die aber nicht ganz aufheben können, was ich zuvor gespürt habe.

»Nein, und mein einziger ist, dass es ein Punkt auf der Liste meiner Mutter ist«, sage ich stolz, verschweige aber, dass ich auf keiner meiner Reisen für sie bisher Begleitung gehabt habe.

Danach ist es einen Moment lang still, bis auf das leise, quietschige Geräusch ungeübten Geigenspiels, das durch die Wand dringt und offenbar vom Appartement nebenan kommt.

»Was ist das genaue Programm für Amsterdam?«, fragt Max.

»Es gibt keines«, sage ich leise.

»Warum? Hat deine Mutter nicht immer genau aufgeschrieben, was sie gern in den Städten und Ländern sehen will?«

»Doch, hat sie.«

»Also?«

»Amsterdam … Amsterdam war der letzte Punkt auf ihrer Liste, zumindest der Letzte, den sie aufgeschrieben hat. Sie ist nicht mehr dazu gekommen, sich zu überlegen, was sie hier sehen möchte.« Ich senke meinen Blick. Ich will auf keinen Fall, dass Max die kleinen Tränen sieht, die hinter meinen Lidern drücken.

»Was hältst du dann davon, wenn wir diese Waffeln hier mitnehmen?« Er hält die Packung hoch. »Und einfach draufloslaufen?«

Ich schlucke und schaue vorsichtig hoch. »Gern.«

»Wir könnten mit den Tulpen starten«, sagt er und tritt einen Schritt auf mich zu. »Vielleicht finden wir ein paar halbverblühte, die du retten kannst.«

Ich muss lachen. »In Ordnung.«

Wir verlassen Martins Wohnung, laufen die Straße hinunter und überqueren die roten Streifen auf den Fahrbahnen, die mich ein wenig an Tartanbahnen auf Sportplätzen erinnern, lassen die weiß-blauen Straßenbahnen an uns vorbeiziehen und schlendern an den zahlreichen Cafés, Bäckereien und Obstläden entlang. Max kauft mir eine »echte, wahrhaftige und einzigartige heiße Schokolade«, die aus Tony Chocolonely gemacht wird. Riegel, die aussehen, als wären sie zu Beginn des letzten Jahrhunderts verkauft worden, deren Retroverpackung aber hinwegtäuscht über den fantastischen Geschmack.

Max war schon häufiger hier und führt mich gezielt an Orte, die ich seiner Meinung nach sehen muss – wie den Multikultimarkt im Herzen des Viertels.

»Leider sehen die Tulpen alle ziemlich frisch aus«, sage ich zwinkernd mit Blick auf die vielen Stände um uns herum. In der Luft liegen die verschiedensten Essensgerüche, von nahöstlichen Köstlichkeiten über typischen Fischgeruch bis zu den süßen Dämpfen frisch gebackener Pfannkuchen.

»Das kriegen wir noch hin«, meint Max überzeugt.

Am Stand einer älteren Frau mit bunt gemustertem Kopftuch bleibt er stehen und fragt auf Englisch nach »dried-up flowers in a pot.«

Die Dame antwortet allerdings nur entrüstet: »No pot! Not have!«

»Pass auf, ich kaufe zuerst dir was!«, schlage ich vor und steuere zielstrebig auf einen der Textilhändler zu.

Der Inder grinst mich breit an und versucht, seine Waren in verschiedenen europäischen Sprachen anzupreisen.

»Hier! Das ist perfekt!« Ich kichere leise.

»Was?«

Ich verstecke die Shorts hinter meinem Rücken, winke Max weg und sage: »Überraschung!«

Dem Händler drücke ich einen Zehneuroschein in die Hand und lasse den Stoff schnell in meine Handtasche gleiten.

»Ich hab ein bisschen Stoff gekauft.« Ich kichere albern.

Max rollt mit den Augen. Doch noch in dem Moment, in dem ich die Shorts in meiner Tasche verstaue, sticht es mir schmerzhaft in die Brust. Die Tasche, über die Tim immer lacht, die Stadt, die meine Mutter nie sehen wird, mein Vater, der dafür gesorgt hat, dass die Welt sich nicht mehr rund dreht, sondern für mich immer ein wenig außer Takt ist.

Und dann Max, dieser Max, den ich gern festhalten möchte und der doch nur auf dem Sprung ist.

Ich drehe mich zu ihm und mein fröhliches Lächeln ist verschwunden. »Glaubst du, dass es für alles eine begrenzte Zeit gibt, und wenn die vorbei ist, dann ist es vorbei? Für immer? Glaubst du, wir müssen immer den richtigen Zeitpunkt erwischen, und wenn wir ihn verpasst haben, dann war es das?«

Max schaut mich überrascht an. »Ich glaube nicht an richtige Zeitpunkte. Und auch nicht an falsche.«

»Woran glaubst du dann?«

»Daran, dass wir Entscheidungen treffen müssen und dass die falsch oder richtig sein können. Oft weiß man es erst hinterher. Das gilt für dich, für mich, für deinen Vater …«

»Hast du immer die richtigen Entscheidungen getroffen?«, will ich wissen.

Er lacht freudlos. »Nein, ganz sicher nicht. Aber das heißt ja nicht, dass ich es nicht weiter versuchen muss.«

»Amerika«, flüstere ich. Wenn er es gehört hat, dann ignoriert er es. »Max, warum hast du angefangen zu trinken damals?«

Er antwortet nicht sofort.

»Ist es okay, dass ich das frage?«

Er nickt. »Ich hab Sabrina bei der Arbeit kennengelernt, damals habe ich fünfzig, sechzig Stunden die Woche gearbeitet und … na ja, nach irgendetwas gesucht, was mich ein bisschen runterbringen konnte. Ich war nicht wirklich in sie verliebt, um ehrlich zu sein. Eigentlich gar nicht. Auch wenn sich das jetzt schrecklich anhört. Sabrina hatte eine laute, tolle Clique aus partywütigen Leuten und ich fand Gefallen am Alkohol. Zunächst nur am Wochenende. Dann häufiger. Vielleicht wäre das alles unter Kontrolle geblieben, wenn Sabrina nicht plötzlich schwanger geworden wäre. Es war alles zu viel. Die Arbeit, das Kind, Sabrina. Es hat nicht funktioniert. Wir haben uns getrennt und ich habe dafür gesorgt, trocken zu werden und zu bleiben. Kurze Zeit später ist mein bester Kumpel Philipp an Krebs erkrankt, er konnte die Nachteule nicht mehr allein halten und ich beschloss, ihm zu helfen. Ein trockener Alki mit ’ner eigenen Kneipe. Ziemlich bescheuerte Idee, dachten alle, aber das Zeug jeden Tag vor der Nase zu haben, macht mir seltsamerweise immer bewusst, dass ich es nie wieder anfassen darf. Ich werde keinen Rückfall bekommen, Dalia.«

»Danke«, sage ich leise.

»Wofür?«

»Dass du mir das anvertraut hast.«

Er sieht zur Seite. »Wir sollten ein bisschen Boot fahren, das bringt dich auf andere Gedanken«, schlägt er vor.

Mich?, denke ich und lächele unsicher.

Und er drückt meinen Arm freundschaftlich. *Freundschaftlich,* als ob es das wäre, was ich noch immer wollte.

Mit einem länglichen roten Boot fahren wir über die Wasserwege und Max mimt den Reiseführer. Er plappert so viel wie nie zuvor, und auch wenn es wirklich interessant ist, was er über diese wunderschöne Stadt zu sagen hat, so passiert es immer wieder, dass mir seine Worte entgleiten und meine Gedanken wegschwimmen von den Grachten, weg vom *Venedig des Nordens.*

»Hörst du mir eigentlich zu?«

»Was?«

»Ich habe dich gefragt, ob du in ein Museum möchtest?«

»Ja, sicher, klar.«

Eine Weile kann ich mich wirklich darauf einlassen, auf die Selbstporträts von Van Gogh und auch auf die Rembrandts und Vermeers im Rijksmuseum, aber sobald ich einen Blick auf Max werfe, ist es mir egal, dass hier die Kunst von Jahrhunderten hängt. Denn jeder Blick in seine Augen sagt mir, dass ich etwas gefunden habe, das ich wieder verlieren werde. Und dass all das, was in Italien oder vielleicht auch wesentlich vorher angefangen hat, eine falsche Entscheidung gewesen sein muss, wenn sie dafür sorgt, dass ich den Kummer schon spüren kann, der an meiner Tür kratzt. Und mich in dem Moment überfallen wird, wenn Max meine Wohnungstür das letzte Mal hinter sich schließt.

»Du hast schlechte Laune!«, stellt er fest, als wir aufgrund des plötzlich einsetzenden Regens Zuflucht in einem kleinen Bistro suchen und uns marokkanische Falafel bestellen.

»Nein, gar nicht. Ich …«

»Ist es wegen deiner Mutter?«

»Ja, auch.«

Max wirft einen Blick aus dem Fenster, dann hellt sich sein Gesicht auf und er ruft laut: »Bin gleich wieder da!«

Er stürmt nach draußen und kommt ein paar Minuten später mit einem kleinen Topf zurück. Braunes Packpapier verbirgt, was in dem Topf steckt, aber Max hält es nicht lange aus. Er stellt das Teil vor mich auf den Tisch, direkt neben mein alkoholfreies Heineken und sein Wasserglas, zieht an dem Papier und macht: »Tatataaa, eine tote Pflanze! Wenn dich das jetzt nicht zum Lachen bringt.«

Ich muss grinsen, zugegeben. »Weißt du, dass du das mit mir gemacht hast?«

»Was meinst du?«, fragt er und schüttelt das Wasser aus seinem Haar.

»Mich aufgepäppelt.«

»Nein, das hast du schon selbst gemacht. Ich hab dir nur ein bisschen Gesellschaft geleistet.«

»Du könntest mir noch länger Gesellschaft leisten«, sage ich. Der Versuch, es leicht dahinzusagen, ist gründlich missglückt. Es klingt eher verzweifelt.

Er sieht mich kurz an, dann schaut er wieder auf seinen Teller. Eine Antwort bekomme ich nicht.

»Was machen wir jetzt noch? Der Regen hat aufgehört«, sagt er, nachdem wir beide unsere Teller leer gegessen haben und ich mich nicht traue, noch irgendeine Anspielung darauf zu machen, was mich den ganzen Tag beschäftigt.

Stattdessen sage ich: »Ich habe dich angelogen!«

»Das ist neu!«, erwidert Max und imitiert meine Schmolllippe nahezu perfekt.

»Sie hatte einen Punkt auf ihrer Liste für Amsterdam … meine Mutter. Einen einzigen.«

»Und?«

»Mmmhh«, winde ich mich. »Ich möchte das nicht unbedingt machen.«

»Nackt durch die Grachten schwimmen?«, fragt Max und lacht.

»Nein, schlimmer.«

»Mmmh, nackt auf dem Fahrrad durch den Vondelpark?«

»Gibt es bei dir nur nackt?«

»Ich mag die Vorstellung.«

»Nein, ein Rad schlagen auf der Mageren Brücke«, brummele ich und knirsche mit den Zähnen.

»Nackt?«, fragt er hoffnungsvoll.

»Max!«

»Was?« Er hebt die Hände und lacht erneut. Seine Augen funkeln.

Ich bin kurz davor, ihm zu sagen, wie sehr ich seine Augen liebe, aber zum zweiten Mal an diesem Tag muss ich mir in die Wange beißen, um einfach meine verdammte Klappe halten zu können.

»Also«, er versucht, ernst auszusehen, es gelingt ihm nicht wirklich, »was ist so schlimm am Radschlagen auf der Mageren Brücke?«

»Ich kann kein Rad schlagen!«

»Ah! Ich dachte, alle Mädchen können das?«

»Nein!«

»Ich kann nicht durch die Finger pfeifen«, sagt er und fängt schon wieder an, meine Schmolllippe nachzuahmen.

»Oh«, sage ich betont überrascht. »Ich dachte, alle Jungs können das! Ich kann das!«

»Gut, du bringst mir bei, mit den Fingern zu pfeifen, und ich zeige dir, wie man ein Rad schlägt.«

»Aber ich mache Dinge nicht fertig!«

»Stimmt, vielleicht eine Radwende? Das ist nur ein halbes Rad.«

Kleine Pfützen stehen auf den Straßen, aber die Sonne hat sich Amsterdam bereits zurückerobert, als wir am späten Nachmittag dann tatsächlich auf der Mageren Brücke stehen.

Vor uns humpeln zwei englische Touristen in hölzernen Clogs, unter der Brücke versucht sich eine Gruppe kreischender Teenies beim Stand-up Paddling.

»Jetzt oder nie«, sagt Max. »Versuch es.«

Ich komme mir schrecklich albern vor. Es ist selbstverständlich auch unmöglich, auf einer der bekanntesten Brücken Amsterdams unbemerkt ein Rad zu schlagen. Ich drücke mich eine Weile herum, schaue scheinbar interessiert aufs Wasser.

So lange, bis Max seufzt und meint: »Es ist nicht peinlicher, als Holzclogs zu tragen! Mach es einfach.«

Also nehme ich Anlauf, hebe die Hände und das linke Bein und denke ganz fest an meine Mutter. In dem Moment, in dem meine Finger den regennassen Boden berühren, ist es mir dann wirklich egal. Ich tue das für Mama. Ich stoße mich ab und versuche, mit meinen Beinen halbwegs in die Höhe zu kommen. Es wird ein komischer Hopser daraus, also versuche ich es gleich noch einmal und noch einmal. So lange, bis ich beinahe von einem bis zum anderen Ende der Brücke gelangt bin.

Mit rotem Kopf richte ich mich auf und suche Max' Blick in der Entfernung. Er ist stehen geblieben, während die Clogträger mir gefolgt sind und begeistert applaudieren. Offenbar haben sie auch anderen holländischen Traditionen ausgiebig gefrönt.

Max kommt auf mich zugelaufen und lacht.

In dem Moment, in dem er den Teil der Brücke passiert, der nach oben gezogen werden kann, um größere Schiffe durchzulassen, stelle ich mir vor, wie passend das jetzt tatsächlich wäre. Was für ein kitschiges Sinnbild! Ich auf der einen, er auf der anderen Seite. Durch Wasser getrennt. So, wie es bald sein wird.

»So, jetzt bist du dran«, sage ich. »Pfeifen!«

Und mit Max' albernen Versuchen, Amsterdam pfeifend zu erkunden, kehrt ein wenig Leichtigkeit zurück. Ich muss lernen, den Augenblick zu genießen. Nicht immer an morgen zu denken, wenn morgen doch sowieso alles verändern kann. Aber es ist schrecklich schwer, wenn das Herz etwas will, was ihm der Verstand verbietet.

Wir schlafen nicht miteinander in dieser Nacht. Wir liegen nur nebeneinander und sind beide wach. Nicht, weil einer böse auf den anderen wäre. Nicht, weil es seltsam wäre, hier gemeinsam zu sein. Es ist vielmehr ein ganz gemütliches, normales Nebeneinanderliegen. Es hat etwas Zufriedenes, wie seine Beine sich gegen meine lehnen, wie ich versuche, in der Stille seine Gedanken zu erahnen, und wie wir beide irgendwann in einen tiefen, erschöpften Schlaf fallen. Ich bin früh wach und weiß sofort, wo ich bin, was selten ist, wenn ich reise. Möglichst lautlos gehe ich die Stufen hinunter in die Küche.

Im Kühlschrank sind Eier, im Vorratsschrank finde ich sowohl Mehl als auch Zucker und auf der Suche nach einer Pfanne bin ich auch erfolgreich. In der Schublade ohne Griff findet sich sogar etwas Kokosöl. Es ist ruhig, so früh am Morgen. Umso lauter dröhnen mir meine Gedanken in den Ohren. Ich hebe den letzten Pfannkuchen in Ermangelung anderer Küchenutensilien mit einer Gabel aus der Pfanne und schalte den Herd ab, als die Treppe knarrt und Max herunterkommt.

Er trägt nur die albernen Boxershorts mit dem Tulpenmuster, die ich ihm gestern auf dem Markt gekauft habe. Er dreht sich kurz um und wackelt mit dem Hintern, auf dem breit der Schriftzug »I love Amsterdam« prangt.

»Was machst du da?«, fragt er und beugt sich über meine Schulter. Ich muss nicht einmal die Augen schließen, um mir vorstellen zu können, dass wir ein ganz normales Paar sind.

Etwas krächzend, dafür aber betont heiter sage ich: »Ich mache die besten Pfannkuchen der Welt. Die guten, die sich am Rand kräuseln.«

»Weil sie im Fett schwimmen?«, fragt Max skeptisch. Er tritt zurück und aus dem Augenwinkel sehe ich, wie er vorsichtig testet, ob die lidschäftig aussehenden Küchenstühle ihn aushalten.

»Nein, in Kokosöl!«

»Na dann.«

»Warte doch erst mal ab! Ich bin keine Mogelpackung!« Es sollte sich gar nicht vieldeutig anhören, aber seit wir in Amsterdam sind, hat alles irgendwie einen Unterton und einen doppelten Boden, eine nicht zu überhörende Zweideutigkeit und weist uns überdeutlich darauf hin, dass wir zwei sind. Ein Mann und eine Frau. Die viel besser zusammenpassen, als ich es für möglich gehalten habe. Viel besser, als es gut für mich ist.

»Ich weiß, dass du keine Mogelpackung bist. Du bist«, er grinst frech, »die zwanzig Prozent Extra in der Jubiläumspackung mit Goldrand.«

»Wow, ich hoffe, das bezieht sich nicht auf meine etwas zu fülligen Hüften!«

»Wo?« Er steht auf und packt mich von hinten um die Taille. »Ich kann kein Zuviel erkennen.«

Ich seufze leicht. Ich will das hier. Immer, nicht nur heute. Einen Moment lang bin ich versucht, es laut auszusprechen. Ich beiße mir in die Wange und scheiße drauf, dass es später unangenehm sein wird. Ich brauche jetzt etwas, um nicht mit meinen Gefühlen um mich zu sprudeln wie eine verdammte Fontäne.

»Du hast doch auch schon gemerkt, dass das Bild nicht fertig ist, oder?« Er dreht mich sanft in Richtung Wohnzimmerwand und lässt dabei seine Finger unter mein Top gleiten. Von der Rundung meiner Hüften, die wirklich etwas zu voll geraten ist, seitlich nach oben zu meinen Brüsten. »Unverpackt«, murmelt er. »Keine Mogelpackung.«

»Was ist mit dem Bild?«

»Die Farbe könnte nicht mehr aus deinen Klamotten rausgehen. Es gibt Dinge, die muss man nackt machen. Räder nicht unbedingt …« Er klingt heiser, seine Stimme dunkler als sonst. Es ist unglaublich sexy. Er zieht mir das Oberteil über den Kopf, beugt sich dann nach hinten zu einem der Holzregale und holt zwei kleine Plastikdosen mit Farbe hervor und stellt sie vor uns auf den Boden.

»Martin hat häufiger Übernachtungsgäste und er lässt sie Stück für Stück das Bild fertig malen. Das ist so eine Art Gästebuch.«

»Mmh.« Ich lasse mich von ihm umdrehen und sehe, dass seine Augen sich wie seine Stimme verdunkelt haben.

Ich trage jetzt nur noch meine Pantys. Nicht mehr lange. Max zieht sie mir in die Kniekehlen und ich schüttele sie mir von den Beinen.

Dann beugt er sich nach unten, öffnet eine der Dosen, auf der ich glaube, das Wort »Fingerfarbe« erkannt zu haben, und taucht seinen Daumen in die rote, zähe Flüssigkeit.

Doch er geht nicht auf die Leinwand zu, sondern stellt sich wieder vor mich, und bevor ich mich wehren kann – als ob ich das wollte –, fährt er mit seinem rot gefärbten Daumen kreisförmig um meine linke Brust, dann um die rechte. Meine Brustwarzen stellen sich auf und mir entschlüpft ein winziges kleines Keuchen. Max beugt sich noch einmal nach unten, tunkt seinen Zeigefinger in die Farbe und malt eine lange, geschwungene Linie von meinen Brüsten hinunter zu meinem Bauchnabel und umkreist ihn ebenfalls.

Ich fange an zu zittern. »Gleiches Recht für alle«, flüstere ich und fahre mit meiner linken Hand den Rand seiner Tulpenshorts entlang. »Viel zu wenig Farbe«, hauche ich, bücke mich und greife nach dem gelben Topf. Statt einem Finger tauche ich meine ganze kleine Hand hinein und lege sie dann auf Max' Brust. Er sieht mich an, als wäre ich ein Kunstwerk, schießt es mir durch den Kopf. Er sieht mich nicht an, als wäre ich irgendwer, sondern als wäre ich die Seine. Die *Eine*. Ich will es abschütteln, dieses Gefühl von Hoffnung, aber ich kann nicht. Es ist da, wie die Elektrizität zwischen uns. Wie die Erregung, dieses Hochgefühl und die Spannung, die nie abzunehmen scheint.

Max tupft mir einen roten Punkt auf die Nase, und ich kann nicht anders, als meine Hände fest um seinen Hintern zu legen und ihn so nah wie möglich an mich zu ziehen. Er zögert nicht, sondern presst seine Lippen so hart und gleichzeitig leidenschaftlich auf meinen Mund, dass mir schwindelig wird davon. Einen Moment lang fürchte ich um mein Gleichgewicht, aber da hält er mich schon fest und schlingt seine Arme um meine Taille. Ich spüre, wie die noch nasse Farbe an seiner Brust auf mich abfärbt, und ich fühle, dass er mich mit der gleichen Intensität will wie ich ihn.

Wir stolpern ein paar Schritte rückwärts auf den Teppich vor dem Bild zu, gehen gleichzeitig in die Knie. An Max Wange ist ein roter Streifen von meiner Nase und überhaupt haben sich die rote und gelbe Farbe längst vermischt. Max wartet nicht ab, er tut genau das, was ich mir gierig ersehne. Er legt sich zwischen meine Schenkel, fasst mit den Händen unter meinen Po und sorgt dafür, dass nicht nur die Farbe eins wird.

Später sitzen wir nackt und bemalt auf den wackeligen Küchenstühlen und essen Pfannkuchen.

»Die besten, definitiv!«, murmelt Max zwischen zwei Bissen. »Wo hast du das gelernt?«

»Mein Vater hat es mir beigebracht. Meine Mutter hat sie geliebt. Jeden Sonntagmorgen haben wir gemeinsam

Pfannkuchen gebacken. Manchmal hat er sie ihr ans Bett gebracht. Sie hat ihn damit aufgezogen, dass es in Amsterdam angeblich die besten Pfannkuchen gibt …« Ich halte inne, weil Max' trauriger Blick mir vorkommt wie ein Spiegel. »Egal. Sie sind gut, das ist die Hauptsache.« Zur Bestätigung stecke ich mir ein riesiges Stück in den Mund.

Aber Max hat das Thema noch nicht abgeschlossen: »Die Beziehung zwischen Eltern und ihren Kindern ist ein ganz schön wackeliges Konstrukt. Wir bauen doch irgendwie auf dünnen Fäden, oder nicht? Und dann reißt spätestens die Pubertät das alles auseinander.«

Ich schüttele den Kopf. »Nein, das stimmt nicht. Der Tag, an dem wir verstehen, dass unsere Eltern fehlerhafte Geschöpfe sind, dass sie Menschen sind, das ist der Tag, der den Unterschied macht.«

Eine Weile schauen wir uns an. Die farbigen Streifen und Flecken auf unseren Körpern sind irgendwie nicht mehr lustig.

»Du solltest ihn wiedersehen, Dalia.«

»Ich will ihn nicht sehen.«

»Nicht für ihn. Nur für dich. Vielleicht kannst du das Ganze dann besser abschließen.«

Ich nicke langsam und will eigentlich den Kopf schütteln.

»War dein Bruder mal wieder da?«

»Nein.« Ich senke den Blick und fühle mich viel zu nackt. Und das hat absolut nichts mit fehlenden Kleidern zu tun.

»Gut«, sagt er und sieht mir fest in die Augen.

»Und du und ich?«, frage ich vorsichtig. »Was ist das?«

»Wir sind Max und Dalia. Freunde. Gute Freunde. Freunde, die nackt zusammen Pfannkuchen essen.«

Die Pfannkuchen sind auf einmal viel zu schwer in meinem Magen, genauso wie die Frage, die ich schon so lange stellen will. Jetzt oder nie. »Und wenn mir das nicht reicht?«

Er sieht nicht weg, er schaut mir weiter in die Augen. Sein Gesicht wird weich, seine Lippen öffnen sich. »Du brauchst keinen Rettungsanker mehr. Du brauchst mich nicht.«

»Und wenn ich dich zwar nicht brauche, aber will?« Das ist sehr, sehr nah dran an einer Liebeserklärung. Ich höre auf zu atmen und fixiere ihn angespannt.

Jetzt sieht er zur Seite. Nur kurz, aber es reicht, um die hastig angehaltene Luft aus meinen Lungen entweichen zu lassen und ernüchtert auszuatmen.

»Vielleicht willst du mich jetzt, aber …«

»Aber?«

»In vielerlei Dingen bin ich wahrscheinlich nicht der, für den du mich hältst.«

»Wie soll ich das verstehen?«, frage ich verwirrt.

Er kippt mit dem Stuhl nach hinten und legt den Kopf in den Nacken. »Ich habe in meinem Leben viele Fehler gemacht. Ich will keinen davon wiederholen.«

»Wer sagt denn, dass du deine Fehler wiederholen würdest?«

»Wer sagt, dass ich es nicht tun würde?«

»Redest du vom Trinken? Von deinem Alkoholproblem?«

Max schnaubt laut, dann kippt er wieder nach vorn und starrt mich an. »Ich rede von Kindern!«

Einen Moment lang bin ich sprachlos. »Von Kindern?«

»Ich will auf keinen Fall noch ein Kind haben.«

Ich sollte etwas wie *Das trifft sich gut, ich kann keine bekommen* sagen, aber der Satz steckt fest. Ich nicke nur und sage dann: »Ich gehe duschen. Wenn wir noch was von der Stadt sehen wollen heute, sollten wir los.«

In der kleinen beengten Duschkabine schrubbe ich mich so lange ab, bis meine Haut rote Striemen bekommt, die nichts mit Farbe zu tun haben. Seltsam, dass es in dem beschlagenen Spiegel so aussieht, als hätte mir jemand indianische Fruchtbarkeitszeichen auf die Haut gemalt. Diese Linien um die

Brüste und um den Bauch, sie lassen mich fülliger erscheinen, weiblicher. Ich bin eben doch eine verdammte Mogelpackung. Der Inhalt ist leer. Noch viel leerer, seit ich weiß, dass Max kein Kind mehr haben will. Wütend schlage ich auf die verkalkten blauen Fliesen an der Wand. Als ob das jemals eine Option gewesen wäre.

Erst viel später, als wir viel lustloser als gestern durch Amsterdam streifen und man genauso gut eine Brücke zwischen uns hätte hochziehen können, fällt mir auf, dass er mit keiner Silbe auch nur angedeutet hat, dass er mich auch *wollen* könnte. Auch wenn es sich jeden Tag so anfühlt. Wer von uns beiden lügt sich also an? Ich mich oder er sich? Oder am Ende wir beide uns?

25. Kapitel

Nach Amsterdam ist vor New York. Und Amsterdam ist definitiv nach Italien.

Da stehen ein paar Sätze zwischen Max und mir, die ich nicht aus meinem Kopf bekomme, und trotzdem will ich auf keinen Fall, dass er aus meinem Leben verschwindet. Ich bräuchte einen Radiergummi oder einen Tintenkiller oder noch besser eine Lkw-Ladung Tipp-Ex, um die Sätze zu tilgen, die falsch gesprochen worden sind, und dann eine Tonne Papier, um die richtigen aufzuschreiben. So viele Dinge, die irgendwie noch gesagt werden müssen, bevor er weg ist.

Jede Stunde, mit der seine Abreise näher rückt, wird mir bewusster, dass ich um ihn kämpfen will. Das Blöde ist nur, dass ich nicht weiß, wie das geht. Und es erscheint mir unfair, ihn davon überzeugen zu wollen, sich für mich statt für seine Tochter zu entscheiden. Links oder rechts, West oder Ost, Chrissy oder ich. Das funktioniert nicht. Das ist mir klar.

Und deswegen weiß ich nicht wirklich, was ich mit dieser Zeit anfangen soll, die uns noch bleibt. Sie genießen? Mich an etwas klammern, das nur schwerer wird, loszulassen, oder gleich loslassen und den Schmerz jetzt schon spüren?

Ich weiß nicht, ob es Max genauso geht. Tagsüber sehen wir uns kaum. Er macht Besorgungen für Amerika, glotzt stundenlang stur in seinen PC. Meistens hat er das Zeichenprogramm geöffnet, mit dem er häufiger arbeitet, seit Philipp wieder so gesund ist, dass er die Nachteule führen kann. Aber ich weiß, dass er immer wieder in den Browser klickt und irgendwelche Suchbegriffe eingibt, die etwas mit New York zu tun haben. Er hat eine Wetter-App installiert, die ihm stündlich die Niederschlagsgefahr am Big Apple meldet, und ich frage mich, ob das für ihn so eine Art Prognose für die Stimmung sein soll, die ihn dort erwartet.

Ich übernehme zusätzliche Schichten, um nicht zu viel auf die Uhr zu starren und die Stunden dahingehen zu sehen. Nachts dagegen sind wir lebendig. Wir beide. Jeden Abend dieser letzten paar Tage legt er sich zuerst auf die Couch und schleicht sich dann ins Bett. Wir reden nicht mit Worten, wir lassen unsere Körper sprechen. Und sie haben so viel zu sagen. Nehmen keine unnötigen Blätter vor den Mund. Ich betrüge dabei nicht nur mich, sondern auch ihn, weil ich dem Ganzen nicht diesen *Letztes-Mal-Stempel* aufdrücken will, weil ich mir einreden möchte, dass er bleibt. Dass all das zwischen uns etwas bedeutet hat. Dabei heißt es noch lange nicht, dass etwas, das Bedeutung hat, auch von Dauer ist. Das sollte ich doch inzwischen gelernt haben. Jedes Mal, wenn ich ihn spüre, jedes Mal nehme ich mir vor, den Mut zu haben, ihm alles zu sagen. Nicht nur so ein bisschen, wie in Amsterdam. Nein, ich will ihm alles von der Größe und Wucht meiner Gefühle sagen. Ihm gestehen, dass er derjenige ist, der jede Leere in mir füllen kann. Aber manchmal sind große Gefühle zu groß, um sie auszusprechen. Ich fühle mich zu klein dafür. Es ist seltsam, was diese nahende Deadline unserer Freundschaft mit uns bewirkt. Sie macht uns am Tage so stumm und beinahe gleichgültig und scheint uns jede Nacht ins Bewusstsein hämmern zu wollen, dass wir endlich sind. Während die Worte zwischen uns immer weniger werden, rücken wir einander körperlich näher. Es ist eine gefährliche Entwicklung und am letzten Morgen ziehe ich die Reißleine. Ich habe Angst davor, zu viel Ungesagtes in mir aufzuheben und an nicht gesagten Worten zu ersticken. Vierundzwanzig Stunden vor seiner Abfahrt frage ich: »Gehst du mit mir essen heute Abend?« Dabei sollte ich eigentlich fragen: Gehst du mit mir *reden* heute Abend?

Er sieht so aus, als wollte er Nein sagen, vielleicht macht es ihm genauso viel Angst, mir zu sagen, dass es vorbei ist, wie mir, es zu hören.

»Klar, warum nicht?«

Wir beide vermeiden, das zu sagen, was doch seit Tagen hinter jeder Berührung, hinter jedem kleinen Wort, jeder Geste und jedem Blick liegt. *Zum Abschied.*

»Suchst du etwas aus?«

»Italiener?«, schlägt er ohne Enthusiasmus vor.

»Ja, gern, wir müssen ja diesmal nicht bis nach Parma fahren«, scherze ich, oder zumindest versuche ich es. Ich würde bis ans Ende der Welt mit ihm fahren und dabei einen Riesenbogen um Amerika machen. »Ich hab eine bessere Idee«, sage ich plötzlich. Es gibt da diesen Ort in dieser Stadt, an dem ich seit Jahren nicht mehr gewesen bin. Seit ich siebzehn gewesen bin. »Wir machen Picknick auf der Burg.«

»Auf der Festung?«

»Ja, genauer gesagt auf der Mauer.« Und du musst dafür sorgen, dass ich mich vor Verzweiflung über deine bevorstehende Abreise nicht hinunterstürze, füge ich in Gedanken dazu.

Alles in mir ist purer Aufruhr. Mein Herz ist inzwischen im Generalstreik und weigert sich, mir zu sagen, was es da eigentlich fühlt.

Um nicht weiter nach Gefühlen zu suchen oder die vorhandenen in Schubladen packen zu wollen, die schon gar nicht mehr schließen, weil sie zu voll sind, gehe ich schnell in die Küche und räume den Kühlschrank leer.

Max steht untätig im Esszimmer herum und beobachtet mich. Jetzt schon finde ich alles zu kahl hier. Jetzt, da seine herumliegenden Sachen in Koffer verpackt sind. Und Max, der ist auch schon nicht mehr richtig hier. Entweder ist sein Kopf schon in Amerika oder er hat seine Gefühle in einen Koffer gepackt, dessen Zettel nicht auf meinen Namen lautet. Auf jeden Fall sieht er so aus, als wollte er etwas sagen, aber könnte es nicht, weil er nicht mehr weiß, in welches Fach er die richtigen Worte gepackt hat. Vielleicht bilde ich mir das aber auch nur ein und er wartet eigentlich nur darauf, endlich fortzukommen.

»Wollen wir?«, frage ich, als ich fertig bin mit dem Korb.

Er nickt stumm.

Im Auto sprechen wir kaum, eigentlich wäre ich lieber gelaufen, aber der Korb ist zu schwer. Und mein innerer Tumult wiegt auch zu viel, um ihn auf Beinen zur Festung Marienberg hinauf zu tragen.

»Du musst das nicht machen!«, sagt er plötzlich, als ich den Korb auf der Mauer abstelle.

»Was?«

»Mich verabschieden.«

»Oh«, sage ich überrascht. »Wieso ... ich meine, willst du nicht verabschiedet werden?«

»Nein«, antwortet er knapp.

»Okay«, erwidere ich langsam. »Okay.« Noch einmal in die Länge gezogen.

»Weißt du ... ich ... ich weiß nicht ...«, stottert er. »Ich weiß nicht, wie ich es dir sagen soll, ohne dass es sich blöd anhört. Ich hab so etwas noch nie gemacht. Ich ...«

Eine Horde Schüler kommt genau in diesem Moment an uns vorbei und rennt unkontrolliert über das Kopfsteinpflaster in Richtung des Museums. Selbst wenn Max noch etwas gesagt hätte, ich hätte es nicht hören können. Aber er ist schon wieder still. Und gleichzeitig irgendwie ruhelos.

Er startet keinen weiteren Versuch, etwas zu sagen. Stumm sitzen wir auf der Mauer und ich krame im Korb herum, suche aber dabei mehr nach Worten als nach irgendetwas Mitgebrachtem. Da ist etwas in seinem Zögern gewesen eben, dass mich für einen winzigen Augenblick hat glauben lassen, er könnte sagen, dass er bleibt. Aber der Moment ist zu kurz gewesen, um ihn zu glauben. Das Zögern wiederholt sich auch nicht.

Alles ist besser, als stumm nebeneinander zu sitzen und nicht zu wissen, was der andere denken könnte.

»Ich habe den letzten Brief meines Vaters gelesen«, erzähle ich schließlich, froh, ein Thema gefunden zu haben.

»Wirklich?«, fragt er jetzt erstaunt und sieht hoch. Sieht mich endlich wieder an.

»Ja.« Gestern Nacht, als ich gedacht habe, dass es ohnehin gerade nichts Schlimmeres geben kann, als von Max verlassen zu werden.

»Okay, was steht drin?«

»Viele Dinge, die ich nicht verstehe.«

»Ist das schlimm?«

»Nein, irgendwie nicht.«

»Was verstehst du nicht?« Langsam entspannt sich sein Gesicht.

»Er hat wohl eine Freundin, bei der er nach dem Gefängnis wohnen wird.«

»Und das verstehst du nicht?«

»Nein, ich verstehe nicht, warum jemand ihn aufnimmt. Ich meine, ich könnte nicht mit jemandem zusammen sein, der seiner Familie so etwas angetan hat.«

Max sagt nichts. Ich habe mit mehr Zustimmung gerechnet, vielleicht auch mit sanften Widerworten, aber nicht mit anhaltender Stille. Nicht mit diesem Gesicht, das auf einmal so … so leer geräumt aussieht. »Könntest du das?«, frage ich schließlich. »Mit jemandem unter einem Dach leben, der so verantwortungslos seiner Familie gegenüber gehandelt hat?«

»Nein, also ich meine …«, entgegnet er pampig. Dann schweift sein Blick ab und wird leer. »Vielleicht könnte ich das, aber du sicher nicht«, setzt er leise nach. »Hat was mit Veränderung zu tun.«

»Was ist los?«

»Nichts.« Er holt tief Luft.

Er sieht überhaupt nicht nach Nichts aus. Er sieht so aus, als hätte er einen Geist gesehen. Er sieht so aus, als hätte ich ihm mit meinen Worten Ohrfeigen verpasst.

Wieder diese verdammte Stille, die so gar nicht zu uns passt.

Ist es das jetzt gewesen? Haben all die Momente nichts bedeutet? All die kleinen Funken zwischen uns, die zu einem Kometen geworden sind, der jetzt Kurs auf mein Herz nimmt, um es unter sich zu begraben.

»Willst du mir irgendetwas sagen?«, frage ich schließlich ungeduldig und stemme die Hände fest in die Hüften.

»Nein … ja …« Sein Blick schweift ab. So als suchte er verzweifelt nach etwas, an das er sich besser hängen kann als an meine fragenden Augen.

Da begreife ich. Da verstehe ich, was er sagen will. Ich lache laut und traurig. Es klingt sogar ein bisschen abfällig, was gar nicht beabsichtigt ist. »Lass es gut sein. Es war doch von vornherein klar, dass es hier endet. Du hast mir nichts versprochen, ich fordere nichts. Lass uns einfach noch einen schönen Abend haben.«

Er sagt noch immer nichts. Und ich habe keine Lust, so auszusehen, wie ich mich fühle. Er soll nicht wissen, wie sehr es mich stört, dass er bald weg sein wird. Wie sehr er mir jetzt schon fehlt.

»Ich freue mich auf meinen neuen schwulen Mitbewohner mit dem Putzfimmel. Herrgott, Max, was glaubst du, wie froh ich bin, wenn du mit deinem Chaos ausgezogen bist!« Ich lache ein wenig dazu, um die hemmungslose Lüge nicht gar zu garstig klingen zu lassen. Dann klopfe ich ihm auf die Schulter. Es wird immer schlimmer. »Lass uns einfach gute Freunde bleiben.« Ich bin selbst fassungslos, dass ich ihm diesen beschissenen Satz zuwerfe. Er ist genau das Gegenteil von dem, was ich ihm eigentlich sagen will, aber nicht kann. Wozu ihm meine Liebe gestehen, wenn er sich dann schlecht fühlt? Ich habe mich da reingeritten, auf dem hohen Ross namens Emotion. Nicht er. Ich ganz allein bin das gewesen. Aber er scheint zu verstehen, dass ich ihm gerade einen Rettungsanker biete. Ich will nicht, dass wir auseinandergehen. Aber noch weniger als das will ich, dass er denkt, er wäre mir etwas schuldig. Er hat so viel für mich getan.

»Gut«, sagt er zögerlich. Vermutlich traut er dem vermeintlichen Frieden noch nicht.

»Du bleibst ja noch nicht gleich für immer, oder? Du kommst ja noch mal zurück?« Ich hasse es, wie verzweifelt sich das anhört. »Wann geht eigentlich dein Rückflug?«

»Ich habe keinen Rückflug gebucht«, brummt er, ungewohnt schlecht gelaunt.

»Was?« Mein Herz droht wieder: So geht das nicht, sagt es. Das mache ich nicht mit. »Max!«, keuche ich.

In seinem Blick flackert kurz etwas, zu kurz, um es genau zuzuordnen. Ein großes Gefühl. Eines wie Angst oder Bedauern. Vielleicht auch mehr. Es passt zu dem Zögern von vorhin, aber ich weiß nicht, was es bedeutet.

»Geplant waren ursprünglich erst mal zwei Wochen, aber ich bin hier eigentlich fertig.«

Er ist hier fertig. Nein, sagt mein Herz, schlagen ist nicht, ich gebe auf. »Und was heißt das?«, sage ich mit dem verbliebenen dünnen Rest Luft in meiner Lunge.

»Wenn es gut läuft, bleibe ich gleich dort.«

»Dann mache ich mal den Sekt auf.« Ich lächele tapfer und freue mich auf den Moment, an dem ich den ganzen verdammten alkoholfreien Sekt in Tränen vergießen kann.

26. Kapitel

»Jetzt fährst du also?«

»So sieht es aus.«

Warum sieht es dann gar nicht so aus, als wollte er das auch?

Er zögert ein bisschen zu lange, zögert, den blöden, schwarz glänzenden Rollkoffer auch wirklich zu ziehen. Stattdessen hält er ihn nur am Griff fest, als könnte ich versuchen, ihn ihm zu entreißen. Der Gedanke kam mir, zugegeben.

»Das war es jetzt also«, stelle ich fest und frage mich, wie viele solcher Floskeln mit *also* am Ende mir noch einfallen werden, um den Abschied hinauszuzögern, oder ob ich es noch schaffe, irgendetwas aus ihm herauszukitzeln, was vermutlich gar nicht da ist.

»Nein«, sagt er laut und ich hole vorsichtshalber tief Luft, weil dieses Nein sich so hoffnungsvoll anhört, so als wäre etwas Endgültiges noch nicht ganz endgültig.

Dann aber kneift er die Augen für einen Moment fest zusammen und ich kann das innerliche Schütteln beinahe sehen. »Es war doch immer klar, dass der Tag irgendwann kommt«, sagt er. »Ich bin nicht aus der Welt.«

Wovon weder ich noch er überzeugt sind.

Ich habe vorhin nachgesehen, ob er irgendetwas Wichtiges zurückgelassen hat, aber erschreckenderweise gibt es keinen

Grund, hierher zurückzukommen. Wenn er will, muss er mich nie wieder sehen. Aber will er das auch?

»Ja, sicher«, murmele ich. »Nicht aus der Welt.«

Wenn mein Herz und deines nur ein paar Meter voneinander entfernt sind, fühle ich mich wie in einer anderen Welt. Nicht ganz. Nicht vollständig. Verloren irgendwie.

»Also …«

Ich will nicht, dass er geht und ich will auch nicht irgendetwas Verzweifeltes sagen, um ihn abzuhalten. Etwas, das ich bereuen könnte. »Also«, spreche ich ihm nach. *Willst du das überhaupt?*, möchte ich schreien.

Dieser harte Ausdruck in seinem Gesicht, mit dem er sich und mir sagen will, dass es sein muss.

Max lässt den Koffer los, ganz langsam, und mein gequältes Herz hofft, er würde auf mich zugehen und mich küssen. Macht er aber nicht. Stattdessen wippt er nur auf dem linken Fuß und zupft am Reißverschluss seiner Jacke herum.

»Ich …«, fängt er an, während ich gleichzeitig »Du …« sage.

»Danke für alles, wollte ich nur sagen.«

»Das klingt nach endgültigem Abschied«, rutscht es mir heraus.

»Nein, so einfach wird es nicht.«

Von einfach war nie die Rede, denke ich.

Er zögert doch. Immer noch.

»Philipp ist noch nicht da«, sagt er wie zur Erklärung.

»Fährt er dich zum Flughafen?«, frage ich sinnloserweise.

Max nickt. Blaugraue Augen, die Sprenkel im Bart, das Warme in seinem Gesicht. Ich will es mir einprägen und es gleichzeitig am besten so schnell wie möglich vergessen.

Fahr nicht, bleib, will ich sagen.

Draußen hupt ein Auto. Philipp.

»Guten Flug«, krächzt mein verräterischer Mund wider meinen Willen.

»Dalia, ich …«

Er bringt es nicht heraus. Das, was er noch sagen will. Ich möchte ihn schütteln, ihm die Worte aus dem Herzen ziehen, aber er hält sie fest. Weil er Angst hat. Er hat immer noch Angst. Das Gefühl, ihm helfen zu müssen, wird übermächtig und ich leichtsinnig.

»Max, hast du vergessen, dass wir auf derselben Wolke sitzen?«, frage ich ganz leise, fast zu leise. Weil es sich so flehentlich anhört und ich nicht flehentlich sein will.

Manchmal wird man für Mut belohnt, manchmal ist Mut aber auch einfach nur der Anfang einer großen Enttäuschung.

Max schüttelt leicht den Kopf, er sieht mich nicht mehr an. »Wolken ziehen weiter und dann muss man rechtzeitig abspringen«, sagt er.

Da weiß ich, dass ich ihn verloren habe. Nicht nur für jetzt. Sondern für immer. Egal, ob es einen Rückflug geben wird oder nicht.

»Leb wohl«, presse ich hervor. »Ich wünsche dir, dass du findest, was du suchst.«

Einen winzigen Augenblick, nicht viel länger als einen Wimpernschlag lang, sieht es so aus, als wollte er noch etwas sagen, aber dann greift er wieder nach seinem Koffer und rollt aus meinem Leben. Nach *uns* ist *ich*. Allein.

27. Kapitel

Als Tim fünf Jahre alt gewesen ist, haben wir ein kleines Eichhörnchen im Garten gehabt. Mein Bruder entdeckte es eines Morgens beim Frühstücken und seither war es jeden Tag wiedergekommen. Wochen-, monatelang. Es saß auf dem breiten Apfelbaum im Garten und sauste die Äste hinunter. Manchmal hielt es einen Moment lang inne und wir im Haus die Luft an. »Es hat uns entdeckt«, flüsterte Tim dann, als könnte er das Tier verschrecken, indem er zu laut sprach. Und tatsächlich wirkte es so, als sähe uns der kleine Nager in die Augen. Im Herbst hat Tim von überall her Nüsse herangeschleppt und sie vor den Apfelbaum gelegt, in der Hoffnung, das Eichhörnchen würde sie für den Winter verstecken.

Schuld ist auch ein Eichhörnchen. Eines, das emsig für den Winter sammelt. Es ist nie genug. Eine Nuss noch, ein Vorwurf noch. Und dann gräbt man sie alle wieder aus, weil man sich nur zu gut daran erinnert, wo der Schmerz sitzt. Weil die Schuld den Schmerz braucht, um Buße zu tun. Es darf gar nicht *nicht* wehtun. Ich bin zwar kein Kind mehr, wie Tim eines gewesen ist, aber ich habe mich wie eines verhalten. Ich habe Angst gehabt und bin unfähig gewesen, aus dem Gartenhaus herauszutreten. Ich habe beobachtet, wie der Rauch aus den

Fensterritzen gequollen ist, und ich habe gewusst, dass meine Mutter und Tim noch im Haus gewesen sind.

Zitternd halte ich den Brief in den Händen. Da steht es, schwarz auf weiß. Die Information der Behörde, dass mein Vater in acht Wochen vorzeitig aus der Haft entlassen wird. Und damit rollt eine Lawine los und droht mich zu überrollen. Seit Jahren habe ich mich nicht mehr so schlecht gefühlt.

Was auch daran liegt, dass Max fort ist. Genau dann, wenn man ihn braucht, verschwindet er in Richtung Amerika. Seit er sich umgedreht hat und zur Tür gegangen ist, vermisse ich ihn.

Zur Beruhigung gehe ich erst einmal nach draußen und öffne wütend einen Sack Blumenerde. Ich habe die gesamten Pflanzen aus der Nachteule hier und Lina versprochen, sie vor dem nächsten Wochenende umgetopft, zurechtgeschnitten und biogedüngt zurückzubringen. Das ist eine gute Beschäftigung, um nicht an den Brief zu denken. Ich muss mir die Finger nur so schmutzig machen, dass sie selbst für den Inhalt dieses Briefes zu schmutzig sind.

Das Blut pocht mir schmerzhaft in der Brust und meine Augen brennen. Alles brennt. Mein Herz, meine Finger, die noch immer vergeblich an der Verpackung reißen.

Verdammter Mist.

Und da ist er plötzlich. So, als wäre er nie weggewesen. Und doch irgendwie verändert. Seine blauen Augen sehen reifer aus, erwachsener, und seine blonden Haare liegen ordentlich gescheitelt und kürzer an seiner Stirn an. Die Mütze fehlt.

»Tim!«

Ich springe auf. Die Verpackung reißt in diesem Moment und die Blumenerde quillt heraus.

Er trägt kurze Hosen und ein hellblaues T-Shirt, auf dem Rücken hat er einen Rucksack, den er jetzt umständlich von der Schulter zieht und ihn langsam öffnet. All das ohne ein einziges Wort.

»Hey, kleiner Großer! Struppi!«

Ich reibe meine Hände an meiner verschwitzten Stirn, aber er scheint mich gar nicht zu sehen. Ich gehe einen Schritt auf ihn zu, aber komme ihm trotzdem nicht näher.

Er zieht das rote Buch aus der Tasche und legt es vor mich auf den Boden. Dann setzt er den Rucksack wieder auf und verschwindet. Einfach so, ohne ein Wort.

Ich lasse alles liegen, stolpere über die Töpfe zum Gartentor hin. Diesem Gartentor, das nach dem Notartermin nächsten Donnerstag mir gehören wird. Aber Tim ist weg. Von der Straße starrt mich nur der Nachbarsjunge an, der versucht, mit seinem Skateboard den Bordstein hinunterzuspringen. Kein Tim. Weg, als wäre er nie da gewesen. Genau jenes Gefühl, das immer wiederkommt. In all den Jahren. Ich trotte zurück zu der Blumenerde, zurück dorthin, wo die Realität wartet. Die Gegenwart.

Am Boden liegt das rote Büchlein noch, als wollte es mich verhöhnen. Die leichte Brise, die die Sommerhitze erträglich macht, hat es aufgeblättert. Ich will das Buch vorsichtig mit meinen schmutzigen Fingern schließen, da fällt mein Blick auf die linke Seite. Entgegen Tims Gewohnheit, die Seiten möglichst voll zu schreiben, steht da nur ein einziger Satz. *»Vergebung ist keine einmalige Sache. Vergebung ist ein Lebensstil. Martin Luther King.«*

Wütend schlage ich das Buch zu, richte mich auf und trete mit voller Wucht gegen die Blumenerde. Wenn das Leben eine Wolke ist, dann befinde ich mich gerade in freiem Fall.

Du brauchst keinen Rettungsanker, du brauchst nur dich, hallen mir Max' Worte in den Ohren.

Der einzige Mensch, auf den du dich immer verlassen kannst, bist du selbst, mischt sich Ruth ein.

»Verdammt«, fluche ich. »Verdammt, verdammt, verdammt! Ihr habt ja alle recht.«

Ich gehe nach drinnen, wasche meine Hände viel zu gründlich, vermeide den Blick in den Spiegel, und als ich nach meinem Handy greife, um die Besuchszeiten der JVA zu googeln, beginnt es laut zu klingeln. Verwirrt starre ich auf mein Handy, aber es ist der Festnetzanschluss. Ich folge dem Ton und finde das Gerät hinter dem Wasserkocher. Als Moritz noch hier gewohnt hat, ist es immer geladen gewesen und hat an der Station gestanden. Seit Max hier ist – gewesen ist, korrigiere ich mich –, finde ich es an den unmöglichsten Orten.

»Ja?«, frage ich, ohne einen Blick aufs Display geworfen zu haben.

Hoffentlich hält der Akku noch so lange, dass ich zumindest hören kann, wer am Apparat ist. Was, wenn es Max ist …

Es ist nicht Max.

Viel besser, es ist Yael. Eine müde, berauschte und völlig überdrehte Yael: »Endlich! Kannst du vielleicht mal deinen Arsch in die Uniklinik bewegen! Urania möchte dich kennenlernen.«

Das Baby. Yaels Baby.

»Es ist da? Ich meine sie?«

»Ja, *Chamudi* – Schätzchen – und es wäre schön, wenn du kommst, damit du mich gebührend bewundern kannst für die Leistung, diesen Riesenbrocken Kind aus mir herauszuquetschen.«

»Ich bin auf dem Weg«, keuche ich und lege auf.

Vorsichtig beuge ich mich eine knappe Stunde später über Yael und drücke sie sanft. »Herzlichen Glückwunsch, Liebes!« Vorsichtshalber habe ich mich von oben bis unten geschrubbt, nicht, dass ich giftige Erdreste in die Klinik trage.

»Sie ist doch winzig!«, staune ich dann mit ehrfürchtigem Blick auf das schlafende Bündel Kind in ihrem Arm.

»Sie wiegt sagenhafte achteinhalb Pfund«, protestiert Yael. Sie sitzt leicht breitbeinig auf dem Bett und streckt mir ihre weißen Thrombosestrümpfe entgegen. Die Zehennägel leuchten unwirklich rot und ich frage mich, wie sie die ernsthaft lackieren konnte – mit dem Megabauch.

»Hast du das nachher gemacht oder vor der Geburt?«, frage ich und deute auf ihre Zehen.

»Das ist das Erste, was du mich fragst?«, sagt sie fassungslos. »Kein: Bist du gerissen? Wie lange hat es gedauert? Wo bleibt dein Ehemann mit dem Essen?«

Ich zucke ein wenig zusammen. »Tut mir leid, ich hatte ja keine Ahnung, dass du gefragt werden möchtest, ob du gerissen bist!«

»Mmpf«, brummt Yael. »Bei Aaron hast du mich damals gefragt, ob meine Brustwarzen jetzt für immer so groß sind wie Radkappen.«

»Ich kann mir nicht vorstellen, dass ich so indiskret war!«, sage ich und lache.

Yael muss auch grinsen. »Setz dich doch.«

»Kannst du mir die kleine Urania mal geben?«

Ich überlege, mich auf die Bettkante zu setzen, entscheide mich dann aber vorsichtshalber für den Besucherstuhl.

»Sie heißt Alisah Dalia.«

»Wow.« Mir wird ein wenig schwindelig, bei dem Gedanken, dass ich jetzt eine echte Patenverantwortung habe und dieses zauberhafte Wesen meinen Namen trägt.

»Möchtest du sie wirklich halten?«, fragt Yael sanft.

»Klar! Warum denn nicht?«

»Na ja, nicht dass …«

Keine einzige Sekunde lang habe ich an meinen eigenen Kinderwunsch gedacht, keine Sekunde bin ich neidisch gewesen, aber jetzt, da Yael mich so sorgenvoll ansieht, sticht mir eine Erinnerung schmerzhaft ins Herz. Seltsamerweise keine an einen jener Tage, den das Blut einem Test zuvorgekommen oder an denen die Verzweiflung mir naher gewesen ist als die Vorstellung, jemals wieder lachen zu können. Nein, ich denke daran, wie Max in Amsterdam gesagt hat: *Ich will auf keinen Fall noch ein Kind haben.* Was genau daran schlimmer ist als die Tatsache all der Enttäuschungen der letzten Jahre, kann ich selbst nicht verstehen.

»Gib sie mir bitte mal. Sie ist bezaubernd und sie ist mein Patenkind und es sieht schrecklich unbequem aus, wie du dasitzt, also mach es dir gemütlich und gib mir die kleine Maus.«

Etwas zögerlich verlagert Yael ihr Gewicht, richtet sich auf.

Alisah ist eingewickelt in eine Art Frotteetuch, vielleicht ist es auch ein spezielles Babywickelding – auf jeden Fall sieht sie aus wie ein Eskimo. Sie fühlt sich auch an wie ein hartes Saunatuch, duftet aber besser. Nach Baby eben. Ich nehme sie vorsichtig in meine Arme, während Yael sich neben mir auf dem Bett ausstreckt.

»Das hat die Mami toll gemacht, du süße Maus«, säusele ich.

»Ach, Lev Sheli, mein Herz.« Yael setzt sich wieder auf und fängt auf einmal hemmungslos an zu heulen. Dass das die Hormone sind, ist mir zwar irgendwie klar, aber ich erschrecke trotzdem. Yael ist keine Heulsuse. Ganz bestimmt nicht.

»Was ist los? Stimmt irgendetwas nicht?«

»Ach was.« Sie greift nach der Taschentuchbox auf dem Nachttisch und schnäuzt sich geräuschvoll. »Alles stimmt irgendwie zu sehr, also für mich. Und für dich nicht.«

Die letzten Worte gehen halb unter in sehr Yael-untypischen Schluchzern.

»Äh, Yael, sind das die Hormone?«

»Nein, verdammt, ja … was weiß ich? Dalia, ich will dir was davon abgeben.« Sie schnäuzt sich ein zweites Mal.

»Hast du doch«, versuche ich zu trösten, und deute auf ihre Tochter in meinem Arm. »Es ist okay, okay?«

»Nein, ist es nicht«, heult sie.

»Yael, bitte ...«

»Was ist denn eigentlich mit Max? Was fällt dem denn ein, jetzt einfach abzuhauen?«

»Er kommt ja vielleicht noch mal wieder«, sage ich lahm.

Woraufhin Yael erneut Sturzbäche an Tränen loslässt. Ich verdrehe die Augen und beuge mich zu Alisah. »Deine Mutti hat sie nicht alle, aber wir haben sie trotzdem lieb, du und ich, oder? Und wenn sie irgendwann mal nicht das macht, was du willst, dir verbieten will, wegzugehen, oder meint, Schokolade wäre ungesund, dann kommst du zu mir, kleines Mädchen. Und ich verwöhne dich dann.«

»Untersteh dich«, zischt Yael mit verstopfter Nase.

»Das ist doch das Beste, oder? Ich werde deine liebe Patentante sein, die dir jeden Wunsch von den Augen abliest, und wenn du Durchfall hast oder pubertäre Ausfälle, dann bringe ich dich zur Mama. So ist das. Mit eigenen Kindern geht das nicht. Also, kleine Alisah Dalia, deine Mama hat keinen Grund zu weinen.«

Ich sage es an das Baby gewandt, Yael hört es, aber eigentlich versuche ich, nur mich selbst zu überzeugen. Es klopft an der Tür, einmal, zweimal, und dann öffnet sie sich und Mark kommt herein. Statt Blumen hat er eine Tüte vom Bäcker in der linken Hand und etwas, was aussieht wie ein Ringel Fleischwurst in Alufolie in der rechten.

»Hey, wo sind die schönsten Frauen meiner Familie?«, ruft er.

»Oh Gott, du hast sie? Die Fleischwurst?«, ruft Yael mit immer noch etwas wackeliger Stimme.

»Fleischwurst?«

»Ich habe nachschwangerschaftliche Gelüste, ich brauche Fleischwurst und weiße Brötchen. Und es ist mir völlig egal, ob das koscher ist.«

Ich runzele die Stirn und schaue Mark an.

Der zuckt nur mit den Achseln. »Was soll ich machen? Sie ist nach der Geburt immer schlimmer als vorher!«

»Ich glaube, ich sollte langsam gehen«, sage ich und reiche Alisah vorsichtig wieder an ihre Mutter zurück.

Dann umarme ich Mark steifer als je zuvor und beglückwünsche ihn. Yael sieht mir etwas unglücklich nach.

Aber ich muss einfach weg. Das hier macht mir so sehr bewusst, dass ich keine Familie mehr habe. Und auch keine eigene haben werde. Tim verschwindet immer mehr, er verblasst, und ich kann die Illusion, er wäre hier, nicht mehr aufrechterhalten. Ich weiß, dass das gut ist, dass es vielleicht sogar essenziell wichtig für den Heilungsprozess ist, aber ich will noch immer nicht akzeptieren, dass er seit Jahren tot ist und ich ihn loslassen muss. Meine Mutter kann mich nicht mehr trösten, wenn ich sie am meisten bräuchte. Es ist nur noch mein Vater da. Mein Vater, der in zwei Wochen ein freier Mann sein wird. Und doch niemals frei. Ebenso wenig wie ich.

Auf dem Gang vor Yaels Zimmer auf der Entbindungsstation der Uniklinik lehne ich mich an die Wand.

Und ein Gefühl lässt sich nicht abschütteln, so sehr ich mich auch winde, ein Gedanke, der sich an mein Inneres hängt wie eine Klette.

Marks Blick da drinnen, die Liebe aus Yaels und seinen Augen. Die Liebe für ein Kind. Ich kann nicht verhindern, dass ich daran denken muss, dass diese Liebe für immer währt. Die Liebe einer Mutter für ihr Kind. Und auch die Liebe eines Vaters für sein Kind.

Vergebung ist ein Lebensstil.

Verdammt noch mal, zum hundertsten Mal an diesem Tag.

»Dalia, ist alles in Ordnung?« Mark steht hinter mir, er hält Alisah im Arm.

Behütet, geliebt. So wie ich einst.

»Ja, ja. Alles okay.«

»Sieht nicht so aus.«

Ja, sieht nicht so aus. Das kann ich mir vorstellen. »Es tut mir leid, Mark, ich will nicht, dass ihr euch meinetwegen Gedanken macht. Ich bin ein wenig dünnhäutig die Tage und … Max … mein Vater …« Ich breche ab und sehe zu, wie Mark ganz beiläufig die kleinen Finger von Alisah in seine Hände nimmt. Vielleicht hat diese Entscheidung die ganze Zeit in mir gebrodelt, vielleicht brauchte es aber auch nur diese eine Berührung zu bezeugen.

»Ich fahre zu meinem Vater«, sage ich laut und bestimmt.

Mark sieht überrascht hoch. »Dalia, ich meine …«

Ich nicke ihm zu. Er nickt langsam zurück.

»Ich fahre dich, wenn du möchtest.«

»Nein! Bleib bei deinen Mädels. Das muss ich allein machen.«

»Gut, wie du meinst. Ruf an, wenn irgendetwas ist, okay?«

»Ja«, verspreche ich. »Und sag Yael nichts davon, sonst heult sie wieder.« Das klingt alles so überlegt und mutig, dabei fühlt sich mein Herz an wie eine offene Wunde. Ich weiß nicht, ob ich ihn wirklich sehen will. Ich weiß nur, dass es irgendwie sein muss.

Ich umarme Mark vorsichtig, streiche Alisah über die zarte Babywange und gehe dann den Gang entlang. Ich würde gern mit Max reden. Oder mit Tim. Aber keiner von beiden ist hier. Beide sind Vergangenheit.

28. Kapitel

Glasscheiben separieren die Vierertische von der Reihe einzelner Stühle, die von ihrem Gegenüber durch eine zusätzliche Scheibe getrennt sind. Ich fühle mich unsicher, als ich den Raum betrete. Als ginge ich auf Watte und der nächste Schritt könnte der letzte sein, der mich vor einem Sturz bewahrt.

Wie durch unsichtbare Scheuklappen beschränkt wage ich nicht, mich umzusehen. Der Beamte hinter mir schließt die Tür. Geradeaus in meinem Blickfeld sitzt eine Frau vor einem Mann. Beide lehnen mit den Armen auf dem Holztisch mit der glänzenden schwarzen Platte und sprechen so leise, dass ich die Worte nicht hören kann.

Es riecht ganz leicht nach Kaffee und ein wenig nach abgestandener Luft.

Und dann sehe ich ihn. Ich halte den Atem an und gleichzeitig poltert mein Herz unkontrolliert. Warum sitzt er ausgerechnet an einem der Vierertische? Damit mir klar wird, dass wir nur noch zu zweit sind? Dass zwei von uns fehlen? Wut mischt sich mit Trauer, mischt sich mit Verzweiflung und macht mich dumpf, wie betäubt. Dieser hagere Mann dort in dem grauen Oberhemd, mit den spitzen Wangenknochen und dem erschreckend weit zurückgezogenen Haaransatz ist Karsten Meckel, mein Vater. Das Gefühl, nichts zu empfinden, wechselt sich mit einer Druckwelle an Erinnerungen ab, die sich schmerzhaft auf meine Brust pressen. Er sollte niemand sein und doch ist er im Moment unseres ersten Augenkontakts plötzlich wieder genau das, was Mark für sein Baby ist. Er ist mein Vater. Der Mann, der den Gepäckträger meines Kinderrades gehalten hat, während ich gelernt habe, das Gleichgewicht zu halten. Der Mensch, der mich gemeinsam mit meiner Mutter ins Leben geführt hat. Dessen Augenfarbe ich trage und dessen feines, behutsames Lächeln mich an mein eigenes erinnert. Dieser mir so vertraut fremde Häftling hat mir mein Leben geschenkt und es zerstört. Etwas Widersprüchlicheres gibt es nicht.

Nach diesen wenigen Sekunden, in denen ich vor ihm gestanden und ihm in die Augen gesehen habe, ist er der Erste, der wegsieht.

Er steht langsam auf, schiebt den Stuhl nach hinten und hält dann mitten in der Bewegung inne.

Ich versuche, ein Gefühl dafür zu bekommen, was ich will. Auf keinen Fall will ich ihn umarmen. Steif gehe ich zwei Schritte nach vorn, dann noch einmal drei und dann strecke ich kühl meine Hand aus. Weit von meinem Körper entfernt, nicht bereit, näher an ihn heranzutreten.

»Dalia!«, sagt er, aber in seiner Stimme ist keine Wärme.

Ich weiß nicht einmal, ob dieses Lächeln in seinem Gesicht Freude ausdrücken soll oder ob es ihm vielleicht ähnlich geht wie mir. Der Gedanke, er könnte mich genauso wenig sehen wollen wie ich ihn, ist mir nie gekommen. In meiner Vorstellung ist er stets überglücklich gewesen, mich zu sehen, hat mich auf Knien um Verzeihung gebeten, um meine Mutter geweint, um meinen Bruder.

Aber nichts dergleichen.

Er setzt sich langsam wieder, streicht eine imaginäre Falte an seinem faltenfreien Hemd glatt und nickt einmal bedächtig. Eine Geste, die ich sofort wiedererkenne.

Ich nehme ihm gegenüber Platz. Schräg gegenüber, auf keinen Fall will ich, dass es so aussieht, als suchte ich irgendeine Art von weiterem Körperkontakt. Ich möchte ihm meine Hände nicht über den Tisch entgegenstrecken und doch wünsche ich tief in mir, er würde es tun.

All die Jahre habe ich mir vorgestellt, wie ich ihn anschreien würde, wenn ich ihn sähe. Was ich ihm an den Kopf werfen würde. Aber jetzt, da der Moment gekommen ist, ist da nur Leere. Vielleicht ist *Vergebung ein Lebensstil*, aber manchmal passt der Stil nicht zum Leben. Zwischen uns finden sich keine Worte, die angemessen wären. Und die, die wir sagen könnten, haben keine Bedeutung mehr. Ich sitze da und sehe ihn an, sehe wieder weg.

Er räuspert sich, zieht ein Taschentuch aus seiner Hemdtasche und steckt es wieder beiseite. Es ist furchtbar frustrierend und trotzdem irgendwie notwendig.

»Du kommst bald raus«, sage ich irgendwann. Meine Stimme klingt, als hätte ich sie mit all den ungesagten Worten überanstrengt.

»Ich habe dich nie gebeten, herzukommen«, sagt er ebenso tonlos.

»In deinen Briefen?«, frage ich.

Er hebt den Blick. Seine Fingernägel sind kurz, die Haut darum trocken und rissig. Es will mir nicht gelingen, ihm in die Augen zu sehen.

»Du hast sie nicht gelesen«, stellt er fest.

»Nein.«

»Warum nicht?«, will er wissen. Der Klang seiner Stimme verrät nicht, ob ihn das schmerzt oder ob er sich wundert.

»Ich fand, dass du kein Recht hast, mir etwas mitzuteilen, wenn Mama das nicht mehr kann.« Es klingt grausam, aber das ist die Wahrheit.

Mein Vater scheint nicht sonderlich beeindruckt von dieser Tatsache. Wahrscheinlich hat er sie erwartet. Seltsamerweise macht mich das das erste Mal neugierig auf den Inhalt seiner Briefe.

»Sie stecken in einer Kiste in meiner Garage.« Warum sage ich das?

»Wieso kommst du jetzt?«

»Ich weiß es nicht«, antworte ich.

»Was möchtest du von mir hören?«, fragt er.

»Das weiß ich auch nicht«, erwidere ich ernüchtert.

»Ich bin nicht mehr derselbe Mensch, der ich einmal war, Dalia.«

Etwas in mir möchte schreien: *Aber ich bin immer noch dein Kind.* Stattdessen hüstele ich hämisch.

»Ich kann nicht mehr dein Vater sein«, sagt er schwach.

»Du bist schon lange nicht mehr mein Vater.«

Dieser Schlagabtausch kurzer Sätze voll mit schmerzhaften Wahrheiten ist unglaublich kräftezehrend. Ich fühle mich so erschöpft wie nie zuvor. Müde. Und kann verstehen, warum das Paar, das dort hinter uns noch immer flüstert, die Köpfe hat sinken lassen. Es ist anstrengend, ehrlich zu sein.

»Wenn ich hier raus bin …«, fängt er an und bricht dann ab. »Ich will gar nicht hier raus.«

Vorhin ist mein Kopf noch leer gewesen, jetzt aber sind da so viele Fragen in mir, Sätze, die gesagt werden sollten, und Dinge, die wir klären müssten.

Wie sollen wir uns künftig begegnen und werden wir uns überhaupt begegnen? Wird er in der Stadt bleiben? Wird er an Tims und Mamas Grab stehen, diesem Ort, den ich nie besuche? Will ich, dass er eine Rolle in meinem Leben spielt?

Ich kenne diesen Menschen vor mir nicht mehr und er kennt mich nicht. Er macht nicht einmal den Versuch herauszufinden, wer seine erwachsene Tochter ist. Hätte er mich nicht fragen müssen, wie es mir geht? Sich nach meinem Leben erkundigen?

»Ich glaube, ich gehe besser«, sage ich, bleibe aber noch sitzen.

»Sehen wir uns wieder?«, fragt er leise, bittend.

Es ist auch ohne Erklärung klar, dass diese Frage sich nicht auf einen weiteren Besuch im Gefängnis bezieht.

»Ich weiß es nicht«, antworte ich.

In diesen einst so lustig funkelnden Augen herrscht Leere. Er hat seine Strafe. Nicht die, hier zu sitzen, sondern die, mit dem leben zu müssen, was geschehen ist.

Er hat seine Strafe und ich die meine. Möglicherweise lässt sich das nicht vereinen.

Ich gebe ihm die Hand und stehe auf. Wähle meine Worte bewusst: »Auf Wiedersehen.«

Die Anrede meide ich, ich bezweifle, ihn jemals wieder *Papa* nennen zu können.

Er greift nach meiner Hand, aber zu spät, er greift ins Leere. Möglicherweise ist es für viele Dinge zu spät.

Aber es ist nicht zu spät, um sich frei zu fühlen. Befreit. Ich atme tief ein, als ich die JVA verlasse, und sehe, dass auf meinem Handy zwei verpasste Anrufe blinken. Einer von Yael, einer von Ruth. Es stimmt nicht, dass ich keine Familie mehr habe. Ich habe Ruth, Nathalie, Yael und Mark.

Bewusst nehme ich nicht die Bahn zurück nach Hause, sondern gehe den Weg zu Fuß. Mir ist immer noch leicht schwindelig und die Aufregung pocht noch schwer und dickflüssig durch meine Venen. Wäre es besser gewesen, nie einen Vater gehabt zu haben, als von dem Menschen, den man einst so geliebt hat, so enttäuscht zu werden?

Von irgendwoher riecht es leicht verbrannt. Vom Kiosk an der Bushaltestelle oder vielleicht aus einem der geöffneten Fenster des Studentenwohnheims gegenüber.

Ich merke, wie sich die geballten Emotionen in meinem Innern verselbstständigen. Vielleicht ist es auch der rauchige Geruch – aber zum Schwindel gesellt sich Übelkeit. Aufsteigende Magensäure, die sich nicht mehr beherrschen lässt. Verzweifelt sehe ich mich um. Hinter mir beginnt der Park, ich muss schnellstmöglich irgendwo einen Busch oder einen Mülleimer oder irgendetwas finden, in das ich meinen Mageninhalt entleeren kann. Der Druck ist zu groß, der Ekel nicht mehr zurückzuhalten. Ich presse mir die Hand auf den Mund und renne gekrümmt von der Straße auf den Kiesweg hinüber.

Dankbar, eine leere Parkbank und die dürre Hecke dahinter gerade noch rechtzeitig entdeckt zu haben, beuge ich mich hinunter und breche im wahrsten Sinne des Wortes die letzte halbe Stunde aus mir heraus.

Ich bin ein wandelndes Klischee. Wenn ich mich immer über die Menschen amüsiert habe, die sich in Fernsehfilmen bei schlechten Neuigkeiten oder psychischer Belastung haben übergeben müssen, dann verstehe ich sie jetzt.

Im Fernsehen brechen immer alle bei schlechten Neuigkeiten. Es ist das erste Mal, dass ich kapiere, warum.

Ich fühle mich so schwach, dass ich die Öffentlichen nehmen sollte, statt zu laufen, aber die Angst, mich noch einmal übergeben zu müssen, ist zu groß. Langsam laufe ich die Straße entlang und ziehe dabei mein Handy aus der Tasche. Kurz bin ich in Versuchung, Max anzurufen. Bei ihm ist es jetzt morgens, wahrscheinlich ist er schon aufgestanden, vielleicht sitzt er in einem Bagelshop und frühstückt mit Chrissy, während Sabrina ihr glänzendes, braunes Haar in den Nacken wirft und ihm vorschlägt, es noch einmal miteinander zu versuchen.

Nein, ich kann ihn nicht anrufen. Ich will das Handy schon zurückstecken, doch meine Finger weigern sich. Ich könnte ihm schreiben. Ganz unverfänglich die Lage checken. Ich fange an, zu tippen:

Hallo du Wahlamerikaner, ich habe heute meinen Vater im Gefängnis besucht. Es war ganz anders als erwartet. Würde gern mit dir reden, weil du es vielleicht verstehen kannst. Du fehlst mir. Dalia

Nein, das geht auf keinen Fall. Ich drücke auf den Pfeil mit dem »x«, bis alles verschwunden ist, bis auf das erste Wort.

Ich …

… vermisse dich, Max. Jeden Morgen frage ich mich, wo du bist, was du tust, ob du glücklich bist.

Das geht noch viel weniger. Noch einmal Pfeil mit »x«, stehen bleibt wieder nur das ich.

Ich …

Mit »ich« sollte ich nicht anfangen.

…

Hey Max, wie geht es dir? Wie läuft es mit Chrissy und Sabrina? Ich hoffe, sie schicken dich zurück. Zu mir. Ich hoffe, du kriegst diesen verdammten Job nicht und findest die USA scheiße. Ich finde es scheiße ohne dich.

Pfeil mit »x«. Um Himmels willen, es wird immer schlimmer – und ehrlicher.

Hey …

Glaubst du, wir beide hätten eine Chance, wenn es Chrissy nicht gäbe?

Pfeil mit »x«

Max, die Wahrheit ist, das, was dich glücklich machen soll, macht mich unglücklich, und deswegen schreibe ich dir nicht mehr. Du sollst ein anderer Vater sein, als meiner es ist. Kümmere dich um Chrissy und vergiss mich.

Vergiss mich nicht.

Ich verweile viel länger als nötig auf dem »x«-Pfeil. Wenn ich lange genug drücke, kann ich meine Gedanken vielleicht gleich mitlöschen.

»Mann, es sind schon Leute gestorben, weil sie im Straßenverkehr nur auf ihr Handy geglotzt haben«, keift jemand hinter mir. Dass die Fußgängerampel vor mir auf Rot gesprungen ist, ist mir gar nicht aufgefallen. Ohne den Fuß wieder zurück auf den Gehweg zu setzen, drehe ich mich um und sehe in die genervt aufgerissenen blauen Augen eines etwa zwanzigjährigen Mädchens mit blonden Locken und stark geschminktem Gesicht.

»Zu viel Make-up macht Krebs«, behaupte ich, stecke das Handy in die Tasche und marschiere bei Rot über die Straße.

Wenige Meter weiter läuft eine Frau mit einem Kinderwagen an mir vorbei und dabei fliegt mir von irgendwoher eine Erinnerung zu. Ein weit zurückliegendes Bild, die Ränder schon verschwommen. Ein Kind in einem blauen Strampler, der Kopf rot vom Schreien und ein liebevolles Gesicht, das sich über ihn beugt. Meine Mutter. Tim. Und dann weiß ich, was ich jetzt brauche.

Ich brauche Tim. So dringend. Ich brauche jemanden aus meiner Familie, jemanden, der mit mir verwandt ist und mich nicht nur liebt, weil ich Dalia bin, sondern praktisch von Bluts wegen gezwungen ist, mich zu lieben. Jemandem, dem ich nicht so herzlich egal bin wie Max, und jemand, der sich nicht gleich vor Sorge die Haare raufen wird wie Ruth. Das klingt verrückt, aber es gibt Momente, in denen gibt es nur sehr wenige Menschen, die für die Situation genau richtig sind. Ich weiß, dass ich versprochen habe, Tim loszulassen, aber ein letztes Mal muss ich ihn sehen. Nur noch ein Mal. Er muss mir sagen, was ich tun soll.

Ich habe mir in all den Jahren, in denen ich in dieser Stadt wohne, niemals ein Taxi genommen. Aber heute dauert es zu lange, bis ich am Fischweiher bin, wenn ich die Straßenbahn nehme, und ich will verhindern, dass ich an Ruths Haus vorbeimarschieren muss. Der Fahrer legt keinen Wert auf Kommunikation und deshalb bin ich froh, mich ganz darauf konzentrieren zu können, Tim zu sehen. Ich bin nicht verrückt. Natürlich weiß ich, dass mein Bruder tot ist, aber ein Teil von ihm ist noch hier. Weil ich ihn festhalte.

Zwei Schatten, einer klein / der eine du, der zweite mein
Zwei Schatten sitzen / Haare spitzen
Zwei Schatten, einer klein, / der eine du, der zweite mein

»Tim, bist du da?«, rufe ich. Der Steg ist leer, aber ich sehe von Weitem ein Handtuch über dem hölzernen Geländer hängen und eine Brotdose im Gebüsch. Es ist jetzt im Sommer ein beliebter Treffpunkt. Ich hatte gehofft, allein zu sein. Doch als ich weitergehe, sehe ich, dass der Platz verlassen ist. Keine Menschenseele außer mir.

Ich konzentriere mich auf das, was ich in der Autosuggestion gelernt habe; versuche, mir seinen Geruch vorzustellen, das leicht Salzige seiner Haare und den Hauch von Walderde, der immer an seinen Händen zu kleben scheint. Und die dumpfe, rauchige Brise, die mit jedem unserer Zusammentreffen einhergeht und mir schmerzhaft bewusst macht, dass ich mir vorstellen kann, was ich will. Mein Bruder wird nie wieder leben. Egal, wie sehr ich mir das wünsche.

»Tim? Bitte!«

Ich gehe, laufe weiter, bis ich den Steg erreiche. Jetzt kann ich erkennen, dass jemand dort sitzt und die Beine ins Wasser hängt. Erleichtert will ich auf ihn zulaufen, aber an dem Bild ist etwas falsch. Das ist kein kleiner Bub, der da sitzt, er ist größer, vielleicht fünfzehn oder sechzehn Jahre alt.

Das blonde Haar ist geschnitten und er trägt weder Mütze noch Kappe, nur ein weißes T-Shirt über dunklen Shorts.

Ich stocke und will mich schon wieder verwirrt umdrehen und davonlaufen, als der Teenager sich umdreht. Es ist sein Gesicht, unverkennbar Tims Gesicht. Genau so, wie ich ihn mir als Mann vorgestellt habe, mit den Resten seines Lausbubencharmes. Die Stupsnase ist größer und die Wangenknochen markanter, seine Stirn hat sich in die Länge gezogen, doch sein breiter Mund ist proportional noch immer zu groß für sein Gesicht.

»Tim!«

Er lächelt und rutscht ein wenig nach links.

»Das Wasser ist herrlich«, sagt er. Seine Stimme ist viel dunkler, sie klingt nicht mehr nach einem Jungen, sie klingt viel mehr wie unser Vater.

Ich streife meine Schuhe ab und dann setze ich mich neben ihn und lasse die Füße ins Wasser gleiten.

»Deine Beine sind länger als meine«, sage ich erstaunt.

»Ich kann nicht immer dein kleiner Bruder bleiben«, antwortet er ruhig.

»Ich muss dich gehen lassen«, seufze ich leise.

»Ja, du musst mich gehen lassen«, bestätigt er.

»Glaubst du, dass es uns noch einmal geben wird? Als Bruder und Schwester in einem anderen Leben? Glaubst du, wir sehen uns wieder?«

»Es hat alles schon einmal gegeben und es wird alles wieder geben, Dalia. Wir sind nur eine endlose Wiederholung. Ich wette, das Universum langweilt sich schrecklich mit uns.«

»Ja, vermutlich.« Ich strecke die Füße nach oben und lasse sie dann wieder aufs Wasser platschen. Es spritzt leicht, aber Tims Beine bleiben trocken. Ich lege meinen Kopf schief und versuche, ihn auf die Schulter meines Bruders zu legen – ein letztes Mal – aber er ist zu weit entfernt, obwohl er direkt neben mir sitzt.

»Meinst du, das Universum schickt mir irgendwann ein Kind, weil du nicht mehr da sein kannst?«, frage ich ihn.

Er schüttelt leicht den Kopf, sieht traurig aus. »Nein, aber ich glaube, das Universum hat dir Max geschickt.«

»Aber Max ist in einem schwarzen Loch verschwunden!«

»Dann hol ihn raus! Das hat er doch mit dir auch gemacht!«

Überrascht sehe ich auf. »Ja, das stimmt. Nicht nur einmal.«

»Es ist Zeit, Dalia.« Er steht auf, und obwohl seine Füße eben noch die Wasseroberfläche berührt haben, bildet sich keine Pfütze auf den Holzbrettern.

Mühsam rappele ich mich auf. »Kannst du nicht noch bleiben?«

»Nein.« Er schüttelt leicht den Kopf. »Du schaffst das ohne mich, du kannst dich auf dich selbst verlassen.«

»Ich liebe dich, Tim.«

»Ich liebe dich auch. Weißt du, was Nostradamus' letzte Worte waren?«

»Nein.«

»*Morgen werde ich nicht mehr hier sein.*«

Ich schlucke schwer an den Tränen und sehe zu ihm hoch. »Und deine letzten Worte, Struppi?«

»Morgen werde ich nicht mehr hier sein«, sagt er und sieht mich liebevoll aus seinen blauen Augen an. »Aber ich werde niemals aus deinem Herzen verschwinden. Das Leben ist keine Wolke. Das Leben ist ein Himmel.«

Und dann ist er weg. Ich weiß, dass ich ihn nie mehr sehen werde. Nicht in diesem Leben und vielleicht auch nicht in einem nächsten. Aber ich weiß jetzt, dass ich damit leben kann. Mit dem Schmerz und den Erinnerungen, mit der Freude und der Angst. Mit allem, was in so einer scheinbar leeren Wolke aus Leben auf uns wartet.

29. Kapitel

Seit Max in New York ist, gelingt mir nichts mehr.

In der Nachteule habe ich gestern sage und schreibe drei Teller heruntergeworfen, zwei Bestellungen falsch aufgenommen und Ed verärgert, weil seine Tortillawraps mir so zuwider waren, dass ich sie nicht essen konnte. Er schwört, das Rezept nicht verändert zu haben, ich schwöre dagegen und deswegen spricht er kein Wort mehr mit mir. Beim Spaziergang in der Pause mit Lina und ihrem Hund hat Sammy so kräftig an der Leine gezogen, dass es mich ordentlich auf die Nase gelegt hat, und es ist nicht besser dadurch geworden, dass ich mir Max' Lachen darüber nur allzu gut habe vorstellen können. Nachts träume ich von meinem Vater, den ich im Schlaf nur *Karsten M.* nenne, und wenn ich aufwache, taste ich jedes Mal sofort nach dem Lichtschalter, um mich zu vergewissern, dass ich nicht wirklich selbst hinter schwedischen Gardinen sitze. Wenn Ruth versucht, mich aufzuheitern, werde ich pampig, Tim bleibt verschwunden und ich werde von Tag zu Tag reizbarer. Gestern bin ich aus Frust und Erschöpfung über meine eigene Unzufriedenheit um sieben Uhr abends auf der Couch eingeschlafen und habe mir eingebildet, so tief ins Polster zu sinken, dass nichts und niemand mich mehr würde hervorholen können.

Und die Fliegen treiben mich in den Wahnsinn. Irgendein Wetterumschwung hat dafür gesorgt, dass die Population der am Main lebenden gemeinen Fliege sich auf einem gefühlten Jahrtausendrekord befindet. Ich verfluche meine Wohnung das erste Mal und erinnere mich daran, dass ich Moritz damals beim Einzug genau davor gewarnt habe. Selbst nachdem ich zwanzig Mücken am Küchenfenster erschlagen habe und weitere drei Dutzend an einem widerlichen Klebestreifen gemeuchelt von der Decke hängen, habe ich nicht das Gefühl, ihrer nur ansatzweise Herr geworden zu sein.

Draußen ist es nicht viel besser, zwar fallen die Plagegeister hier nicht so sehr auf, aber die anhaltende Trockenheit macht es schwierig, meine Pflanzen am Leben zu halten. Ich streife durch den Garten, ziehe trockene Blätter heraus, gieße, was das Zeug hält, und bewässere den Rasen mit Mainwasser. Schön ist trotzdem etwas anderes. Schön ist es auch nicht, dass ich allein Serien gucken muss und dass es so verdammt ordentlich ist im Haus. Dass ich zwar abends, wenn die Sonne untergegangen ist, noch gelegentlich eine Runde jogge – aber es einfach nicht dasselbe ist ohne sein spaßiges Motzen an meinem Laufstil oder meiner Geschwindigkeit. Es ist nicht schön, dass Max nicht da ist. Und noch weniger, dass er sich überhaupt nicht meldet.

Eine kurze WhatsApp, dass er gut angekommen ist – mehr nicht.

Jeden Tag zucke ich mit den Fingern über dem Chatverlauf und manchmal tippe ich ein paar Worte, nur um sie wieder zu löschen. Es gibt nichts zu sagen und so vieles, was man nicht in Textnachrichten packen kann. Mein Handy trage ich trotzdem ständig mit mir herum, in der Hoffnung, er könnte sich melden. Erbärmlich ist das.

Vor dem Gewächshaus im Garten steht der Topf aus Amsterdam und offenbar will er mich ebenfalls verhöhnen, denn die Tulpen lassen noch immer den Kopf hängen. Der Anblick ist so traurig, dass es mir die Tränen in die Augen treibt.

In meinen Gartenshorts mit den breiten Taschen vibriert das Handy neben der Mini-Gartenschere. Schnell ziehe ich es heraus und nehme das Gespräch an.

Es ist Yael.

»Was machst du?«, fragt sie.

»Ich heule«, antworte ich wahrheitsgemäß.

»Und warum?«, will sie wissen.

»Wegen der Tulpen.«

»Aha.«

»Und du?«

»Ich stille, was sonst«, seufzt sie. »Dieses Kind ist unersättlich.«

»Soll ich kommen und sie ein wenig herumtragen?«

Seltsamerweise ist das das Einzige, was mich ruhig macht. Alisah brüllt zwar oft trotzdem weiter, aber ich werde ruhiger denn je.

»Würdest du das machen?«

»Hast du nicht genau deswegen angerufen?«, frage ich und muss grinsen – ein seltenes Ereignis in den letzten Tagen.

»Neeeiiiin, ich doch nicht«, sagt Yael kichernd. »Wann kannst du da sein? Mark ist auf der Arbeit und die Jungs am Durchdrehen. Aaron sagt, wenn ich nicht gleich mit ihm spiele, zieht er zu den Nachbarn.«

»Ich komme«, erkläre ich.

Die Haustür steht offen, als ich bei Yael auf die Einfahrt fahre. So schlimm also schon. »Wo ist denn mein Lieblingspatenkind?«, rufe ich, als ich die Treppen zum Eingang hochsteige.

»Du bist ein Schatz!« Sie drückt mir Alisah in die Arme, noch bevor ich einen Fuß auf die Türschwelle gesetzt habe.

Von oben poltert und dröhnt es laut. Es hört sich an, als bearbeitete einer der Jungs seine Möbel mit einem Vorschlaghammer. Und zwar keinem aus Plastik.

»Ich bin gleich wieder da«, ruft Yael und hastet die Treppen ins Obergeschoss hinauf.

Ich streichele Alisah über ihre Wange, die nicht mehr so zart ist wie bei ihrer Geburt. Kleine Babyaknepickelchen verteilen sich auf ihrem goldigen Gesicht und sie hält erstaunt einen Moment inne, als sie bemerkt, dass sie jetzt auf meinem Arm liegt und nicht mehr bei ihrer Mutter. Dann beginnt sie sofort wieder zu weinen. Langsam laufe ich mit ihr durch den Gang in die Küche und ins Wohnzimmer, drehe eine Runde um den Esstisch und laufe wieder zurück. Ich spreche beruhigend auf sie ein, und da sie es noch nicht versteht, kann ich ihr den ganzen Mist erzählen, der mir auf der Seele liegt, und es vom Tonfall her klingen lassen, als wäre es ein Schlaflied. Es funktioniert ab der dritten Runde gut und beim fünften Umrunden des Esstisches ist sie schließlich eingeschlummert. Hinsetzen ist nicht, also wandere ich langsam weiter, zupfe vertrocknete Blätter aus Yaels Gummibaum und werfe schmunzelnd einen Blick auf den Stapel ungeöffneter Briefe auf der Kommode im Gang. Ich will gerade wieder ins Wohnzimmer gehen, als mir etwas im Augenwinkel hängen bleibt. Ich gehe einen Schritt zurück, schaue noch mal auf den Stoß Post, und tatsächlich: Auf einem der Briefe steht mein Name – mit einer mir sehr bekannten Handschrift.

Gerade noch rechtzeitig halte ich mich davon ab, laut nach Yael zu schreien.

Flüstern bringt nichts, es ist zwar ruhiger geworden oben, aber ich höre noch immer ein Poltern, das Stampfen wütender kleiner Jungenfüße und die Stimmen der drei Lippmanns. Also bleibt mir nichts übrig, als den Brief zu schnappen und mich mit Alisah nach oben aufzumachen.

»Was ist los?«, fragt Yael, die zwischen einer Flut von Legoklötzen auf dem Boden sitzt und versucht, Aaron davon abzuhalten, sie gegen seinen Kleiderschrank zu donnern.

»Da unten liegt ein Brief mit meinem Namen drauf. Und es sieht so aus, als wäre der von Max!«

»Oh, nein, ja, Dalia!« Yael fährt sich durch die Haare. »Das hab ich total vergessen, der war kurz nach Max' Abreise in unserem Briefkasten, mit einem Post-it drauf, dass ich ihn dir geben und dafür sorgen soll, dass du ihn aufmachst und ihn nicht zu den öligen Bedienungsanleitungen legst – keine Ahnung, was das heißen soll.«

»Und warum …«, fange ich an.

Yael wirft einen Blick auf die schlafende Alisah, springt auf und schiebt mich an den Schultern aus dem Zimmer. An die Jungs gerichtet, legt sie den Finger auf die Lippen, nimmt dann ihren Zeigefinger und macht eine eindeutige waagerechte Bewegung ihren Hals entlang.

»Und warum hast du ihn mir nicht gegeben?« Ich klinge völlig hysterisch. Zumindest scheint das das Baby in meinem Arm nicht weiter zu stören.

»Weil ich in der Zwischenzeit eine Wassermelone aus meiner Zitrone gequetscht habe!«, zischt Yael.

»Aber der ist von Max!«

»Na, dann mach ihn auf. Oder warte, ich mache ihn auf.«

Sie nimmt mir den Umschlag ab und öffnet ihn.

Ich schwitze, auch ohne dass sich Alisahs kleiner Körper wärmend an mich drückt.

»Ah«, macht Yael und zieht die Stirn kraus. »Ein Liebesbrief ist das nicht.«

»Natürlich nicht«, brumme ich. »Hab ich auch nicht erwartet.«

Aber erhofft.

Yael macht keine Anstalten, mir den Brief zu übergeben, aber sie sieht ziemlich zerknirscht aus.

»Was für einen Tag haben wir heute?«

»Mittwoch«, antworte ich.

»Nicht Donnerstag?«, fragt sie und reißt die Augen auf.

»Nein, nicht Donnerstag«, bestätige ich langsam. »Könnte ich jetzt bitte mal meinen Brief haben?«

»Du hast morgen einen Termin, Dalia.«

»Gib mir den Brief!!«

Sie hält mir das Papier vor die Nase.

Es ist ein Schreiben von der Uni, genau genommen von meiner alten Dozentin für Logopädie. Sie bedankt sich für eine E-Mail, die ich nie geschrieben habe, und bittet mich zu einem Gespräch »zwecks Wiederaufnahme Ihres Studiums.«

»Was soll das?«

»Keine Ahnung, offenbar will Max, dass du wieder studierst.«

»Was geht ihn das an?«

»Du solltest hingehen.«

»Damit er ein besseres Gewissen dabei hat, sich in die USA zu verpissen, oder was?«

Yael wirft mir wegen des Kraftausdrucks einen strafenden Blick zu.

»Sie ist ein Baby und deine Jungs sagen weitaus schlimmere Sachen als *verpisst*. Jo hat neulich Kackeimer zu eurem Postboten gesagt.«

Yael zuckt mit den Achseln. »Er riecht ja auch immer streng.«

Wir müssen beide lachen. Alisah zuckt ein wenig in meinen Armen.

»War das oder ist das irgendwas Festes zwischen euch? Hat er dir was versprochen?«

»Nein … es ist nur … es fühlt sich richtig an, wenn er da ist, und falsch, wenn er weg ist.«

»Klingt kompliziert.«

»Ist es auch.«

»Ich würde hingehen, zu dem Dozentending.«

Ich schüttele den Kopf. »Ich weiß nicht.«

»Willst du ewig kellnern und rumjammern und nichts fertigbringen?«, sagt sie scharf. So direkt ist sie bisher noch nie gewesen. »Ist doch wahr – seit du Max kennst, bist du endlich ein wenig aus dir rausgekommen. Du hast viel mehr gelacht und du hast Sachen endlich mal angepackt, du hast es geschafft, die Wohnung mit dem Geld deiner Mutter zu kaufen, hast deinen Vater getroffen und du hast sogar jemanden mit auf die Reisen deiner Mutter genommen.«

Ich weiß nicht, was ich dazu sagen soll. Sie hat recht. Max hat etwas verändert. Und umso schlimmer ist es, dass er all diese Veränderungen jetzt mit sich genommen hat. Vielleicht hat er sie im Atlantik versenkt – ich fühle mich depressiver als je zuvor.

»Aber du brauchst Max nicht! Du kannst auch ohne ihn deinen Arsch hochkriegen und endlich mal was zu Ende bringen!«

Sie hat keine Ahnung, wie sehr ich Max brauche.

»Oder …«, sie stockt, streckt ihre Arme nach Alisah aus, und ich lege sie ihr vorsichtig in ihre Hände.

»Oder hast du dich in ihn verliebt?« Sie reißt die Augen auf, weiter, als ich es aufgrund ihres offensichtlichen Schlafmangels für möglich gehalten hätte.

»Nein«, sage ich. »Quatsch.« Stimmt ja auch nicht, es ist viel schlimmer, als nur verliebt zu sein.

Yael seufzt. »Weißt du, was ich manchmal denke?«

Ich schüttele den Kopf.

»Manchmal glaube ich, dass die Liebe ein Gefängnis ist, eines, in dem du freiwillig sitzt und dessen Wände dir trotzdem zu nahe kommen und dich ersticken können.«

»Meinst du das ernst?« Ich werfe einen Blick auf Alisah, die ihre winzigen Fingerchen zu einer Faust geballt hat.

»Ja. Liebe ist Angst und Angst ist ein Gefängnis.«

»Du hörst dich schon an wie Ruth.«

»Ruth ist eine verdammt schlaue Frau.«

»Du meinst, wenn du jemanden liebst, ist die Angst, ihn zu verlieren, so groß, dass sie dich einengt?«

»Ja, genau.«

»Und was kann man dagegen tun?«, will ich wissen. »Nicht lieben?«

»Nein, das ist auch keine Alternative.«

»Also sitzen wir alle fest.«

Sie zieht eine Augenbraue hoch. »Du nicht, du bist ja nicht verliebt.«

Ich beiße mir in die Wange, ziemlich heftig.

»Oder?«

»Nein, bin ich nicht.«

»Er ist weg, Dalia.«

»Ich weiß«, brumme ich und kämpfe gegen die Tränen. Die fließen neuerdings auch sehr bereitwillig. Es ist offenbar nicht nur Mückenzeit, sondern auch Hochwassersaison.

»Ich will doch nur nicht, dass du unglücklich wirst. Oder hat er dich gefragt, ob du mitkommen willst?«

Nein, hat er nicht. Ich wedele mit dem Brief, der mich an eine deutsche Uni binden will. Max' Brief, der so ziemlich das Gegenteil von *Willst du mit mir nach Amerika kommen?* ist.

»Ach, Schätzchen, irgendwann da …«

»Irgendwann was?«

»Irgendwann werden wir Nachbarn im Hochsicherheitstrakt«, sagt sie bemüht ernst.

Ich muss lachen und dann kommen die Tränen doch. Wie gut, dass Yael weiß, wie man Kinder tröstet. Kleine und große, die sich kindisch benehmen.

30. Kapitel

Gespeichert in Entwürfe:

(1) To: Maxthemillian@gmail.net
Hallo Max, ich hoffe, es geht dir gut. Läuft alles mit Chrissy und Sabrina? Hast du den Job bekommen? Danke, dass du meinst, dich kümmern zu müssen. Das musst du nicht. Ich war trotzdem bei der Dozentin. Und es war ein wirklich gutes Gespräch. Ich kann die Prüfung ablegen, wenn ich ein paar Kurse wiederhole, und bin sogar einigermaßen flexibel in der Zeit. Max, ich … glaub mir bitte, dass ich mich nicht an dich klammern will. Das alles, das mit uns, das war keine Absicht. Aber passiert ist es trotzdem.

(2) To: Maxthemillian@gmail.net
Max, die Wahrheit ist, ich will – seit ich dich kenne – so viele Dinge fertig machen. Ich bin durch mit halben Sachen. Ich will dich ganz. Ich will das mit uns fertig machen und ich weiß zum ersten Mal, was *fertig machen* in diesem Fall bedeutet.

Mir fehlen die Worte … kannst du dir das vorstellen? Dass ausgerechnet mir die Worte fehlen? Ich habe sie auf dem Weg verloren, genauso wie den Wunsch, ständig alles abzubrechen. Ich will dieses Studium beenden, ich will mit dir in meinem

Haus wohnen, ich will meinen Vater auf der Straße sehen und ihn grüßen können. Ich will Tim loslassen, damit er endlich dort sein kann, wo er hingehört. Ich will … verdammt, Max, komm doch einfach wieder.

(3) To: Maxthemillian@gmail.net
Ich kann jetzt noch drei Stunden so weitermachen, oder drei Tage, vielleicht auch drei Wochen. Und irgendwann hat mich der Mut dann komplett verlassen. Oder ich mache etwas total Verrücktes. Letzte Nacht hatte ich Tims Buch in der Hand und habe wieder und wieder den einen Spruch gelesen, den du geschrieben hast: *»Die Liebe ist ein Wunder, das immer wieder möglich, das Böse eine Tatsache, die immer vorhanden ist. Friedrich Dürrenmatt.«* Man kann sich den zweiten Teil zu Herzen nehmen oder den ersten. Ich habe mich für den ersten entschieden und für die verrückte Möglichkeit, dass du gar nicht weißt, wie sehr ich dich liebe, und, noch verrückter: Dass es etwas ändert, wenn ich es dir sage. Weißt du, Max, manchmal muss man, wenn man am Ende ist, einfach an den Anfang zurück, oder?

31. Kapitel

»Ich habe keine Ahnung, warum du das machst!« Ruth reißt die Augenbrauen selbst für ihre Verhältnisse rekordverdächtig in die Höhe.

»Ich muss mal was fertig machen. Einmal!«

»Aber doch nicht ausgerechnet das! Was meinst du, was passiert, wenn du da einfach auftauchst?«

Ich weiß genau, was sie denkt: Was ist, wenn er und Sabrina … »Das muss ich riskieren!«, antworte ich ihr und mir selbst.

»Versteh ich nicht, hättest du ihm das nicht auch hier sagen können? Und, Dalia, bist du dir sicher, dass er es auch hören will?«

»Nein«, sage ich ehrlich. »Aber ich kann nicht hier sitzen und wochenlang darüber nachdenken, ob er es hören will oder nicht. Also fährst du mich jetzt nach Frankfurt oder willst du so lange warten, bis der Flieger weg ist? Ich nehme dann einfach den nächsten«, drohe ich.

»Ich fahre dich natürlich … aber ich muss dich warnen.«

»Ich hab mich selbst genug gewarnt! Aber es geht nicht anders. Ich will kein *Hätte* mehr in meinem Leben. Ich will ein *Ja* oder ein *Nein*. Und wenn es ein Nein wird, kann ich besser damit leben als mit der Möglichkeit, es nie versucht zu haben.«

Ruth nickt langsam, dann schüttelt sie wieder den Kopf.

Genauso geht es mir, ich nicke mir ständig selbst zu und im nächsten Augenblick schüttele ich empört den Kopf.

Aber wenn Tim recht hat und das Leben ein Himmel ist, dann muss man ihn sich vielleicht einfach mit ein wenig Mut verdienen. Die Wolken wegschieben oder sich mit dem Richtigen auf eine setzen. Wenn er das denn will …

Ich lande am frühen Vormittag und Amerika befindet sich noch im Tiefschlaf. Am Airport JFK schwirrt das Reinigungspersonal emsig wie Bienen über den Boden und verschlafen liegen einige Wartende auf ihren Gepäckstücken herum. Die Rollos an den Verkaufsständen sind teilweise noch heruntergelassen. Die Klimaanlagen dröhnen und schießen schubweise frostige Luft in die Hallen. Alles sieht anders aus als an jenem letzten Tag des Jahres, an dem mir Max hier über den Weg gelaufen ist.

Am Ende muss man manchmal auf Anfang gehen. Ich habe keine Ahnung, wo Max genau ist, aber ich weiß von Lina, wo Sabrina McAllister wohnt.

Meine Finger krallen sich fest an den Innenstoff der rechten Tasche meiner Sweatjacke. Ich trage die schwarzen, weiten Fischerhosen, die ich mir vor Jahren in Thailand gekauft habe und von denen ich lange nicht gewusst habe, wie man sie richtig bindet. Mein Gepäck ist leicht und doch unglaublich schwer. Bis ich in dem schwarzen Uber sitze und in Richtung Manhattan unterwegs bin, vergeht nur etwa eine halbe Stunde. Sabrina lebt im West Village, jener Gegend, deren Straßen nicht dem üblichen Gittersystem New Yorks folgen und mir dadurch ein wenig europäischer erscheinen.

Der Fahrer hält vor einem Haus aus roten kleinen Backsteinen. Die Fenster sitzen auf unterschiedlichen Höhen, und eine kleine Treppe mit schmiedeeisernem Geländer führt an dem schmalen Bau nach oben zu einer schwarzen Haustür. Eine

Handvoll tönerner Töpfe beherbergt kleine Buchsbäumchen und aus alter Gewohnheit greife ich hinein und fühle, ob die Erde trocken oder feucht ist.

Doch noch bevor ich klingeln kann, öffnet sich die Tür. Ein junger Mann mit verwuscheltem Haar schwingt einen Gitarrenkoffer und hätte mich damit beinahe umgehauen. Nach dem ersten Schreck frage ich ihn auf Englisch, ob Sabrina McAllister hier wohne. Er bejaht gelangweilt und deutet die Treppe nach oben. »Second floor, first door on the left side.«

Und schließlich stehe ich vor ihrer Tür, aber traue mich nicht zu klingeln. Dieses ganze Vorhaben, das sich in Deutschland noch so richtig angefühlt hat, wirkt plötzlich lächerlich. Ich bin verliebt in den Mann, dessen Ex-Freundin hinter dieser Tür mit seiner Tochter lebt, und will ihr klar machen, dass es wichtig für ihn ist, dass er seine Tochter sehen kann und dass es wichtig ist, dass ich ihm sagen kann, was ich für ihn empfinde. »Was genau versprichst du dir davon?«, hat Yael mich entgeistert gefragt und mit dem Kopf geschüttelt. »Das lässt du mal schön bleiben.«

»Can I help you?«

Über all den Grübeleien ist mir nicht aufgefallen, dass sie die Tür einen Spalt weit geöffnet hat. Sabrina McAllister sieht genauso aus wie auf dem Foto. Inklusive der Glitzerohrringe. Sie ist nur etwas kleiner, als ich gedacht habe, und noch zierlicher. Neben ihr komme ich mir groß und bullig und verwahrlost vor. In meinen weiten Hippiehosen, die langen Haare zerzaust und ungeschminkt. Max' Ex dagegen sieht aus wie frisch einem Hochglanzmagazin entsprungen. Lächelt aber freundlicher. Sie stemmt sich mit der rechten Hand in den Türrahmen, die linke hält das Türblatt fest.

»Ähm, ja, Entschuldigung. Ich bin Dalia Hessler.« Ich reiche ihr meine schweißnasse Hand und schäme mich schon wieder.

»Du bist das also«, sagt Sabrina und lächelt noch breiter und amerikanischer als zuvor.

»Ja. Ich … bin … ich bin gewissermaßen eine Bekannte von Max.«

»Ich weiß, wer du bist. Komm rein.«

Sie hält mir die Tür auf und ich zögere. Sie weiß, wer ich bin?

Da sie um einiges kleiner ist als ich, kann ich, auch ohne einzutreten, ein Stück weit in die Wohnung hineinsehen. Nicht annähernd so perfekt wie ihr Äußeres. Im Flur liegen Mützen auf dem Boden, mehrere Paar Schuhe stapeln sich übereinander und an der Decke schimmern im Licht der Morgensonne die restlichen Fäden eines Spinnennetzes.

Seltsamerweise gibt mir das Mut.

»Äh, ja … danke«, stottere ich und folge ihr durch den Flur. Ich versuche, mich nicht zu auffällig umzusehen. Dabei geht es mir gar nicht um die Einrichtung. Sondern vielmehr darum, ob Max hier ist.

»Max ist nicht hier«, erklärt sie, als wüsste sie, wonach meine Augen so verzweifelt suchen. »Aber das weißt du sicher.«

Das weiß ich? Langsam verstehe ich gar nichts mehr.

Entschuldigend dreht sie sich zu mir um, bevor wir das kleine Esszimmer betreten, auf dessen Kaminattrappe einige Fotos stehen, die ich nicht wage, weiter zu betrachten.

»Ich habe leider nur fünfzehn Minuten, dann muss ich ins Büro. Chrissy ist schon in der Schule.«

Ich blinzele, was sie offenbar falsch versteht.

»Chrissy ist meine Tochter.« Sie hält kurz inne. »Aber das weißt du vermutlich auch.«

»Äh, ja, das weiß ich …« Alles andere dagegen verstehe ich nicht.

»Setz dich bitte«, sagt sie sehr freundlich und deutet auf den Stuhl ihr gegenüber. Der Fernseher auf dem dunklen Sideboard hinter ihr läuft tonlos und auf dem Tisch stehen zwei Teller, auf einem liegt eine Banane, auf dem anderen ein angebissenes Stück Toast mit undefinierbarem braunen Aufstrich.

»Coffee?«, fragt sie auf Englisch.

»Nein, danke«, lehne ich ab. Im Flieger habe ich das Menü aus den Plastikdöschen nicht anrühren können, dafür eine Unmenge Orangensaft getrunken. Zum Dank dafür quält mich schweres Sodbrennen.

»Wie kann ich dir helfen?« Der leichte Hauch eines Akzents schwingt in ihrem Deutsch mit. Ich habe Max nie gefragt, ob sie Amerikanerin ist, auch wenn ihr Nachname darauf hindeutet und die Tatsache, dass sie nach der Trennung mit ihrer Tochter in die USA gezogen ist.

»Wie kann ich dir helfen?« In ihrer Frage höre ich gleichzeitig Ruths: *Und was genau willst du machen, wenn du dort bist?* Improvisieren, denke ich. Auf mein Gefühl vertrauen.

»Ehrlich gesagt, weiß ich das nicht. Ich bin einfach hierhergeflogen, weil ich glaube, dass es sein muss. Ich muss Max etwas Wichtiges sagen. Und Ihnen auch und …«

»Du bist hierhergekommen, um Max etwas zu sagen?«, fragt sie, presst ihre Lippen zu einem dünnen Strich und schaut besorgt.

»Oh«, rutscht es mir heraus. Hält sie mich für eine Stalkerin? Was hat Max ihr von mir erzählt? »Ist das keine gute Idee?«

»Na ja.« Jetzt lacht sie kurz herzhaft, legt dann ihre Hand über den Tisch vertrauensvoll auf meine und sagt: »Wenn man jemandem etwas sagen möchte, ist es hilfreich, sich auf dem gleichen Kontinent zu befinden.«

Es dauert eine Weile, bis ich verstehe, was sie da sagt. »Er ist nicht *hier* heißt: Er ist nicht in New York?«

»Kontinent, sagte ich. Max ist in Deutschland.«

»Was? Wieso?«

Sie lächelt wieder, ein wenig mitleidig jetzt. »Vermutlich aus dem gleichen Grund, aus dem du hier bist.«

»Seit wann?«

»Er ist gestern geflogen.«

»Gestern?«, keuche ich.

Sie nickt und zuckt mit den Achseln.

»Aber was ist mit Chrissy? Darf er Chrissy etwa nicht wiedersehen?«

»Warum sollte er Chrissy nicht wiedersehen sollen?«

Ihr Lächeln bekommt deutliche Risse und verschwindet völlig bei meinem nächsten Satz.

»Weil … weil Sie, weil du, ihn hasst?« Ich schwanke hilflos in meiner Anredeform, weil weder Sie noch Du richtig zu passen scheint.

»Hat er dir das gesagt?«

»Ja!«

»Hat er dir auch gesagt, warum er denkt, dass ich ihn hasse?«

»Nein«, muss ich zugeben.

»Ich glaube, es gibt einiges, was Max dir erklären müsste. Da er sich aber, wie wir ja jetzt beide wissen, auf dem falschen Kontinent befindet, werde ich das übernehmen. Denn man kann ja nicht zusehen, wie er seinem eigenen Glück im Weg steht.«

Ich atme einmal tief aus, nachdem ich merke, dass ich die Luft angehalten habe.

Sabrinas herzförmiges Gesicht mit dem hübschen braunen Teint verrät keine Regung. Sie streicht eine Strähne ihres glatten, glänzenden Haares aus der Stirn und mustert mich interessiert.

»Zunächst solltest du wissen, dass ich Max nicht hasse. Er hasst sich selbst für einen schrecklichen Fehler, den er vor Jahren begangen hat.«

»Was für ein Fehler? Hat es etwas mit seiner Trinkerei von damals zu tun? Ich verstehe das alles nicht.«

Sie seufzt. »Er hat dir nichts davon gesagt.«

Sie nimmt den Salzstreuer auf dem Tisch in die Hand und dreht ihn hin und her, dann beginnt sie zu erzählen: »Chrissy war gerade drei geworden. Max sollte sie in den Kindergarten fahren, weil ich früher zur Arbeit musste. Es war Juli, ein heißer Sommer und der Sommer, in dem er jeden Morgen zum Frühstück drei Bier getrunken hat. Wenn ich schon wach war, Wodka aus einem Wasserglas. Er dachte, ich würde das nicht merken.« Sie lacht traurig. »Wir hatten zwei Wochen zuvor einen schweren Streit gehabt und er hat mich danach angelogen und ich hab ihm mal wieder geglaubt. Er behauptete, trocken zu sein, gab vor, ohne Probleme seinen Alltag ohne Alkohol meistern zu können. Ich setzte Chrissy also in den Kindersitz – und ich weiß heute – Gott, wie viele Vorwürfe habe ich mir selbst gemacht –, dass ich das nicht hätte tun sollen. Sie trug dieses blaugepunktete Kleid mit dem Ballonrock – so ein vollsynthetischer Mist, den meine Mutter immer aus den Staaten geschickt hat, den sie aber abgöttisch liebte. Max hat sie angeschnallt und dann sind sie losgefahren. Er hat, wie er später zugegeben hat, am Supermarkt gehalten und Nachschub gekauft. Chrissy ist im Auto sitzen geblieben, sie fand das nicht schlimm, wir handhabten es beide so, dass wir ihr bei kurzem Alleinsein im Auto ein bestimmtes Lied ihrer Kinderliederplaylist anmachten und es auf Dauerschleife stellten.«

»Sabrina«, unterbreche ich sie, »du musst mir das nicht erzählen.«

»Doch, er hätte es dir längst sagen sollen. Es erklärt so vieles von dem, was er ist, wie er ist. Du sollst wissen, warum er sich manchmal selbst so sehr hasst, dass er alles um sich herum vergisst.«

Ich habe Angst vor dem, was jetzt kommen wird, und ich stelle panisch fest, dass ich innerlich dabei bin, einen schrecklichen Vergleich zu ziehen, einen der mit jedem von Max' Worten an Intensität gewinnt. Noch bevor sie weiterspricht, weiß ich, dass genau darin auch die Ursache dafür liegt, dass Max mir seine Geschichte nicht anvertraut hat.

»Er kam zurück zum Auto und fuhr weiter. Aber nicht zum Kindergarten, denn zu diesem Zeitpunkt hatte er schon völlig vergessen, dass Chrissy hinten saß. Sie musste eingeschlafen sein, wie sie es bei diesem blöden Lied über Pferde und Katzen auf einem Bauernhof immer tat. Er hat einfach auf Radio umgeschaltet und sie hat sich nicht beschwert, weil sie ja schlief. Dann ist Max zu einem Kunden gefahren, hat eine Zeichnung eingeworfen und ist weitergefahren. Chrissy saß immer noch hinten und schlief. Und statt sie endlich in ihren Kindergarten zu fahren, hat er am Bahnhof auf dem Parkplatz neben der Postfiliale angehalten, ist ausgestiegen und hat sich zu einem der Leute gestellt, die ihren Tag wie er mit Schnaps begannen. Auf dem Parkplatz dort gab es keine Bäume, keinen Schatten. Und während er vor dem Kiosk gestanden und gesoffen hat und dabei war, zu vergessen, wer er selbst war, hatte er schon längst vergessen, dass unsere kleine Tochter bei dreißig Grad Außentemperatur in einem synthetischen Kleidchen im Auto saß und dabei war, zu sterben.«

»Oh Gott…«, keuche ich. Sie soll aufhören, sie soll bitte damit aufhören. Alles in mir krampft sich zusammen und wird hart vor Angst. Nichts auf der Welt ist einfach nur schwarz und weiß. Wir alle leben in Schattierungen, die frei sind von Zuordnung in *gut* und *böse*. Dazwischen findet das Leben statt. Ich weiß das und Max weiß es auch, aber in diesem Moment denke ich nur an meinen Vater. Und an Tim.

Sabrina fixiert mich mit warmem Blick. Ich frage mich, ob sie diese furchtbare Geschichte so ruhig erzählen kann, weil letzten Endes alles gut gegangen ist oder weil sie Max verziehen hat.

»Als er zurückkam, war Chrissy weg. Eine aufmerksame Frau hatte sie bemerkt, nicht lange gefackelt und die Scheibe eingeschlagen. Der Krankenwagen war an ihm vorbeigefahren, und er war völlig ahnungslos, dass im Innern seine Tochter ums Überleben kämpfte.«

Ich fühle mich bewegungsunfähig. Leer. Die Vergangenheit ist zu nahe an der Gegenwart, es ist nicht fair, dass sich das Bild meines Vaters über Max legt und ihn unter seinem Schatten begräbt.

Max und mein Vater sitzen nicht auf derselben Wolke, die meines Vaters hat sich nur vor seine geschoben und dafür gesorgt, dass es auf einmal dunkler ist. Nur ganz kurz, dann bin ich in der Lage, das Trugbild zu vertreiben.

Jetzt bin ich es, die nach Sabrinas Hand greift. »Warum hat er mir das nicht erzählt?«, platze ich heraus.

»Sie hat überlebt, ich habe mich von ihm getrennt und er hat es endlich geschafft, sich vom Alkohol zu trennen. Max stand vor Gericht, hat das Sorgerecht verloren und einen großen Teil seiner selbst. Chrissy kann sich an nichts erinnern, aber weil er sich selbst so sehr hasst und ich meine Tochter schützen wollte und musste, ist er nicht der Vater, der er hätte sein können.«

Ihre Stimme ist schwer von Bedauern. Sabrina McAllister ist nicht die Frau, für die ich sie gehalten habe. Nicht die eiskalte Ex-Freundin, die ihre Tochter von ihm fernhalten möchte. Als mir das klar wird, stelle ich fest, dass sie das auch nur in meiner Fantasie war. Max hat nie schlecht von ihr gesprochen. Eine Welle aus Wut darüber, dass er mir nicht die Wahrheit gesagt hat, wechselt sich mit dem tiefen Bedauern über all das, was wegen eines einzigen Fehlers auf der Strecke geblieben ist. Ein winziger Ruck geht auch durch das Bild, das ich von Max gehabt habe. Es verschiebt sich ein wenig, aber nicht weit genug, um anders für ihn zu empfinden.

Sabrinas Worte sind viel mehr als nur ein Blick in die Vergangenheit, sie sind auch ein Blick in Max' Seele.

Die fünf Wahrheiten: *Erstens: Ich war noch nie wirklich verliebt, oder zweitens: Ich hätte um ein Haar einen Menschen umgebracht.*

Wenn das eine davon die Wahrheit gewesen ist, die ich eben erfahren habe, dann ist das andere … eine Lüge. Mir wird warm und kalt und warm und kalt und dazwischen versuche ich, irgendwie klar zu denken.

Mir fällt wieder ein, wie er mir auf der Burg etwas hat sagen wollen. Und ich ihm davon erzählt habe, dass ich nicht mit jemandem zusammen sein könnte, der seinen Kindern etwas angetan hat. Mir wird heiß und eiskalt und heiß und eiskalt.

»Was denkst du jetzt, Dalia?«

»Niemand sollte einen Menschen hassen, weil er einen Fehler gemacht hat, den er ehrlich bereut.«

»Ja, das sehe ich auch so.« Sie lächelt. »Ich habe Max längst verziehen, ich will ihn nicht von seiner Tochter fernhalten. Aber ich will auch nicht, dass er hier ist und unglücklich. Und er ist unglücklich … ohne dich.«

»Hat er das gesagt?«, frage ich mit glühenden Wangen.

»Das muss er mir nicht sagen, ich habe Augen im Kopf. Ich wünschte, er hätte eine der Nachrichten auch abgeschickt, die er dir getippt hat.«

Ich weiß nicht, was ich sagen soll. »Aber warum ist er dann überhaupt gegangen?«

»Das ist einfach. Weil er Angst davor hat, seine Fehler zu wiederholen, und weil er denkt, dass du ihm seine alten nicht verzeihen könntest.«

Ich senke kurz den Blick und horche in mich hinein. Aber da ist keine Wut und da ist auch kein Schmerz mehr, da ist nur der Wunsch, ihn so in den Arm zu nehmen, wie er es bei mir getan hat nach dem Albtraum, nach dem Tag, an dem ich den Brief in der Kinderwunschpraxis abgegeben habe.

»Du liebst ihn«, sagt Sabrina und schaut mir tief in die Augen. Es ist keine Frage, vielmehr eine Feststellung.

Ich schließe die Augen einen Moment lang. »Ja, ich liebe ihn. Aber was soll ich denn jetzt machen?«

Sie lacht ein lautes, herzliches Lachen. »Jetzt fährst du zurück zum Flughafen und fliegst schnellstmöglich auf den Kontinent, auf dem Max sich auch wirklich befindet.«

»Aber …«

»Wir finden einen Weg, dass Max und Chrissy sich nicht verlieren. Jetzt musst du dafür sorgen, dass ihr euch nicht verliert. Oder sollte ich sagen: Dass ihr euch findet? Worauf wartest du?«

Ja, worauf warte ich eigentlich?

32. Kapitel

Der Flug dauert viel zu lange. Und ist trotzdem zu kurz, um halbwegs klar Schiff mit meinen Gedanken zu machen. Ich stehe unzählige Male auf und laufe zur Toilette – denke dabei daran, wie Max mich ein Gewohnheitstier genannt hat. Ich fange an, Filme auf dem iPad zu schauen, und vermisse Max' Füße neben mir. Als die Stewardess das Essen verteilt, erinnert mich das kleine Stück Schinken auf dem Bagel, das ich mit den Fingern aufs Tablett schnipse, an einen gewissen Ort namens Parma, und so geht es den ganzen Achtstundenflug lang. Jede Staubfluse in diesem Vogel scheint irgendetwas mit Max zu tun zu haben. Jede Sekunde, die ich hier verbringe, macht mich wahnsinnig. Während ich darüber nachgrübele, was ich wann und wie zu ihm sage, findet mein Körper einfach keine Ruhe. Ich rucke und wackele mit den Beinen, klappe den Tisch vor mir herunter und wieder hoch. Und irgendwie ist das auch konsequent, wie soll so ein Körper auch stillhalten können, wenn drinnen alles in Aufruhr ist? Das ist kein Sturm im Wasserglas, das ist ein verdammter Gefühlstsunami. Nur weil Sabrina meint, er wäre meinetwegen zurück nach Deutschland gekommen, muss das ja noch lange nicht stimmen. Nur weil da die ganze Zeit diese toxisch-schöne Chemie zwischen uns gewesen ist, heißt das nicht, dass er jetzt all seine Phobien über den Haufen wirft und zu einem Beziehungstier wird, das jeden Abend seine Füße über die des Gewohnheitstiers legen will. Ich habe ihm so viel zu sagen, ihn so viel zu fragen, dass es doch unmöglich sein kann, dass dieser Flug so lange dauert. *Wann sind wir denn endlich da?*, will ich laut rufen.

Und dann ist es wirklich so weit, wir beginnen den Landeanflug auf Frankfurt und aus meiner kribbeligen Vorfreude wird Angst. Der Flieger dreht ein paar Runden über der Stadt und ich würde jetzt am liebsten schreien: *Noch nicht, ich bin noch nicht so weit.*

Der Mann neben mir, der sich den halben Flug über schlafend gestellt hat, rappelt sich auf, sieht mich mit zusammengekniffenen Augen an, greift in seine Jackentasche und reicht mir eine Visitenkarte. »Meine Telefonnummer«, erklärt er unnötigerweise.

»Danke, das ist nett, aber ich habe kein Interesse«, wehre ich ab.

»Ich aber«, brummt er. »Das nächste Mal, wenn Sie einen Flieger besteigen, rufen Sie mich vorher an.«

»Warum?«

»Weil ich dann eine andere Maschine nehmen werde. Das ist ja nicht auszuhalten neben Ihnen.«

»Entschuldigung«, murmele ich, aber da ist er schon aufgestanden und kramt in den Staufächern über den Sitzen nach seinem Handgepäck.

Zitterig steige ich schließlich hinter ihm aus dem Flieger und laufe die Gangway entlang. Da ich nichts als meine Handtasche dabei habe, interessiert mich die Gepäckausgabe nicht und ich komme schnell voran.

Ich habe noch eineinhalb Stunden Zeit, bis mein Zug fährt, und zum ersten Mal heute bin ich dankbar über den Aufschub. Mein Mut ist schon einmal nicht belohnt worden – was, wenn er mir wieder sagt, dass auf seiner Wolke kein Platz für mich ist? Was, wenn er meinen kleinen Ausflug nach New York ganz schrecklich peinlich findet und Sabrina und er heimlich darüber lachen werden?

Was, wenn …

Was, wenn hinter dieser Glasscheibe jemand einen Luftballon in der Hand hält? Dort, hinter dem großen Mann mit dem hässlichen Blumenstrauß. Was, wenn das nicht irgendein Luftballon ist …? Er hat die Form einer Wolke. Was, wenn … Entweder möchte das Schicksal gerade unter Beweis stellen, dass es Humor hat oder aber … Ich sehe eine Wollmütze und dann schieben sich weitere Menschen vor die Wolke. Und derjenige, der sie hält, läuft in die falsche Richtung.

Ich muss hinterher. Über die Köpfe der anderen Leute sehe ich nichts, nur diesen Luftballon an einem Bändel. »Halt!«, schreie ich, ohne zu wissen, ob der Luftballon auch an Max' Hand befestigt ist. Vielleicht ist das alles nur Zufall.

Es gibt keine Zufälle, habe ich das nicht selbst gesagt?

Sabrina, schießt es mir durch den Kopf. Sie muss ihm Bescheid gegeben haben.

»Du da, mit dem Luftballon, bleib sofort stehen«, schreie ich aus voller Kehle.

Das blaue Heliumding schwebt über die Köpfe der anderen Menschen hinweg, ganz geschmeidig und selbstverständlich und ich hechte hinterher, als gäbe es kein Morgen mehr.

Jetzt sehe ich, dass der Träger des Luftballons die Rolltreppe nimmt, und lege noch mal einen Zahn zu. Meine Hose rutscht auf meiner Hüfte, ich greife hastig danach und sprinte weiter. »Warte!«

Der Luftballon und sein Träger – das sind eindeutig Max' Haare unter der Mütze – bleiben oben am Geländer stehen und dann dreht er sich um.

»Warte, ich komme«, schreie ich wieder und manövriere mich verzweifelt an einer Horde Teenager vorbei.

»Geht's noch?«, kreischt eines der Mädchen und zieht ihre Tasche näher an den Körper. »Tut mir leid«, sage ich mit glühenden Wangen. »Er ist es! Und er hat eine Wolke dabei!«

Das Mädchen tippt sich an die Stirn.

Er ist es, er ist es, er ist es, singt mein Herz. »Entschuldigen Sie, ich muss da hoch! Sofort.« An der Rolltreppe drängele ich mich an weiteren Leuten vorbei und im Rennen streift mein Blick ein Hinweisschild, auf dem »Gate 27« steht.

Zurück auf Anfang also. Ich muss grinsen. Dort, wo alles angefangen hat, nur auf der anderen Seite des Ozeans.

Noch vier Stufen, noch drei, noch zwei … eine.

Dann stehe ich da und er auch und zwischen uns quetschen sich Menschen vorbei, die gar nicht begreifen, was hier gerade passiert.

All die einstudierten Sätze, die geübten Worte, alles ist weg.

»Das ist kitschig!«, krächze ich. Das ist wunderschön, sagt mein Herz.

»Das, was ich dir zu sagen habe, ist auch schrecklich kitschig«, erwidert Max leise. Dann dreht er sich kurz zur Seite, wickelt die Luftballonschnur um das Geländer und strahlt mich an. Er geht so weit auf mich zu, dass sich die Leute zumindest nicht mehr zwischen uns stellen können, und greift nach meinen Händen, die vor lauter Herz ganz vergessen haben, dass es sie auch noch gibt. Warm und fest und trotzdem weich schlingen sich seine Finger um meine. »Ich weiß, du magst keine Feuerwerke, aber für mich bist du eins, Dalia. Eines, das in mein Leben geplatzt ist und es genau da funkeln lässt, wo es ansonsten stockfinster ist. Ich bin ein Feigling, was Beziehungen angeht, aber mit dir will ich zum ersten Mal mutig sein. So mutig wie du. Ich hab so viele Fehler gemacht und ich hoffe, dass du trotzdem mit mir zusammen sein willst. Dalia, ohne dich … ohne dich ist es auf einmal völlig egal, wo ich bin. Hauptsache, du bist da. Ich gehe ein ohne dich, wie so eine verdammte verblühte Tulpe.«

Ich schüttele leicht den Kopf. Max ist derjenige gewesen, der mich wieder zum Leben erweckt hat. Nicht umgekehrt.

Ich denke daran, wie er mit mir das Kinderzimmer ausgeräumt hat, an unseren ersten Kuss im Labyrinth, daran, wie er mir Linien mit roter Farbe auf meinen Bauch gepinselt hat. Ich denke an das rhythmische Klopfen unserer Schritte beim Joggen, den gemeinsamen Takt, der sich langsam und ganz unbewusst in unser Leben gestohlen hat, daran, dass Max der Einzige gewesen ist, der gewagt hat, mir Tim auszureden. Ich sehe unsere erste Begegnung am Flughafen, sehe seine lachenden Augen über den Tresen in der Nachteule, seine Füße über meinen auf dem Sofa. Zwei Leben, die sich aneinandergeschlichen haben, ohne dass das jemals der Plan gewesen ist.

»Ich werde irgendeinen Weg finden, mich um meine Tochter zu kümmern und mich um sie zu bemühen. Aber ich kann dafür nicht Tausende von Kilometern weit weg von dir ziehen.« Er schüttelt leicht den Kopf. »Seit ich dich kenne, fühle ich mich zum ersten Mal geerdet und gleichzeitig schwebt mein Herz über den Wolken. Ich hab mich so lange dagegen gewehrt, weil ich dachte, es wäre besser, das nicht zuzulassen. Ich hatte Angst davor, wieder etwas kaputtzumachen.« Er nickt langsam. »Aber ich will nicht mehr ohne dich leben.«

»Das musst du nicht«, erwidere ich leise.

»Ist es zu spät, dir zu sagen, dass ich ein Trottel war und dass ich dir längst hätte sagen sollen, dass ich dich liebe?«

»Du kannst es ja mal versuchen«, sage ich. Mein Herz schlägt gerade ein Rad und es fühlt sich viel schwungvoller an als das auf der Mageren Brücke in Amsterdam.

»Ich liebe dich, Dalia. Schon viel länger, als ich es mir eingestehen will, und viel länger, als du es dir vorstellen kannst.«

Er drückt meine beiden Hände fest und sieht mich fast flehend an. »Kannst du jetzt mal was dazu sagen? Willst du mich auch und uns und das alles hier?«

Ich grinse ein wenig und deute auf den Luftballon und die eiserne Wartebank ein paar Meter weiter. »Ich finde, wir sollten uns da hinsetzen und gar nicht mehr aufstehen.«

Und das tun wir. Wir setzen uns auf die Bank, schlingen unsere Arme umeinander und küssen uns, als wären wir Teenager. Mit einer Intensität, als hätten wir es nie zuvor getan. »Das ist das Beste, was es gibt auf der Welt«, murmele ich.

»Mich zu küssen?«, brummt er zurück und löst seinen Mund nur widerwillig von meinen Lippen.

»Auf der gleichen Wolke zu sitzen wie du.«

Max' Hand liegt in meinem Nacken, er zieht mich zu sich und ich blinzele leicht, erhasche einen Blick auf seine blitzenden blaugrauen Augen, bevor er sie schließt.

Dann denke ich für einen Augenblick an meinen Bruder und rufe ihm still meine Gedanken zu:

Wenn wir nicht aus Liebe bestehen, Tim, dann sind wir nichts als Luft.

Epilog

Ein Jahr später

Manchmal stelle ich mir noch vor, wie es wäre, schwanger zu sein. Ein Kind von Max zu bekommen. Genauso, wie ich mir manchmal noch vorgestellt habe, dass meine Mutter und mein Bruder noch am Leben sind. Ich spreche nicht mehr mit Tim, aber es tut noch immer weh. So als hätte man mir ein winziges Loch in den Bauch gebohrt, das sich nicht mehr schließen lässt. Möglicherweise werde ich nie eine Mutter sein oder mich wie eine fühlen. Möglicherweise aber doch. Wer kann schon ahnen, was der Himmel für uns in petto hält? Ich höre das Patschen kleiner Füße auf dem Gang, das eilige Laufen kurzer Schritte. Wenig später öffnet sich die Schlafzimmertür.

»Daddy?«, sagt eine zarte Stimme mit weichem Akzent. »Bist du wach?«

Max neben mir brummt und dreht sich auf die Seite.

Ich richte mich ein wenig auf, halte einen Finger vor die Lippen und schlage mit der anderen Hand die Bettdecke beiseite. »Komm her, Chrissy. Ich erzähle dir eine Geschichte.«

Chrissy legt den Kopf kurz schief und überlegt, dann nickt sie und sagt: »But … aber morgen auch und übermorgen.«

»Ja, jeden Tag, wenn du möchtest, bis du wieder nach Hause fliegst.«

»You know, Dalia, die Wolken sehen von oben aus wie Zuckerwatte. Mummy sagt, sie sind nur aus Luft.«

»Ja, vielleicht. Aber vielleicht sind sie auch viel mehr.« Ich lächele sie an.

Chrissy nickt und kuschelt sich in meinen Arm. Ihre immerkalten Füße legt sie über meine Oberschenkel. Ihre Haare kitzeln meinen Hals.

Es ist nicht ganz wie Mutter sein, aber ein bisschen. Es ist wie Zuckerwatte im Winter. Sie schmeckt anders als im Sommer, aber man kann sich daran gewöhnen. Ganz bestimmt sogar.

Danksagung

Das Leben spielt einem die besten Geschichten zu. Das trifft ganz besonders auf dieses Buch zu, denn bei Dalia und Max' Story haben mich so viele kleine Dinge zufällig inspiriert, dass ich, wie Dalia, schon fast nicht mehr an Zufall glauben kann.

Als Tim, mein Agent, mir vorgeschlagen hat, doch einmal eine Geschichte über einen Jungen zu schreiben, der seine Schwester in Liebesdingen berät, hatte ich noch kein wirkliches Bild im Kopf. Doch dann haben eine einzige Autofahrt, eine Radiomeldung über ein tragisches Unglück und eine beiläufige Erzählung meines Cousins dafür gesorgt, dass mir innerhalb weniger Stunden klar war: So will ich die Geschichte erzählen und nicht anders. Ich danke somit ganz herzlich Tim Rohrer für den Anstoß zu diesem Buch – daher bist du auch namentlich verewigt. Ich danke Julie Hübner für ihre Meinung, ihre Unterstützung und ihr offenes Ohr, dafür, dass sie ganz einfach ein sehr liebenswerter Mensch ist. Ich danke allen, die mich ganz unbewusst inspiriert haben und bei denen ich mir winzige Details aus ihrem echten Leben für das fiktive Leben meiner Protagonisten geliehen habe – auch wenn es ihnen wahrscheinlich beim Lesen gar nicht auffallen wird.

Ich danke wie immer meiner Familie dafür, dass sie mich erdet, wenn mein Kopf beim Schreiben ein wenig zu viel in den Wolken hängt. Dafür, dass ihre Liebe die Basis für alles in meinem Leben ist.

Danke an Teresa Moninger – kleine, große Schwester, du fehlst mir so. Danke, dass ich dir meine Texte über den großen Teich schicken darf, danke, dass du immer für mich da bist, auch wenn uns Tausende von Kilometern trennen. Danke an meine geliebte, jüngste Schwester Luisa Moninger. Danke an Susi Krämer, Christiane Blos, Franzi Greschner, Carina Gehrsitz – meine eifrigsten und liebsten Testleser.

Ich danke ganz herzlich Lena Woitkowiak und dem Amazon-Publishing-Team für ihre hervorragende Arbeit und Unterstützung. Vielen lieben Dank an Ute Köhler und Rainer Schöttle, mit denen ich für dieses Buch das zweite Mal zusammenarbeiten durfte. Danke für das tolle Lektorat und euer Auge fürs Detail. Vielen Dank auch an Traudl Kupfer, die im Korrektorat noch einmal eifrig und erfolgreich auf Fehlersuche und -behebung gegangen ist.

Ein besonderes Dankeschön an die Würzburger Mädels – Angela Kirchner, Julia Hanel und Mila Summers, die sich vor der Deadline noch die Zeit genommen haben, mein Buch nach logischen Fehlern und Unstimmigkeiten zu durchsuchen. Mila, wenn du nicht selbst eine so tolle Autorin wärst, ich würde dich glatt zu meiner persönlichen Lektorin machen. Danke für eure Ermutigung und unseren fantastischen Austausch, ihr drei! Vielen Dank auch an alle Autorinnen und Autoren (Jessica Koch, Barbara Leciejewski, Rochus Hahn und alle anderen aus der Feuerwerkefamilie), die ich in den letzten Jahren kennenlernen durfte. Es gibt mir so viel, mich mit euch auszutauschen!

Danke an alle Blogger für eure eifrige Arbeit, euren Enthusiasmus, euer Lob und eure Kritik! Ohne euch würde es sehr viel weniger Spaß machen.

Danke an dich, liebe Leserin, lieber Leser – die letzten Worte dieses Buches gelten dir: Danke, dass du dich für meine

Geschichte entschieden hast. Danke, dass du den größten Anteil daran hast, dass ich meinen Traum leben darf! Ich hoffe, dich gut unterhalten zu haben und dich mit diesem Buch für ein paar Stunden in eine andere Welt »entführt« zu haben. Denn das brauchen wir alle hin und wieder, oder? Eine kleine Flucht aus dem Alltag. Ein bisschen träumen und mitfiebern.

Printed in Poland
by Amazon Fulfillment
Poland Sp. z o.o., Wrocław

40916626R00206